W0336598

Serge Brussolo est né à Paris en 1951. Sa vocation pour l'écriture se manifeste très tôt, si bien qu'il cherche à faire publier ses premiers textes dès l'âge de douze ans. Après des études de lettres et de psychologie, il exerce de nombreux métiers, avant de faire une entrée remarquée sur la scène littéraire avec *Funnyway*, qui reçoit le Grand Prix de la science-fiction en 1979. Le succès de l'univers romanesque brussolien, à mi-chemin entre fantastique et science-fiction, se confirme à travers ses nombreuses parutions chez Fleuve Noir («Anticipation»), puis chez Denoël («Présence du futur») et Gallimard, notamment dans la prestigieuse collection «Folio SF». Serge Brussolo s'est également illustré dans l'écriture de séries destinées à la jeunesse, comme *Peggy Sue et les fantômes*, de romans historiques et même de polars, ce qui lui vaudra d'être nommé directeur littéraire des éditions du Masque en 2000.

Du même auteur

Chez Milady, en poche :

Almoha :

1. *La Muraille interdite*
2. *Le Serment de feu*

Chez Gallimard :

La Moisson d'hiver
La Maison de l'aigle
Hurlemort
Les Ombres du jardin
La Planète des ouragans
Le Syndrome du scaphandrier
La Nuit du bombardier
Boulevard des banquises
Ce qui mordait le ciel
Mange-Monde
L'Homme aux yeux de napalm
Trajets et itinéraires de l'oubli

Chez Fleuve Noir :

Dortoir interdit
Ceux d'en bas
Le Chat aux yeux jaunes

Chez Plon :

La Maison des murmures
Ceux qui dorment en ces murs
L'Héritier des abîmes
Le Vestiaire de la reine morte
Les Louvetiers du roi

Au Livre de poche :

Le Chien de minuit
La Fille de la nuit
La Main froide
Le Sourire noir
L'Armure de vengeance
Le Château des poisons
Le Labyrinthe de pharaon
Les Prisonnières de pharaon
Le Manoir des sortilèges
La Captive de l'hiver
Pèlerins des ténèbres
Bunker
Avis de tempête
Les Cavaliers de la pyramide
Le Masque d'argile
La Chambre indienne
Conan Lord
Les Emmurés
Les Enfants du crépuscule
L'Enfer, c'est à quel étage ?
Iceberg Ltd
La Mélancolie des sirènes par trente mètres de fond
Baignade accompagnée
Le Murmure des loups
Le Nuisible
La Fenêtre jaune
La Princesse noire

www.milady.fr

Serge Brussolo

La Muraille interdite

Almoha – 1

Milady

Milady est un label des éditions Bragelonne

Directeur d'ouvrage : David Oghia

Illustration de couverture : Miguel Coimbra

ISBN : 978-2-8112-0735-9

Bragelonne – Milady
60-62, rue d'Hauteville – 75010 Paris

E-mail : info@milady.fr
Site Internet : www.milady.fr

Avertissement

Le cycle d'*Almoha* a été plusieurs fois publié ces trente dernières années, mais toujours de manière incomplète ou fortement édulcorée. La présente version a pour ambition de restituer les manuscrits originaux tels qu'ils furent écrits au cours des années 1973-1977.

Livre I

Les sentinelles d'Almoha

Chapitre premier

Dans quelques minutes, ce serait l'assaut final, Nath n'en doutait plus. Depuis la veille, les lézards géants jaillissaient de toutes parts, comme s'ils avaient décidé d'en finir avec les survivants du minuscule campement érigé à la pointe de l'îlot. C'étaient des bêtes aplaties, à museau court, mais dont la gueule débordait de crocs, et qui mesuraient six mètres de long.

Nath avait monté la garde devant la hutte toute la nuit, jusqu'aux limites de sa résistance, puis s'était effondré, vaincu par le sommeil, sans même s'en rendre compte.

À présent, les lézards les encerclaient, Nioucha et lui. Ils sortaient en rampant de l'océan de boue pour se diriger vers la dernière cabane habitée du campement, la seule à contenir encore de la chair humaine *vivante*, cette chair dont ils raffolaient.

— Hinn... Hinnn..., gémit Nioucha en s'agitant sur le matelas d'algues séchées. Hinn... Hinnn...

Elle ne savait exprimer son angoisse autrement que par des cris de bête. Dans sa tribu – les Têtes-Molles –, on utilisait rarement la parole. En ouvrant les yeux, Nath s'aperçut que la jeune femme s'était enduite de vase de la tête aux pieds, dans l'espoir de se confondre avec le paysage, de se rendre invisible, une pratique courante chez les gens de son clan. Courante et absurde, car les lézards ne se laissaient pas duper si facilement.

Avec une certaine irritation due à la fatigue, Nath réalisa que Nioucha avait également laissé s'éteindre le feu allumé à grand-peine, la veille, pour tenir les sauriens en respect. C'était un miracle que les prédateurs n'en aient pas profité pour passer à l'attaque au cours de la nuit.

« Ne t'emporte pas contre elle, se répéta-t-il. Ça ne servirait à rien, tu sais bien qu'on ne peut pas attendre d'une Tête-Molle qu'elle ait assez de cervelle pour observer ce genre de précaution. »

Il tendit l'oreille, guettant le crissement des griffes sur le sol. L'ennemi était là, se rapprochant.

« Il n'y a plus que nous, se dit le garçon. Tous nos voisins sont morts. Les lézards les ont dévorés la semaine dernière. C'est à peine s'il en restait une poignée d'ossements une fois le festin terminé. À présent, c'est notre tour. »

Oui, le campement avait pris l'aspect d'un village fantôme. Seules les traces de sang séché, au seuil des huttes, témoignaient que des êtres vivants avaient un jour vécu là. Des êtres pacifiques, incapables de se défendre, constituant des proies faciles pour les carnassiers en maraude. Nath avait été stupide de s'obstiner, il aurait dû prendre la fuite. Pourquoi s'était-il cru si malin ? Parce qu'il appartenait à une race « non abâtardie », comme disaient les prêtres ?

Les pauvres pièges qu'il avait tenté de fabriquer n'avaient jamais fonctionné de manière satisfaisante.

Jour après jour, les lézards s'étaient enhardis, se moquant des fosses garnies d'épieux, des collets d'acier tranchant qui auraient dû les égorger, ou des cages censées les emprisonner grâce à un « savant » mécanisme d'engrenages. Nath avait voulu jouer les ingénieurs, les inventeurs ; il s'en repentait aujourd'hui.

— Hinn… Hinn…, fit encore Nioucha, au comble de la terreur.

Son instinct l'avertissait des dangers. Comme un chien, elle détectait les bruits et flairait les odeurs bien avant que ces informations ne soient perceptibles aux simples humains.

— Je vais sortir, lui expliqua lentement le jeune homme. Reste là. *Il faut rallumer le feu.* Tu comprends ce que je dis ?

Nioucha le regarda avec angoisse et se cramponna à ses jambes pour l'empêcher de quitter la hutte de tourbe. Elle avait peur de rester seule. C'était compréhensible. Elle avait vu les membres de son clan disparaître en l'espace de cinq jours. Happés, dévorés par les longues silhouettes rampantes surgies du marécage.

Nath sortit, la tête rentrée dans les épaules, les muscles crispés, prêt au combat. Le feu de camp se réduisait à un monceau de branches calcinées. Il aurait du mal à le rallumer. Il ne voyait pas les lézards mais devinait leur présence. Les sauriens avaient la couleur de la vase, et lorsqu'ils se tenaient aplatis sur le sol, ils se confondaient avec les aspérités du terrain.

Le harpon à la main, il fit trois pas sur l'océan de boue durcie. Avant d'aller plus loin il cogna la croûte verdâtre avec la pointe de son arme pour s'assurer de la solidité de cette « banquise » d'argile. C'était plus sage car, sous la pellicule de terre sèche, coulait en permanence une vase liquide qui pouvait engloutir le marcheur imprudent.

Tout à coup, il crut deviner une ombre, sur sa gauche, et se raidit, le javelot levé. Le cœur battant, il retint son souffle, mais la bête, flairant sa détermination, préféra rester à l'affût. Si plate qu'elle semblait peinte sur le sol.

Le jeune homme se redressa. Il avait les cheveux longs et noirs, une barbe hirsute, et il allait sans autre vêtement qu'un étui pénien en cuir de reptile. Jadis, il avait porté des habits civilisés, vécu dans une vraie maison, mais depuis qu'il avait choisi d'abandonner les siens pour mener la vie d'un coureur de plaine, il avait adopté la mise des primitifs.

Il s'accroupit, scrutant le paysage. Le minuscule îlot où il se tenait formait une bosse à peine visible sur la plaine-océan qui l'encerclait.

Plaine-océan, prairie liquide… C'est par ces appellations contradictoires qu'on désignait le royaume d'Almoha, dont les neufs dixièmes se composaient d'une molle étendue de vase. L'été, cette boue séchait au soleil pour former d'immenses « banquises » boueuses d'une épaisseur variable. Almoha se présentait sous la forme d'un univers mi-solide, mi-fluide, en constante métamorphose. La mer durcissait pour devenir continent ; ensuite – et sans qu'on sache pourquoi –, le continent se fendillait, s'émiettait, et redevenait liquide ! L'océan reprenait ses droits. Ces variations créaient un environnement dangereux, où l'on ne pouvait se raccrocher à rien.

— Hinn… Hinn…, fit Nioucha à l'intérieur de la hutte.

— Reste cachée ! lui cria le jeune homme, ne te montre pas. Tu sais bien qu'ils préfèrent la chair des femmes… et des enfants.

Mais elle ne comprenait pas, ou bien elle avait trop peur. Elle sortit de l'abri et trottina pour rejoindre son compagnon. La vase dont elle était enduite lui donnait l'apparence d'une statue de glaise animée par magie.

Nath lui prit la main et se pressa de gagner une éminence où ils seraient davantage en sécurité. Parvenu au sommet de la colline, il s'adossa à un tronc d'arbre rabougri, le javelot en travers des cuisses. Le souffle lui manqua. Il prit conscience de son épuisement. Il aurait voulu dormir mais appréhendait de fermer les yeux. Il ne pouvait pas compter sur Nioucha pour monter la garde à sa place. Les Têtes-Molles n'avaient jamais été des guerriers. Incapables du moindre sentiment belliqueux, ils se laissaient le plus souvent dévorer sans esquisser un geste de protestation, et c'est à peine s'ils osaient pleurer pendant qu'un prédateur leur arrachait un pied ou une main.

— Nioucha ne doit pas s'énerver, ânonna le jeune homme comme s'il s'adressait à une enfant. On va partir. On prendra la pirogue. Il faut juste s'assurer que le chemin est libre.

Il mentait pour la rassurer, ce serait loin d'être aussi simple. Les lézards n'attendaient qu'une erreur des fugitifs pour jaillir de la vase et leur cisailler les jambes d'un claquement de mâchoires. Depuis la mort de son fils, un bébé de six mois, Nath les haïssait plus que tout.

D'un seul coup, la colère le prit, et, brandissant sa lance, il invectiva les sauriens terrés dans les rochers.

—Approchez ! criait-il. Je vous attends ! Je n'ai pas peur ! Je suis prêt !

Le souffle lui manqua. Les monstres hésitaient. Ce garçon fatigué leur semblait une proie facile, pourtant il émanait de lui une rage qui les incitait à la prudence. Celui-là serait moins facile à tuer.

« Je deviens fou, songea Nath. Si je voulais me suicider, je ne m'y prendrais pas autrement. »

Il savait pourquoi il agissait ainsi : le chagrin et le remords lui rongeaient le cœur et lui faisaient perdre la tête. Il fut sur le point de sangloter et se mordit la lèvre jusqu'au sang. Il se domina car il ne voulait pas affoler Nioucha qui claquait des dents et venait d'uriner sous l'effet de la frayeur.

—Viens, dit-il, on va essayer de rejoindre la barque. Reste derrière moi, ne traîne pas. Et regarde où tu mets les pieds, tu sais bien qu'ils ont l'habitude de s'enterrer sous la vase. *Tu le sais, n'est-ce pas ?*

La jeune femme ne l'écoutait pas ; les yeux écarquillés par la terreur, elle regardait autour d'elle en se dandinant.

Nath se força à sourire.

—Allez, mentit-il. Du courage. Rien n'est perdu. Nous recommencerons ailleurs. Une nouvelle hutte, un nouveau bébé. Je t'aime... Tu comprends ? Je t'aime.

Il eut du mal à la persuader de se redresser. Elle serait bien restée là, recroquevillée au pied de l'arbre, jusqu'à ce que les lézards viennent la dévorer. Comme tous ses semblables, elle était d'un fatalisme confinant à l'apathie.

Les deux jeunes gens se mirent en marche. Nioucha avançait courbée, dans une attitude vaincue qui devait exciter la convoitise des lézards. L'odeur de la peur faisait toujours saliver les prédateurs.

Il ne subsistait plus grand-chose du village où ils avaient vécu ; à peine dix igloos de tourbe sèche, maçonnés en dépit du bon sens. Aujourd'hui, les seuls survivants se nommaient Nath Weel-Moor, l'obstiné, l'étranger venu des villes, et Nioucha, la dernière fille de la tribu.

Le garçon s'agenouilla à l'entrée de la hutte qu'il avait partagée avec Nioucha… *et le petit…* Cette hutte qu'il allait abandonner. Pour toujours… Son cœur se serra.

Nioucha. C'est lui qui l'avait baptisée ainsi, car les Têtes-Molles n'avaient pas de nom. Jamais. Ils étaient trop stupides pour s'en souvenir.

Nioucha… Comme tous ses congénères, elle avait vécu dans un « troupeau », une masse errante et sauvage qui allait, nue, sur la taïga. C'était – sur Almoha – le premier groupe humain présentant des signes évidents d'anormalité : la tête, aplatie comme si on avait appuyé dessus alors qu'elle était encore trop molle, le corps courtaud aux grosses jambes arquées. En apercevant Nioucha pour la première fois, Nath avait songé qu'elle ressemblait à une figurine de pâte à modeler qu'un dieu, mécontent de son travail, aurait voulu écraser d'un coup de poing. Pourquoi s'était-il attaché à elle ? Pas pour sa beauté, c'était certain ! Alors quoi ? Sans doute parce qu'il avait eu l'intuition qu'elle ne le trahirait jamais. Qu'elle lui serait fidèle jusqu'à la mort. Oui, sûrement. Cette certitude avait primé sur tout le reste. Nioucha, c'était la fidélité, la dévotion. Un dévouement presque naïf d'animal apprivoisé qui se fera tuer plutôt que d'abandonner son maître. Cette confiance sans bornes, enfantine, avait ému Nath.

« Les Têtes-Molles, c'est pas des humains, répétaient les citadins. C'est des chiens… Ils ont pas plus de cervelle que des corniauds. Ils n'ont pas de lois, pas de religion, rien… Des bêtes. »

Pouvait-on leur donner tort ?

Nath n'en savait rien, mais de telles affirmations lui faisaient honte. Effectivement, les femelles Têtes-Molles vivaient en bande, nues comme des guenons. Elles étaient d'une docilité effrayante et ne demandaient qu'à obéir. Il suffisait de les appâter avec un peu de nourriture pour qu'elles vous suivent. Elles constituaient une bonne aubaine pour les adolescents en rut. Les filles se laissaient toujours posséder, à quatre pattes dans la boue, soucieuses de faire plaisir à leur maître. Après, elles lui léchaient les mains, pour dire merci.

Nath, lorsqu'il avait quitté sa vraie famille, avait vécu deux ans avec Nioucha. *Pourquoi ?* Parce qu'il avait imaginé être en mesure de venir en aide à cette peuplade sans défense ? Quelle présomption !

Nioucha… Il avait essayé de lui apprendre à reconnaître son nom en le lui répétant tout le jour : « Nioucha… Nioucha… » En commençant tôt le matin, il parvenait à le lui faire mémoriser avant le coucher du soleil, mais invariablement elle l'oubliait au cours de la nuit, et tout était à refaire dès le lendemain. La nuit remettait le compteur à zéro. C'était désespérant.

Les Têtes-Molles ne parlaient pas, non parce que leurs cordes vocales étaient impropres à la communication, mais parce qu'ils auraient été incapables de se rappeler un jour sur l'autre les mots qu'ils auraient pu inventer en commun. C'était un peuple misérable, préfigurant le sort qui guettait les autres groupes humains du royaume : l'abêtissement dû aux accidents cérébraux, la déchéance… La faute en revenait à la pesanteur trop élevée d'Almoha, qui provoquait de plus en plus de naissances anormales.

Pendant deux ans, Nath avait voulu humaniser Nioucha, essayant de lui apprendre à se vêtir, à ne pas se gratter l'entrejambe comme une guenon, à ne pas exprimer son mécontentement en lâchant des flatulences sonores. En pure perte.

Il n'avait pas davantage réussi à lui enseigner les rudiments des techniques de chasse. Elle avait peur des lézards qui, parfois, surgissaient de la boue juste sous votre nez, la gueule béante, pour vous happer la jambe.

Nioucha lui avait donné un fils. Un bébé trapu, courtaud, à la tête aplatie, encore plus démuni que sa mère et qui n'avait jamais pu apprendre à prononcer des mots aussi simples que « papa » ou « maman ». Découragé, Nath avait renoncé à lui donner un nom et s'était contenté de l'appeler « le bébé » ou « le gosse ».

Nath savait qu'il n'était pas à sa place dans la tribu. Les humains n'avaient rien à faire chez les Têtes-Molles. C'était mal vu. On ne se mélangeait pas, disait la loi. En agissant à l'encontre des règles, il était devenu un paria.

Et puis tout avait basculé.

Un soir, en rentrant de la chasse, Nath avait découvert, au seuil de l'igloo, le corps à demi dévoré du bébé. Un lézard s'était faufilé dans le campement pour capturer l'enfant. D'un coup de mâchoires, il avait sectionné le petit à la hauteur des hanches, dédaignant le torse et la tête.

Nioucha avait gémi toute la soirée, la tête dans les mains, reniflant sa morve, mais le lendemain, elle avait oublié jusqu'à l'existence de son fils et s'en était allée partager les jeux de ses congénères, comme si de rien n'était. Le jeune homme, en l'entendant rire avec les autres, s'était écroulé. Il était seul coupable. Aucun homme sensé ne prenait pour compagne une Tête-Molle. Il avait voulu défier les lois. Il avait commis une impardonnable erreur.

Il s'était efforcé d'enterrer le corps mutilé du bébé, mais dans la boue, c'était difficile, et le petit cadavre était remonté à la première averse, pour se mettre à dériver autour de l'igloo. Nioucha ne lui avait prêté aucune attention. Pour finir, un lézard en avait fait son repas.

« Tu vas devenir comme Nioucha, pensait Nath de plus en plus souvent. *Une bête...* Dans six mois, tu marcheras à quatre pattes, tu japperas comme un chien. Rappelle-toi ce qu'on racontait dans les tavernes de Solterra. La régression est contagieuse. C'est une maladie transmise par les femelles. »

Cette idée avait commencé à l'obséder.

« Il faut que tu partes, lui soufflait une voix au fond de sa tête. Il faut que tu rejoignes les humains tant que tu as encore toute ton intelligence. *Pars…* Retourne à Solterra, l'île où tu es né. Nioucha ne sera même pas malheureuse, à peine auras-tu tourné les talons qu'elle oubliera ton existence et se cherchera un nouveau compagnon. Une heure après ton départ, elle t'aura déjà remplacé. »

Mais il était si attaché à la jeune femme qu'il n'avait jamais osé la quitter. Le destin avait décidé à sa place.

— Hinn… Hinn…, gémit la jeune femme qui s'impatientait.

Nath s'ébroua, chassant les souvenirs, puis saisit le sac de cuir contenant les provisions, les vêtements et la gourde, et le confia à sa compagne, car il devait rester libre de ses mouvements en cas d'attaque. Il fallait maintenant rejoindre la barque, sur la plage. Ce ne serait pas chose facile.

Dehors, les lézards claquèrent des mâchoires. Le repas serait bientôt servi !

Chapitre 2

Les jeunes gens s'engagèrent entre les igloos vides. Çà et là pourrissaient des cadavres mutilés, des têtes séparées de leur corps. Les larmes de la souffrance avaient dessiné de curieux tatouages blanchâtres sur leurs joues fardées de vase.

« Je n'aurais pas dû m'obstiner, pensa Nath. Ils sont morts parce qu'ils me faisaient confiance, parce qu'ils me croyaient capable de trouver une solution à leurs problèmes. Si je n'avais pas fanfaronné, ils auraient levé le camp avant que la situation ne dégénère. »

Il ralentit. Les battements de son cœur s'accéléraient de manière inquiétante car il marchait trop vite. La pesanteur d'Almoha interdisait les efforts prolongés.

— Hinn ! Hinn ! cria Nioucha en désignant la pirogue sur la plage de vase.

Elle voulut courir, mais Nath lui saisit le poignet, arrêtant son élan.

— Attends ! supplia-t-il, c'est un piège. Il y a des lézards embusqués. Ils savent que nous allons fuir de cette façon. Ils sont malins à leur manière, plus malins que toi en tout cas !

Elle ne l'écoutait pas et gesticulait pour se libérer de l'étreinte. Elle essaya de le mordre. C'était inattendu.

Il fallait qu'elle fût réellement terrifiée pour sortir ainsi de son habituelle passivité. Nath fut forcé de la frapper. Il était à bout de nerfs, lui aussi. Il savait l'attaque imminente. Son instinct lui soufflait que les lézards étaient là, enfouis sous une pellicule de vase, prêts à jaillir de leur trou dès que Nioucha passerait à portée de mâchoires. Il grimpa sur un rocher pour localiser les sauriens enterrés.

— Ne te sauve pas, ordonna-t-il à Nioucha. Ne cours pas vers la barque… Ils n'attendent que ça.

Elle boudait, les yeux baissés. Elle avait une expression sournoise qui n'annonçait rien de bon. Il sut qu'elle allait faire une bêtise. Il aurait fallu l'attacher, lui entraver poignets et chevilles, mais il ne disposait d'aucune corde. La mort dans l'âme, il escalada le rocher. L'effet de la pesanteur lui donna l'illusion que sa boîte crânienne s'aplatissait. Le goût du sang lui emplit la bouche.

De son perchoir, il examina la pirogue qui leur permettrait de reprendre le chemin de la civilisation. Ils emprunteraient pour cela l'une des rivières de boue liquide qui striaient la banquise de limon séché. En ramant de toutes leurs forces, ils parviendraient bien à rejoindre le grand lac de fange fluide sur les rives duquel se dressaient les principales cités lacustres de la province de l'Est. Du moins Nath l'espérait-il. Il n'ignorait pas qu'il prenait un gros risque. Si le soleil se levait, s'il se mettait à faire chaud, la vase durcirait – cuirait ! – en l'espace de deux heures, comme une potiche d'argile mise au four. Ils se retrouveraient alors arrêtés à mi-course, le canot enraciné dans la banquise aussi sûrement que les pieds d'une statue sont collés à son piédestal. Et les lézards se dépêcheraient de les encercler…

Nath soupira. Son regard parcourut une dernière fois la distance qui les séparait du canot. L'étendue de vase verte présentait ça et là des inégalités de surface trahissant la présence d'un lézard enfoui. Il estima plus prudent de zigzaguer entre ces points potentiellement dangereux.

Alors qu'il se préparait à descendre du rocher, Nioucha s'échappa et courut vers la pirogue. Nath eut beau l'appeler, elle refusa de s'arrêter, et il fut contraint de s'élancer à sa poursuite. Les effets de la pesanteur diminuaient ses performances. Les Têtes-Molles ignoraient ce genre de désagrément, et, malgré ses efforts, Nath ne put rattraper la jeune femme avant qu'elle n'atteigne la plage.

À bout de souffle, un voile noir devant les yeux, il tomba à genoux, la bave lui coulant de la bouche. Au même moment, Nioucha marcha sur le dos d'un lézard enterré. Le prédateur jaillit du sol dans un nuage d'éclaboussures, saisit sa proie par la jambe, et se mit en devoir de la tirer vers la mer. Les lézards procédaient souvent ainsi, entraînant leurs victimes sous l'eau pour les noyer. Amphibies, ils pouvaient rester immergés des heures, décourageant la patience des chasseurs.

Nath se redressa, la lance brandie, et s'élança au secours de sa compagne, mais il était trop tard, le reptile avait plongé et les poumons de Nioucha se remplissaient de vase. Le jeune homme fut d'ailleurs arrêté dans son élan par l'attaque d'un autre saurien qui sortit du sol pour lui barrer le passage.

— Crève ! hurla Nath au comble de la douleur. Crève, charogne !

Et il frappa la bête avec une fureur aveugle, perçant la carapace de cuir aux endroits les plus sensibles.

Sa rage parut effrayer les autres animaux qui hésitèrent. Nath les défia, ne sachant plus ce qu'il faisait. La lance en avant, il se porta à leur rencontre et les larda de coups.

— Tiens ! criait-il, tu en veux ? En voilà… et encore ! Et encore !

Il perdait la tête. Le sang coulait le long de la hampe de son arme, lui poissant les mains. Alors les animaux s'écartèrent, effrayés par la fureur de cet humain que la souffrance avait transformé en berserker, et Nath put rejoindre la pirogue qu'il mit à flot.

Longtemps, il resta assis dans l'embarcation, ne se décidant pas à empoigner les rames. Il fixait la mer de boue, espérant un miracle. Mais Nioucha ne revint pas à la surface ; son agresseur avait probablement coincé son cadavre sous une souche immergée pour le laisser pourrir. Les sauriens appréciaient la viande corrompue.

Nath dut se résoudre à s'éloigner avant que les lézards ne se ressaisissent et passent à l'attaque.

Quand il fut à deux encablures du rivage, il se mit à pleurer, de rage, de tristesse et de honte. Les larmes tracèrent des sillons clairs dans la poussière verte qui lui fardait la figure.

Chapitre 3

La proue de la barque fendit la croûte durcie et Nath sentit les éclaboussures de fange ruisseler sur son visage. Devant lui se dressait la géographie enchevêtrée d'une ville en ruine, composée de taudis et d'entrepôts que reliaient des passerelles de bambou.

Après bien des déboires, il arrivait enfin en vue d'Isolâcre, une cité lacustre commerçante où, avec un peu de chance, il trouverait à s'embarquer comme matelot. Il mit le cap sur l'appontement et rama de plus belle. Lorsque le canot heurta l'un des piliers, Nath agrippa les échelons et se hissa sur le quai.

On le dévisagea avec méfiance parce qu'il avait l'allure d'un « sauvage » des boues. La pirogue et l'étui pénien n'arrangeaient pas les choses, il est vrai. Il se précipita dans l'échoppe d'un prêteur sur gages pour négocier ses armes d'os poli, ainsi qu'un magnifique lot de peaux de lézards d'une incomparable finesse. C'était imprudent mais il n'avait pas le choix ; s'il voulait avoir la moindre chance de dénicher un engagement, il devait reprendre au plus vite un aspect « civilisé ».

Le boutiquier, convaincu d'avoir affaire à un primitif, l'escroqua sans scrupule en lui versant dix piécettes de cuivre en échange du lot. Nath se dépêcha d'entrer dans un établissement de bains de quatrième catégorie. Quand il en sortit, il s'était fait couper les cheveux et la barbe, et avait endossé des vêtements rapiécés que l'un des employés lui avait cédés à un prix raisonnable. Il en avait également profité pour acheter une cuirasse d'occasion, plus bosselée qu'une marmite centenaire. Désormais, il ne ressemblait plus à un « sauvage », et lorsqu'il surprenait son reflet dans une vitrine, il avait du mal à se reconnaître.

La souffrance palpitait toujours en lui, sourde, et l'image de Nioucha happée par le lézard le harcelait chaque fois qu'il fermait les paupières.

À plusieurs reprises, au cours de la traversée, il s'était senti gagné par le découragement et avait failli se laisser mourir, au fond de la pirogue. Toutefois, l'instinct de survie avait été le plus fort.

À présent, il devait cesser de regarder en arrière. Il était à Isolâcre, l'escale habituelle des bateaux assurant la navette entre les cités de la plaine-océan.

Cinq marins bavardaient près d'une baleinière. Au loin, estompée par la brume, se dessinait la silhouette d'un vaisseau à l'ancre, un gros bâtiment armé pour la chasse aux nuages.

Un conteur public, maigre à faire peur, essayait de capter l'attention des badauds en récitant la légende d'Almoha, la terre des boues.

— Il y a des siècles, clamait-il, le troisième empereur qui régnait sur notre royaume avait pour vizir le sorcier Alkanek. L'empereur, qui était d'une méfiance maladive et voyait des complots partout, en vint à soupçonner

Alkanek de trahison. Sans chercher à savoir la vérité, il condamna son vizir à l'écrasement…

Nath hocha la tête. Il connaissait le mythe par cœur pour l'avoir entendu mille fois dans la bouche de son père, Moor, le Guetteur de Solterra. La sentence d'écrasement consistait à coucher le condamné sous un panneau de métal sur lequel on entassait des pierres. Le poids des cailloux finissait par briser la cage thoracique du malheureux et par lui écraser les poumons.

— C'était oublier qu'Alkanek était un puissant sorcier, reprit le conteur. Au moment de mourir en vomissant des flots de sang, il proféra une malédiction, condamnant notre peuple à subir pour l'éternité les tourments qu'il était en train d'endurer. Il ne parlait pas en vain. Dès le lendemain, la pesanteur de notre planète se modifia, écrasant les populations. Il fallut apprendre à supporter ce poids invisible, à avancer la nuque courbée, le dos voûté, les bras ballants, avec cette démarche lourde qui vous fait aujourd'hui des pieds de plomb et vous tire le sang au bas des membres, gonflant les mains et les mollets pour leur donner en permanence une teinte violacée. Les nuages eux-mêmes perdirent de l'altitude et devinrent plus durs que la roche, la pluie se changea en averse de cailloux… La magie d'Alkanek avait perverti les lois de la Nature.

Nath se détourna. Il en avait assez entendu. Il soupira : ainsi son exil volontaire prenait fin ; d'ici une semaine, il serait de nouveau chez lui…

Chez lui… Les mots passaient mal. Jamais il n'aurait imaginé qu'un jour il éprouverait le désir de retourner à Solterra, un lieu qu'il avait jadis voulu fuir de toutes ses forces.

Au bord de la plage, à la limite des vagues argileuses, un oiseau brassait l'air dans un pénible froissement de plumes. Comme tous ses semblables, il avait développé une impressionnante musculature pour lutter contre la pesanteur. Ses ailes, à l'envergure disproportionnée, lui donnaient l'allure d'un ptérodactyle. Cela durait depuis la malédiction d'Alkanek. Aux endroits où la terre était molle, l'invisible chape de plomb enfonçait dans le sol arbres et maisons. Il est vrai que le sol marécageux constituait un terrain rêvé pour ce genre de tragédie.

Sur Almoha, on apprenait à éviter les gestes inutiles, et les scènes de la vie courante se déroulaient au ralenti. Lorsque l'âge atrophiait leurs muscles, les oiseaux cessaient de voler… et les vieillards, de monter les escaliers.

La sensation d'être observé tira Nath de ses pensées. Le sixième sens qu'il avait fini par développer au contact des lézards l'avertit d'une menace imminente. Pivotant sur ses talons, il se découvrit le point de mire de trois individus d'aspect peu recommandable. L'un d'eux tenait un molosse pelé en laisse. L'animal, qui montrait déjà les crocs, était couvert de cicatrices.

« De la racaille de miliciens, songea aussitôt Nath. Ils ont bu, ils sont en quête d'une bonne querelle pour se distraire et jouir de leur petit pouvoir. »

Il jugea plus sage de s'éloigner. Les milices avaient pour tâche d'assurer l'ordre dans l'enceinte des cités lacustres ; le problème, c'est qu'elles se composaient de scélérats ne laissant jamais passer l'occasion d'abuser de leurs privilèges et de rançonner les voyageurs.

Nath s'engagea dans une ruelle, désireux de s'éloigner le plus possible des vigiles. Il n'avait pas fait dix pas que les aboiements du chien le rattrapèrent. Très vite, il se retrouva encerclé. Les trois canailles étaient armées de marteaux à long manche, du genre casse-tête. Une odeur de mauvais vin les enveloppait.

— Hé ! toi..., lança celui qui retenait le chien. Viens un peu par ici, qu'on examine ton vilain museau. Canicos t'a repéré. Regarde-le grogner. Ça veut dire qu'il n'aime pas ton odeur. Tu veux savoir un truc ? Canicos a été dressé à repérer les Têtes-Molles, et il ne se trompe jamais. Pour lui, tu empestes la Tête-Molle.

— Ouais, grasseya son acolyte. Et les Têtes-Molles, on n'en veut pas. C'est rien que des voleurs, des dégénérés. Ils enlèvent les bébés pour les dévorer. Ils s'introduisent dans les maisons pour violer nos femmes et leur pourrir le ventre avec leur semence d'animal. Si on les laisse faire, ils pervertiront la race humaine, et on finira tous par marcher à quatre pattes en aboyant. On vivra dans des niches et on se reniflera le cul.

— Exact, renchérit l'homme au chien. Les Têtes-Molles sont une maladie, nous sommes les médecins qui la combattent. On va te vacciner à coups de marteau. Tu verras, tu te sentiras beaucoup mieux après.

Nath esquissa un geste qu'il dut suspendre car le dogue se mit à écumer de plus belle. Les choses s'annonçaient mal. Il regretta d'avoir vendu ses armes.

— Arrêtez de déconner, fit-il dans une vaine tentative de conciliation. Vous voyez bien que je suis humain.

Il s'en voulait d'utiliser un tel argument, mais en face de ces abrutis, il n'avait guère le choix.

— On ne voit rien du tout, ricana l'homme au chien. Y'a des Têtes-Molles qui se coiffent d'une perruque pour dissimuler leur caboche aplatie. Si ça se trouve, t'es déguisé, toi aussi.

— Le seul moyen d'être sûr, grogna le second acolyte, c'est de leur flanquer un bon coup de marteau sur le crâne. Alors c'est ce qu'on va faire, pour vérifier ton identité.

Hilare, il leva son casse-tête. Le chien, au comble de l'excitation, bondit en avant. Son maître ouvrit la main, laissant filer la longe de cuir. Nath eut l'impression de recevoir un boulet de canon dans la poitrine. Le poids du molosse lui fit perdre l'équilibre. Empoignant le cou de l'animal, il s'efforça d'éloigner de son visage le mufle écumant. Mais déjà l'homme au marteau s'approchait, son outil brandi, visant le front du jeune homme.

— Ouais ! claironna-t-il, ça m'a tout l'air d'une perruque, c'est bien un foutu sauvage déguisé !

La suite se déroula dans la confusion. Le dogue poussa un glapissement de douleur et s'effondra sur le flanc, libérant Nath de son poids. L'homme au marteau hurla lui aussi avant de laisser tomber son casse-tête...

En se relevant, Nath se rendit compte qu'un nouveau venu tenait les miliciens en respect à la pointe de sa lance. Un colosse au crâne chauve, vêtu d'une cuirasse cabossée, et qui brandissait un long harpon de baleinier. C'était un personnage impressionnant, d'une soixantaine d'années, moustachu, au poil blanc. Il avait empalé le chien et transpercé l'épaule de l'homme au marteau. Le pavé ruisselait de sang.

— Tirez-vous, bande de salopards, jeta-t-il aux miliciens, ou je vous crève comme les outres pleines de pets puants que vous êtes. Barrez-vous ! Si vous vous avisez de persécuter ce gamin, je rameute les harponneurs de la baleinière et on vous empale, l'un après l'autre, comme votre sale cabot. Pigé ?

Les vigiles reculèrent en maugréant de vagues menaces, mais ils n'en menaient pas large.

Quand ils eurent disparu, Nath se tourna vers son sauveur pour le remercier ; le colosse le repoussa en grognant :

— Qu'est-ce qui t'a pris de t'aventurer dans les ruelles ? Tu veux te faire trancher la gorge ? Retourne sur le quai d'embarquement et n'en bouge plus. Là-bas, on est entre matelots, et les miliciens n'osent pas nous chercher noise. Allez, file ! Tu attends qu'ils reviennent en nombre ?

Et sans plus attendre, il tourna les talons pour prendre la direction du port.

Nath lutta contre la fatigue qui alourdissait ses membres, conséquence inévitable des efforts qu'il venait d'accomplir. La pesanteur excessive d'Almoha n'autorisait pas de telles gesticulations.

Les sangles de sa cuirasse d'occasion le blessaient. Ayant décidé de suivre le conseil du harponneur, il quitta la ruelle pour gagner au plus vite le débarcadère.

Sur le quai, les marins essayaient de contenir l'impatience des voyageurs.

— Fichez-nous la paix ! On ne repartira pas avant demain, cria l'un d'eux. L'équipe des harponneurs n'est pas au complet. Ne soyez donc pas si pressés d'affronter les nuages ! Beaucoup d'entre vous y perdront la vie ! Allez donc au bordel tirer un coup, ce sera peut-être le dernier de votre vie !

Nath leva les yeux pour examiner le curieux navire caparaçonné de blindages qui allait le ramener chez lui, sur son île natale. La traversée serait dangereuse. Les nuages pétrifiés, qui dérivaient au ras des vagues, avaient la fâcheuse réputation d'éventrer les bateaux croisant leur route.

Au moment où il allait tourner les talons, il avisa le colosse au crâne chauve, à la cuirasse cabossée, qui lui avait sauvé la vie un instant plus tôt. Le moustachu tenait à la main son harpon taché de sang. C'était un personnage impressionnant, mais guetté par la vieillesse, car le corps se délabrait vite sur Almoha.

— Tu viens pour t'embarquer ? lança l'inconnu.

Comme Nath répondait par l'affirmative, le géant grogna :

— J'espère que tu sais ce que tu fais, gamin. Nous ne serons pas de simples passagers, le capitaine compte bien nous utiliser comme soldats lorsqu'il faudra repousser un nuage. As-tu déjà participé à un assaut ? Non, n'est-ce pas ? Alors reste derrière moi et imite chacun de mes gestes. De cette manière, tu seras peut-être encore vivant au terme du voyage. Quant à moi, je suis Neb Orn, le harponneur d'icebergs volants.

Chapitre 4

La proue de fer du navire taillait son chemin au milieu des plaques de boue solidifiée, dans un concert de craquements. Accroché au bastingage, Nath ne pouvait détacher son regard de la lame d'étrave, qui fracturait depuis trois jours les ondulations de la « banquise » d'argile sèche en dessous de laquelle la vase coulait, fluide.

Neb Orn, le géant au crâne rasé, s'approcha. Malgré son âge avancé, on l'avait engagé pour faire office de maître harponneur. Il n'avait jamais lâché sa lance à pointe explosive, comme si l'arme était le prolongement de son corps, un membre supplémentaire.

Le bateau, dépourvu de mâts, évoquait une carapace de tortue renversée. Une carapace métallique. Les matelots s'y déplaçaient dans un fracas assourdissant.

Nath releva la tête trop rapidement, il eut un vertige. Neb Orn le retint de son énorme poigne.

— Ça va ?

— Ça va.

Le harponneur s'esclaffa.

— Il y a des coins où la pesanteur est si forte, lâcha-t-il, que lorsqu'on s'assoit pour chier, plus question de se relever. On reste cloué sur le trône pour l'éternité, à lâcher des pêches qui pèsent autant qu'un boulet de canon !

— Neb, murmura Nath, c'est vrai que la plaine de boue est infinie ?

Orn toussa, comme si le jeune homme avait soulevé un point épineux qu'il n'était guère prudent d'évoquer en public.

— On l'affirme, lâcha-t-il avec une hésitation. Pour ma part, j'ai bourlingué à travers tout l'hémisphère Nord et je peux te l'assurer : la plaine de boue recouvre tout, *pourtant...*

— Pourtant ?

Le colosse esquissa un geste d'embarras.

— Je parle pour l'hémisphère Nord, bien sûr, reprit-il en mâchonnant le tuyau de sa pipe. Au sud, on ne peut jurer de rien, personne n'y a jamais mis le nez, sauf les oiseaux, et aucun d'eux ne peut nous raconter ce qu'il y a vu.

— Les oiseaux ?

— Oui, seuls les oiseaux peuvent voler au-dessus du grand mur.

— Quel grand mur ?

Orn grimaça. Baissant la voix, il dit :

— L'équateur est une frontière défendue par une muraille gigantesque qui fait le tour de la planète, comme une ceinture de pierre. Cette muraille est dépourvue de la moindre porte, et est si haute qu'il est impossible de l'escalader sans que la pesanteur vous fasse exploser les yeux.

— Mais qu'y a-t-il de l'autre côté ?

Neb grommela en détournant les yeux.

—Ah ! *L'autre côté…* C'est là le mystère ! Certains prétendent qu'au-delà du rempart s'étend un paradis verdoyant, où l'on ne souffre plus de la pesanteur, où le soleil brille. Une espèce d'Éden qu'on surnomme « le jardin des secrets ». Là, vivrait le peuple élu, dans la joie et le bonheur. Selon les conteurs, Almoha serait coupée en deux, l'enfer au nord, le paradis au sud. Mais ce n'est sans doute qu'une légende idiote. Une de plus.

Nath éprouva un certain malaise. Son père, Moor, la sentinelle de Solterra, ne lui avait jamais parlé de cela. Il est vrai que Moor méprisait les contes populaires. Moor, jusqu'à son décès, avait été un homme dur, intransigeant. Invivable. C'est pour échapper à sa tyrannie que Nath avait toujours rêvé de fuir Solterra et sa tour de guet, d'où les sentinelles surveillaient l'avancée des nuages meurtriers.

Écrasé de fatigue, le jeune homme se retira dans la cale réservée aux simples matelots. Il dormait depuis une heure, ratatiné dans son hamac, quand un remue-ménage le dressa sur sa couche. S'approchant de l'un des sabords entrebâillés, il vit une silhouette dressée au milieu des vagues d'argile solidifiée, à cent brasses de la tranchée ouverte par le navire. L'inconnu brandissait un flambeau et criait d'une voix que la peur rendait suraiguë :

—Un nuage, un nuage assassin ! Il approche de la ville. Il l'atteindra demain. Je cours depuis deux jours pour vous prévenir. Vous devez y aller. Sauvez-nous ! Sauvez-nous !

Chapitre 5

Le navire avait modifié sa course. Debout à l'arrière, Nath écoutait les rugissements de la chaufferie. Neb Orn émergea enfin de la soute. Il transpirait ; ses bras nus, maculés de graisse, offraient au regard les zébrures entrecroisées d'anciennes cicatrices.

— Ça turbine à fond ! lança-t-il à l'adresse du garçon. D'ici peu, la canonnière sera rouge vif, et nos orteils fricasseront comme le lard dans la poêle.

Nath essuya son front moite du revers de la main. La sueur lui dégoulinait déjà au creux des reins.

— Pourquoi voyages-tu avec nous ? demanda Neb.

Nath grimaça.

— Je rentre chez… moi, souffla-t-il avec réticence. Une petite colline. Solterra. Un endroit inhabitable.

— C'est pour ça que tu as essayé d'en partir ?

— Oui, mais ça s'est mal passé. Je n'ai pas envie d'en parler. D'ailleurs, je n'ai pas pu aller très loin. Je suis parti à la mort de mon père, pour ne pas rester seul. Personne ne me retenait. J'ai voulu tenter ma chance. Chez moi, aucun homme n'avait jamais quitté la colline. On m'a traité de cinglé, de traître.

— Que faisait ton père ? Chasseur ? Pêcheur ?

Nath secoua la tête.

— Non, j'aurais préféré. C'était une sentinelle, un guetteur de nuages, il connaissait les incantations magiques qui repoussent les démons du brouillard.

Une fraction de seconde, Neb écarquilla les yeux.

— Une sentinelle, siffla-t-il. C'était quelqu'un d'important. Les sentinelles bénéficient de nombreux privilèges.

Nath songea que les paroles du harponneur n'étaient pas dénuées d'une certaine rancœur. Comme beaucoup de gens, il n'avait aucune idée de ce qu'était l'existence réelle d'une sentinelle. Il aurait été bien déçu d'apprendre la vérité.

Ils se séparèrent. Neb devait consolider l'affût d'un canon qui lui donnait du souci et faire l'inventaire des munitions.

Nath reprit son poste d'observation. Des bouffées de vapeur s'échappaient de la coque chaque fois qu'un homme ouvrait une écoutille.

Un roulement sourd et puissant fit brusquement vibrer les tympans du garçon. Une seconde, Nath crut que la salle des machines explosait, éventrant le vaisseau, puis le cri éclata, vibrant d'angoisse : « La pluie ! »

Ce fut la ruée. En raison de l'atmosphère d'étuve due à la vapeur, la plupart des matelots s'étaient défaits de leur cuirasse protectrice. Nath lui-même, un instant plus tôt, avait failli déboucler le carcan de métal qui lui sciait les épaules.

Le tonnerre roula une seconde fois, suivie des premières salves de cailloux. Nath les entendit siffler au-dessus de sa tête, tels des projectiles lancés par une fronde. Puis les graviers ricochèrent sur le pont. L'un d'eux rebondit en miaulant et arracha une étincelle aux tôles du pont, avant de transpercer un matelot à la hauteur du sternum ! Le malheureux s'effondra en hurlant de douleur. Tous ceux qui s'étaient laissé surprendre sans protection connurent le même sort. Les grêlons leur trouèrent la peau et la boîte crânienne.

La peur cloua Nath sur place. Il n'avait jamais subi un orage d'une telle violence. Il s'agenouilla, tâtonnant pour retrouver le casque qu'il avait posé là une minute auparavant. Hélas, un marin heurta par mégarde le heaume du pied, l'envoyant bouler à l'autre bout du pont.

À présent, le déluge se déchaînait, pluie de graviers déversée du haut du ciel par une main invisible. Les grêlons-silex mitraillaient les tôles, ricochant dans un vacarme assourdissant. Nath se recroquevilla, les bras croisés sur la tête, essayant d'échapper aux coups directs qui s'avéraient mortels. L'armure le protégeait, mais à chaque nouvel impact, il avait l'impression d'encaisser un coup de matraque.

Frappé à la nuque, un marin s'abattit en crachant des flots de sang. Le grêlon lui avait arraché la langue. Chaque « goutte » creusait son chemin avec la puissance d'une balle.

C'était comme une gigantesque lapidation céleste qui cabossait les tôles du navire et brisait le verre des hublots.

Nath se remémora ce que lui avait jadis expliqué son père.

« Sur Almoha, la composition de l'eau de pluie a été perturbée. En traversant les nappes gazeuses de l'atmosphère, les gouttes se chargent de molécules calcaires qui modifient leur structure. Elles s'alourdissent, deviennent solides. Lorsqu'elles arrivent au niveau du sol, elles se sont métamorphosées en cailloux ! Les gens du peuple te diront que c'est la conséquence de la Grande Malédiction, mais ce sont des imbéciles. Il s'agit d'une aberration écologique ! »

Le navire se mit à gémir. Martelées, les tôles se tordaient, béaient, livrant l'intérieur du vaisseau au déluge. Nath avait réussi à se retrancher sous un bouclier. Pour l'instant, Nath se cramponnait à la courroie du disque d'acier qui tressautait sous l'impact des rafales. Un grêlon roula à ses pieds. Il était rond, poli comme une bille d'agate… *et sec.*

— Si le navire continue à se remplir, nous allons couler ! hurla le capitaine.

Il avait raison. Les billes de pierre qui ruisselaient par les écoutilles remplissaient la soute. De minute en minute, le vaisseau s'alourdissait et s'enfonçait.

Sur le pont, des hommes tentaient d'aveugler les fissures. Les cailloux venus du ciel perçaient le dos des plus exposés, leur crevant les reins et les poumons.

— Replions-nous dans l'entrepont ! commanda Nath.

Il était inquiet pour Neb Orn que l'averse avait dû surprendre torse nu, penché sur ses canons.

Ils amorcèrent un repli prudent, prenant garde à ne pas laisser leurs bras ou leurs jambes dépasser des boucliers. La mitraille semblait assez forte pour trouer la peau des imprudents.

Au bas de l'escalier de coursive, ils trouvèrent le harponneur étendu sans connaissance. Une bosse déformait son front. Ses joues, ses mâchoires portaient la marque de meurtrissures. Il avait eu la chance de n'être touché que par de petits projectiles. Nath et les matelots eurent du mal à le tirer à l'abri.

Le groupe se recroquevilla entre deux canons, hors de la trajectoire des grêlons de pierre qui s'infiltraient par les déchirures du plafond et s'abattaient à leurs pieds. L'impact était si violent que les cailloux éclataient dans un nuage de poussière sèche.

L'averse se déchaîna trente minutes pour cesser aussi soudainement qu'elle avait commencé.

Le silence qui succéda au vacarme avait quelque chose d'insolite. Pendant un moment, l'équipage demeura sans bouger, puis Nath repoussa le bouclier et se hissa sur le pont. Tout autour du vaisseau, l'argile de la plaine criblée de trous offrait un aspect lunaire.

Le navire avait beaucoup souffert. Peu d'hommes avaient été épargnés ; on dénombra cinq morts et dix blessés graves. L'odeur du sang planait dans l'air.

Dans la salle des machines, des tronçons de canalisations hachés par les rafales vomissaient leur vapeur.

Le capitaine saisit un porte-voix et annonça que la pression était tombée à zéro ; il fallait réparer. Neb Orn, à peine sorti de l'inconscience, fut descendu à la chaufferie. Nath courut à la suite des matelots valides pour écoper les milliers de cailloux célestes encombrant la soute.

Il prit sa place dans la chaîne des seaux qu'on vidait à l'extérieur par un sabord. Chaque récipient, rempli de caillasse à ras bord, pesait une trentaine de kilos, et Nath sentit les muscles de ses bras se crisper de souffrance. Qu'importe ! il fallait continuer.

Personne ne parlait. Chacun conservait son énergie pour la tâche à accomplir, et l'on n'entendait plus que le concert des respirations ponctué, à intervalles réguliers, par le choc des galets qui s'écrasaient sur la plaine du haut des sabords.

Enfin, un sifflement de chaudière leur annonça que la pression remontait ; dix minutes plus tard, l'arbre de l'hélice vibra, et la canonnière s'extirpa de sa gangue d'argile dans un craquement qui fit serrer les mâchoires à tout l'équipage.

La tête de Neb Orn s'encadra dans la découpe de l'écoutille. Ses hématomes viraient déjà au noir, et Nath mit un instant à le reconnaître.

— C'est parti ! cria le harponneur d'une voix faussement joyeuse. Tout le monde en haut !

— Ça va ? demanda le jeune homme pendant que les matelots regagnaient leur poste.

— Ça va, bougonna le géant moustachu.

Puis, après un moment de silence, il ajouta :

— Jamais il n'y a d'averse à cette époque de l'année. Le temps se détériore. Une demi-journée de retard, pourvu que...

Il se tut et rejoignit l'enchevêtrement de tubulures, sur lesquelles il se mit à taper à l'aide d'une masse.

Nath tâta ses côtes douloureuses. Le martèlement des grêlons avait bosselé sa cuirasse. Ses mains étaient à vif. Il déchira un morceau de sa tunique pour se confectionner des bandages de fortune. La sueur avait collé ses cheveux sur son front. N'ayant pas été blessé, il devait s'estimer heureux. D'autres n'avaient pas eu cette chance. Leur sang maculait encore le pont, là où la pluie les avait fusillés.

La fraîcheur de l'air lui parut délicieuse. Le ciel était d'un gris foncé, mais l'horizon paraissait plus clair. Droit devant, le jeune homme crut discerner quelque chose, une masse flottant dans les lointains.

« Pourvu que… », pensa-t-il sans oser formuler sa pensée.

Le froid le fit grelotter. « Le froid », se répéta-t-il, mais il savait bien qu'en réalité, c'était la peur.

Chapitre 6

Assommé par les émotions, Nath s'était endormi adossé au bastingage. La poigne de Neb Orn le tira du sommeil.

— Regarde ! s'écria le harponneur, nous y voilà.

Nath écarquilla les yeux devant le spectacle qui s'offrait à lui. La chose dont il avait deviné la présence avant de sombrer dans l'inconscience se trouvait à présent à cinq encablures de la canonnière. Une montagne blanche semblait toucher le ciel. Un nuage monstrueux aux dimensions écrasantes.

« Un continent à la dérive », pensa-t-il.

La cloche d'alerte continuait à retentir avec fureur.

— Nuage en vue ! hurlait stupidement le guetteur pris de panique. Nuage en vue ! comme s'il était encore possible d'ignorer une menace aussi évidente.

L'équipage s'était massé à bâbord. Le capitaine, boitillant dans son armure de pluie cabossée, porta à son œil un tachymètre artisanal.

— Il se déplace vite, marmonna-t-il. Bougrement vite. Jamais vu ça !

Nath plissa les yeux. Le nuage flottait au ras de la plaine, étrange baleine de pierre blanche.

— À quelle hauteur plane-t-il ? demanda l'un des matelots.

— Six mètres au-dessus de la surface des vagues, pas davantage, fit Neb en tripotant son harpon fétiche.

Nath serra les mâchoires. Comme tous les Almohans, il n'ignorait rien du danger représenté par les nuages solidifiés. Les marins les appelaient « icebergs volants ».

Aux yeux de Nath, ils évoquaient plutôt des ballons dirigeables dont l'enveloppe remplie de gaz aurait été taillée dans le marbre.

« Ce sont des formations instables, lui avait expliqué son père, de la voix doctorale qu'il adoptait lorsqu'il décidait de "faire l'éducation" de son fils. Des nappes gazeuses obéissant à des lois chimiques mal connues. Elles se solidifient en surface tout en restant creuses, ce qui leur permet de flotter dans le ciel, tels des aérostats. Cependant, plus le poids de « l'enveloppe » augmente, plus leur altitude de croisière s'abaisse. Quand elles commencent à raser la plaine, elles deviennent dangereuses, car elles écrasent tout ce qui se dresse sur leur passage. À ce stade, leur carapace est pratiquement indestructible. Les nuages sont toujours dangereux. D'abord, ils dérivent au hasard, à dix mètres au-dessus du sol, puis, quand ils sont trop lourds, ils descendent jusqu'à crever la croûte de boue séchée. Ils sombrent alors dans la vase. C'est alors le raz-de-marée assuré pour les villages des alentours. Les canonnières sont là pour remettre de l'ordre dans ce chaos. Plus elles détruiront de nuages, plus nous aurons de chances de survivre. »

Le nuage qui flottait non loin du navire avait la taille d'une maison de dix étages. Son apparence aérienne évoquait une montagne de fumée blanche. En réalité, cette nuée immaculée avait la solidité d'une forteresse. Les nuages étaient au ciel d'Almoha ce que les icebergs sont à la Terre.

Déjà le capitaine donnait des ordres. Neb posa la main sur l'épaule du jeune homme. L'excitation se lisait dans ses yeux jaunes.

— On va en finir avec cette cochonnerie d'enclume flottante ! cracha-t-il.

Nath s'accouda à la rambarde de cuivre. Le nuage venait à leur rencontre, comme s'il prenait l'initiative du combat.

— Il nous charge par le travers ! cria le guetteur.

— Il va nous éperonner, balbutia un matelot.

L'énorme masse glissait dans le plus parfait silence, tel un vaisseau fantôme.

« Un monstre de fumée », pensa Nath. En plissant les yeux, il distingua une nuée d'oiseaux perchés au sommet des moutonnements. Il eut envie de hurler et de taper des mains pour les faire fuir, mais c'était inutile ; à cette distance, ils ne l'auraient pas entendu. Il espéra que la première détonation les éparpillerait. S'il détestait les lézards, il éprouvait une sotte affection pour les gros oiseaux malhabiles de la plaine.

Dans son dos, le capitaine commanda le feu. La salve roula, éveillant des stridences au cœur du navire qui vibra comme une cloche. Un sifflement déchira l'air. Ils virent les obus frapper le nuage, ricocher... et retomber mollement sur la plaine. La nuée ne présentait aucune fêlure aux points d'impact. La pesanteur d'Almoha, trop élevée, avait amoindri la puissance destructrice des projectiles.

Sur le navire, les marins demeuraient figés par la stupeur.

Nath laissa son regard s'envoler de moutonnement en moutonnement, de vallée de fumée en crête de brume. Il pensa qu'une telle masse aurait pu supporter le poids d'une ville sans perdre un centimètre d'altitude. Il se secoua. Le nuage était un monstre de mort, pas un prétexte à rêverie.

— C'est un morceau de ciel qui s'est détaché, balbutia quelqu'un. Alkanek veut nous punir ! Il faut s'aplatir, ramper, accepter la malédiction !

Neb Orn mâchonnait rageusement sa moustache. Il se tourna vers le capitaine et grogna :

— Jamais on n'y arrivera, même si toute la soute à munitions y passe. C'est comme si on balançait un coup de pied dans le cul d'un éléphant.

Nath estima qu'il avait raison. Déjà l'ombre du nuage les surplombait, s'étendant sur la canonnière qui, présumant de sa puissance, avait manœuvré pour lui couper la route. Muets de terreur, ils regardèrent glisser ce plafond de marbre au-dessus de leurs têtes.

— Le ciel tombe ! Le ciel tombe ! hurla un marin superstitieux. C'est la Malédiction d'Alkanek, il va nous écraser !

« Si ce n'est vrai, ça y ressemble bigrement », pensa Nath.

Il tourna la tête. La masse se dirigeait à présent droit vers la cité lacustre qui se dressait non loin de là.

Déjà la population dévalait les rues, dans un amoncellement hétéroclite de ballots.

Nath frissonna. Les premiers contreforts du nuage venaient d'enfoncer le mur d'enceinte, qui s'effondra sans opposer de résistance. Le nuage, lui, poursuivit sa route sans dévier de son axe, avec une lenteur majestueuse qui aurait pu être celle d'une bête préhistorique insouciante des arbres et des animaux qu'elle piétine, et qui avance dans l'obstination d'une paresseuse somnolence. Les maisons s'effondrèrent, engloutissant des familles qui hurlaient, la bouche pleine de plâtre ; les immeubles se couchèrent comme l'herbe sous la semelle du marcheur ; les murs devinrent autant de pierres tombales sous lesquelles s'entassèrent femmes et enfants.

Nath, horrifié, observait la ville broyée dont les débris coulaient à présent le long des rues en fleuves de gravats. Le vent rabattait le brouillard de plâtre et de ciment pulvérisé sur les fuyards, teintant leurs vêtements, leurs peaux et leurs cheveux d'un gris uniforme.

— La couleur de deuil des villes écrasées est toujours grise, récita Neb Orn.

Nath scruta le groupe de survivants agglutinés sur les débarcadères, silhouettes figées dans un abattement muet, et se demanda ce qu'ils allaient devenir.

Bâtir une autre ville supposait qu'on puisse dénicher des pierres en quantité suffisante. Sur Almoha, la craie devenait précieuse. La moindre caillasse se troquait à prix d'or dans un monde où les cailloux finissaient aspirés par les sables mouvants. S'ils ne trouvaient pas de pierres, les naufragés de la ville broyée érigeraient des huttes de tourbe que la prochaine averse de silex mitraillerait… et tout serait à recommencer, si les lézards leur en laissaient le temps !

Chapitre 7

Le nuage s'était immobilisé. Surplombant les décombres, il semblait posé en équilibre, au ras de l'horizon, attendant on ne sait quoi.

— Il nous nargue ! cria Neb Orn. Il veut savoir si nous aurons les couilles de l'affronter !

— Matelots, dit le capitaine, vous savez ce qui vous reste à faire. *Aux harpons !* Que tout le monde se prépare à l'abordage.

Nath déglutit, la peur lui nouait l'estomac. Le moment de payer le prix de son voyage était arrivé. Déjà on avait ouvert la soute aux munitions pour en tirer les fameux harpons explosifs si dangereux à manipuler. L'angoisse se peignit sur le visage des hommes. Seul Neb Orn présentait les signes d'une grande excitation. Enfin on allait en découdre ! On montait à l'abordage !

Il sortit d'un coffre un canon portatif. L'arme tirait une flèche à pointe explosive qui se fichait comme un piton dans le flanc des nuages. Ce crochet permettait d'arrimer une échelle de corde sur laquelle les hommes se hissaient, en priant pour que l'assemblage tînt bon.

Neb épaula et fit feu. En raison de la pesanteur, la charge de poudre était considérable, et l'on courait le risque de voir le tromblon exploser entre les mains du tireur. Quand cela se produisait, la tête du malheureux se volatilisait en un brouillard de sang, et l'on ramassait sa mâchoire inférieure sur le gaillard d'avant.

Nath suivit du regard la courbe hésitante du harpon, dont la hampe se terminait par une poulie reliée à un mince filin. Le projectile retombait déjà. Sa pointe au profil d'obus produisit une détonation sourde en touchant le flanc de la masse nuageuse et s'y incrusta. Souvent, il fallait recommencer trois ou quatre fois avant que le fer ne daigne s'enraciner dans la matière vitreuse.

— Ça tient ! annonça Neb en tirant sur le filin.

Le capitaine lui fit signe de hisser l'échelle de corde. Cette manœuvre accomplie, l'équipe d'abordage se disposa en file indienne. Nath s'était débrouillé pour être le premier, car il n'avait aucune envie de ronger son frein en attendant son tour.

Un harpon explosif en bandoulière, il empoigna l'échelle à deux mains. Il perçut les effets de la pesanteur dès qu'il se balança à cinq mètres au-dessus du pont. D'un coup, ses oreilles bourdonnèrent, et il cessa d'entendre les cris d'encouragement des matelots. Il lui sembla que le sang refluait vers le bas de son corps et que ses jambes doublaient de volume. Ses souliers devinrent trop étroits pour ses pieds gonflés, sur le point d'exploser tels des ballons de baudruche remplis d'hémoglobine. Il lutta contre le vertige et s'accrocha aux échelons. Plus il montait, plus les troubles s'aggravaient. Une main invisible pesait sur sa tête, comme si sa calotte crânienne était une noix qu'il fallait faire craquer sans attendre. Des papillons noirs dansaient devant ses yeux. Enfin, il toucha le flanc du nuage. C'était aussi froid que du marbre, aussi lisse que du verre. C'était beau et terrible à la fois.

Il rampa pour se hisser sur la nuée. Ses doigts humides dérapaient sans trouver d'appui. La masse ne présentait aucune aspérité, rien qu'un alignement de rotondités parfaites. Il glissa le long d'une pente, bras et jambes écartés pour ralentir sa chute. Quand il se redressa, les genoux tremblants, il contempla avec stupeur le paysage qui l'entourait. Le nuage flottait dans le ciel telle une île de marbre immaculé. Sa consistance était exactement celle de la pierre. Il était difficile d'admettre qu'une telle masse pût flotter, mais Nath la sentait bouger sous ses pieds, tel le pont d'un bateau. Ses semelles faisaient naître un son creux à chacun de ses pas. Beaucoup voyaient dans ce prodige un effet des pouvoirs magiques du mage Alkanek, assassiné par le troisième Empereur. Nath savait qu'il n'en était rien.

« Les nuages sont solides, se rappela-t-il pour essayer de se rassurer. Solides mais creux, et emplis d'un gaz qui leur permet de flotter à la manière des ballons dirigeables. Quand le gaz vient à manquer, ils descendent de plus en plus bas. »

Pour la première fois de sa vie, il réalisait combien c'était vrai.

L'arrivée de Neb Orn le tira de sa stupeur. Le harponneur soufflait comme un phoque sous l'effet de la pesanteur, son visage avait une teinte violacée.

— Hé, grommela-t-il, ça va ? T'as l'air dans le cirage ! Tu n'as pas oublié ce que tu dois faire, au moins ?

— Non, récita Nath d'une voix étranglée. Je cherche les fêlures, si j'en trouve une, je plante mon harpon dedans, j'arrache l'anneau pour amorcer le détonateur et je cours me mettre à l'abri.

— Ouais, c'est ça, mais fais gaffe si tu ne veux pas voir ta bite voler en mille morceaux.

C'était tout ce que les stratèges avaient été capables d'imaginer pour détruire les nuages : agrandir leurs fêlures en espérant qu'ils se fragmenteraient en menus tronçons inoffensifs. La hampe des harpons contenait une charge détonante qu'on mettait à feu à la façon d'une grenade, en arrachant un anneau. Toutefois, ce dispositif n'était guère fiable, et il arrivait que le harpon explosât au moment même où on le plantait dans la fissure.

— On y va, ordonna Neb. Regarde bien où tu mets les pieds, et avance lentement. À cette hauteur le cerveau est comprimé par la force de gravitation, on s'évanouit vite.

Nath n'eut pas la force de répondre. Depuis trois minutes, il avait l'illusion qu'un éléphant invisible se tenait perché sur ses épaules. Il regarda ses pieds et constata avec étonnement qu'ils ne s'enfonçaient pas dans le « sol ».

— Bouge, lui conseilla Neb, si tu restes immobile, le malaise s'accentuera.

Ils se mirent en marche, pesamment, tels des enfants qui font leurs premiers pas. Les oreilles de Nath bourdonnaient comme dix ruches en folie.

Il comprenait enfin pourquoi personne ne pouvait espérer s'installer sur les nuages. Quelques fous avaient pourtant essayé, partant du principe que mieux valait chevaucher le monstre que de se retrouver aplati sous ses pattes ; aucun n'avait survécu à l'expérience. À cette hauteur, la pression était trop élevée, elle vous comprimait le cerveau, provoquant des hémorragies massives, et des embolies mortelles.

Nath titubait, le regard flou. Il sentit que le sang lui coulait des narines et s'essuya d'un revers de main.

Neb Orn avançait, penché en avant, à la manière d'un scaphandrier marchant au fond de l'eau. Nath se fit la réflexion que l'air paraissait plus épais.

Les deux hommes se déplacèrent à pas lents dans le creux d'un vallon. La géographie du nuage se révéla accidentée. Les volutes formaient des collines semblables à des grappes de raisin sculptées dans le marbre. Des grappes colossales. Il aurait été facile de se perdre dans ce labyrinthe de blancheur où l'on avançait aussi malaisément que sur un étang gelé, aussi Neb prenait-il des repères en traçant des croix ici et là au moyen d'un bout de charbon.

Ils finirent par localiser une fissure.

— Je reste là, annonça le harponneur. Toi, tu vas remonter le plus loin possible. On fera péter les deux charges en même temps, ça sera plus efficace. Sers-toi de ton sifflet pour me signaler quand tu seras prêt. Deux coups longs, un bref. D'accord ?

Nath s'éloigna, les yeux fixés sur la crevasse. La manœuvre avait-elle la moindre chance d'affaiblir la structure du nuage ? Il avait du mal à s'en convaincre, mais jusqu'à maintenant, on n'avait rien trouvé de mieux pour disloquer les icebergs volants d'Almoha.

Il marcha une dizaine de minutes, puis succomba à une défaillance qui l'obligea à s'asseoir. Le sang continuait à lui couler des narines, lui poissant les lèvres et le menton. Une véritable hémorragie.

Il examina ses jambes : des veinules éclataient déjà sous sa peau. Dieu ! Ses mollets avaient doublé de volume sous l'effet de la pression. Ils étaient violacés, distendus par l'afflux du sang dans les parties basses du corps. On eût dit des ballons de cuir ! Son pénis et ses testicules, qui subissaient un traitement identique, le faisaient affreusement souffrir. Il avait l'impression d'héberger deux pamplemousses et un salami dans son caleçon !

Il ferma un instant les yeux, puis se contraignit à se relever. L'éléphant invisible pesait davantage sur ses omoplates. À travers les bourdonnements emplissant ses oreilles, il percevait les explosions lointaines déclenchées par les autres matelots.

Comme il suivait la fissure au fond d'un vallon, il découvrit les restes d'un campement. Il y avait là une demi-douzaine de cahutes basses tachées de fiente, et à peu près autant de squelettes humains. Les restes d'une communauté ayant tenté de s'acclimater à la vie en altitude. Le village avait été dressé auprès d'une déclivité dans laquelle l'eau de pluie formait un lac artificiel. Un poulailler indiquait qu'on avait capturé des oiseaux pour constituer une basse-cour. Nath se pencha sur les dépouilles. Les os des crânes humains présentaient des signes de dislocation. Comme si on les avait coincés dans un étau pour les faire exploser.

Combien de temps les malheureux avaient-ils résisté ? Une semaine ? Trois jours ?

Il décida de ne pas s'attarder. Au moment de planter le harpon dans la fissure, il eut une hésitation. L'arme n'allait-elle pas lui exploser dans les mains ?

Il glissa l'embout du sifflet entre ses lèvres et plongea la pointe du javelot dans la crevasse, aussi loin qu'il pût. Le fer crissa sur le marbre. Gonflant les joues, Nath lança le signal, puis arracha l'anneau d'amorçage d'un geste sec. Autant en finir le plus vite possible. En quatre enjambées, il trouva refuge derrière un monticule de marbre, mais il glissa et s'étala sur le ventre. Ses oreilles bourdonnaient tant qu'il n'entendit pas l'explosion. Il sentit l'onde de choc courir dans le sol et se répercuter dans son ventre. Pendant une seconde, il se demanda avec terreur si le nuage n'était pas en train de se couper en deux tronçons sous l'effet de la déflagration, et s'il n'allait pas partir à la dérive, lui, Nath, prisonnier d'une moitié d'iceberg…

Il se releva avec peine et revint sur ses pas. La migraine lui broyait les tempes. Ses parties génitales semblaient sur le point d'éclater.

Neb l'attendait. Sans perdre une seconde, ils se dirigèrent vers l'échelle de corde. Ils savaient qu'ils devaient descendre avant de perdre de connaissance ; s'ils venaient à s'évanouir, la canonnière s'éloignerait sans eux, car personne ne se hasarderait à récupérer leurs corps inanimés.

Au moment où il se penchait pour saisir le premier échelon, Nath vit que le sang qui gouttait de son nez avait tracé un pointillé écarlate sur la blancheur du sol. Ce dessin lui parut magnifique, et il demeura immobile, contemplant cette étrange ligne frontière.

— Secoue-toi, gronda Neb Orn. Tu es en train de perdre la boule.

Ils se laissèrent glisser vers le pont. Au fur et à mesure qu'ils descendaient, le malaise s'allégea puis disparut tout à fait.

Nath s'affaissa sur un rouleau de cordage.

Deux matelots furent portés manquants. Le premier avait explosé avec son harpon. Le second avait été victime d'une syncope.

— Sa cervelle a été liquéfiée par la pression, expliqua l'un de ses compagnons. Elle lui coulait du nez comme de la morve. Bon sang ! Chaque fois qu'il éternuait, son cerveau lui sortait des narines !

L'échelle de corde récupérée, on regarda s'éloigner l'iceberg volant en priant pour que les fissures qu'on venait d'agrandir causent sa dislocation. Réduit en menus tronçons, le nuage tueur deviendrait moins dangereux.

Le lendemain, la canonnière jeta l'ancre près de Solterra, l'île où Nath était né. Son voyage s'achevait là. Il était rentré chez lui, et il n'avait aucune idée de ce qui l'attendait. Avec un pincement au cœur, il fit ses adieux au harponneur, auquel il avait fini par s'attacher.

— Nous nous reverrons peut-être, soupira le gros homme. Tout est possible sur la plaine de boue. Que les dieux te protègent des démons du brouillard et te conduisent un jour au pied de la muraille, là où commence le jardin des secrets.

Chapitre 8

Nath contempla longuement sa ville natale. C'était là qu'il avait vu le jour, dans les décombres de cette cité bâtie en des temps reculés pour le confort des bourgeois et des seigneurs de la plaine. Ici, point de baraquements ou de cahutes de tourbe, mais des villas cossues, des palais, des temples agrémentés de balcons soutenus par des cariatides, des frontons à colonnades, une agora encerclée de statues majestueuses. Des bâtisses qu'on avait voulues prestigieuses. La Malédiction avait balayé ce rêve prétentieux. Que restait-il, aujourd'hui, de cette chimère érigée par une poignée de nantis ? Sous les yeux de Nath se dressait une meute de bâtiments émiettés fichés sur un monticule perdu au milieu d'une plaine boueuse. Des façades éventrées, couvertes de fientes d'oiseaux et constellées de cratères creusés par les averses de cailloux.

Depuis le matin, Nath déambulait à travers ces ruines, cherchant désespérément un emploi, allant d'échoppe en échoppe pour monnayer sa force de travail. Jusqu'à présent, il n'avait essuyé que des refus.

Il parcourait les ruelles avec obstination, insensible à la bruine de gravillons qui, peu à peu, marquait son visage de minuscules ecchymoses.

La ville n'avait pas changé. C'est tout juste si la tour de guet, où son père avait officié, s'était enfoncée dans le sol d'un mètre ou deux sous l'effet de la pesanteur.

Il y avait maintenant cinq heures que Nath avait débarqué, laissant la canonnière poursuivre sa course vers le nord. Désemparé de se retrouver seul, il avait marché au hasard. Personne ne l'avait reconnu. Plus exactement : personne ne lui avait manifesté le moindre intérêt. La ville ne s'animait guère, il est vrai, que le soir, lorsque chasseurs et pêcheurs rentraient, leurs prises en travers des épaules, épuisés et maculés de terre et de boue. Alors la fumée montait au-dessus des cahutes de tourbe, véhiculant des senteurs de viande rôtie et de friture.

Tout en haut de la colline, les vestiges dérisoires d'un quartier résidentiel accueillaient les familles les plus influentes. Le reste de la population se partageait les rares immeubles solidement ancrés dans le sol. Toutefois, on ne se hasardait guère au-dessus du troisième étage. La pesanteur rendait les escaliers peu praticables, et grimper jusqu'au cinquième vous condamnait à la crise cardiaque.

Nath s'interrogeait sur les motifs qui l'avaient poussé à revenir dans cette cité où personne n'avait besoin de lui. Il se demandait tout à coup s'il n'aurait pas mieux fait de rester à bord de la canonnière avec Neb Orn.

Comme il se préparait une fois de plus à quémander du travail chez un forgeron, un groupe de jeunes gens déguenillés s'approcha. Il n'eut pas de mal à les reconnaître. Ainsi, ils sévissaient toujours ! Leur chef s'appelait Joss, un type malsain, à la peau blême, beaucoup moins fort que ses camarades, mais qui exerçait sur eux une étrange emprise morale. Nath s'était toujours étonné de la fascination que Joss suscitait parmi la bande. Il est vrai que Joss était doué pour la cruauté et que chacun des mots coulant de sa bouche était imprégné de fiel. Joss s'assit sur ses talons, car sur Almoha, rester debout exigeait une bonne musculature.

— Les lézards ne t'ont pas bouffé ? dit-il d'une voix monocorde. Sans doute que tu n'as jamais été assez courageux pour les approcher…

La bande ricana dans la semi-obscurité.

— Les marins qui accostent ici de temps à autre racontent que tu vivais à la colle avec une Tête-Molle, reprit Joss. Une sauvage qui marchait à quatre pattes… T'aurais même eu un marmot avec elle, une espèce de chiot qui ne savait qu'aboyer ? Ouaf ! Ouaf ! Tu lui avais, paraît-il, construit une niche miniature, et il te servait de chien de garde. C'est vrai ? Qu'est-ce que t'es revenu faire ici, manger notre pain ? Baiser nos filles ? Te louer comme chien de garde, toi aussi ? Sais-tu aboyer, au moins ?

Nath savait que Joss cherchait à provoquer un scandale pour le faire expulser. Il décida de ne pas tomber dans le piège et, avec un haussement d'épaules, entra chez le forgeron, poursuivi par les rires des bons à rien.

— C'est ça ! cracha Joss, retourne chez les Têtes-Molles avant qu'on ne s'occupe de toi. T'as plus rien à faire ici ! T'es plus chez toi ! T'as trahi ta race !

Mais Nath s'était déjà approché de l'enclume, où le maître des lieux s'employait à marteler une barre de fer portée au rouge dans l'espoir d'en faire une épée. Une fois de plus, le jeune homme tenta de négocier sa force de travail en essayant de masquer sa lassitude sous un dynamisme de commande.

L'artisan l'examina de la tête aux pieds d'un air désabusé.

— Mon pauvre gars, grommela-t-il. Je te connais, je ne vais pas te mentir, personne ne t'embauchera. Tu n'es pas aimé, on va te faire payer ta désertion. Les gens n'ont pas apprécié que tu quittes la colline pour aller tenter ta chance ailleurs. Chez nous, ça ne se fait pas. Si tu veux éviter de crever de faim, il ne te reste qu'une solution, descendre dans la caverne funéraire pour travailler avec Barnabas.

Nath sentit son estomac se nouer. Barnabas était le croque-morts de Solterra, l'unique dépositaire des cadavres de la communauté, le grand maître du cimetière souterrain. Depuis des générations, il jouait le rôle du croque-mitaine pour tous les gosses de la cité, qui n'avaient cessé de s'entendre répéter : « Si tu n'es pas sage, Barnabas viendra te prendre ! »

— C'est pas des conneries, insista le forgeron. Barnabas se fait vieux, il a sacrément besoin d'un assistant. Le problème, c'est que personne ne tient le coup bien longtemps. C'est trop... *bizarre* en bas. Il t'accueillera à bras ouverts, sois-en certain ! Ça te fournira toujours le gîte et le couvert pendant un moment… jusqu'à ce que tu craques. Tu te rappelles où se trouve l'entrée ?

Nath grimaça. Qui aurait pu oublier l'accès de la nécropole enfouie ?

Il remercia le forgeron et sortit. Les catacombes faisaient la fierté des habitants de Solterra. Nath avait plus d'une fois entendu son père évoquer avec mépris les clans qui se contentaient d'immerger leurs défunts dans la vase. Ce n'était pas, selon lui, des funérailles dignes d'un humain. Il y voyait une coutume de sauvages, de Têtes-Molles.

« Comment les morts pourraient-ils apprécier de s'enfoncer dans la boue ? haletait-il. C'est, à mon sens, ravaler leur dépouille au rang d'excréments ! »

Nath soupira. Son estomac le torturait. Dormir à la belle étoile, recroquevillé dans les ruines, ne l'enchantait guère, car c'était s'offrir en pâture aux lézards qui, la nuit, sillonnaient la ville à la recherche des sans-abri.

S'étant orienté, il s'éloigna de l'agglomération pour s'engager sur le chemin du cimetière. Il s'agissait en fait d'une ancienne galerie de mine ouvrant sur le versant nord, et qui s'enfonçait en pente vive dans les entrailles de la colline. Au seuil de la grotte, trônait depuis toujours un wagonnet rouillé tenant lieu de corbillard. Les convois funèbres s'immobilisaient au pied du véhicule. Là, après y avoir déposé la dépouille, le plus proche parent du défunt agitait la cloche suspendue au portique pour signaler leur présence. Ensuite, les hommes poussaient le wagonnet sur ses rails, jusqu'à ce qu'il acquière assez d'élan pour continuer sa course tout seul. La pente facilitait le processus ; le fourgon s'emballait bientôt dans un bruit de tonnerre qui effrayait les femmes, les enfants… sans oublier les hommes (bien que ces derniers ne voulussent pas l'avouer !).

Le rituel exigeait également qu'on entassât des présents dans le wagonnet. Ces offrandes (vin, nourriture, vêtements) servaient à payer la peine du croque-mort, Barnabas.

Aujourd'hui, Barnabas était trop vieux pour ramener le wagonnet à son point de départ, c'est pourquoi il avait besoin d'un assistant jeune et musclé. La foutue voiture pesait son quintal de ferraille rouillée, et Nath serrait les dents en songeant aux efforts qu'il allait déployer chaque fois qu'il lui faudrait hisser le corbillard improvisé jusqu'à l'entrée de la grotte.

Il ne put retenir un frisson en voyant apparaître en travers de la route le portique rouge soutenant la célèbre cloche de bronze.

Quand son père était mort, Nath avait dû emprunter une brouette à un voisin pour transporter la dépouille de Moor au seuil de la grotte. Personne ne l'avait aidé. Moor, trop rigide, trop dogmatique, s'était depuis longtemps aliéné la sympathie des habitants de la colline, et aucun de ceux sur qui il avait pourtant veillé pendant cinq ans n'avait versé une larme à l'annonce de son décès.

Le garçon s'immobilisa sous la cloche de bronze et la caressa du bout des doigts. Puis, se ressaisissant, il entra dans la caverne. Le wagonnet était toujours accroché à ses rails, embusqué dans la pénombre tel un animal affamé et impatient de se remplir la panse.

Au bout d'une dizaine de mètres, la pente s'accentuait, rendant la progression difficile. Dans une niche de pierre, Nath découvrit une lampe alimentée à la graisse de lézard, et un briquet d'amadou. Il entreprit d'allumer le photophore.

Par tous les démons du brouillard ! Jamais il n'aurait imaginé se retrouver un jour ici, dans cet antre de désespoir ! Fallait-il que la guigne s'acharnât sur lui pour qu'il en fût réduit à pareille extrémité !

Brandissant la lampe de cuivre, il se hasarda prudemment sur la pente. Les cailloux roulaient sous ses semelles, déclenchant de brèves avalanches. Au moins, il ne risquait pas de se perdre puisqu'il suffisait de suivre les rails ! La lueur du jour disparut dans son dos, et il se retrouva seul, tâtonnant au milieu des ténèbres et des échos. Oppressé, il éprouva le besoin d'annoncer son arrivée :

— *Père Barnabas ?* Je viens pour la place d'assistant… Le forgeron m'a dit que vous cherchiez quelqu'un…

Soudain, l'odeur de la nécropole lui sauta au visage. Pas un relent de pourriture, non, mais la senteur puissante du goudron. Il toussa et ses yeux se mirent à pleurer. Il savait par ouï-dire que le cimetière souterrain ouvrait sur une mare de bitume liquide. Barnabas plongeait les morts dans le coaltar pour les embaumer. Ces momies charbonneuses étaient dès lors affranchies des injures du Temps. Les gens qui avaient visité le sépulcre se comptaient sur les doigts de la main, mais tous en parlaient avec une terreur superstitieuse qui ne donnait guère envie d'aller voir.

— Père Barnabas ? répéta Nath.

Il se méfiait du vieillard. On le disait dérangé. Il pouvait très bien prendre ce visiteur inattendu pour un démon et l'empaler sur une fourche.

Pendant les cent derniers mètres, Nath eut du mal à conserver son équilibre. La pente était si vive qu'il se demanda s'il serait capable d'y pousser le wagonnet. À ce petit jeu, il risquait de se faire écrabouiller.

Il plissa le nez. Une odeur de gaz flottait dans l'air. Une lueur jaunâtre palpitait au bout de la galerie. Il comprit que Barnabas utilisait pour s'éclairer les émanations inflammables filtrant par les crevasses. C'était foutrement dangereux !

Et, tout à coup, il franchit le seuil de la nécropole. Là, s'ouvrait une caverne immense qu'encombraient des dizaines d'échafaudages et de plates-formes reliés par des passerelles. L'éclairage sautillant était assuré par des rampes à gaz dont les petites flammes chuintaient au long des tuyaux. L'atmosphère était étouffante, l'odeur, forte, l'oxygène, rare. En une seconde, il fut couvert de sueur.

Il s'immobilisa, ébahi. Il venait de réaliser que les plates-formes constituaient des claies sur lesquelles gisaient des centaines de corps momifiés, aussi noirs que des statues taillées dans le charbon. Les rayonnages, empilés les uns sur les autres, grimpaient jusqu'à la voûte qu'ils soutenaient tels des piliers. On se serait cru dans un dortoir gigantesque aux couchettes superposées.

D'étroites travées séparaient ces rangements constitués de niches où les morts reposaient au coude à coude.

Un étrange personnage se matérialisa devant Nath, le tirant de sa stupeur. C'était Barnabas, le maître du cimetière souterrain.

Petit et décharné, il clopinait, seulement vêtu d'un pagne, le corps noirci par le goudron. De longs cheveux blancs réunis en queue-de-cheval flagellaient son échine saillante au rythme de sa marche. Il respirait la bouche ouverte, dévoilant une rangée de dents gâtées. Ses yeux exorbités allaient de pair avec son goitre. En dépit de sa disgrâce physique, il jouissait d'une bonne musculature.

— C'est toi qui fais tout ce tapage, gamin ? grogna-t-il. Tu veux provoquer une avalanche ou quoi ?

— Je viens pour l'embauche…, lâcha Nath.

— Ouais, ouais, j'ai compris. D'accord, je t'engage. J'espère que tu tiendras plus longtemps que celui qui t'a précédé.

— Il a donné sa démission ?

— Non, il est tombé dans le goudron brûlant. C'était un maladroit. Il est rangé quelque part dans ce coin, sur une étagère. Tu dois savoir une chose, le bitume est liquide parce qu'il est bouillant. Tout ce qu'on y trempe cuit en trente secondes. Si tu fais la connerie d'y plonger les doigts, je n'aurai plus qu'à t'amputer. Comment tu t'appelles ? Viens, je vais te faire visiter les lieux. En fait, y'a pas tellement de travail d'embaumement, mais faut veiller à l'entretien des pensionnaires, et ça, ça prend du temps. Tu dois te mettre dans l'état d'esprit d'un valet de chambre, tu vois ? Nous sommes dans un hôtel, et nos clients dorment, tout autour de nous. Notre boulot consiste à ce que rien ne vienne troubler leur sommeil, pigé ? On est là pour assurer le *room service*. Tu sais ce que c'est ? Non ! Vous les jeunes, vous n'avez aucune culture.

Nath se garda de protester, le bonhomme étain de toute évidence dérangé. Les émanations bitumineuses avaient dû lui ronger le cerveau !

Barnabas allait et venait entre les présentoirs, nommant de temps à autre ses « pensionnaires ». Nath vit que les momies étaient numérotées et songea que son père était là, quelque part, perdu au sein de cet empilement labyrinthique de dormeurs immobiles. Par chance, le mauvais éclairage atténuait l'horreur des lieux et, dans la pénombre, les morts ressemblaient davantage à des statues qu'à des humains.

Brusquement, Barnabas ordonna à Nath de lui rappeler son nom.

—Ah ! glapit le vieillard. Tu es le fils de Moor, la sentinelle. Tu m'as amené ton paternel il y a deux ou trois ans, c'est ça ? Je l'ai bien traité. Si tu veux, je te le montrerai. Je tiens mes livres à jour, je sais très exactement où dorment tous les clients. Ici, rien ne se perd.

Pendant une heure, Barnabas radota d'une voix haut perchée. Les vapeurs du goudron enivraient Nath, qui se sentit pris de vertige.

—Tu transpires comme un porc ! ricana le vieux. T'es bien trop habillé. Faut te foutre à poil, comme moi, sinon tu tomberas en syncope. Certains jours, la température frise les quarante-cinq degrés, faut t'y préparer.

N'y tenant plus, Nath se déshabilla en hâte. Dès qu'il fut nu, son malaise s'atténua.

— Et maintenant, le plus important ! claironna son guide. La fosse à goudron.

Toutes les travées s'organisaient en étoile autour du même carrefour. Là, au centre de la rotonde, s'ouvrait une mare noire et bouillonnante d'aspect effrayant. La chaleur y était insupportable.

— Voilà où nous travaillerons, expliqua Barnabas. Quand on nous amène un corps, il faut l'ouvrir, lui ôter les boyaux, puis, quand il est bien récuré, on l'accroche au bout de cette chaîne et on le fait glisser sur ce plan incliné, jusqu'à ce qu'il soit complètement immergé dans le bitume. On attend un quart d'heure, qu'il cuise, puis on le remonte et on le laisse refroidir. Une fois qu'il a durci, bien refroidi, on le hisse sur une claie. Il est paré pour affronter l'éternité.

Il fut interrompu par une violente quinte de toux et cracha des glaires noires.

— Bon, présenté de cette façon, ça semble facile, grommela-t-il quand il eut recouvré son souffle, mais les accidents sont fréquents. Parfois, le coaltar bouillonne tellement qu'il projette des éclaboussures en tous sens, et on peut s'en ramasser dans les yeux. Il y a aussi les vapeurs ; elles te font tourner la tête, et la syncope t'expédie droit dans la mare... J'ai perdu trois assistants comme ça. Bon, t'en sais suffisamment pour l'instant. Viens boire un coup.

Nath sauta sur l'occasion qu'on lui fournissait de s'éloigner de l'étang de bitume en fusion. Barnabas le conduisit au seuil d'une baraque de planches qu'encombrait un invraisemblable fouillis de vêtements et d'objets hétéroclites.

—Les habits des morts, expliqua-t-il. J'en ai assez pour ouvrir un magasin ! Les familles n'arrivent pas à piger qu'on doit foutre les macchabées à poil avant de les goudronner ! Le reste, c'est des cadeaux qu'ils mettent au fond du wagonnet à mon intention. Des fois, c'est des vraies conneries sans aucune utilité. Pose ton cul là.

Zigzaguant au milieu du capharnaüm, il alla récupérer un cruchon d'eau-de-vie et deux gobelets. Nath, l'estomac révulsé, dut se résoudre à avaler la mixture que le vieillard dégustait à grand renfort de clappements de langue gourmands.

—Alors comme ça, gouailla Barnabas, ton père c'était Moor ? On l'aimait pas beaucoup. Il a été remplacé par Taragos-le-Blême, y'a deux ans. C'est lui que le tirage au sort a désigné. Il va pas tarder à venir nous rendre visite.

—Il est malade ? s'enquit Nath.

—Ouais, c'est ce qui se dit. Paraît que les démons du brouillard lui ont fait son affaire. Leur puanteur l'a empoisonné. Il crache ses poumons. L'est foutu. Va y avoir un nouveau tirage au sort. Pourquoi tu tenterais pas ta chance ? T'es jeune ! Les sentinelles ont des tas de privilèges. Bonne nourriture, accès au bordel secret de la colline… Mais tu sais déjà tout ça, n'est-ce pas, puisque ton père était guetteur ! Si ça se trouve, tu l'as même accompagné au bordel qu'est caché sous le donjon ?

Nath détourna la tête. Il ne tenait pas à gâcher les fantasmes du vieillard. De toute manière, s'il avait révélé la vérité, Barnabas aurait refusé de le croire.

— Ouais, sentinelle, rêva le vieillard. C'est la bonne combine ! Guetter les nuages, rien foutre, se remplir la panse et tirer son coup. Y'a pas à dire, y'en a qu'ont de la chance.

— Je tombe de sommeil, soupira Nath. Bon sang ! Je ne me suis jamais senti aussi fatigué...

— C'est l'effet de l'hypoxie, expliqua le maître du cimetière. L'air pauvre en oxygène... Tu t'habitueras... ou t'en crèveras, c'est selon. J'ai eu un assistant qu'est devenu tout bleu en l'espace d'une nuit. Au matin, l'était raide mort. Il y en a qui supportent pas. Des petites natures. Le gaz, il en sort de toutes les fissures, c'est ça qui nous chauffe, qui nous éclaire. On finit par s'y faire. Après, c'est quand on retourne à la surface qu'on se sent mal. Tiens ! Moi qui suis en bas depuis si longtemps, si je remontais à l'air libre, je tomberais foudroyé, les poumons brûlés par l'excès d'oxygène. Le sang rouillerait dans mes veines ! Mon cœur se mettrait à charrier de la limaille de fer !

Voyant que son interlocuteur s'assoupissait, Barnabas n'insista pas.

— Tiens, couche-toi là, fit-il en désignant un châlit, moi je repars travailler. Demain, fini de jouer les chochottes, faudra t'y coller, gamin !

Le lendemain, Nath fut réveillé sans ménagement par son nouveau maître qui, lui ayant mis un harpon entre les mains, lui demanda de patrouiller à la recherche d'un éventuel gibier qui pourrait agrémenter leur ordinaire.

— Ceux de la surface ne nous envoient que de la viande séchée, grogna le vieillard. Dans peu de temps, tu en auras ras-le-bol, comme moi. La chaleur et la lumière attirent un tas de bestioles dans la caverne. Si tu n'es pas manchot, tu en attraperas quelques-unes. Ça fera de bons ragoûts.

C'est ainsi que Nath retrouva les automatismes qui avaient jadis été les siens lorsqu'il chassait avec les Têtes-Molles. Il accueillit sans déplaisir cette corvée de ravitaillement qui le tenait éloigné des momies de goudron, de ces morts entassées dans ce qui avait parfois l'allure d'immenses lits superposés. Les rochers servant d'habitat à de nombreux petits lézards, il revenait rarement bredouille. Écorcher les bêtes, les faire rôtir, cela l'occupait d'une manière anodine qui chassait ses idées noires.

Parfois, au cours de ses affûts, il traversait des nappes gazeuses dont les vapeurs toxiques déclenchaient d'étranges hallucinations. Titubant, ivre, il croyait alors voir Nioucha et l'enfant, qui lui adressaient des signes du fond de la caverne. Le mirage paraissait si réel que le jeune homme ne pouvait s'empêcher de courir à la rencontre de ces fantômes qui se dissolvaient avec malignité dès qu'il était sur le point de les toucher.

Son manège n'échappa point à Barnabas qui lui dit :

— Tu devrais faire gaffe, mon gars. Le gaz, faut pas en abuser. Une petite reniflette de temps en temps, ça remonte le moral, mais si on insiste, on finit par ne plus distinguer le rêve de la réalité. Pourquoi crois-tu que tu attrapes aussi facilement tout ce gibier ? Ne va pas te prendre pour un grand chasseur, c'est juste que ces pauvres bestioles sont dans les vapes, camées jusqu'aux yeux et incapables de se servir de leurs pattes pour prendre la fuite !

Tous les sept jours, Nath remontait à la surface. « Surface » était du reste un bien grand mot, puisqu'en réalité son périple s'arrêtait sous le portique soutenant la cloche, là où l'agent de la municipalité venait déposer le panier de vivres destinés aux croque-morts. Le jeune homme se saisissait du fardeau et s'empressait de regagner le cimetière souterrain car la lumière du jour lui blessait la vue. Désormais accoutumé à la chaleur torride de la caverne, il claquait des dents dès qu'il lui fallait affronter le vent de la plaine.

Pendant que Nath rangeait les provisions sur les étagères de la cabane, Barnabas déchiffrait péniblement le « journal » de la colline. Il s'agissait en fait d'une compilation de ragots rédigée par les commères de la cité à l'intention des ouvriers du sépulcre dans le but de les divertir. Les racontars salaces et malveillants y abondaient, faisant les délices de Barnabas.

— Tiens ! lança un soir le vieillard. Y'a quelqu'un qui te cherche... Quelqu'un qu'a appris que t'étais revenu.

Nath s'immobilisa, surpris.

— Qui donc ? demanda-t-il.

— Une certaine Sigrid... La fille d'un pêcheur. Je vois de qui il s'agit Elle a mauvaise réputation. Elle couchaille à droite et à gauche et elle est foutrement insolente. Tu la connais ?

— Un peu, soupira Nath. On jouait ensemble quand nous étions gosses. À l'adolescence, on s'est perdus de vue.

— Dommage, grommela le vieux. T'aurais pu te la faire. Paraît qu'elle est chaude. Mais c'est pas seulement ça, elle a mauvais esprit. C'est une rebelle. À ta place, je l'éviterais, c'est une faiseuse d'embrouilles... Ah ! Je lis là que notre sentinelle, Taragos-le-Blême ne va pas mieux. On l'a vu cracher du sang au coin d'une rue. Je flaire qu'il va bientôt prendre pension chez nous.

Nath prêtait peu d'attention à ces potins. Pour l'heure, il appréciait d'avoir chaud et de manger à satiété, deux choses qui lui avaient cruellement fait défaut sur la banquise d'argile sèche.

Peu de temps après, Barnabas se mit en tête de démarrer son apprentissage.

— Va falloir que tu m'assistes, gamin, annonça-t-il. Un nuage a rasé la ville de Zalima. La catastrophe a fait pas mal de morts. Leurs familles, qui ne veulent pas les inhumer dans la boue, vont les amener ici.

— Ici ? s'étonna Nath. Des étrangers ?

— Bien sûr ! se rengorgea le vieux. Notre cimetière est renommé. Les gens de Zalima vont payer un loyer pour qu'on héberge leurs défunts. Ils savent qu'ici, leurs morts ne risquent pas d'être dévorés par les lézards. Tu sais ce qu'on dit : si on n'est pas entier, on ne peut pas se réincarner.

Nath dut donc se résoudre à assimiler les manipulations du processus d'embaumement. Comme il s'y attendait, Barnabas lui confia la partie la moins ragoûtante du rituel, celle qui consistait à vider les cadavres de leurs entrailles.

— Faut éviter la fermentation interne, radotait le vieillard. Sinon, la croûte de goudron séché se fissure et finit par éclater. Ça fait désordre. *Gratte bien!* Bon sang! T'as déjà vidé des lézards, non?

Le garçon fit contre mauvaise fortune bon cœur. Quand le dégoût le submergeait, il s'isolait dans les rochers pour inhaler un peu de gaz, et laissait son esprit s'emplir d'images colorées.

Puis les malheureux rescapés de Zalima débarquèrent à Solterra, et avec eux, des dizaines de cadavres sommairement cousus dans des linceuls de toile huilée. Le wagonnet et la cloche funéraire ne chômèrent pas. Et Nath pas davantage qui, après chaque « livraison », devait ramener la carriole de fer jusqu'à l'entrée de la galerie afin qu'elle puisse charrier un nouveau chargement de chair morte. Il trébucha deux fois ; en chacune de ces occasions, il faillit avoir les jambes sectionnées par les roues de la benne.

Barnabas, lui, immergeait les dépouilles dans le coaltar bouillant avec une sûreté de gestes née de l'habitude. Au terme de ce traitement, les morts se changeaient en statues noires, lisses, brillantes, d'une beauté menaçante. Lorsqu'elles avaient refroidi, Nath devait aider le vieillard à leur trouver une place, quelque part sur un échafaudage. Commençait alors une ascension vertigineuse au sommet des échelles. Barnabas prenait la tête de la cordée tandis que Nath suivait, le cadavre sanglé sur les épaules. Dans ces conditions, le périple frôlait souvent la catastrophe, surtout quand l'un des barreaux de l'échelle cassait sous le poids des grimpeurs.

De temps à autre, les deux hommes faisaient une pause et s'asseyaient sur l'une des claies, au milieu des momies numérotées à l'alignement parfait.

— Tu vois, gamin, ricanait Barnabas qui ne craignait pas de se répéter, quand on y réfléchit bien, on s'aperçoit que ce sont les morts et les échafaudages qui constituent les racines de la cité ! Regarde ! Les échafaudages forment des piliers qui soutiennent la voûte de la crypte. Or, qu'est-ce qui repose directement sur cette voûte : la ville ! Si une explosion se produisait ici, nos tours de bois s'effondreraient, et je ne serais pas étonné que le plafond de la caverne se fissure, puis s'écroule. Toute cette fichue ville dégringolerait directement ici ! Ce serait farce, non ?

Il semblait prendre un plaisir pervers à ces évocations. Nath, lui, scrutait la voûte, dénombrant les crevasses qui zigzaguaient entre les stalactites. Cet examen l'amenait chaque fois à se demander si le vieux fou n'avait pas raison. Les échafaudages formaient bel et bien des piliers qui soutenaient la cité. Pour un peu, on aurait pu dire que les morts portaient les vivants à bout de bras.

— Dans les temps anciens, grommelait Barnabas, c'était une mine, ici. Tout ce bois servait à fabriquer des charpentes. Au début, j'avais cinquante ouvriers sous mes ordres, mais ils ont fichu le camp dès que les claies ont été mises en place.

Lorsqu'il ne momifiait pas les défunts, Barnabas pêchait pour se détendre. Un jour, il emmena Nath dans les rochers qui se dressaient sur le périmètre de la caverne et lui indiqua un étang vaseux.

— Ça communique avec l'océan de boue, expliqua-t-il. Y'a des choses enfouies là-dessous. Des choses d'une autre époque. Quand on jette une ligne, on ramène parfois des trucs bizarres. C'est amusant, ça passe le temps. Tu veux essayer ?

Les deux hommes s'installèrent au bord du trou pour y lancer des lignes lestées de plomb et au bout desquelles un grappin dardait ses multiples crochets.

— Tu vas voir ! ricana le vieux. C'est marrant.

Tandis qu'ils patientaient, Barnabas expliqua qu'il lui arrivait de pêcher des machines incompréhensibles, truffées de boutons.

— Ces gars-là, grogna-t-il, ils aimaient les boutons ! Tu peux me croire ! Ils en mettaient partout. Pas étonnant qu'ils soient devenus fous. Ils vivaient entourés de machines qui faisaient tout à leur place. C'étaient des fainéants. Comme ils ne branlaient rien de la journée, leurs muscles fondaient. C'étaient des types mous, plus faibles qu'un enfant, tout juste bons à appuyer sur des boutons. Ils passaient leur existence à fixer des boîtes à images. Une vraie vie de con !

Nath se contentait d'écouter. Son père lui avait raconté qu'Almoha avait été colonisée, des siècles auparavant, par de lointains ancêtres venus d'une planète nommée « Terre ». C'était une vérité historique qu'il avait encore du mal à assimiler.

Ce jour-là, ils remontèrent un objet bizarre qu'ils étudièrent sous toutes les coutures, formulant des hypothèses fantaisistes quant à son utilité.

— Par tous les démons du brouillard, conclut Barnabas, fallait vraiment être cinglé pour inventer de telles saloperies. L'épée, la poêle à frire, le casque et la fourchette, ça, ce sont de vraies inventions ! Rien à voir avec ces… *ces machins !*

Et, avec un geste de dégoût, il rejeta l'objet mystérieux dans l'étang.

Deux semaines plus tard, les choses se gâtèrent.

Nath se déplaçait dans l'une des travées séparant les échafaudages quand un épouvantable craquement retentit. Levant les yeux, le jeune homme poussa un hurlement de terreur en voyant l'une des momies alignées sur la claie s'asseoir d'un mouvement sec, comme si elle s'éveillait en sursaut. La seconde d'après, la statue de goudron explosa, le mitraillant de fragments de bitume et de chair cuite. À demi assommé par l'onde de choc, Nath perdit l'équilibre et s'affaissa. Il fut ramené à la réalité par les vociférations de Barnabas qui, penché sur la dépouille, en inventoriait les restes.

— Foutu bon à rien ! glapissait le vieux. Tu ne l'as pas vidée correctement. Les gaz de putréfaction l'ont dilatée ! Je t'avais bien dit qu'il ne devait rester aucun organe… Si ça se sait, ma réputation est fichue !

Au comble de la rage, il se précipita sur Nath pour le bourrer de coups de pied.

— Disparais ! Hors de ma vue ! hoquetait-il. Je ne sais pas ce qui me retient de te tuer !

Nath choisit de s'éloigner sans tenter de se défendre. Il n'allait tout de même pas se battre avec un vieillard !

Hélas, au cours des heures qui suivirent, trois autres momies se dressèrent sur leur couche funéraire. L'une explosa, les deux autres se fendirent de haut en bas avec un craquement sinistre. La colère de Barnabas ne connut plus de bornes, et il se mit à bombarder Nath de cailloux afin de le repousser hors des limites du campement.

Le garçon dut se résoudre à chercher refuge dans les rochers, aux confins de la caverne.

« Bah ! se dit-il, il n'y a qu'à attendre, ça lui passera. »

Il se trompait. Barnabas ne décoléra point, et chaque fois que Nath faisait mine de revenir au campement, le vieillard saisissait son arc et lâchait des flèches en direction de son ancien assistant. La pesanteur affaiblissait la puissance de ses traits, mais il parvint néanmoins à blesser le jeune homme à l'épaule gauche.

— Tu m'as déshonoré ! beuglait-il. Je laverai cet affront dans le sang ! Dès que l'occasion m'en sera donnée, je te tuerai !

La tournure des événements commençait à inquiéter Nath. Toutes les momies sur lesquelles il avait travaillé depuis son arrivée explosaient les unes après les autres sous l'effet de la fermentation interne. Il avait manifestement commis une erreur de préparation, mais il débutait dans le métier de thanatopracteur et, à son avis, Barnabas aurait dû se montrer plus compréhensif. Au lieu de cela, le vieux délirait à longueur de journée sur son honneur bafoué et décuplait sa hargne en avalant force gobelets d'eau-de-vie.

La nuit, Nath ne dormait que d'un œil, persuadé que Barnabas allait lui trancher la gorge dans son sommeil.

Par chance, la cloche funéraire fit entendre son tintement, annonçant l'arrivée d'un nouveau pensionnaire.

Cinq minutes après, le roulement du wagonnet lancé sur ses rails se répercuta au long de la galerie.

Tapi derrière la barrière des rochers, Nath tendit l'oreille afin de surprendre le monologue de Barnabas qui, comme beaucoup de solitaires, avait pris l'habitude de commenter chacun de ses gestes à voix haute. Il finit par comprendre que la dépouille était celle de Taragos-le-Blême, la sentinelle en fonction, qui venait de rendre l'âme de manière prématurée.

Profitant de ce que Barnabas entamait la préparation du cadavre, Nath se faufila entre les échafaudages en direction de la sortie. Sa décision était prise, il ne pouvait s'attarder plus longtemps dans l'enceinte du cimetière s'il voulait éviter que le vieux ne lui fasse un mauvais sort. Le baluchon contenant ses maigres affaires sous le bras, il s'élança dans le tunnel dont il escalada la pente aussi vite que possible en direction de la surface. Son apprentissage de croque-mort prenait fin à cette minute même.

Quand il émergea de l'ancienne mine, la lumière du jour l'aveugla, et il dut se nouer un chiffon sur les yeux pour la supporter sans pleurer. Comme il grelottait, il enfila ses vêtements. Le vent qui rabotait la colline lui semblait glacé.

« Et maintenant ? songea-t-il, qu'est-ce que je vais faire ? »

Indécis, il entra dans la ville et déambula au hasard des ruelles.

Tout à coup, une fille blonde aux yeux gris qu'il allait dépasser le saisit aux épaules en éclatant d'un rire forcé.

— Nath ! lança-t-elle, c'est toi ? Je te cherche depuis une éternité ! J'ai appris que tu travaillais au cimetière souterrain. Sale endroit ! Il faut qu'on parle…

— Sigrid ? balbutia le jeune homme. Je ne t'avais pas reconnue. Tu… tu as grandi…

Au moment où il prononçait ces mots, il eut conscience de leur absurdité et se sentit ridicule.

Sigrid ? Quel âge avait-elle à présent ? Dix-huit ans ? Vingt ? Nath ne la reconnaissait plus. Il avait l'impression de s'adresser à une étrangère.

Ils restèrent face à face, comme deux idiots, essayant de retrouver la complicité illusoire d'une enfance passée dans les ruines, mais c'était si loin que cela semblait irréel.

Alors que le jeune homme cherchait désespérément quelque chose à dire, Sigrid lança :

— Tu es revenu. Tu as vu toutes les choses que tu souhaitais voir ? Tu voulais tellement voyager…

Il se demanda si elle se moquait de lui ou si elle faisait seulement un effort pour se montrer accueillante. Il discerna de fines rides au coin de ses yeux. Paraissait-il aussi *vieux* qu'elle ? Les deux années passées avec Nioucha avaient-elles suffi à consumer sa jeunesse ?

Il ne pouvait tout de même pas rester muet ! Pour dire quelque chose, il brossa un portrait imaginaire de son périple. Mais il vit que Sigrid l'écoutait à peine. Elle semblait sur le qui-vive, inquiète, et jetait de fréquents coups d'œil par-dessus son épaule, comme si elle craignait d'être espionnée. Soudain, elle l'interrompit.

— Plus tard, dit-elle, tu me raconteras ça plus tard. Il faut qu'on parle. Quelqu'un comme toi peut nous être utile. Méfie-toi ! On ne t'aime pas beaucoup. On te surveille.

Elle lui étreignit la main et lui expliqua qu'elle devait le quitter pour rejoindre son père qui relevait ses filets. Nath eut la conviction qu'elle mentait. Il ne chercha pas à la retenir. Avant de disparaître à l'angle d'une rue, elle se retourna pour crier :

— Hé ! Taragos-le-Blême est mort. N'oublie pas que le tirage au sort, c'est demain ! Je suppose que c'est ça qui t'a fait remonter à la surface ? Tant mieux ! *Tu dois tenter ta chance !* Il le faut, c'est très important pour nous tous !

Puis, sans attendre de réponse, elle s'en alla. Cette brève rencontre laissa au jeune homme un sentiment de malaise.

Il fronça les sourcils tant la coïncidence avait l'allure d'un pied de nez du destin.

Il était parti à la mort de celui qui avait été probablement la meilleure sentinelle de la colline – son père –, or le hasard le faisait revenir alors que la population était sur le point de se donner un nouveau surveillant. Instinctivement, ses yeux se portèrent vers la haute tour aux créneaux ébréchés dominant la plaine, d'où les guetteurs pouvaient détecter les nuages-icebergs dérivant au ras du sol.

Ainsi le tirage au sort avait lieu le lendemain ? Il se demanda s'il tenterait sa chance. Ç'aurait été le meilleur moyen de se tirer d'affaire : logé et nourri aux frais de la collectivité, en bon fonctionnaire municipal ! Pourtant, il restait réticent, sans doute parce que son père était mort de son dévouement à la communauté, usé par les gaz des marais et les effets de la pesanteur, insupportable au sommet de la plate-forme de guet. Les hémorragies cérébrales se multipliant, Moor était devenu fou, puis aveugle. Un matin, Nath l'avait découvert raide et froid dans son lit, paraissant deux fois plus vieux que son âge. Avait-il envie de connaître le même sort ?

Il passa la journée assis au bout d'un débarcadère désaffecté, à peser le pour et le contre. L'élection fonctionnait à la manière d'une loterie, on venait parfois de loin pour y participer. Tout le monde (sauf les Têtes-Molles) avait le droit de tenter sa chance, même les étrangers.

Remuant ces pensées moroses, il ne sentit pas le temps passer. Vers le soir, une main calleuse et sale se posa sur son épaule. C'était Sigrid qui revenait.

— Tu rêves ? fit-elle en s'asseyant à ses côtés. Rien n'a changé, tu sais. À part le fait que la colline devient plus molle chaque année. Certains immeubles, entraînés par le poids de leurs fondations, s'enfoncent, d'autres basculent et sombrent comme des bateaux pourris. Et puis il y a la terre que les pluies enlèvent ; bientôt, on ne saura plus où faire pousser les légumes.

Elle fit une pause puis ajouta :

— Tu sais qu'on monte des expéditions pour aller voler de la terre dans les îles voisines ? Les gars abordent pendant la nuit et remplissent leurs sacs d'humus… C'est un travail dangereux, si l'on se fait prendre, on est aussitôt exécuté. Mon père a déjà volé et revendu plusieurs tonnes de bonne terre noire… Il est fou, un jour, il se fera lyncher. Je l'accompagne parfois, à deux on ramène davantage de sacs.

— Vous volez de la terre ? répéta Nath.

— Oui, pour faire pousser des légumes. C'est ainsi… On s'entre-tue pour un sac de terreau, un seau de fumier.

Il sentit qu'elle l'observait avec insistance.

— Pourquoi es-tu revenu, Nath ? jeta-t-elle avec une hargne soudaine. Pourquoi n'as-tu pas continué à explorer le royaume ? Ici personne ne veut bouger ; nous sommes les prisonniers volontaires d'un bagne que nos ancêtres ont édifié… Est-ce qu'il n'y a vraiment rien de mieux ? Je veux dire : *ailleurs ?* Tu n'as donc jamais entendu parler de la muraille de l'équateur ou du jardin des secrets ? À ta place, j'aurais essayé de les découvrir ! Passer de l'autre côté du grand mur… découvrir le paradis…

Alors il lui parla des Têtes-Molles, des lézards, de sa famille détruite.

Elle l'écouta sans un mot. Ils restèrent un moment silencieux. Le ciel s'assombrissait.

— Où vas-tu dormir maintenant que tu ne travailles plus pour Barnabas ? demanda Sigrid en se redressant.

Nath désigna un bâtiment abandonné dont la façade s'ornait d'une mosaïque émiettée.

— Là-haut, dit-il, j'ai vu qu'il n'y avait personne.

Sigrid fit une grimace.

— Méfie-toi, les maisons vides sont souvent des maisons en train de sombrer. Je viendrai te réveiller demain matin. Sois prudent, il se passe des choses étranges quand vient l'obscurité. J'aurais peut-être dû t'en parler. Ne t'approche pas de la plage. Évite de traîner dans les rues. Je ne plaisante pas. Le danger rôde. Les imbéciles te diront que les démons sortent du brouillard pour moissonner les âmes à la lueur de la lune. Mais il ne s'agit pas de démons, c'est bien pire... *C'est réel!*

Elle eut un geste rapide de la main et tourna les talons. Son armure de pluie cliqueta dans le noir tandis qu'elle dévalait la pente.

Nath ramassa ses maigres affaires et prit le chemin de l'habitation désertée. Les derniers mots de Sigrid avaient éveillé sa méfiance. À quoi faisait-elle allusion ? De quoi avait-elle peur ?

Avec la venue des ténèbres, il fut soudain la proie d'un inexplicable sentiment de danger, comme si son instinct l'avertissait d'une menace invisible. Renonçant à dormir, il se mit aux aguets, après s'être équipé d'un gourdin récupéré dans les gravats.

Au bout d'une heure, il n'y tint plus et quitta son refuge pour se glisser au long des ruelles, en direction du débarcadère. Il sursauta quand une ombre surgie de nulle part lui barra la route, mais ce n'était qu'un vieillard en haillons, qui brandissait un bâton au bout duquel était fiché un talisman grotesque censé éloigner les démons.

— Ne va pas plus loin, petit! bredouilla-t-il. Quand les ténèbres s'installent, les diables sortent de leur cachette. Ils rampent sur le sol, la ville leur appartient.

— Quel genre de diables, grand-père ? s'enquit Nath.

— Il est interdit de prononcer leur nom, hoqueta le vieil homme. Mais si tu t'approches de l'eau, ils te trancheront les pieds d'un coup de couteau, ils feront de toi un cul-de-jatte, et tu ne pourras plus jamais tenir debout. Ce sont les enfants de la Malédiction. Ils se sont donné pour mission de punir ceux qui osent encore se déplacer sur leurs deux jambes. Ce sont les fils d'Alkanek, le magicien assassiné ! *Zoui… zoui…* ils te couperont les guibolles avec les longs couteaux qu'ils aiguisent au bord des trottoirs ! *Zoui… zoui…* Quand tu entends ce bruit, ça signifie qu'il est trop tard et qu'ils t'ont déjà pris en chasse.

Nath repoussa doucement l'inconnu qui se mit à pousser des cris d'écorché vif.

« Les enfants de la Malédiction » ? Nath demeurait perplexe. La légende avait généré de nombreuses sectes, plus aberrantes les unes que les autres, et qui se réclamaient du sortilège jeté par Alkanek, le sorcier condamné à l'écrasement par le troisième Empereur. La plupart assimilaient la pesanteur au poids des péchés de la race humaine et assuraient que ce poids irait en s'accroissant tant que les hommes ne se décideraient pas à retrouver le chemin de la vertu. « Dans le cas contraire, affirmaient les prêtres, nous finirons comme des limaces qu'on aplatit d'un coup de talon. »

Nath avait atteint le débarcadère et fouillait du regard l'obscurité environnante. Bien qu'il ne discernât pas grand-chose, il devinait une présence hostile. Il ne s'agissait pas de simples lézards car, en tendant l'oreille, il percevait l'écho de chuchotements incompréhensibles. Il lui sembla que quelque chose grouillait entre les pilotis du quai, une foule informe, rampant dans la vase avec des bruits de succion. C'était là… et ça ne cherchait même pas à se cacher… Puis il entendit le bruit évoqué un instant plus tôt par le vieillard. *Zoui… zoui…* Ce râclement typique du fer qui va et vient sur une pierre à aiguiser.

« *La nuit, la ville leur appartient...* », avait radoté le bonhomme.

Nath crispa les doigts sur le gourdin qu'il brandissait à la manière d'une épée. Il jugea prudent de s'éloigner du bord.

Tout à coup, un bruit de pas lui fit tourner la tête. Quelqu'un longeait le quai en rasant les murs. Une silhouette humaine qui se déplaçait sur ses deux pieds mais qui, manifestement, essayait de traverser cette zone dangereuse le plus vite possible.

Nath eut la conviction qu'il s'agissait d'une femme. Dans le silence de la nuit, l'écho de sa respiration précipitée trahissait sa peur.

Tout à coup, quelque chose d'informe jaillit de la vase et rampa sur le quai pour tenter d'agripper les chevilles de la malheureuse et la faire basculer dans l'eau. La victime poussa un cri de terreur. Nath bondit hors de sa cachette, frappant à coups redoublés sur l'agresseur dont il ne distinguait pas les traits. Il ne sut s'il cognait sur un lézard ou un crocodile jusqu'au moment où une lame siffla au ras du sol, essayant de lui trancher les jarrets. D'après ce qu'il savait, les lézards ne maniaient pas le poignard. Avant qu'il ait eu le temps de se faire une idée sur la nature de l'ennemi, celui-ci s'était retiré avec un chuintement gluant, cherchant refuge dans la vase.

Nath se retourna vers celle qui avait failli être victime de la chose sortie du marais et eut un hoquet de surprise :

— *Sigrid ?* Mais qu'est-ce que tu...

— Pas maintenant, haleta la jeune femme. Plus tard. Ne reste pas là… Je t'avais dit de ne pas sortir. Tu ignores à quoi nous avons affaire. Imbécile ! Cours te cacher si tu ne veux pas qu'ils t'amputent des deux pieds ! Ce sont des bouchers ! *Des bouchers !*

Et, sans même le remercier, elle s'enfuit dans l'obscurité.

Perplexe, le garçon battit en retraite.

De retour dans son abri, il s'étendit sur un banc, la matraque à portée de main. Il mit longtemps à trouver le sommeil.

Chapitre 9

— Nath ! Vite, réveille-toi ! Nath !

La voix stridente de Sigrid perçait douloureusement les couches d'hébétude que le sommeil avait tissées autour du cerveau de Nath.

Il se redressa d'un bond, et son dos nu racla le crépi du mur. Sigrid était dans la cour, bombardant de cailloux l'unique vitre de la fenêtre.

— C'est la loterie ! cria-t-elle de nouveau. Remue-toi ! Ne laisse pas passer ta chance !

Nath ramassa sa tunique et la cuirasse de pluie, et marcha vers la porte. Dès qu'il fut debout, ses pieds détectèrent l'inclinaison anormale du sol. *La maison penchait !* Horizontal la veille encore, le plancher formait à présent une pente à trente degrés. À chaque pas esquissé par le garçon, la maison s'enfonçait d'un mètre, tel un navire qui sombre !

Il s'empressa de sauter par la fenêtre. La boue glougloutait dans l'escalier jusqu'au deuxième étage.

Sigrid le dévisagea avec colère.

— Si je ne t'avais pas réveillé, tu coulais avec la baraque, cracha-t-elle.

Nath faillit lui rappeler qu'il l'avait tirée d'un mauvais pas au cours de la nuit, et la prier de se montrer plus aimable, mais n'en fit rien.

Comme il se contentait de hausser les épaules, la jeune femme revint à la charge.

— Bon sang, tu n'as pas l'air d'avoir réellement conscience de ce qui se passe ici ! Je sais que tu as eu des malheurs, mais essaie de redescendre sur terre ! Il y va de notre survie à tous !

Comme Nath s'apprêtait à l'interroger sur les événements de la nuit, elle lui ferma la bouche avec la paume de sa main.

— Pas maintenant, chuchota-t-elle. Les murs ont des oreilles !

Déjà, autour d'eux, des bandes hirsutes dévalaient les rues, psalmodiant des rengaines sur lesquelles ils calquaient le rythme de leurs pas. Nath reconnut le staccato du slogan habituel : « C'est la lo-te-rie ! La lo-te-rie ! »

Sigrid le prit par la main pour le guider. Ils se faufilèrent entre les groupes surexcités. Beaucoup de fêtards empestaient la gnôle artisanale. Des femmes allaient, les seins nus, barbouillées de peinture rouge, agitant des marottes de chiffon coloré. Certains hommes se dandinaient, affublés de pénis surdimensionnés en carton-pâte.

Tous convergeaient vers la pointe sud de la colline, au lieu nommé « l'Étang des sirènes ». Une mare aux eaux noires, effrayantes. C'est là, traditionnellement, qu'avait lieu la cérémonie de la loterie. La foule s'agglutinait sur les rives en parlant fort et en se bousculant, au risque de tomber dans le trou d'eau.

— C'est l'heure, souffla Sigrid. Viens.

Plus de deux cents individus faisaient la queue, et cette masse humaine bruissait comme une ruche. Nath avait maintes fois participé au rituel durant son enfance, jusqu'au jour où son père avait enfin été élu par le sort, pour le meilleur et pour le pire. Surtout pour le pire, en vérité !

Au bord du trou, l'odeur de vase prenait à la gorge. La coutume voulait que chacun s'avance vers la mare et, d'un mouvement circulaire du bras, y lance un morceau de tuile où se trouvait gravé son nom. Toute la population, les femmes exceptées, répétait ce geste jusqu'à ce que les flots charrient un annuaire recensant les noms de tous les mâles de Solterra. Quand l'heure du tirage au sort arrivait, on allait chercher Torn, le plongeur aveugle ; on lui passait une corde autour des hanches avant de le pousser dans l'eau. Il se laissait couler, bras en croix, jambes jointes, mains ouvertes. Dès qu'un morceau d'argile heurtait sa paume, il serrait le poing et se faisait haler. Il suffisait alors de lire et de crier le nom inscrit sur la tablette. Parfois, c'était celui d'un mort, car les eaux de l'étang charriaient les tuiles de plusieurs générations ; Torn devait alors replonger.

Ensuite, on portait le nom à travers la ville. L'élu était sacré sentinelle pour les cinq années à venir, et on l'escortait jusqu'au pied du donjon. Il s'avançait d'un pas martial vers la porte de fer entrouverte, le poids de tous les regards sur ses épaules. Il savait qu'une fois le seuil franchi, il trouverait la cape verte à capuchon – emblème de sa fonction – pliée sur une chaise, ainsi que les clefs du lieu. Son prédécesseur sortirait dans l'indifférence générale et s'en retournerait tête basse chez lui, où son premier geste serait de marquer une tuile à son nom en prévision du prochain tirage au sort.

Oui, Nath connaissait le rituel par cœur. Son père n'avait-il pas été l'une des meilleures sentinelles de la colline ?

Il se rendit compte que Sigrid le tirait par le bras.

— Viens Nath ! martelait-elle. C'est l'heure, il faut tenter ta chance.

Nath détourna les yeux, mal à l'aise. La foule piétinait, gesticulait, oubliant pour une fois l'effet oppressant de la pesanteur.

— Sigrid, murmura-t-il enfin, comme s'il craignait que l'écho n'emporte ses paroles pour les répandre en tonnerre sur la ville, Sigrid, je n'ai pas gravé de tuile. Je n'ai pas envie d'être sentinelle. C'est un métier de fou. Mon père en est mort. Je ne veux pas finir comme lui.

— Tu te comportes comme un imbécile ! cracha la jeune femme, en proie à une inexplicable colère. Tu aurais dû participer à la loterie ! C'était le seul moyen d'empêcher ce qui se prépare ! Tu es complètement inconscient !

— Mais de quoi parles-tu ? J'en ai assez de ces mystères !

— Tu ne t'en doutes pas ? Taragos-le-Blême n'est pas mort de maladie, il a été assassiné. Empoisonné.

— Par qui ?

— On l'ignore. Mais Taragos était un homme affable. Personne ne lui voulait du mal.

— Tu es certaine qu'il a été empoisonné ?

— Oui, j'ai vu son corps. Sa bouche était noire. On a mêlé du venin de lézard rouge à son vin. Ça n'a aucun goût et, à petite dose, ça tue lentement. On a attribué sa « maladie » aux gaz des marais, on se trompait.

Nath fronça les sourcils, perplexe. Qui aurait eu intérêt à précipiter la fin du guetteur ? Un jaloux ?

On racontait bien des choses sur les sentinelles et leur lieu de résidence. Les contes les plus fantastiques couraient, alimentés par la passion collective et l'espoir. Certains prétendaient que la tour était le point de départ d'un tunnel secret plongeant au cœur de l'écorce terrestre, loin sous la croûte de boue, jusqu'aux portes d'une ville souterraine. L'imagination baroque des conteurs faisait de cette cité fantasmatique une caverne fabuleuse. C'était un monde sec et chaud où l'on pénétrait par la « salle des mille baignoires », dans une senteur de savon, de sels de bain et de mousse à raser. Les choses y étaient solides, les murs et les sols avaient la saine consistance du béton. Les filles de là-bas sentaient la peau fraîche et non l'épave, on pouvait plonger les doigts dans leur chevelure ou les poils de leur pubis sans avoir l'impression de mettre la main dans un trou de varech, et sans avoir besoin, ensuite, de se curer les ongles. La ville regorgeait de magasins aux congélateurs bourrés de viande de bœuf !

De la viande de bœuf !

On guettait avec passion les confidences des ex-sentinelles revenues à la vie civile. On les suppliait de livrer au public les secrets de la tour de guet. Dans l'esprit de chacun, devenir guetteur de nuages, c'était avoir pour cinq ans la clef du souterrain. C'était avoir accès au monde fantastique des sous-sols.

Enfant, Nath, avait lui aussi rêvé du grand escalier, du tunnel, de la salle des mille baignoires. Comme beaucoup, il était persuadé de l'existence de la ville engloutie. Théorie, au vrai, que rien ne permettait d'infirmer.

— Inutile de se casser la tête, nous ne sommes pas policiers, murmura Sigrid. Le problème est ailleurs. C'est pour cela que j'ai besoin de toi... Que *nous* avons besoin de toi. Tu as voyagé, tu poses un regard neuf sur Solterra. Tu peux faire bouger les choses.

Nath renonça à formuler les questions qui lui brûlaient la langue. Il commençait à être las de ces discours aussi apocalyptiques que fumeux.

Le vent de la plaine les enveloppait d'une buée moite où l'odorat pouvait discerner les exhalaisons gazeuses des marécages. Derrière eux, une clameur s'éleva.

— Le tirage au sort est terminé, constata amèrement Sigrid. Nous avons une nouvelle sentinelle. J'aurais voulu que tu tentes ta chance, ç'aurait été mieux... Nous sommes en danger... À présent, mieux vaut nous séparer. Inutile de trop s'afficher ensemble. Je n'ai pas bonne réputation, et on te considère comme un paria. Cela pourrait nous valoir des ennuis.

Sur ces mots, elle s'élança pour disparaître au coin de la rue.

Nath serra frileusement le col de sa tunique.

Le bruit d'une cavalcade lui fit tourner la tête. Un groupe d'hommes et de femmes ivres morts approchait. Nus, peinturlurés. Ils couraient pesamment, douloureusement même, la bouche ouverte, haletant et luttant contre le point de côté qui leur sciait le flanc. Certains portaient des torches dont la flamme aplatie menaçait de s'éteindre à chaque pas. En passant devant Nath, ils tournèrent la tête pour crier :

« C'est Ghun ! C'est Ghun la nouvelle sentinelle ! »

Nath serra les dents et hâta le pas. Ce nom lui était inconnu. Sans doute celui d'un étranger venu tenter sa chance à la loterie. Il en venait de partout à présent.

Au moins un qui ne se serait pas déplacé pour rien !

En arrivant devant l'immeuble où il avait dormi la nuit précédente, il constata que l'habitation s'était enfoncée de deux étages et qu'il serait suicidaire d'y retourner. Sans but, il descendit la rue principale. De temps à autre, des groupes le bousculaient, lui hurlant le même refrain aux oreilles : « C'est Ghun ! C'est Ghun ! »

Il se dégageait alors d'un coup d'épaule agacé.

Il ne savait où aller ; il avait faim et déjà froid. Quelqu'un cria dans son dos : « Ce soir Ghun mangera au grand banquet des sentinelles, il se fera beau dans la salle des mille baignoires, il enfoncera son dard entre les cuisses des filles du harem souterrain. Ce soir Ghun mangera de la vraie viande ! Ce soir… »

Nath haussa les épaules. Psalmodier les avantages de la sentinelle faisait partie du rite. Bientôt, on énumérerait les différents plats du menu, on parlerait de la tiédeur du lit aux draps de soie, de l'étroitesse du con des courtisanes…

Enfant, Nath avait lui aussi écouté béatement ces discours, salivant à l'énoncé de mets dont il ignorait jusqu'à la composition. Fermant les yeux, il s'imaginait alors assis à la table du banquet, repu, le ventre prêt à éclater. La douce chaleur d'un feu le faisait dodeliner de la tête. Alors une jeune femme blonde le soulevait dans ses bras, le portait dans un lit sec, où ne pullulait aucune vermine, et le bordait en lui chuchotant des mots apaisants, comme aurait pu le faire sa mère si elle n'était pas morte en le mettant au monde.

La vérité l'avait cruellement secoué la première fois qu'il avait franchi le seuil de la tour de guet, après l'élection de son père. Les murs y étaient pleins, le sol ne cachait aucune trappe, et il n'y avait nulle part de passage secret débouchant sur un paradis clandestin. La tour était un monde clos, à trois étages, sans ouverture sur l'ailleurs.

Sans ouverture *réelle,* du moins, car Moor, son père, lui montra, au fond d'une malle, une fiole emplie de pilules rosâtres.

— Une drogue hallucinatoire, avait-il expliqué, concoctée par des sorciers en des temps anciens. Quand on l'absorbe, on finit par confondre rêve et réalité. On voit les choses dont on a envie, on finit par les croire vraies. De la nourriture, des catins… des hallucinations dictées par nos besoins les plus bestiaux.

À cause de cette supercherie, le donjon était devenu un royaume de rêve pour la population mâle de la cité. Grâce au tirage au sort, le rôle de guetteur se trouvait auréolé de la magie que lui conféraient contes et illusions. Chacun pouvait, du jour au lendemain, se retrouver maître des trésors du donjon. Le bonheur était là, à portée de la main d'un plongeur aveugle. Pourquoi, dès lors, quitter la colline ? Pour quêter un hypothétique ailleurs à travers les plaines boueuses qu'on disait infinies ? Allons donc ! ç'aurait été lâcher la proie pour l'ombre ! Personne n'était assez fou pour tenter l'aventure !

Avant même d'avoir été choisi par le sort, Moor avait eu conscience de ce mirage, aussi décida-t-il de ne jamais avaler la moindre pilule hallucinogène. Le flacon resta au fond de la malle, à se couvrir de poussière.

Nath soupira. Voilà ce que trouverait Ghun, ce soir, en prenant possession de son nouveau domaine. Serait-il, comme ses prédécesseurs, victime du subterfuge au point de confondre rêve et réalité ? Ou bien, à l'image de Moor, serait-il si pudibond qu'il laisserait la fiole et ses comprimés au fond du coffre de fer, sans y toucher, jamais ?

Nath haussa les épaules, la faim lui tenaillant le ventre. Mendier n'aurait servi à rien. La population de la colline était trop avare d'une viande chèrement acquise pour la distribuer à des traîtres. Il ne se faisait aucune illusion, la charité ne figurait pas au programme des maîtres de la cité. On ne remarquerait sa présence que lorsque son cadavre commencerait à puer au coin d'une rue.

Seule Sigrid aurait pu l'aider, mais Nath ignorait tout de l'endroit où elle se cachait. L'agitation des rues l'irritait. Ce soir, tout le monde rêvait par personne interposée, et chaque homme raclait au fond de son écuelle la viande fibreuse des lézards en s'imaginant attablé devant les plats d'argent de la salle du banquet souterrain.

S'ils savaient…

S'engouffrant dans une rue latérale, il s'appliqua à dénicher une maison où il pourrait passer la nuit sans risquer d'être englouti par la vase.

Il finit par trouver, au bout d'une ruelle, les ruines de ce qui avait été en des temps meilleurs une galerie marchande. L'endroit avait le mérite d'être pourvu de banquettes de bois qui l'isoleraient de l'humidité. Il s'y jeta, brisé de fatigue.

Le sommeil vint sans tarder. Un sommeil de fièvre jalonné de cauchemars. Il lui sembla bientôt que des pierres se détachaient du plafond pour s'écraser sur le sol métallique, de plus en plus près de sa tête.

Lorsqu'il ouvrit les yeux, une silhouette massive se dressait au seuil de la rotonde.

Hébété, Nath comprit que son rêve n'avait fait qu'enjoliver les pas de l'homme sur les dalles du hall. Un capuchon de bure verte dissimulait le visage de l'inconnu, lui donnant l'allure d'un spectre ou d'un assassin masqué.

— Salut à toi, Nath, fit une voix rauque à peine audible. Je m'appelle Ghun. Je suis la nouvelle sentinelle.

Chapitre 10

L'homme rejeta son capuchon en arrière, et la lueur vacillante des torches alluma des reflets sur son crâne rasé. Son visage épais et dur était quelque peu adouci par les rides d'une vieillesse précoce. Sous la cape entrouverte, sa cuirasse de pluie laissait voir de multiples rafistolages. Pour Nath, il évoquait ces vieux soldats sans emploi qui font la queue à la porte des abbayes et acceptent de devenir moines en échange d'un bol de soupe quotidien.

— Je vois que tu n'as pas l'air de savoir où dormir, reprit-il de son étrange voix sourde. Et manger ? Est-ce que c'est un crapaud caché dans l'obscurité qui coasse comme ça, ou bien… ton estomac ? Je ne ris pas de toi. J'étais dans la même situation il y a encore trois heures, juste avant que la loterie ne me proclame sentinelle ! Nous avons beaucoup de choses en commun.

Nath hocha la tête. Il eût été stupide de prétendre le contraire.

— À ce qu'on m'a dit, reprit Ghun, ton père t'a laissé sans rien. C'était un homme désintéressé vivant d'aumônes. En revanche, tu connais les textes sacrés, les incantations magiques qui repoussent les nuages et les démons du brouillard. Est-ce vrai ?

— Oui, confirma Nath. J'ai appris avec lui. Je me rappelle tous les rituels. Je les récitais à sa place quand il est tombé malade. Mais qui cela intéresse-t-il aujourd'hui ?

La sentinelle s'appuya à la rambarde, faisant grincer son armure. Maintenant, les lueurs de la ville dansaient sur son profil, accusant ses traits décharnés. Il fit entendre un rire de gorge étouffé, presque un râle.

— Tu te sous-estimes, grogna-t-il. Tu es un « connaissant », comme on dit ici. Tu viens de me le confirmer. En tout cas, tu en sais beaucoup plus que moi ! Je suis novice en matière de démons !

Nath se redressa, flairant l'ironie sous le propos flatteur.

— Je vais être direct, chuchota la sentinelle. J'ai besoin de toi pour tenir correctement le rôle qui m'a été attribué. J'ai été choisi par le sort, mais je ne veux pas jouir de mes privilèges en escroc. Je veux être réellement utile à la cité. Tu ne devines pas ce qui m'a poussé à venir te chercher ce soir ?

Nath haussa les épaules.

— Écoute ma voix, reprit Ghun. Par les dieux, elle est brisée ! Jadis, j'ai été victime d'un lynchage. La raison importe peu. Des fanatiques ont essayé de me pendre, le nœud coulant m'a écrasé la glotte et bousillé les cordes vocales. Je ne murmure pas par crainte des oreilles indiscrètes, non. Je ne pourrais pas davantage élever le ton si un lézard m'arrachait les couilles. J'ai besoin d'un assistant compétent, Nath, imagines-tu une sentinelle à demi muette incapable de crier les formules magiques qui repoussent les nuages tueurs ? Le guetteur ne peut pas se taire, maintenant moins que jamais. Tu prêcheras à ma place, tu seras ma voix. Seulement ma voix, car mes yeux, eux, n'ont besoin d'aucun remplaçant ; ce sont des yeux de chasseur, ils savent sonder l'obscurité et le brouillard, deviner les mouvements furtifs de la proie. Je saurai détecter ce qui rôde dans la brume, dans le ciel ou aux confins de la plaine. Veux-tu être ma voix ? Si tu acceptes, tu pourras dormir dans la tour, tu partageras mon ordinaire, tu ne manqueras de rien. Je te donnerai étoffes et couvertures, et je réparerai ta cuirasse. On te respectera, personne n'osera plus te traiter de « baiseur de Tête-Molle ».

Nath baissa les yeux. La proposition de Ghun tombait à pic. Elle lui permettrait de retrouver sa place dans le clan du jour au lendemain. Les habitants de Solterra seraient forcés de s'incliner sur son passage ! La raison lui criait d'accepter. Pourtant, au fond de lui, une obscure réticence lui commandait de n'en rien faire. Cette même force qui l'avait poussé à s'abstenir de graver son nom sur la tuile du tirage au sort. Pourquoi ? Il n'en savait rien.

C'était comme le tiraillement naissant d'une révolte dont il ne saisissait pas le sens. Et pourquoi Ghun avait-il dit un instant plus tôt : « Le guetteur ne peut pas se taire, maintenant moins que jamais » ?

La main de Ghun s'abattit sur son épaule, le tirant de ses pensées. Elle était dure et pesante. Nath crut reconnaître, au majeur, la bague des chasseurs solitaires, les seuls à oser s'aventurer sur la banquise d'argile au-delà des limites raisonnables pour traquer le très gros gibier, comme le rorqual des boues.

Sans la protection de sa cuirasse, le garçon aurait senti le cal barrant la paume de Ghun, cette corne née du maniement des harpons. Cet homme avait dû, dans sa jeunesse, être un adversaire redoutable. Aujourd'hui, ce n'était plus qu'un soldat fatigué.

—Inutile de nous farder la vérité, râla la sentinelle. Nous nous ressemblons, toi et moi. Nous sommes des sans-abri, des clochards de la plaine de boue. J'ai été un grand chasseur, mais aujourd'hui je suis vieux, j'ai soixante ans. Je ne suis plus capable de traquer les monstres de la vase ; si j'insistais, ils finiraient par avoir ma peau. J'ai débarqué ici avec l'espoir de gagner à la loterie. Je n'y croyais pas, mais la chance m'a servi. Devenir une sentinelle est pour moi le seul moyen de survivre, une sorte de retraite confortable. Je n'y parviendrai pas sans ton aide.

Il fit une pause, le temps de reprendre son souffle, et conclut :

—Viens demain à la tour. C'est le seul moyen pour toi de regagner ta place dans le clan. Si tu ne le fais pas, ils te lapideront pour te forcer à quitter l'île. Tu le sais bien. Ils t'appelleront « l'ami des Têtes-Molles », aucune fille ne voudra jamais de toi. Ils prétendront que tu aboies les nuits de pleine lune, que ton sperme est pourri, que les femmes que tu engrosseras donneront naissance à des chiots... Ils sont stupides, superstitieux et méchants. Viens. À deux, nous serons plus forts, nous pourrons leur tenir tête. Nous serons des sentinelles !

Nath fit un pas en arrière, se dégageant. La main du guetteur retomba contre sa cuirasse dans un froissement d'acier.

— Je viendrai, dit-il. Demain à l'aube, pour la première mise en garde.

Les mots avaient passé ses lèvres avant qu'il puisse les retenir.

Déjà Ghun remettait son capuchon et se drapait dans sa cape. Au moment de descendre l'escalier délabré, il se retourna un bref instant et leva la main, paume ouverte, en signe de salut. L'instant d'après, il avait disparu. Nath se retrouva seul. La ville était noire, inquiétante. Les torches éteintes laissaient planer dans l'air une odeur de goudron et de fumée.

Chapitre 11

Le donjon avait vieilli. Nath s'en rendit compte à peine le seuil franchi. Ici, comme partout ailleurs, la pesanteur avait imprimé sa marque. La construction s'était affaissée ; des réseaux de craquelures fragmentaient le revêtement des parois. Pour couronner le tout, le bâtiment penchait du côté sud.

Brusquement, Nath n'eut plus qu'une idée en tête : grimper au sommet ! Hélas, il avait présumé de ses forces et l'épreuve lui fit serrer les dents. La pesanteur, sensible dès le dixième barreau, lui donna l'impression que ses globes oculaires allaient éclater, tels des grains de raisin pressés entre le pouce et l'index. Il dut monter les yeux fermés, pour se donner du courage. Quand il arriva au sommet, les paumes écorchées par la rouille des échelons, son regard put enfin courir jusqu'à la ligne d'horizon. Aussitôt, le sang lui jaillit des narines et ses pieds doublèrent de volume. Des réseaux de veines se dessinèrent sur le dos de ses mains, prêts à éclater. Craignant que son cerveau n'explose, il se dépêcha de redescendre. De toute manière, le sommet crénelé du donjon était désormais le territoire privé de Ghun. Nath, en tant que simple valet, n'avait aucun droit d'y accéder.

Les oreilles bourdonnantes, il retrouva avec nostalgie le décor familier de la partie dévolue à l'habitation. L'ameublement n'avait pas varié. Un flot de souvenirs l'assaillit. Il s'y abandonna. Les années passées sur la colline défilèrent devant ses yeux.

Sa mère étant morte en lui donnant le jour, Nath n'avait eu pour modèle que Moor, son père. Il gardait de ce dernier l'image d'un homme maigre, austère, flottant dans sa cape verte. Un chef sévère dont la bouche aux lèvres sèches ne s'ouvrait que pour réciter et réprimander.

« Je te semble dur, avait coutume de seriner Moor, mais c'est que mes responsabilités sont écrasantes. La survie de la colline dépend de moi. Je dois être constamment aux aguets. Un nuage tueur peut surgir à tout moment ! Si cela se produisait, moi seul pourrais le repérer avant qu'il ne soit trop tard ; moi seul pourrais décréter l'évacuation générale. Ça me laisse peu de temps pour m'occuper de toi. Avant, j'étais comme tout le monde, mais tu étais petit, tu ne t'en souviens pas. La charge que m'a confiée le hasard de la loterie a fait de moi un autre homme. Je n'ai plus le droit d'être un père, je dois avant tout être une sentinelle ! »

L'enfance de Nath avait été morne. Les gosses de la colline jouaient peu ; dès sept ans, on les dressait à la chasse au lézard. Petit garçon, Nath avait mené une vie solitaire, car les autres enfants l'évitaient.

D'ailleurs, Moor ne l'encourageait guère à chercher la compagnie de ses semblables.

« Les sentinelles sont des seigneurs, disait-il, comporte-toi comme il sied à ton rang, ne va pas mendier l'amitié des gens de rien. »

C'était un homme étrange, peu aimable et pourtant dévoué à la communauté jusqu'au sacrifice. Une énigme vivante, pétrie de contradictions. Nath se rappelait encore avec quelle fascination il regardait Moor monter au troisième étage du donjon où avait été planté un énorme porte-voix. Une fois installé devant l'embouchure de ce cône de fer, Moor pouvait déclamer des centaines d'incantations magiques sans prendre un moment de repos, et sa voix amplifiée s'envolait loin sur la plaine, tandis qu'en bas les gens baissaient la tête.

Puis tout s'était fondu dans la monotonie de l'attente. Des années d'adolescence, Nath conservait le souvenir d'errances interminables à travers les ruines. Seule Sigrid lui témoignait une affection bizarre, mêlant cajoleries, coups de griffes, bouderies et insolences, mais elle n'était qu'une petite fille dont le babillage lui cassait les oreilles, et il ne lui avait guère accordé d'attention. Il le regrettait aujourd'hui. Sans doute était-il passé à côté de quelque chose...

Cela faisait à présent dix jours que Nath secondait Ghun mais, à la vérité, ils ne s'étaient guère fait de confidences. La nouvelle sentinelle se montrait un guetteur consciencieux. Nath le voyait descendre de la plate-forme de guet, les yeux rougis, les traits tirés par la fatigue, le visage meurtri par les rafales de pluie pétrifiée. Néanmoins, il ne se plaignait jamais, même lorsqu'un grêlon plus gros que les autres lui entamait l'arcade sourcilière.

Ghun parlait le moins possible ; en règle générale, il préférait se faire comprendre d'un geste ou d'une mimique. Sitôt son armure débouclée, il se jetait sur le lit et sombrait dans le sommeil. Nath s'installait alors devant l'embouchure du porte-voix et commençait sa lecture, gonflant ses poumons, faisant vibrer ses cordes vocales et articulant chaque incantation jusqu'à ce que l'irritation allume un incendie dans sa gorge. Quand l'enrouement le gagnait, il se précipitait sur le pichet rempli d'une décoction d'herbes calmantes et se gargarisait, comme son père le lui avait appris.

Oui, c'était là son travail : réciter les formules censées tenir les nuages à l'écart :

« *Par Ataxaroth, garde-toi de ce qui vient du brouillard,*

Par Omongontharak, garde-toi de l'invisible,

Par Nebulomongos, garde-toi de la nuit,

Par Onyxozolukar, garde-toi des plaines mouvantes,

Par Otalompamongeddon, garde-toi des nuages assassins... »

Si l'on se trompait d'une seule syllabe dans l'énoncé des dieux protecteurs, votre langue pourrissait sur le champ... C'est du moins ce qu'assurait la légende.

Le rituel accompli, Nath allait réveiller Ghun et ce dernier reprenait sa faction, les mains rivées aux créneaux, guettant tour à tour le ciel et la mince croûte boueuse de la plaine, toujours prête à s'ouvrir sous les pieds des chasseurs. Il guettait, scrutant le vol lourd et lent des icebergs-nuages, notant le cap qu'ils empruntaient et leur vitesse de croisière. Nath devait ensuite reporter avec précision ces coordonnées sur les cartes stockées au deuxième étage.

Un appel retentit soudain, étouffé par l'épaisseur de la muraille, un son de trompe. Nath referma le livre et se laissa glisser le long de l'échelle. Au rez-de-chaussée, il dut bander ses muscles pour manœuvrer le loquet de la porte de bronze.

— Salut à toi, Nath !

Un concert de voix salua son apparition. Pourtant, on aurait vainement cherché un quelconque enthousiasme dans cette formule de politesse débitée d'un ton monocorde.

— Sers-toi ! reprit l'homme maigre aux pommettes saillantes qui venait de déposer un panier de poissons au pied de l'escalier. Sers-toi ! Prélève l'impôt des sentinelles !

Nath se baissa. C'étaient des poissons mutants qui avaient dû s'adapter à la nage en fonds boueux. Leur musculature monstrueuse se prolongeait de nageoires ossifiées. Bien sûr, ils étaient aveugles. Nath préleva deux parts. C'était la coutume. Comment auraient-ils mangé autrement, puisque Ghun, rivé à sa tourelle de guet, ne pouvait plus chasser, et que lui-même passait ses journées et une partie de ses nuits à débiter sans relâche le rituel des incantations magiques tenant à l'écart les nuages assassins ?

Un murmure de désapprobation courut dans son dos.

— Ils n'ont même pas faim, chuchota quelqu'un, c'est simplement leur moyen de nous faire sentir leur puissance.

— Tais-toi ! coupa une autre voix. Le tribut est un rite. Que ferions-nous sans la sentinelle ?

Troublé, Nath releva la tête. Il n'eut sous les yeux qu'une ligne de visages inexpressifs.

Il préleva encore quelques légumes et salua de la main. Personne ne lui répondit. La petite troupe s'éloigna en traînant les talons. Seule une mince silhouette resta au centre du réseau de craquelures quadrillant le béton du quai. C'était Sigrid. Elle ne sourit pas lorsque Nath s'approcha d'elle.

— Je ne t'ai pas apporté de tribut, lâcha-t-elle sèchement. Mon père n'a rien capturé depuis quatre jours. Les sentinelles nous pardonneront-elles ?

Nath fronça les sourcils.

— Sigrid, lança-t-il stupéfait, à quoi joues-tu ?

La jeune femme tourna la tête avec violence, ne lui offrant que son profil buté.

— Sigrid ! appela-t-il de nouveau.

Et tout à coup, elle lui fit face, ses yeux brillant de fureur.

— Nath ! siffla-t-elle, à force de vivre avec les Têtes-Molles, tu es devenu aussi stupide qu'eux !

Le garçon tenta d'ouvrir la bouche, mais Sigrid ne lui en laissa pas le temps.

— Tais-toi ! rugit-elle. Il y a une semaine, tu refusais de graver une tuile à ton nom ; aujourd'hui, je te retrouve valet de Ghun. Tu n'as donc rien compris ? Et moi qui croyais…

— Sigrid, écoute…

— Non, fit-elle. Toi, écoute : je t'attendrai ce soir aux rochers de la pointe sud. Je te montrerai quelque chose qui t'ouvrira les yeux.

Déjà elle avait tourné les talons. Nath, mal à l'aise, rentra le panier de poissons.

« Valet de Ghun ». L'insulte était plantée comme un coin de fer dans sa poitrine. Il se mordit les lèvres. La stupeur passée, la colère montait en lui. Furieux, il grimpa au second étage transcrire sur les cartes les dernières notes de Ghun : « *une troupe de lézards en migration à l'est, une averse probable au nord* ». Les plans mis à jour, il lui faudrait encore clamer les nouvelles par l'entremise du porte-voix.

Sigrid demeurait pour lui un mystère. Elle lui avait toujours paru exaltée, prompte à échafauder des projets chimériques. Elle s'emportait facilement, passant du bavardage au mutisme absolu. Il n'avait aucune idée de ce qu'elle avait pu devenir au cours des dernières années. Ils s'étaient perdus de vue à l'adolescence. Avait-elle eu des amants ? Combien ? Et qui ? Beaucoup de garçons avaient dû lui tourner autour. Barnabas l'avait traitée de catin, mais quel crédit pouvait-on accorder aux propos de ce vieux fou ?

Nath, pour sa part, n'avait jamais trop su démêler quels étaient ses propres sentiments envers la jeune femme. Longtemps, il s'était obstiné à la considérer comme une gamine, sans doute pour la tenir à distance... pour ne pas s'avouer qu'elle l'attirait. Lorsqu'il avait quitté Solterra, à la mort de son père, il l'avait cherchée en vain pour lui faire ses adieux. Elle s'était cachée, refusant de le voir. Qui pouvait savoir ce que les filles avaient dans la tête !

Il balaya ces souvenirs d'un geste agacé. Tout cela était bien trop compliqué pour lui. De toute manière, il n'avait jamais rien compris aux femmes !

Chapitre 12

Sigrid portait son heaume de pluie, visière relevée. Le contraste entre le casque d'acier et son mince visage inquiet émut étrangement Nath, qui se dépêcha de penser à autre chose.

— Tu te souviens des « Rampants » ? attaqua Sigrid. Nous allions les épier quand nous étions gosses.

— Les Rampants ? s'étonna le garçon. Ces pauvres fous ! Ils ne sont pas tous morts depuis le temps ?

Les Rampants constituaient une petite communauté d'illuminés qui vivaient à l'écart dans le plus complet dénuement, sans chercher à se protéger des pluies de cailloux qui leur meurtrissaient la peau ou leur fendaient le crâne. Lors des grosses averses, il arrivait que certains d'entre eux meurent lapidés, réduits en charpie par les grêlons-silex. Ils vivaient nus, le plus souvent à plat ventre, refusant de se tenir debout. Ils chantaient les louanges du vizir-sorcier Alkanek et imploraient son pardon.

Les Rampants haïssaient les grands oiseaux malhabiles d'Almoha et s'acharnaient à leur lancer des pierres.

« Ils détestent tout ce qui vole librement, avait expliqué Moor. Pour eux, la pesanteur est une punition obligatoire, le prix à payer pour avoir injustement condamné Alkanek à la peine d'écrasement. Dans leur esprit, chercher à y échapper équivaut à un blasphème. Ce sont des fanatiques. Tiens-toi à l'écart de ces déments. »

Sigrid conduisit Nath à l'endroit où la colline se changeait en une sorte de presqu'île. Arrivée là, elle se coucha sur le ventre, dans les hautes herbes, et invita son compagnon à l'imiter.

— Parle bas, murmura-t-elle. Le vent souffle vers la plaine, ils pourraient t'entendre.

— Qui ça, « ils » ?

En guise de réponse, Sigrid désigna la surface craquelée qu'ils surplombaient. Un chapiteau de cuir y avait été dressé, cirque sinistre que les pluies de silex avaient criblé de mille déchirures reprisées à la diable.

— Qu'est-ce que c'est ? chuchota Nath, intrigué. Ça n'existait pas avant mon départ.

Sigrid hocha la tête, faisant cliqueter le mézail de son casque.

— C'est de cela dont j'ai essayé de te parler à plusieurs reprises : les Rampants ! Tu t'en souviens ? On se moquait d'eux. Ils cassaient la tête des oiseaux à coups de pierres...

— Oui, acquiesça Nath. Une poignée de dingues, pas plus d'une dizaine, je ne comprends pas.

Sigrid eut une grimace.

— La folie est contagieuse, souffla-t-elle. Viens voir, mais fais attention, leur agressivité ne cesse d'empirer. Même les lézards les craignent à présent. Si je te dis de courir, n'hésite pas à obéir.

Ils se redressèrent. La jeune femme emprunta le sentier caillouteux qui menait à la presqu'île. Nath ne tarda pas à écarquiller les yeux. Des hommes se tenaient à plat ventre, le visage dans la poussière, un panneau de bois posé sur le dos. Un panneau sur lequel on avait entassé une douzaine de grosses pierres. Des pavés arrachés aux anciens trottoirs. La poitrine comprimée par ce fardeau, les malheureux étaient au bord de l'asphyxie. Ils râlaient, le visage cyanosé, les yeux hors de la tête. Un peu plus loin, des gamins de six ans subissaient le même traitement en sanglotant. Nath voulut intervenir ; la main de Sigrid bloqua son élan.

— Non, dit-elle, n'y touche pas. Ce sont leurs parents qui leur imposent cette torture pour les endurcir... Les habituer à la pesanteur.

— Mais c'est affreux ! protesta Nath.

— Ne les touche pas ! répéta la jeune femme. Si tu les libérais, ils seraient les premiers à t'arracher les yeux.

Certains pénitents étaient surmontés d'un tel amoncellement de cailloux que leur corps s'était enfoncé dans le sol mou. L'un, dont la peau avait viré au vert, était manifestement mort depuis une semaine et répandait une puanteur insoutenable.

— Chaque semaine, leur grand prêtre vient les examiner et rajoute quelques pierres à leur fardeau, expliqua Sigrid. Ceux qui ne meurent pas étouffés développent une musculature de titan.

Nath observa que les bras et les jambes des jeunes gens avaient pris un aspect torse et courtaud, qui évoquait les pattes des crocodiles.

— Ne traînons pas, murmura Sigrid. Approchons-nous de la tente.

Ils reprirent leur progression. Vu de près, le chapiteau de cuir paraissait encore plus imposant. Les peaux cousues bord à bord révélaient les milles cicatrices inscrites dans le cuir par les averses.

Un marmonnement sourd et inquiétant montait de l'intérieur. Sigrid s'approcha d'une déchirure pour jeter un bref coup d'œil dans l'abri.

— Regarde ! souffla-t-elle.

Nath s'avança. Il y avait là cinq cents personnes. Des hommes couchés sur le ventre, face contre terre, alignés au coude à coude. On eût dit un champ de bataille aux victimes curieusement ordonnées. Cette masse de corps inertes scandait d'étranges incantations où revenait le nom d'Alkanek.

— Qu'est-ce que c'est ? ne put-il s'empêcher de balbutier.

Sigrid le tira à l'écart, ses lèvres touchèrent l'oreille du jeune homme.

— Les Rampants, souffla-t-elle, ceux dont tu te moquais... Dix hier, cinq cents aujourd'hui, peut-être mille demain. Tu commences à comprendre ? Il ne s'agit plus d'une poignée de dingues passant leur colère sur les oiseaux. Ils forment une armée.

Nath hocha la tête – une telle prolifération avait, il est vrai, de quoi inquiéter.

— Viens, insista sa compagne. Ne restons pas là, ils pourraient nous voir.

— Mais que font-ils ? s'entêta le jeune homme.

— Ils nous maudissent, murmura Sigrid. Leurs idées n'ont pas varié d'un pouce. Ils offrent leur corps à la pesanteur, ils l'adorent. Ils en ont fait une divinité.

Ils nous détestent parce que nous résistons, parce que nous adoptons la station verticale au lieu de ramper. Notre attitude est pour eux un blasphème. De temps à autre, ils font un sacrifice humain. Ils tirent une victime à la courte paille et lui entassent sur les omoplates assez de cailloux pour lui faire éclater les os de la cage thoracique. Tu devrais voir ça, c'est un sacré spectacle. Surtout quand on entend craquer les côtes du pauvre gars et que le sang lui jaillit par la bouche.

Elle tira sur le bras du garçon pour l'obliger à reculer. Celui-ci, déséquilibré, donna du coude contre la hanche de la jeune femme. Les armures émirent une note métallique qui eut pour effet d'arrêter la prière bourdonnante des fanatiques.

L'un d'eux releva la tête. Son visage, ses cheveux et sa barbe étaient recouverts d'une vase sèche qui lui sculptait une physionomie de statue.

— Regardez-les, glapit-il aussitôt, les blasphémateurs ! Les marche-debout ! Ils nous narguent dans leur écorce de fer. Ils nous regardent de haut. Leurs ancêtres ont assassiné Alkanek !

Et, fixant Nath dans les yeux, il hurla :

— Couche-toi mécréant, couche-toi et rampe avec tes frères ! Viens expier le crime de tes pères !

Nath devina qu'il ne devait pas céder à la panique. Feignant un aplomb qu'il était loin de ressentir, il salua le groupe d'une voix ferme.

— Pourquoi rampez-vous ? lança-t-il en parcourant du regard les cinq cents têtes dressées, toutes pareillement maculées de glaise.

— *Pourquoi?* s'esclaffa celui qui semblait faire office de chef. Parce que l'homme doit désormais vivre au contact de la terre. Parce que l'homme doit respecter les lois de la Malédiction, et que la Malédiction, justement, nous écrase de tout son poids. Il faut nous adapter. Dans trois siècles, seules les formes de vie rampantes auront survécu à l'aplatissement général, parce qu'elles se seront purifiées par l'expiation. C'est la loi du marteau et de l'enclume. Tu auras disparu, toi, petit homme. Toi et les tiens, qui vous serez obstinés dans une posture arrogante. Le poids de la Malédiction – la pesanteur comme vous dites – vous aura enfoncés dans le sol. Comme un marteau enfonce un clou… Un clou!

Tournant la tête vers ses compagnons de prière, il ajouta:

— D'ailleurs, ne ressemblent-ils pas à des clous dans leurs armures?

L'assemblée éclata d'un rire sauvage. Cette hilarité grondante ne présageait rien de bon. Nath sentit les mains de Sigrid appuyer sur ses omoplates. Elle avait peur. Son souffle devenait haletant.

— Regarde! hurla l'homme couché. Regarde l'image de ta fin prochaine!

Nath mit une fraction de seconde à distinguer ce que lui désignait son interlocuteur. Il finit par apercevoir une plaque métallique où l'on avait malhabilement gravé l'image d'un maillet s'abattant sur un clou de charpentier.

— Vous avez assassiné Alkanek, le Grand, continuait le prêcheur. Aujourd'hui, il vous faut payer le prix de votre crime. Accepter de subir le châtiment de l'écrasement!

Nath recula. L'homme devenait véhément.

— Vous refusez de subir ce que vous avez jadis imposé au magicien ! Apprenez à payer ! Couchez-vous et rampez !

Il s'était dressé sur ses coudes et progressait par saccades. Nath put se rendre compte que ses mains et ses avant-bras déformés étaient recouverts de corne. Il se déplaçait comme un crocodile fondant sur sa proie.

« Ils ont commencé à muter… » songea-t-il en amorçant un demi-tour. Sans doute avaient-ils recours à des drogues, des philtres magiques pour accélérer leur métamorphose.

La foule se mettait déjà en mouvement à la suite de son chef. Stupéfait, Nath vit une armée de têtes filer au ras du sol.

— Attrapez-les ! ordonna le grand prêtre, couchez-les sur le sol ! Il faut leur entasser des pierres sur le dos. Trente pour la fille, soixante pour le garçon ! Allez ! Je veux entendre leurs côtes craquer, je veux voir leurs entrailles leur sortir de la bouche !

Des mains saisirent les chevilles de Sigrid. La jeune femme poussa un cri strident et se rattrapa aux épaules de son compagnon.

— Cours ! hurla Nath.

Ils s'élancèrent, maladroits, soulevant des nuages de poussière verte. Les cuirasses freinaient leurs mouvements, la pesanteur ralentissait leur fuite. Derrière eux, les Rampants se déplaçaient avec une vélocité surprenante, tels des lézards à tête humaine.

— Plus vite ! haleta Nath.

Sigrid s'accrocha à son bras, aveuglée par la visière de son casque qui s'était rabattue.

— Il faut les aplatir ! hurla la voix du maître des conjurés dans le dos des jeunes gens. Je veux entendre leurs os se fendre. Je veux les voir cracher leurs poumons !

Nath sentit des ongles sur ses mollets, des pierres ricochèrent sans dommage sur ses omoplates. Il réalisa tout à coup que Sigrid n'était plus à ses côtés. Elle venait de tomber et luttait vaillamment au milieu d'un fouillis de bras et de mains, rendant coup pour coup.

Alors que Nath se préparait à lui venir en aide, elle se dégagea et le rejoignit. Ils réussirent enfin à devancer leurs poursuivants qui, lassés, refluèrent vers la tente de cuir. Une fois hors de danger, Sigrid s'agenouilla. Elle haletait et saignait du nez. Nath se laissa tomber à ses côtés. Son cœur semblait près d'exploser. Une migraine atroce lui vrillait le cerveau.

— Alors ? balbutia la jeune femme. Tu as vu ?

Nath haussa les épaules.

— Ce sont des extrémistes pétris de superstitions, lâcha-t-il. On en rencontre partout. Des tas de gens croient encore que le brouillard abrite des démons de fumée, ou que les gravillons des averses s'agglutinent pour construire des bonshommes de pierre qui dévorent les enfants…

— Je sais, mais les Rampants ont de plus en plus de sympathisants ici même, au cœur de la ville. Des espions, si tu préfères, prêts à leur obéir quand le moment sera venu. Ils veulent venger Alkanek, le sorcier écrasé.

La lassitude gagnait Nath ; pour couronner le tout, il mourait de soif. Sous la cuirasse, la sueur lui dégoulinait le long des côtes.

— Tu crois sincèrement qu'ils constituent une menace pour la ville ? soupira-t-il.

Sigrid secoua la tête avec fureur.

— Nath, lança-t-elle, est-ce que ta femme Tête-Molle t'a communiqué le virus de la bêtise ? Tu as vu ce qu'ils font à leurs enfants ? Tu sais qu'ils lancent des raids nocturnes dans les rues de la ville, pour trancher les pieds des imprudents qui ne respectent pas le couvre-feu ? Tu as dû les entendre aiguiser leurs couteaux sur le bord des trottoirs, non ? *Zoui… zoui…* Ça ne te dit vraiment rien ? Tu m'as tirée de leurs griffes l'autre nuit, et je t'en remercie. Ce n'est pas la première fois qu'ils essayent de m'avoir. J'en ai assez d'être obligée de me barricader dès le coucher du soleil. Ils savent que j'encourage les gens à quitter la colline, ça ne leur plaît pas.

Nath leva les mains en signe d'apaisement.

— Je te comprends, mais on ne peut tout de même pas les exterminer, si ? C'est ça que tu souhaites ? Qu'on vienne leur casser la tête à coups de marteau ? C'est ce que préconisent certains à l'encontre des Têtes-Molles, tu sais. Tu veux imiter ces tarés ?

— Arrête ! cria la jeune femme. Écoute-toi ! Tu mélanges tout ! Il existe d'autres solutions que celle qui consiste à ramper pour expier une faute passée. Si leur influence grandit, les Rampants finiront par prendre le contrôle de Solterra. Nous serons tous condamnés à payer le prix du châtiment. Il faut partir avant que ce jour n'arrive. Nous devons aller plus loin, explorer… Peut-être y a-t-il quelque part une terre plus accueillante ?

Des larmes de nervosité perlaient au coin de ses yeux.

— Explorer quoi ? fit Nath avec lassitude. La boue recouvre la totalité de ce foutu royaume ! J'en sais quelque chose. Rappelle-toi que j'ai essayé de fuir Solterra... Je suis allé très loin pour finalement découvrir que c'était partout le même merdier.

— *C'est faux !* cracha Sigrid. Il y a la muraille de l'équateur, et de l'autre côté, le jardin des secrets !

— Conneries ! rugit Nath. Ce sont des histoires à dormir debout que radotent les matelots alcooliques dans les tavernes des ports avec l'espoir de soutirer aux gogos un gobelet de ratafia !

— Non ! Je sais que c'est vrai ! Ça existe ! Mais bien sûr, tu préfères rester bien au chaud dans ta tour de guet, à te laisser entretenir par la population ! Une bonne combine, pas vrai ? Hé bien, continue à jouer les sentinelles ! Récite tes foutues formules magiques pour effrayer les nuages. Je souhaite seulement qu'elles t'étouffent, au moins je n'entendrai plus ta voix dégouliner de la tour toute la sainte journée !

Avant que le jeune homme ait eu le temps de réagir, Sigrid avait tourné rageusement les talons.

Nath, dépité, prit le chemin du donjon. Décidément, cette fille allait finir par le rendre fou !

Chapitre 13

Dans les jours qui suivirent, Nath s'absorba dans son travail pour tenter d'oublier les questions qui le harcelaient. Néanmoins, certaines nuits, il tendait l'oreille, cherchant à détecter le « *zoui… zoui…* » des Rampants en maraude. Parfois, un cri atroce s'élevait dans la nuit, lui vrillant les oreilles, et il ne pouvait s'empêcher de frissonner.

Ses rapports avec Ghun restaient guindés. La sentinelle et son assistant se côtoyaient en silence et mangeaient le nez dans leur écuelle, communiquant à l'aide de mimiques, tels des moines ayant fait vœu de silence. Jamais l'ombre d'une conversation n'avait été ébauchée au cours des dernières semaines. Aucune complicité ne les liait.

Le mutisme de la sentinelle découlait probablement de son infirmité, mais cela ne satisfaisait pas Nath qui aurait voulu demander à Ghun son opinion sur les Rampants et le « complot » qu'ils fomentaient en « secret ». Il ne savait comment aborder le sujet. En vérité, Ghun lui faisait peur. Comme son père, jadis.

À la lumière du jour, les craintes de Sigrid lui faisaient l'effet de ces terreurs nocturnes à l'occasion desquelles on s'exagère l'importance d'un danger imaginaire, et, en les formulant à voix haute, il craignait d'avoir l'air ridicule. Depuis la nuit des temps, les gens croyaient à la malédiction du sorcier Alkanek ou aux démons nés du brouillard, cela ne les transformait pas *de facto* en assassins ! Du simple croyant au fanatique, il y avait un pas que Sigrid franchissait trop aisément à son goût. De son passage chez les Têtes-Molles, il gardait la haine des généralisations hâtives et des solutions musclées.

Ghun ne ménageait pas sa santé. Dès son réveil, Nath le voyait gravir l'échelle de fer menant à la plate-forme supérieure de la tour ; il n'en redescendait que pour baigner ses yeux rougis par les gaz des marécages. Nath devait préparer à cet effet des compresses calmantes dont la recette se trouvait consignée dans le Livre des Sentinelles. Avec le temps, Ghun se révélait un guetteur de qualité, et ses informations permettaient aux chasseurs d'augmenter le volume de leurs prises. Plus d'une fois, sa vue acérée déjoua les ruses des lézards qui, depuis peu, avaient pris la détestable habitude de changer chaque nuit de tanière, laissant leurs poursuivants désemparés. Au cours des dernières vingt-quatre heures, Ghun avait annoncé avec beaucoup de sagacité la formation de deux failles dont la progression semblait menacer le bivouac d'un groupe de pêcheurs campant sous des yourtes de cuir.

Oui, on s'accordait à le dire, Ghun était une bonne sentinelle. Cet homme robuste mais âgé ne craignait pas de payer de sa personne. C'était un guetteur au regard d'aigle capable, du haut de la tour de déceler ce qui, d'en bas, échappait aux habitants de la colline.

Un matin que le garçon confectionnait compresses et infusions calmantes, comme à l'accoutumée, Ghun prit la parole :

— Nath, murmura-t-il, tu sais, mes yeux me donnent du souci. Les gaz des marais corrodent ma rétine. Parfois, au réveil, je reste une heure avant de distinguer autre chose qu'un rideau de brume derrière lequel s'agitent des ombres. Tout d'abord, je n'ai pas osé t'en parler, maintenant, j'ai besoin de toi. Veux-tu m'aider ? Si je perds la vue, on nous chassera. Il ne faut pas que cela s'ébruite. À mon âge, je n'ai aucune envie de recommencer à errer sur la plaine. Les lézards ne feraient qu'une bouchée d'un vieil aveugle.

Nath n'hésita pas. Il connaissait l'intolérable irritation provoquée par les exhalaisons de la boue, son père en ayant maintes fois souffert lors de son séjour au donjon.

— Je ferai tout ce que je pourrai, Ghun, fit-il, malheureusement nous manquons d'herbes médicinales. Elles ne poussent plus sur la colline à cause de la pisse des lézards qui stérilise le sol.

Le guetteur eut un geste de la main.

— Il ne s'agit pas de potions. Je n'y crois guère, ce sont des remèdes de bonne femme. J'ai une autre solution à te proposer. Il y a, quelque part sur la plaine, au nord du hameau de Ghan-Taar, un igloo accroché à la crête d'une vague. C'était l'un de mes repaires de chasse. Pourrais-tu faire l'aller-retour dans la journée et me rapporter les jumelles marines que tu trouveras dans un coffre dont je vais te confier la clef? Avec elles, je me sentirai mieux armé pour affronter le brouillard.

Nath plissa le front.

— Mais qui fera les annonces au porte-voix pendant mon absence ?

Ghun balaya l'objection d'un revers de main.

— J'ai bien étudié le ciel, les vingt-quatre heures à venir seront d'une parfaite monotonie. Rien à craindre. Aucune averse en vue. Le temps est au beau fixe et le restera. Tu n'as rien à craindre.

— D'accord, j'irai, conclut Nath.

— Merci, fit Ghun. Nos destins sont liés, tu le sais. Si la population nous décrétait incapables, on nous chasserait… et la foule en profiterait probablement pour nous lapider. Il y a à Solterra beaucoup de bons à rien qui rêvent de nous détrôner afin d'organiser une nouvelle loterie où ils s'empresseraient de tenter leur chance. Notre situation éveille les jalousies. Notre position est fragile. À la moindre faute, on nous jettera au bas de notre piédestal.

Nath passa l'heure suivante à déterminer la position de l'igloo sur une carte et à emballer dans des feuilles de papier huilé les vivres nécessaires au trajet. Trois fois, il s'avança au seuil du donjon, guettant la silhouette de Sigrid à travers le labyrinthe des rues. En vain, la jeune femme semblait s'être volatilisée.

« Peut-être est-elle partie avec son père voler de la terre dans une île des alentours ? » pensa-t-il. Cette hypothèse aviva ses inquiétudes. Il connaissait le sort réservé aux voleurs d'humus. Si elle était capturée,

Sigrid serait violée par les hommes du clan avant d'être empalée sur un pieu taillé en pointe. Au bout de quelques heures, par mansuétude, les gosses du village se suspendraient à ses chevilles afin d'abréger son agonie.

Nath prit congé de la sentinelle. Dans son sac, il emportait du poisson séché, des galettes de farine d'algues, une calebasse de légumes cuits, et un piolet.

Il marchait d'un bon pas, faisant craquer la boue sèche de la banquise sous ses semelles. Déjà, dans son dos, les innombrables lignes parallèles des vagues durcies estompaient la ville. La mauvaise luminosité du ciel ne permettait guère de détailler le paysage ; au bout d'une vingtaine de mètres, le regard se perdait dans une grisaille qui transformait chaque chose en masse informe. Il fallait avancer en aveugle, le nez sur la boussole.

Nath se concentra sur le cap à suivre. Il se sentait bien, ses muscles jouaient en souplesse, ses articulations répondaient à merveille aux sollicitations du terrain. Tout compte fait, il était satisfait de cette escapade qui secouait la routine du donjon.

Le tout était de ne pas s'égarer ou de finir par tourner en rond.

Il était rare que les Almohans osent marcher sur la banquise d'argile sèche. Quand ils s'y risquaient, c'était pour de courts déplacements. Seuls les Têtes-Molles la sillonnaient avec l'insouciance propre à leur race, au risque d'être engloutis par un séisme.

« En l'absence de tempête, se répéta Nath, il n'y a rien à crainte. Les crevasses apparaissent quand la vase s'agite sous la croûte de glaise. Or, il va faire beau... Ghun l'a dit, et Ghun ne se trompe jamais. Je n'ai donc pas à m'inquiéter. »

Chapitre 14

Autour du marcheur solitaire, la brume ne tarda pas à se solidifier. C'était un phénomène courant sur la plaine de boue. D'abord gazeuse, elle se changeait en un mince rideau calcaire dont on devait casser les volutes si l'on voulait progresser. Nath s'ouvrit un passage à coups de piolet. Un pan de brouillard durci s'effondra dans un bruit de vitre brisée. Les éclats rebondirent sur la tête et les épaules du garçon. Par bonheur, la vitrification n'était pas assez avancée pour qu'il courût le risque d'être blessé, et les tessons de brume s'émiettèrent sous ses semelles en craquant. La règle d'or était de ne jamais demeurer immobile. Si Nath avait commis cette erreur, le brouillard se serait déposé sur ses épaules, l'enveloppant d'une carapace qui se serait épaissie au fil des heures. Tous ceux qui campaient sur la banquise connaissaient le phénomène. Quand on bivouaquait, mieux valait conserver un piolet à portée de main, faute de quoi on se réveillait emmuré, la brume ayant mis la nuit à profit pour se solidifier autour de votre tente ! Bien des imprudents étaient morts de cette manière, pour avoir dormi à la belle étoile, roulés dans un sac de couchage. La brume les emprisonnait dans son sarcophage calcaire, ne leur laissant que la possibilité de hurler jusqu'à ce que l'air vienne à manquer. Nath avait appris à se méfier de tout ce qui s'apparentait de près ou de loin à de la vapeur d'eau en suspension. Sur Almoha, le brouillard pouvait se solidifier en dix minutes et prendre la consistance d'un mur de brique. Malheur à celui qui n'avait su prévoir le danger.

Le garçon pressa le pas, désireux de sortir au plus vite de la nappe blanchâtre qui l'oppressait. Il frappait à coups redoublés, se frayant un chemin au milieu des concrétions encore fragiles. Il avait l'impression d'émietter de parois de plâtre. La poussière le faisait tousser.

Depuis un moment, la nervosité le gagnait. Il se surprenait à devenir la proie de craintes superstitieuses dont il se serait moqué sur la terre ferme. Il pensait notamment à ces démons qui, aux dires des voyageurs, hantaient le brouillard, et dont les griffes ne se solidifiaient que pour réduire les humains en charpie. Il avait beau se répéter qu'il s'agissait de contes à dormir debout, à force de scruter la brume, il lui semblait voir s'y dessiner des visages hideux et ricanants, qui s'effaçaient à son approche pour réapparaître plus loin, pour le narguer.

— Fichez le camp ! hurla-t-il soudain. Laissez-moi tranquille !

À la seconde même où il prononçait ces mots, il eut honte d'avoir cédé à la peur. Mais il connaissait bien cette sensation. Cet énervement à fleur de peau. Son instinct essayait de le prévenir d'un danger imminent.

Il crut entendre rire les démons, quelque part au loin, derrière le rideau calcifié du brouillard.

« Ce n'est que le vent, se dit-il. Rien d'autre. »

Enfin, l'igloo de la sentinelle se dessina à l'horizon. Une cloque brune renforcée de pierres, qui évoquait la carapace d'une tortue géante. Nath s'agenouilla afin de jeter un coup d'œil prudent par l'ouverture. Les lézards avaient la fâcheuse habitude de s'approprier les abris abandonnés, et il ne tenait pas à se retrouver nez à nez avec l'un d'eux. D'une main, il jeta un caillou dans l'orifice tandis que de l'autre, il levait son piolet, prêt à frapper.

Mais l'igloo était vide. Il ne contenait ni coffre, ni jumelles. Les excréments dont il était rempli indiquaient que des Têtes-Molles l'avaient squatté. Les Têtes-Molles conservaient jalousement leurs fèces pour alimenter les feux de camp. Malgré tous ses efforts, Nath n'avait jamais réussi à débarrasser Nioucha de cette déplorable habitude.

Le jeune homme hésita. Où était passé le coffre mentionné par Ghun ? Et les jumelles ? Quelqu'un les avait emportés malgré la loi tacite qui interdisait aux chasseurs de voler quoi que ce fût dans le refuge d'un collègue. Comment Ghun accueillerait-il la nouvelle ?

Au même moment, il perçut dans le lointain ces grognements gutturaux par lesquels les Têtes-Molles avaient l'habitude de communiquer. C'étaient bien eux qui avaient pillé l'igloo ! Rien d'étonnant à cela : les Têtes-Molles étaient des voleurs-nés. Nath gardait un souvenir cuisant des ennuis que lui avait attirés Nioucha chaque fois qu'ils allaient vendre du pemmican et des peaux de lézards au comptoir central de Shaka-Kandarec. Dès qu'elle entrait dans un magasin, la jeune femme ne pouvait s'empêcher de chaparder. Ses mains puisaient à droite et à gauche, se refermant sur les objets exposés. Elle entassait le fruit de ses larcins dans les poches de la robe que Nath la forçait à passer pour la circonstance. Elle escamotait n'importe quoi, des babioles dont elle n'aurait su que faire : des crayons, des livres… Ces vols, qu'elle effectuait sans même penser à se cacher, provoquaient des esclandres qui, plus d'une fois, avaient failli se terminer en lynchage.

Nath s'éloigna de l'igloo. La brume en formation craquait sous ses semelles. Elle se solidifiait dans l'air, s'obstinant à dessiner ses figures fantomatiques, ses visages menaçants qui semblaient dire : « Tu es fichu, petit homme ! Ça se rapproche ! Ça vient droit vers toi ! » Nath les abattit d'un revers de piolet, provoquant des effondrements poussiéreux à l'odeur de salpêtre.

Il s'embusqua derrière le bourrelet d'une vague durcie. Un troupeau de Têtes-Molles s'agitait devant lui. Les hommes et les femmes allaient nus, crottés, se bousculant et s'interpellant au moyen de cris rauques. Ils communiquaient par gestes ou mimiques rudimentaires, le visage boudeur, courroucés de ne pas réussir à se faire comprendre. Il y avait peu d'enfants. On disait que la plupart des mâles étaient stériles et d'une puissance sexuelle très moyenne. C'était cette particularité qui, prétendait-on, poussait les femelles à rechercher l'accouplement avec les humains. La progéniture des troupeaux était souvent composée de bâtards métissés. Les femelles Têtes-Molles donnaient deux fois sur trois naissance à des filles, qui, elles, étaient fertiles. Il y avait donc très peu de mâles dans les clans ; ceux-ci étaient d'ailleurs malingres ou difformes. Les « troupeaux » obéissaient au régime du matriarcat, et il n'était pas rare de voir les femmes maltraiter les hommes.

Nath hésitait à intervenir. Il était à peu près certain que les jumelles de Ghun se trouvaient là-bas, au cou d'une mutante qui devait l'arborer comme un collier. Il ne courrait guère de risques à les récupérer, car les Têtes-Molles n'étaient pas belliqueux. Quand on les agressait, ils restaient figés, paralysés par la terreur. Les moins bêtes s'enfuyaient en piaillant comme des singes. Jamais ils ne se rebellaient. C'était une race de victimes que tout le monde méprisait.

Nath sortit de sa cachette. Des igloos mal modelés cloquaient la plaine. Des cahutes de torchis dans lesquelles on ne pouvait s'introduire qu'en rampant. C'était là tout ce que les Têtes-Molles étaient en mesure de construire en matière de maison. Ils se tassaient là-dedans comme des morts dans un caveau et se chauffaient en pétant à tour de rôle. Ils supportaient sans peine un degré de puanteur qui eût fait passer un être humain de vie à trépas en moins de dix minutes.

Nath pressa le pas. Il avait décidé d'entrer dans le troupeau, de localiser le porteur de jumelles, et de récupérer la propriété de Ghun sans même ouvrir la bouche. Il comptait sur l'effet de surprise pour agir avant que la horde ne s'égaille.

Au moment où il allait s'élancer, il s'immobilisa. Son pied venait de buter sur un cadavre. Celui d'une jeune femelle, au pubis dépourvu de pilosité. Elle était couchée sur le dos, les yeux grands ouverts, on lui avait fait sauter le sommet de la calotte crânienne d'un coup de sabre, dénudant sa cervelle. Nath crispa les poings. D'autres corps gisaient entre les igloos, tous pareillement scalpés. Le haut de la tête avait été arraché avec les cheveux, et les cerveaux mis à nu brillaient d'un éclat jaunâtre à la lumière du jour.

« Des chasseurs d'oubli... » diagnostiqua-t-il. À deux ou trois reprises – du temps où il se rendait encore au comptoir général –, il lui avait été donné de croiser une bande de chasseurs de Têtes-Molles. Des canailles qui gagnaient leur vie en tuant les mutants. Des dealers de drogue qu'aucune police ne pourchassait et qui opéraient sur la plaine en toute impunité.

Quand ils s'abattaient sur un troupeau, ils en capturaient les plus jeunes éléments, les ligotaient et leur sciaient la calotte crânienne, indifférents aux cris déchirants que poussaient les victimes. Quand le cerveau apparaissait enfin, dénudé, ils y enfonçaient l'aiguille d'une seringue pour pomper le liquide contenu dans la glande centrale, située entre les deux hémisphères, et qu'on surnommait « la source d'oubli ».

C'était ce liquide qui provoquait l'abêtissement des Têtes-Molles, gommant chaque nuit les souvenirs emmagasinés durant la journée. Certains humains utilisaient le sérum à la façon d'un opium. Un trafic s'était organisé autour de la drogue d'amnésie. On diluait le contenu de la glande, et l'on vendait les ampoules ainsi obtenues à prix d'or. Une injection effaçait temporairement les souvenirs d'une vie entière. Hélas, cette amnésie n'était pas éternelle, et il fallait renouveler au plus vite la piqûre si l'on voulait tenir les mauvais souvenirs à distance. Les trafiquants d'oubli avaient pour clients les amoureux transis d'Almoha qu'une peine de cœur inconsolable amenait à deux pas du suicide, mais également ceux que le remords tourmentait… ou les désespérés qui échouaient à faire le deuil d'un être cher. Pour tous ces malheureux, l'amnésie artificielle était le seul rempart contre la tentation d'en finir avec la vie. Hélas, l'addiction était aussi foudroyante qu'incurable.

Nath se passa la main sur le visage. Il s'aperçut qu'il tremblait. Il avait lui-même failli succomber à l'attrait de la drogue d'oubli… Dans les jours qui avaient suivi la mort de Nioucha, quand le remords le tenait éveillé des nuits entières, oui, il avait été tout près de basculer dans le gouffre, et seul le manque d'argent l'avait retenu de courir acheter une ampoule et une seringue.

« Vide-toi la tête ! susurraient les dealers. Hé ! mec ! File-toi ça dans la veine et l'ardoise s'effacera par magie. Tu retrouveras une mémoire de nouveau-né… Débarrasse-toi des valises que tu trimballes depuis trop longtemps, fais peau neuve… Une petite injection et tu deviendras quelqu'un d'autre. Tu vas voir, c'est le pied de tout recommencer à zéro ! Une piquouse et demain sera vraiment un autre jour ! »

Oui, il avait été tenté, lui aussi. Tenté d'oublier Nioucha et le gosse, de repartir d'un bon pied sans rien devoir à personne.

Sur les humains, le sérum n'avait pas la même efficacité radicale que sur les Têtes-Molles. On n'oubliait ni sa langue, ni les gestes acquis par l'apprentissage, et dès qu'on cessait d'en prendre, les souvenirs revenaient, plus terribles qu'auparavant, amplifiés. Ils percutaient votre conscience, explosaient en de sinistres feux d'artifice, vous condamnant à la démence. Beaucoup d'addicts mettaient fin à leurs jours, incapables de supporter pareille souffrance. On appelait cela « le retour de flamme » ou encore « le syndrome du boomerang ».

Nath se redressa, zigzaguant entre les cadavres. Ainsi, le troupeau avait été victime d'un raid de chasseurs d'oubli. Les plus malins avaient pris la fuite. À présent, ils piétinaient aux abords du village, hésitant à rentrer chez eux. Que feraient-ils des corps ? Sans doute les mangeraient-ils…

Nath avait souvent entendu dire que les Têtes-Molles étaient cannibales, sans jamais avoir relevé d'indice de cette pratique chez Nioucha.

Des silhouettes s'agitaient à travers les concrétions de brume. Ici, le brouillard s'épaississait, ses volutes devenaient plus difficiles à casser.

Nath déboucha enfin à découvert et s'immobilisa, interdit. Le troupeau était rassemblé sous un petit nuage qui flottait à une quinzaine de mètres au-dessus du sol. À l'aide d'une longue échelle branlante récupérée dans les ruines, mâles et femelles se hissaient au sommet de la nuée.

Nath faillit leur crier qu'ils étaient fous, que la pesanteur allait leur écraser la cervelle et qu'ils seraient tous morts avant une semaine, mais les mots restèrent coincés dans sa gorge. Qu'en savait-il après tout ? Les humains ne pouvaient pas vivre au sommet d'un nuage, mais les Têtes-Molles ? Hein, qu'en allait-il des Têtes-Molles ?

Un mâle prit conscience de la présence de l'intrus et commença à se dandiner d'un pied sur l'autre, mimique qui trahissait un intense travail de réflexion. Nath rangea son piolet et se contraignit à sourire. Pour prouver qu'il n'avait aucune mauvaise intention, il s'assit et croisa les bras. Cette posture parut rassurer les mutants. Plusieurs femmes tournèrent la tête dans sa direction et se mirent à renifler. Elles étaient couvertes d'une épaisse couche de boue de la tête aux pieds ; cette pellicule verte qui craquelait sur leur corps leur donnait l'apparence de statues animées par magie. Elles grognèrent, et certaines se mirent à quatre pattes, posture qu'elles adoptaient lorsqu'elles recherchaient la saillie. Les mâles grondèrent, mécontents, mais ne firent aucun geste pour contraindre Nath à s'éloigner. Ils étaient tous plus petits que les femmes, plus maigres aussi. Une matrone paraissait commander le troupeau, elle expédia des claques sur le postérieur des femelles en chaleur pour les forcer à escalader l'échelle.

Nath était ébahi. Jamais il n'aurait pensé que les Têtes-Molles auraient assez de présence d'esprit pour imaginer de s'enfuir à bord d'un nuage. C'était la première fois qu'il leur voyait adopter un comportement aussi élaboré, il en fut bouleversé. Le raid les avait à ce point terrifiés qu'ils avaient décidé de se mettre hors de portée des chasseurs d'oubli, c'était compréhensible… *mais l'échelle?* L'échelle supposait une préméditation! Un plan, un projet…

Il n'eut pas le loisir d'y réfléchir, car la matrone se détacha du groupe. Elle était grasse, et ses seins pendaient telles des outres sur sa poitrine. Nath n'aurait su lui donner un âge. On n'avait aucune idée de la longévité des Têtes-Molles, certains prétendaient qu'ils mouraient avant vingt-cinq ans, d'autres au contraire qu'ils vivaient centenaires, et que c'était la raison pour laquelle ils se reproduisaient si peu.

La matrone renifla à son tour, et Nath se demanda si elle n'était pas en train de détecter sur lui les effluves anciens de Nioucha. On racontait que tout homme ayant copulé avec une Tête-Molle portait à jamais sur sa peau l'odeur du sexe de sa femelle, et qu'aucun bain ne pouvait effacer cette fragrance. Nath ignorait si cette légende avait été forgée par des prêtres racistes pour forcer les adolescents et les célibataires à observer une stricte abstinence, mais cette particularité aurait expliqué l'absence de crainte des Têtes-Molles lorsqu'il était sorti du brouillard, un instant plus tôt. Le clan avait su d'emblée que cet humain avait vécu plusieurs années avec l'une des leurs.

La matrone désigna le ciel et émit un grognement. Puis elle pointa l'index sur Nath et lui fit signe de grimper sur le nuage.

—Je ne peux pas, dit Nath en secouant négativement la tête, je mourrais là-haut… Vous peut-être, mais pas moi.

La grosse femme insistait, et Nath comprit à ses mimiques qu'elle semblait redouter la venue d'une tempête. C'était idiot, Ghun avait prédit que le temps resterait au beau fixe.

Comme il ne se décidait pas, la femme haussa les épaules, émit un pet sonore pour manifester sa désapprobation, et rejoignit le groupe.

Nath les regarda embarquer. Lorsque le dernier se fut hissé au sommet du nuage, ils remontèrent l'échelle et demeurèrent assis au bord du vide, les jambes pendantes, fixant l'horizon d'un œil vide.

Nath leva la main pour leur dire au revoir. Ils ne répondirent pas. Ils étaient calmes, attendant que le vent se lève et que le nuage se mette à dériver, ce qui ne tarda pas à se produire. Nath les regarda s'éloigner à travers la brume dont les concrétions s'émiettaient avec un bruit cristallin.

Avaient-ils une chance de survivre aux méfaits de la pesanteur ?

Il décida de se remettre en marche. Il était ennuyé de n'avoir pu récupérer les jumelles de Ghun. Il haussa les épaules et s'élança sur le chemin du retour.

La tempête le surprit au milieu de la plaine.

Entre deux éclats de rire, les démons du brouillard lui crièrent :

« Tu voulais marcher, petit homme ? Voyons maintenant si tu sais également nager ! »

Chapitre 15

Pendant une minute, il se crut perdu ; c'est par miracle qu'il parvint à trouver refuge dans le hall d'un immeuble planté de guingois au milieu de la banquise. Un immeuble abandonné, promis à l'engloutissement. Au rez-de-chaussée, six pirogues tirées au sec achevaient de pourrir. Nath les passa en revue. L'une d'elles lui parut récupérable. Il décida de la rafistoler avec les moyens du bord. Ainsi, il disposerait d'une planche de salut quand la maison sombrerait. Ce qui n'allait plus tarder !

Il travailla d'arrache-pied. C'est avec un soupir de soulagement qu'il acheva ses travaux et tâta le bois de la coque. Il avait consolidé les points vulnérables et cloué sous la quille un filet de pêche trouvé dans un recoin du bâtiment. La prudence lui conseillait de se tenir prêt à évacuer les lieux. En effet, dès que la tempête avait crevé la croûte de boue, il avait senti à de menus frémissements que l'habitation, privée de bases solides, dérivait. La pirogue représentait sa seule chance d'échapper au naufrage. Il avait eu l'idée de glisser des bouées sous les mailles du filet, de chaque côté de l'étrave. Cet assemblage, qui tenait du bric-à-brac, augmenterait la flottabilité de l'esquif.

Un vent terrible s'engouffrait dans le hall par la porte béante. Nath s'essuya le front et s'avança sur le perron afin de jeter un coup d'œil à l'extérieur.

La tempête faisait rage, hurlant comme mille démons.

Une vague s'abattit sur la banquise, monstrueuse gifle émiettant l'argile sèche qui s'entrebâilla sur un abîme liquide. Nath la vit courir, rouler en disloquant la couche solide de la plaine. Une longue crête d'écume lui faisait une échine de dinosaure. Elle éclata sur la façade de l'immeuble et des morceaux de maçonnerie volèrent dans les éclaboussures. Déjà elle s'était reformée, happait une poignée de volets et de cheminées, et disparaissait dans l'obscurité. Nath recula, en prévision d'un nouvel assaut. Brusquement, un oiseau affolé s'engouffra dans le hall pour aller se perdre dans le tunnel vertical de la cage d'escalier.

Dix secondes plus tard, une salve de gravillons s'abattait, fusillant les dernières vitres du bâtiment. Nath, penché sur la pirogue, vérifia la solidité du filet et l'amarrage des bouées. Tout semblait solidement arrimé. Sur cette pensée rassurante, il poussa l'embarcation sur le carrelage du hall en direction de la sortie. Ses pieds dérapaient dans la vase. Il devait faire vite. Déjà une nouvelle vague se ruait vers l'entrée, dont les battants de bois avaient été arrachés un instant plus tôt. Nath sauta dans l'esquif, agrippa le banc de nage et ferma les yeux. En une seconde, il fut trempé de la tête aux pieds. Il encaissa une violente secousse quand la pirogue fut cueillie par le reflux, au sortir de la maison. Venu d'on ne sait où, un gros réveil de cuivre s'écrasa sur sa joue, lui déchirant la pommette.

Il suffoqua. Tout autour de lui les flots charriaient un butin hétéroclite : buffets, armoires, lits… Éventrée, l'habitation se vidait telle une baleine perdant ses entrailles.

Quand Nath ouvrit les yeux, la barque filait sur la crête d'une déferlante.

Il eut l'illusion de s'envoler, puis la chute succéda à l'ascension. Le canot piqua dans le creux noir de la vague, dix mètres plus bas. L'estomac de Nath se décrocha. Il vomit dans l'écume qui le recouvrait. Le choc le rejeta en arrière contre les bouées. La pirogue craquait de toutes ses membrures. Il saisit le filet et y crocha les doigts. Les pagaies avaient été balayées. L'embarcation filait déjà vers la crête suivante à une vitesse terrifiante. Nath vit s'effacer l'écume sous la coque et se dit avec terreur qu'il allait tomber d'encore plus haut.

Un oiseau en folie lui balafra le front. Il se sentit perdre conscience et pensa que c'était peut-être la meilleure façon de mourir. Les parois liquides se refermèrent, le suffoquant. Il était en train de se noyer quand le canot troua la vase, revenant à la surface.

Sans les bouées, la pirogue aurait coulé dix fois en cinq minutes. Autour de Nath, tout était noir ; à présent, il ne distinguait plus le ciel de la boue fluide. La barque sautait de crête en crête depuis un temps incalculable. Nath ferma les yeux au moment où l'embarcation se retournait. La vase lui emplit les poumons. Des lueurs rouges éclatèrent sous ses paupières. Il se préparait à rendre l'âme, quand il retrouva soudain l'air libre. Ses vertèbres craquaient sous les coups de boutoir ; il se demanda si les vagues le chassaient vers le large ou le rabattaient vers l'immeuble.

Qu'avait dit Ghun juste avant son départ ?

« Rien à craindre, les vingt-quatre heures qui viennent seront d'une parfaite monotonie… »

Pendant que la barque piquait du nez dans la muraille liquide, il devina plus qu'il ne vit la bouée métallique au-dessous de lui. Elle dansait sur l'eau tel un obus flottant, couronnée de la lueur sanglante de son feu de signalisation. Le canot la percuta de plein fouet. Cette fois, la coque explosa. Les pneumatiques éclatèrent. Nath fut arraché au filet et jeté sur le métal couvert de minuscules coquillages. Ses doigts engourdis glissèrent sur l'acier et il coula, avec le goût de la vase et du sang dans la bouche.

Chapitre 16

Nath avait la curieuse impression que la peau de son crâne était sur le point de se rompre, tel le caoutchouc d'un pneu trop gonflé.

« Pourvu qu'aucun oiseau ne me donne un coup de bec, j'éclaterais comme un ballon de baudruche ! » pensa-t-il stupidement.

Il fut tenté de lever la main pour vérifier que les os de sa boîte crânienne étaient toujours convenablement emboîtés, mais il retomba dans l'inconscience avant d'avoir pu ébaucher un geste.

C'était comme si un marteau-pilon cherchait à l'enfoncer dans la vase, lui comprimant les omoplates à intervalles réguliers. Il comprit enfin qu'il se trouvait au rez-de-chaussée de l'immeuble. Les vagues l'avaient ramené à son point de départ : le hall où il avait traîné la pirogue un instant plus tôt. La boue clapotait sur les premières marches de l'escalier desservant les étages. Nath était enduit de vase de la tête aux pieds. Il avait perdu son armure de pluie et une grande partie de ses vêtements. Dans un bruit de succion, il s'arracha au cloaque et se rua à l'assaut des marches. Ses pieds nus dérapant sur le marbre, il dut se cramponner à la rampe pour ne pas basculer en arrière. Il poursuivit son escalade, veillant à se déplacer sur le tapis rouge courant de marche en marche, mais l'étoffe rongée par les siècles s'effritait à chaque pas, se muant en poussière brune.

À présent, l'immeuble tanguait comme un navire à la dérive. Sous le ballottement des vagues, les portes des appartements s'ouvraient et se fermaient en cadence, vomissant de palier en palier une cascade d'objets utilitaires. Nath montait. Il savait que le niveau de la boue s'élevait derrière lui, empruntant le même chemin, aspirant l'immeuble.

Hors d'haleine, les poumons sifflant sous l'effort, il atteignit un étroit couloir au plafond en soupente. Il était arrivé au dernier étage.

Sur la droite, six portes étroites battaient au gré de la tourmente. Nath luttait à présent contre la terrible inclinaison du corridor. D'une détente de reins, il réussit à se glisser dans l'un des débarras. Un colosse chauve s'y tenait prostré. Nath eut un coup au cœur.

— *Neb Orn !* ne put-il s'empêcher de crier.

Sa voix avait réussi à dominer le tumulte ambiant. Surpris, le harponneur leva la tête. Il lui fallut un instant pour parvenir à identifier le pantin terreux qui l'appelait par son nom, puis sa large face s'illumina.

— Nath ? C'est toi, petit ? C'est toi ?

Les premières effusions passées, ils s'assirent en tailleur pour éviter d'être renversés par la houle.

— Qu'est-ce que tu fais ici ? interrogea le jeune homme.

Le géant haussa les épaules avec fatalisme.

— Naufragé, comme toi… Je campe depuis deux jours. Je me suis caché dans l'immeuble quand les dealers d'oubli ont massacré les Têtes-Molles. Ils étaient nombreux et j'étais trop épuisé pour tenter quoi que ce soit. Ils m'auraient tué.

— Et la canonnière ?

— Coulée, broyée par ce fichu nuage, celui qu'on poursuivait lorsque tu nous as quittés, tu sais… Un vrai désastre. Je suis l'unique survivant.

— Qu'est-ce qui s'est passé ?

Le harponneur reprit son souffle.

— Une drôle d'histoire. Nous le suivions depuis trois jours. Sa vitesse était constante, tout allait bien. Notre but était de nous en approcher assez pour y lancer un grappin et nous hisser à bord, selon la procédure habituelle, et puis…

Il dut s'interrompre une seconde tant le vent hurlait dans les tuiles.

— Et puis rien n'a marché comme prévu, reprit-il. Soudain, alors que nous nous préparions à jeter le grappin, le nuage a fait demi-tour ! *Demi-tour, tu entends ?* Jamais vu ça en vingt-cinq ans de navigation. Oui, demi-tour comme s'il avait senti le danger et voulait prendre l'initiative du combat. Comme s'il était capable de penser ! D'élaborer des stratégies ! Il était très bas, presque au niveau du pont. Il a frappé le beaupré de plein fouet. Le choc a été suffisant pour fendre l'étrave. La canonnière a fait eau de toutes parts. En trois minutes, c'était fini. Une dizaine d'entre nous se sont jetés dans un canot de sauvetage. J'étais avec eux. Nous avons dérivé un moment, puis la tempête a éclaté.

— La barque a chaviré ?

— Oui, je suis resté accroché à un filin. J'ai perdu connaissance. Quand je me suis réveillé, j'étais dans le hall de l'immeuble, j'ai grimpé l'escalier comme un somnambule.

— Où est le nuage à présent ?

Neb eut un geste vague de la main.

— Quelque part autour de nous. Il rôde dans la tempête. Peut-être même va-t-il nous heurter tout à l'heure, comme jadis les icebergs sur la Terre. Quand il est revenu sur nous, j'ai eu la trouille de ma vie, on aurait dit un animal qui chargeait. Une baleine ou un truc comme ça.

Nath se redressa. En se débarrassant tant bien que mal de la gangue de boue, il découvrit que son corps était constellé de blessures. Bizarrement, malgré le caractère tragique de la situation, il mourait de faim.

— Combien de temps l'immeuble peut-il résister à la tempête ? demanda-t-il en hurlant pour se faire entendre.

Neb haussa les épaules.

— Aucune idée. Si nous ne basculons pas, assez longtemps. Il y a bien encore quatre étages au-dessus du niveau de la boue. Si la maison se couche, en revanche, notre sort sera réglé en quinze secondes.

Nath se rassit en essayant de trouver un centre d'équilibre sur le plancher mouvant.

— Étrange, cette histoire de nuage, observa-t-il.

— Plus qu'étrange, fit Neb Orn en écho. Jamais je n'avais encore vu une seule de ces masses gazeuses se comporter comme…

Il s'interrompit brusquement.

— Comme quoi ? releva Nath, en éveil.

— Non, rien, c'est idiot.

— Mais si, comme quoi ?

Neb eut une mimique embarrassée.

— Non rien, j'allais dire : *comme si quelqu'un l'avait appelée.* Mais n'en parlons plus. Ne tombons pas dans le fatras des contes à dormir debout qui courent de taverne en taverne, ces histoires de démons cachés au cœur du brouillard... ou de sorciers capables de commander aux icebergs volants.

Nath haussa les sourcils, craquelant le masque de boue séchée qui épousait son visage.

— Il y a une légende au sujet des nuages ?

— Oui, il y a des légendes au sujet de n'importe quoi, ce n'est pas le moment d'en parler.

Le harponneur se coucha sur le flanc, comme s'il regrettait déjà d'avoir trop parlé.

— Essayons de nous reposer tout en ouvrant l'œil, lança-t-il comme pour annoncer que le débat était clos. Mais toi, que fais-tu si loin de ta ville ? Quelle drôle d'idée d'entamer une promenade sur la plaine à la veille d'une tempête !

Le jeune homme s'allongea sur le dos, croisa les mains sous sa nuque, et entreprit de faire le récit des événements qui l'avaient conduit à se perdre en pleine tourmente. Quand il eut fini, Neb se racla la gorge.

— Bizarre, fit-il. Ta sentinelle n'a pas deviné l'approche de la tempête ? Elle est aveugle ou quoi ?

Nath haussa les épaules avec irritation.

— Ghun avait vraiment les yeux abîmés quand je suis parti. Peut-être n'a-t-il pas su voir les signes précurseurs ?

— Admettons, laissa choir Neb Orn.

Le silence tomba sur la petite pièce. Nath, luttant contre l'épuisement, cherchait à identifier les objets entassés autour de lui. Il réalisa qu'il ignorait l'utilité de la plupart d'entre eux tant ils étaient anciens. Neb aurait probablement pu lui répondre, mais sa respiration ralentie indiquait qu'il avait sombré dans le sommeil. Nath ferma les yeux ; peu à peu, la plainte du vent lui sembla plus lointaine. Il s'endormit.

Lorsqu'ils s'éveillèrent, la tempête avait cessé. Du haut d'un balcon, ils purent examiner à loisir la plaine redevenue liquide. La banquise avait disparu, laissant place à un océan de vase fluide. L'immeuble s'était enfoncé jusqu'au cinquième étage, jusque sous leurs fenêtres ; toutefois, il semblait conserver une stabilité relative.

Neb Orn scruta les alentours.

— Quelque chose ne va pas ? interrogea Nath.

— Je cherche ce damné nuage, grommela le colosse. C'est stupide. La tempête l'a probablement recouvert d'un camouflage de boue ; il doit se confondre avec les collines des environs. Quel superbe déguisement ! Dire qu'il est peut-être là, tout près, à nous narguer.

Nath ne répondit pas, il avait des problèmes plus immédiats, et l'un d'eux se nommait la faim. Après avoir inventorié les ressources de l'étage, ils réussirent à fabriquer une ligne rudimentaire. La dépouille d'un petit oiseau tué par la tempête servit d'appât, et Neb s'installa sur la pente du toit, les pieds dans la gouttière, la canne fichée entre les cuisses. Après une matinée d'attente vaine, un poisson de vase consentit à se laisser prendre. Ils le firent rôtir sur un feu allumé à l'aide des débris d'un fauteuil. Cette piètre nourriture leur parut un festin.

Le repas achevé, ils firent la sieste.

— On ne pourra pas partir tant que la plaine ne se sera pas solidifiée, expliqua le harponneur. Il faut attendre, même si cela doit prendre quatre jours. Pas question d'aller s'enliser. Il n'y a guère que les lézards pour sortir vivants de ce genre d'aventure, et c'est parce qu'ils sont amphibies…

Tout en faisant fumer du poisson, Nath ressassait son étrange aventure. Devait-il se méfier de Ghun ? Ou bien cette malencontreuse histoire n'était-elle que le fruit du hasard et de l'infirmité naissante de la sentinelle ? Il ne savait que croire. Neb, le voyant dans l'embarras, vint à son secours.

— Je pense que tu ne dois pas t'emballer, fit-il d'une voix apaisante. Ghun est probablement un homme fier, horrifié de se découvrir malade. Je vois ça d'ici ! Je me mets à sa place. Il vient d'être élu à la plus haute responsabilité et ne veut pas s'avouer diminué de peur d'être chassé. Peut-être cherche-t-il à se duper lui-même en se racontant qu'il va guérir tout seul ? Beaucoup d'hommes sont ainsi, Nath. Parfois, la maladie désarme les plus braves. Il t'a jeté dans la gueule du loup sans le savoir, parce qu'il voulait à toute force récupérer les jumelles qui lui permettraient de donner le change. Ce n'était pas un piège, juste un malencontreux concours de circonstances.

Nath hocha la tête. Plus il y pensait, plus cette explication lui semblait la seule valable.

À force de fureter de-ci, de-là, Neb Orn finit par mettre la main sur des loques encore utilisables. Ils en profitèrent pour se changer.

— Et toi, que vas-tu faire ? interrogea le jeune homme.

Le harponneur fit la moue.

— Je n'ai guère de solutions. Le plus sage me semble de t'accompagner sur la colline. Là, nous nous séparerons. Je raconterai aux habitants que je suis naufragé, ce qui est la stricte vérité. Je ne devrais pas avoir trop de mal à monnayer ma force musculaire. Ensuite, nous verrons… Dès qu'un navire accostera, je m'engagerai comme matelot.

Ils durent attendre deux jours avant de pouvoir poser le pied sur le sol cicatrisé de la plaine. La banquise se reformait lentement. Dès qu'elle fut en état de supporter le poids des deux hommes, ils se mirent en marche. Nath s'aperçut à cette occasion que l'immeuble naufragé avait dérivé, car la distance à parcourir pour rejoindre la colline se révéla supérieure à celle de l'aller. Ce n'est qu'à la fin de la journée que la silhouette filiforme de la tour de guet surgit du brouillard. À ce moment, le harponneur se tourna brusquement vers Nath. Il tenait à la main un paquet qu'il venait de tirer de son sac.

— Tiens, dit-il, un souvenir de la canonnière…

Avec un rapide signe de tête, il prit congé de Nath, et le jeune homme le vit s'éloigner en direction du débarcadère situé à la pointe ouest de la colline. Alors, écartant les chiffons il dénuda le cadeau du harponneur. C'était une paire de puissantes jumelles marines.

Ghun serait content, même si ce n'était pas celles qu'il comptait récupérer.

Chapitre 17

Lorsque Nath, soucieux de mettre les choses au point, expliqua à Ghun que la tempête l'avait surpris au milieu de la plaine, ce dernier baissa la tête, mortifié, avant d'ajouter d'une voix éteinte :

— Je me suis trompé, je l'avoue, mes yeux m'ont trahi… J'en suis désolé. Je crois que je deviens aveugle. Tu sais ce que c'est, ton père est passé par là. Je te supplie de n'en souffler mot à personne. On nous bannirait, et nous serions condamnés à crever de faim. Ça doit rester notre secret. Tu me seconderas du mieux possible. À nous deux, nous parviendrons bien à donner le change, n'est-ce pas ?

Il semblait las et vieux. Nath en fut remué. À cet instant, Ghun lui rappela Moor, son père, dans les derniers mois de sa vie.

L'épisode de la tempête se termina sans plus de rebondissements, et la vie reprit son cours monotone.

En furetant à travers la ville, Nath réussit à dénicher un local habitable, en haut d'un bâtiment en assez bon état. Il y appliqua son sceau, désignant à tous l'endroit comme son refuge. Il comptait en effet mettre à profit les cinq prochaines années pour s'installer sur la colline. De son côté, Ghun entreposa ses biens dans une petite maison en bordure de la plage. Ainsi, quand leur engagement prendrait fin, ils cesseraient d'être des errants. Nath en fut heureux.

Pourtant, un soir que Nath déambulait à travers les ruelles du quartier des pêcheurs, entre les cahutes de tourbe et dans la fumée des lampes à graisse de lézard, une main sale vint se plaquer sur sa bouche.

— Chut ! ne dis rien. Suis-moi.

C'était Sigrid.

Elle était affublée d'un froc de moine en bure crasseuse, dont le capuchon dissimulait sa chevelure, et Nath remarqua qu'elle se déplaçait en voûtant les épaules à la manière des vieillards.

— Sigrid ! s'étonna-t-il, à quoi joues-tu ?

Elle eut un geste irrité ;

— Tais-toi, ne prononce pas mon nom. Les espions de Ghun sont partout. Ils me traquent. Mon père m'a fichue à la porte. Il m'a reniée pour ne pas s'attirer la colère les Rampants.

Nath écarquilla les yeux. Sigrid disait-elle la vérité ? Dramatisait-elle, comme à l'accoutumée ?

Renonçant à l'interroger, il lui emboîta le pas. Ils serpentèrent un quart d'heure durant afin de déjouer une hypothétique filature. Les parois des ruelles, criblées de blessures ouvertes par les pluies, étaient si rapprochées qu'elles raclaient les épaules du jeune homme. Enfin, Sigrid s'immobilisa à l'entrée d'un souterrain. De larges marches s'enfonçaient dans le sol.

L'estomac de Nath se contracta. Il connaissait l'endroit et ne l'aimait pas. Pour les gosses d'Almoha, le lieu avait toujours constitué un défi, un seuil initiatique. La rengaine dont on lui avait rabattu les oreilles lorsqu'il était enfant lui traversa l'esprit : *« Qui aura le cran d'y pénétrer et d'y demeurer plus de cinq minutes, qui ? »* Comme les autres, il avait dû se soumettre à l'épreuve et en conservait un mauvais souvenir.

Le tunnel serpentait sous la colline et débouchait dans les caves d'un château dont il ne subsistait aujourd'hui que des ruines éparses.

Le lieu, sinistre, avait jadis servi de salle de torture au bourreau du seigneur de Solterra. Des machines barbares hérissées de clous et de chaînes se dressaient çà et là, achevant de pourrir dans l'obscurité. On disait ce cul de basse-fosse hanté par les fantômes des malheureux qu'on y avait suppliciés. Ils erraient, habités par un sauvage désir de vengeance, guettant les imprudents qui commettaient l'erreur de pénétrer en ces lieux de malédiction.

« Les spectres n'ont qu'une idée, répétaient les commères, rentrer en possession des organes que le bourreau leur a enlevés… les yeux, les doigts, les ongles, les oreilles… Dès qu'ils en ont l'occasion, ils prélèvent ces pièces détachées sur les humains en bonne santé, pour s'autoréparer. C'est pour cette raison qu'il ne faut jamais mettre le nez dans ce tunnel, on ne peut en ressortir qu'estropié ou dépouillé de ses dents ou de sa langue par les fantômes ! »

Nath s'appliqua à dissimuler son angoisse, car il ne voulait pas être accusé de lâcheté. D'une anfractuosité,

Sigrid tira une torche graisseuse qu'elle enflamma dans un nuage d'étincelles.

— Tu as reconnu l'endroit, n'est-ce pas ? fit-elle. Pas besoin de t'expliquer qu'il est dangereux d'y folâtrer. Dans ma poche, tu trouveras un talisman, passe-le à ton cou. Je porte le même.

Nath obéit. Ses doigts rencontrèrent un lacet de cuir au bout duquel pendait un sachet de toile souillé de taches brunâtres. Du sang séché ? Il exhalait une odeur de charogne.

— Qu'est-ce que c'est ? s'enquit-il.

— Un charme de protection contre les estropiés fantômes. Ils sont toujours là, tu sais. Nous sommes jeunes, en bonne santé, exactement le genre de proies qu'ils traquent. Personne n'ose descendre ici. Même pas les Rampants. L'amulette va éloigner les spectres en leur faisant croire que tu es lépreux et qu'ils n'auraient aucun intérêt à prélever sur ton corps les pièces détachées qui leur font défaut.

Nath passa le collier en évitant de toucher le sachet poisseux. Il se sentait ridicule... mais pas tant que ça en vérité, car il avait peur.

— J'ai caché quelqu'un au fond du tunnel, ajouta Sigrid. Un réfugié. Il est en train de mourir de grangrène, il n'a donc rien à craindre des fantômes. Il n'en va pas de même pour nous. Garde ton calme quoi qu'il arrive.

Ils entamèrent la descente d'un pas hésitant, car les marches s'effritaient sous leurs semelles. Une puanteur de tombeau s'élevait des murs blanchis de salpêtre.

— Une seule salle a échappé à l'inondation, énonça la jeune femme en guise d'avertissement, celle réservée aux interrogatoires. La vase a envahi tout le reste et les lézards se promènent dans les couloirs. Ils se sont approprié le territoire, mieux vaut ne pas tomber nez à nez avec eux.

Ils avancèrent, courbés, dans la tache vacillante de la torche dont la lueur n'effrayait guère les ténèbres.

Tout à coup, Nath sentit qu'on le frôlait. Une main invisible explorait sa poitrine, son ventre. Elle fut bientôt rejointe par une dizaine de doigts qui palpèrent ses oreilles, son nez et ses lèvres. Il frémit de dégoût. Une autre main soupesa son pénis et ses testicules.

— Reste tranquille ! lui souffla Sigrid. Les spectres sont là, ils nous encerclent. Ils veulent récupérer ce que le bourreau leur a arraché lors des séances de torture. Sans la protection des amulettes, ils auraient déjà commencé à nous mutiler. Ils espèrent se reconstruire ainsi... C'est une chimère, bien sûr, mais comment le leur expliquer ? Garde ton sang-froid, généralement cela cesse dès qu'on sort du tunnel. On dirait qu'ils refusent d'entrer dans la salle d'interrogatoire, sans doute parce qu'elle continue à les terrifier.

Nath serra les dents. Il se faisait l'effet d'un quartier de viande qu'un boucher retourne en tous sens à la recherche du meilleur morceau.

Dès qu'ils émergèrent de la galerie, les contacts cessèrent.

— Ghun a essayé de te tuer ! lâcha soudain Sigrid. Je t'ai vu revenir en loques, blessé. Es-tu convaincu maintenant ? ou vas-tu nier qu'il a essayé de te perdre dans la tempête ?

— Tu interprètes de travers, coupa Nath. J'admets que les apparences sont contre lui, mais Ghun, à ce moment-là, était à moitié aveugle à cause du gaz des marais. Il a voulu fanfaronner pour ne pas l'avouer. J'aurais pu tout aussi bien faire l'aller-retour sans problème. La tempête est une coïncidence.

Sigrid feula tel un chat en colère :

— C'est toi qui es aveugle ! Mais ce que je vais te montrer va t'ouvrir les yeux ! En tout cas, c'est ta dernière chance de ne pas mourir idiot !

Ils débouchèrent dans la fameuse « salle des tourments ». Une troupe de lézards, surpris par la flamme de la torche, s'égailla en coassant de rage. Nath entrevit la carcasse d'un antique brasero encombré de tenailles. Des fouets à lanières plombées pourrissaient au bout d'un crochet. De grandes cages rouillées s'alignaient au long des parois. Sigrid se dirigea vers l'une d'elle. Une forme humaine s'y tenait recroquevillée.

— C'est moi, souffla-t-elle. Pas de panique. Débloque la serrure.

La porte, manœuvrée de l'intérieur, s'entrebâilla avec peine. Une tête d'homme pâle et maculée de sueur émergea au ras du sol. Surpris, Nath vit que l'individu brandissait un coutelas ébréché. Il était à plat ventre et les crispations de son visage trahissaient la douleur autant que l'angoisse. Sans doute s'était-il réfugié dans la cage pour se mettre hors de portée des lézards.

— Qui c'est ? fit l'inconnu d'un ton âpre en désignant Nath de la pointe de sa lame. J'le connais pas ! Je t'avais dit d'amener personne ! J'ai pas confiance !

Sigrid eut un geste apaisant :

— Un ami, murmura-t-elle, ce n'est rien, calme-toi.

Ils pénétrèrent dans la cage. Une odeur d'urine assaillit les narines de Nath. L'homme se traîna sur le ventre vers une couverture étendue dans un coin et y déposa son poignard. La fièvre le faisait grelotter.

Sigrid s'agenouilla et fit signe à Nath d'en faire autant.

— Écoute, commença Sigrid, cet homme n'est pas de la colline. C'est un étranger arrivé il y a une semaine. Avant, il habitait un village qui a été rasé par un nuage, non loin de la falaise de Ghan-Taar. Il a des révélations intéressantes à faire.

L'homme secoua la tête avec violence.

— Je ne veux pas parler de ça ! Merde ! gronda-t-il. Je veux partir d'ici ! Trouvez-moi une barque, n'importe quoi. Je ne veux plus rester sur cette colline. Vous êtes foutus, vous n'avez pas encore pigé ? Condamnés, morts, cuits ! Il va vous arriver la même chose qu'aux miens. Vous allez tous crever ! Le nuage va venir, il vous écrasera jusqu'au dernier. Il est déjà en marche mais vous ne le savez pas.

Sigrid le prit aux épaules.

— Je t'ai promis de te procurer une pirogue, fit-elle avec fermeté. Avant, raconte à mon ami ce que tu m'as dit il y a trois jours.

L'homme se coucha sur la hanche et ramena ses genoux contre sa poitrine. Nath vit alors que des pansements brunâtres entouraient ses mollets. À la puanteur qui s'en dégageait, on pouvait d'ores et déjà diagnostiquer que la gangrène s'y était installée.

Zoui... zoui..., pensa Nath malgré lui.

— Je l'ai déjà dit, lâcha le blessé d'une voix lasse. Je suis arrivé ici il y a une semaine, mon village a été rasé par un nuage. Un nuage sorti de la nuit, comme ça, pendant que nous dormions, et qui a laminé les maisons. J'ai eu de la chance de m'en tirer, les autres sont morts sous les pierres. Tous. Les femmes, les gosses, les vieux. Broyés par les éboulements. J'ai pensé que votre clan m'accepterait peut-être. Je suis menuisier et j'ai pu sauver mes outils. En me promenant dans les rues, j'ai rencontré votre sentinelle, celui que vous appelez Ghun. Je l'avais déjà vu auparavant, mon village lui avait accordé l'hospitalité. Il se prétendait chasseur et se faisait alors appeler Sumar…

— Je ne vois pas où est le crime, observa Nath. C'est une coutume dans certains clans. On change de nom selon son âge ou la résolution qu'on a prise. Un soldat qui désire la paix après une vie passée à guerroyer peut se faire appeler « Le Tranquille » ou « Le Paisible », affichant de cette manière l'évolution de son caractère. Lorsque ces mots sont traduits dans un dialecte étranger, on les prend aisément pour des noms propres.

— Tu bavardes comme une vieille femme ! coupa Sigrid. Tu ne sais faire que ça ! Ghun ou Sumar – peu importe ! – n'est pas un chasseur. *C'est un sorcier.*

Nath haussa les épaules.

Voyant l'incrédulité se peindre sur les traits du jeune homme, le blessé s'agita.

— C'est un sorcier, ouais ! martela-t-il soudain. Il avait d'étranges pratiques. Il y avait toujours des lueurs et des odeurs bizarres sous sa tente. Trois jours avant que le village ne soit détruit, une flamme verte brillait en permanence sur les lieux de son bivouac. Aujourd'hui, je le retrouve ici. Un malheur va arriver, c'est sûr ! Je n'ai pas envie de rester, ça non !

Nath se tourna vers Sigrid.

— Écoute, murmura-t-il en cherchant les yeux de la jeune femme, Ghun se livrait sûrement à des fumigations pour s'éclaircir la voix, ou un truc du même genre. Je lui poserai la question si tu veux. Ghun est utile à la ville. Depuis son arrivée, il n'a fait que rendre service. Qui évite les accidents ? *Ghun.* Qui repère les migrations de gibier ? *Ghun.* Qui prévoit la pluie ? Qui détecte les bandes de pillards ou de rôdeurs sur la plaine ? *Toujours Ghun.*

— Il n'a pas prévu la tempête qui a bien failli t'engloutir ! releva Sigrid.

— Il était malade, coupa Nath.

— Tu nies l'évidence ! dit la jeune femme en trépignant d'impatience.

— Quelle évidence ? Tu n'as aucune preuve ! Tu interprètes, c'est tout !

— Ghun a empoisonné son prédécesseur, Taragos-le-Blême, riposta Sigrid. J'en ai la certitude. Il l'a tué pour nous contraindre à organiser une loterie anticipée. Le tirage au sort a été truqué, Nath ! On a acheté la complicité de Torn, le plongeur aveugle. Une fois sous l'eau, Torn n'a eu qu'à tirer de son pagne une tuile gravée au nom de Ghun. Le tour était joué.

— Admettons. Ghun est un errant, il est arrivé ici au moment de l'élection de la sentinelle. Le poste a pu lui faire envie ; il désirait trouver le repos, une tanière. Il a soudoyé Torn, quitte à racheter ensuite cette tricherie par un dévouement que personne ne peut mettre en doute. Ghun est utile à la ville, Sigrid, je le constate tous les jours. Certes, l'homme n'est guère chaleureux, mais de là à imaginer qu'il a empoisonné la précédente sentinelle pour lui voler sa place, il y a un pas !

— Tu veux une autre preuve ? rugit la jeune femme. Notre ami a été victime d'une agression la nuit même où il a rencontré et reconnu Ghun !

— C'est vrai, haleta l'homme. Je marchais dans une ruelle du quartier des pêcheurs, il faisait noir. Brusquement, une bête s'est mise à courir derrière moi et m'a mordu aux mollets. Je suis tombé, j'ai crié… Des gens sont venus, l'animal s'est enfui.

— Qu'est-ce que c'était ? demanda Nath.

— Ce n'était pas un animal ! coupa Sigrid. Si tu regardes ses blessures, tu verras que les plaies ont été causées par une lame. D'après toi, qui a l'habitude de se déplacer à quatre pattes armé d'un couteau ? *Un Rampant !* Un tueur envoyé par Ghun pour faire taire au plus vite ce gêneur qui pouvait le démasquer. Il s'agissait de faire disparaître un témoin dangereux !

— Mais Ghun n'est pas un Rampant, protesta Nath. Il se dévoue pour la communauté.

— Son dévouement n'est qu'une ruse ! ragea Sigrid. Il avait besoin d'un témoin de moralité pour prendre sa défense au cas où on le soupçonnerait. C'est pour cette raison qu'il t'a engagé, toi le fils de Moor, l'ancienne sentinelle. Tu es son alibi, Nath. Sans le savoir, tu es devenu le complice des Rampants. Tu te promènes dans la ville, clamant les mérites de Ghun, tu endors la méfiance de la cité alors qu'il faudrait au contraire sonner l'alarme.

— Ghun, n'a rien à voir avec ces coupeurs de pieds !

— Tu es loin de la vérité, Nath ! Un désastre se prépare, une véritable épuration ethnique ! Une guerre de religion ! Il faut évacuer la ville !

— Personne ne te suivra ! Personne à Solterra n'a envie de se risquer sur la plaine !

— Et pourquoi ? Parce que les privilèges réservés aux sentinelles fonctionnent comme un miroir aux alouettes ! Tout le monde reste parce que chacun espère devenir un jour sentinelle ! Cette loterie est un mirage !

— Toutes les sentinelles n'ont pas joui de leur position en repus égoïstes et bornés. Mon père, et Ghun à présent, se sont dévoués pour la cité. Personne ne leur en est reconnaissant. On se moquait de mon père ! Aujourd'hui, vous attaquez Ghun parce qu'il est étranger au clan. Personne ne comprenait mon père. On a ri des conseils qu'il prodiguait du haut de la tour. Je te le répète : Ghun ne m'est guère sympathique, mais je respecte son travail.

Sigrid soupira avec lassitude.

— Tu es aveugle, Nath. Je pensais que tu pourrais nous aider, mes amis et moi. Fiche le camp, tu ne peux rien pour nous. Au moins, ne nous trahis pas. Quelques-uns pensent, comme moi, qu'il faut quitter la ville avant qu'une catastrophe nous anéantisse. Nous nous sommes rassemblés sous le nom de groupe « Nomade ». Nous essaierons de convaincre la population avant qu'il ne soit trop tard. Allez, va-t'en, j'espère au moins que nous ne serons pas ennemis. Tu es idiot, mais je t'aime bien, alors fais attention. Ghun a déjà essayé de se débarrasser de toi… Probablement parce qu'il a découvert que nous nous connaissons. Peut-être va-t-il récidiver. Sois sur tes gardes. Et quand tu auras enfin compris ce qu'il est réellement, tu nous rejoindras.

Nath se redressa avec un serrement de cœur. La voix de la jeune femme débordait de tristesse. Il sortit de la cage. Sigrid alluma une seconde torche à son intention, et pendant un court instant, leurs mains se touchèrent. C'était déjà fini.

Traînant les pieds, il remonta le couloir, indifférent aux attouchements des fantômes. Il émergea enfin du tunnel ; l'air de la nuit empestait la fumée.

En arrivant au pied de la tour, il vit une mince ligne de lumière aux meurtrières du troisième étage.

Ghun n'était pas encore couché. Nath monta jusqu'aux appartements de la sentinelle et, cédant à une impulsion, déballa ce qu'il avait sur le cœur : l'accusation d'empoisonnement et de tricherie, la flamme verte… Lorsqu'il eut fini, Ghun soupira. Il paraissait fatigué, encore plus vieux qu'à l'accoutumée, et Nath eut pitié de lui.

— Nath, murmura le guetteur, parfois, ma tâche me paraît trop lourde. Plus le temps passe, et plus nous nous enfonçons dans l'obscurité. Cette marche à reculons me fait peur. J'ai triché, c'est vrai, j'ai soudoyé Torn, je le reconnais, mais je n'ai pas empoisonné Taragos, que je n'ai jamais rencontré, du reste. Le hasard m'a servi, voilà tout. Il a voulu qu'il meure au moment où je débarquais à Solterra. Je pensais pouvoir me rendre utile ici. Le royaume s'enfonce dans l'obscurantisme et se raccroche à des légendes stupides : la malédiction d'Alkanek, l'obligation de ramper ! Notre savoir se perd. Préserver quelques parcelles de science est une tâche de plus en plus ardue. Je ne suis pas magicien, Nath, comme tu t'en doutes, je suis probablement le dernier chimiste d'Almoha. Toute ma science m'a été transmise oralement par mon père, qui tenait la sienne de son propre père. J'ai erré de longues années sur les plaines, étudiant les phénomènes de la nature, menant la vie des chasseurs de lézards. Ne crains rien, je ne suis pas comme ces fous qui vivent sous un chapiteau à la pointe de la colline. J'ai simplement étudié les substances et les plantes, les minéraux et les poudres qui permettront à l'homme de supporter la pesanteur sans trop souffrir, et surtout d'éviter la généralisation des mutations génétiques, comme celles qui ont engendré les Têtes-Molles. Mes recherches m'ont donné mauvaise réputation. Les ignorants ont vu en moi un sorcier, un jeteur de sorts. On m'a souvent chassé, frappé, blessé. On a même cherché à me pendre. C'est ainsi qu'on m'a brisé les cordes vocales ! Et pourtant, les hommes devraient réagir avant qu'il ne soit trop tard, avant qu'une civilisation ne se perde entièrement et que les lézards nous remplacent ! En venant ici, j'ai pensé les faire bénéficier de mon savoir. C'est pour ça que je t'ai choisi, Nath. Ton père était un « connaissant », je savais que toi seul serais capable de me comprendre. Viens, je voudrais te montrer quelque chose.

Il se leva pesamment et se hissa avec peine sur l'échelle menant au sommet de la tour.

— Viens ! insista-t-il.

Nath obéit. Tout en haut du donjon, sur le sol de pierre fendillé, reposait une coupelle de métal reliée par un réseau de tubulures à ce qui semblait un alambic. Une flamme verte y dansait.

— Voilà le feu « démoniaque » dont parlait ton âne de charpentier. C'est un gaz inflammable produit par la sublimation de cristaux qu'on trouve sur la plaine. Avec une poignée de ces cristaux il est possible d'éclairer une habitation pendant un mois et de cuire la viande pendant quinze jours. C'est une nouvelle forme d'énergie, comprends-tu ? C'est peut-être la renaissance d'Almoha ! Plus de torches puantes, plus de problèmes de chauffage. Une poignée de cristaux, rien qu'une poignée…

Il se baissa et tourna une petite manette. La flamme grossit, jetant un éclat grésillant.

— Je veux que cette flamme soit le symbole de la ville, Nath, du renouveau d'Almoha. Je veux qu'elle soit comme un phare sur la plaine. Je veux qu'on sache que c'est ici que tout recommencera.

Il avait trop parlé, déjà sa voix devenait inaudible.

— Il ne faut pas les écouter, Nath, ce sont des ignorants. *Je les protégerai malgré eux.* Il ne faut pas qu'ils partent ; le nomadisme, c'est la mort, les plaines de boue sont des tombeaux. Elles peuvent s'ouvrir et se fendre sans signe précurseur et engloutir la population d'un village. La muraille de l'équateur, le jardin des secrets sont des mythes. Des fadaises ! Nous devons apporter le savoir, reconstituer les éléments favorables au redémarrage d'une industrie, fabriquer de l'acier, des moteurs. Avec les cristaux, plus besoin de raffinerie ni d'installations compliquées… Regarde cette flamme verte, Nath, c'est un signe du futur !

Il toussa, s'enroua et fit comprendre d'un geste au garçon qu'il ne pouvait plus parler.

— Le futur ! murmura Nath en écho.

À ses pieds, le lumignon dansait dans le vent.

Chapitre 18

Cette soirée sonna le glas de la paix sur la colline. Le lendemain, alors que Nath regagnait la tour en compagnie de la sentinelle, un groupe de jeunes gens leur barra la route. Sigrid se tenait à leur tête, l'air farouche, affichant sa volonté d'en découdre. Elle s'avança vers le guetteur et désigna l'un des bâtiments bordant la rue haute. Il était manifeste, à l'inclinaison peu naturelle des murs, que l'immeuble s'enfonçait.

— La boue a atteint les fenêtres du deuxième étage en l'espace de quinze minutes ! lança-t-elle. Nous avons déjà perdu dix maisons. Chaque jour, la croûte devient plus molle et les bâtiments coulent, entraînés par le poids de leurs fondations. Le nombre de sans-logis ne cesse d'augmenter. Solterra devient inhabitable. Il serait urgent d'émigrer vers des cieux plus cléments.

Ghun hocha la tête. Le vent plaquait la cape de bure verte sur son torse en barrique.

— Il reste bien assez d'habitations, fit-il d'une voix sèche. En dépit du danger, vous êtes davantage en sécurité à Solterra que sur la plaine. Ne rêvez pas ! La muraille équatoriale n'existe pas ! Le jardin des secrets est un mythe. S'accrocher à la colline est la plus sage des solutions.

Sigrid, rouge de colère, désigna un toit de tuiles grises qui dépassait de la vase, à une encablure du rivage.

— Cette demeure a basculé brutalement, lâcha-t-elle. Elle a glissé sur la pente comme une luge. Un véritable naufrage. Les douze familles qui y habitaient se sont noyées. Vous appelez cela « vivre en sécurité » ?

— Tu dramatises, femme, maugréa la sentinelle. Par ailleurs, tu me manques du plus élémentaire respect, et je ne puis tolérer ton insolence, sache-le. N'oublie pas que je suis celui qui vous protège, qui éloigne de la cité les dangers cachés au cœur du brouillard ! Que deviendriez-vous sans moi ? Qui vous avertirait de l'approche des nuages assassins ?

Sigrid se détourna, prenant la foule à témoin :

— Ne l'écoutez pas, il ment ! se mit-elle à crier. Il a déjà prévu de nous massacrer, tous ! Il est urgent de partir à la recherche de la muraille-équateur ! Vous entendez ? C'est notre unique chance de survie ! Ghun abuse de votre crédulité ! C'est un sorcier à la solde des Rampants ! Il va bientôt nous offrir en sacrifice aux adorateurs d'Alkanek ! Il est là pour préparer un massacre…

La foule manifesta son incrédulité par des lazzis. Les matrones esquissèrent des signes de conjuration magique, horrifiées qu'on osât porter de telles accusations contre la sentinelle. Les propos de Sigrid relevaient du blasphème, du crime de lèse-majesté ! Par tous les démons, cette fille était folle à lier !

Dans un effort pathétique pour impressionner la population, les partisans de Sigrid scandèrent le cri de ralliement des conjurés : « No-ma-de ! No-ma-de ! No-ma-de ! »

Puis, d'un même élan, Sigrid et ses acolytes se ruèrent sur Ghun, le poignard brandi.

Nath, pétrifié par la surprise, fut incapable de réagir. La jeune femme fut la première à frapper le vieil homme à la poitrine. Ce fut une erreur. Sous sa cape, Ghun portait sa cuirasse de pluie, et la lame du couteau se brisa.

Avec la rapidité d'un prédateur, l'ancien chasseur de lézards saisit la jeune femme par les cheveux et l'immobilisa comme une chèvre rétive. Sigrid, paralysée par la poigne de celui qu'elle croyait tuer dix secondes plus tôt, ne put que se débattre de façon pitoyable, offrant le tableau de sa complète impuissance. Ce brutal renversement de situation figea les conjurés en plein élan. Après avoir échangé des coups d'œil décontenancés, ils tournèrent les talons et s'enfuirent en désordre, abandonnant leur égérie aux mains de leur pire ennemi.

« Des gosses ! se dit Nath. Ils ne s'attendaient pas à ça. »

Sourd aux invectives qu'elle proférait, Ghun traîna sa prisonnière jusque dans la cour d'un équarrisseur où il entreprit de lui arracher ses vêtements avant de l'attacher, nue, sur la carcasse putréfiée d'un lézard.

Nath n'osa s'interposer, de crainte d'envenimer la situation. Il était encore sous le choc de l'attentat raté. En cet instant, il croyait Ghun capable du pire.

Les cordes plaquèrent Sigrid sur la dépouille grouillante de vers qu'enveloppait un essaim de mouches à viande.

— Tu ne me fais pas peur ! hurla la jeune femme après avoir craché au visage de la sentinelle. Tu ne me briseras pas aussi facilement. Regarde ! Regarde donc !

Et, serrant la carcasse pourrie entre ses bras, elle ouvrit les cuisses et se frotta à la charogne en mimant une copulation ignoble. Puis elle colla sa bouche sur la langue décomposée qui pendait de la gueule de la bête et lui donna un baiser.

— Nous ne sommes pas des enfants ! vociféra-t-elle. Des gosses qu'on peut effrayer d'un froncement de sourcils. Si tu veux nous faire taire, Ghun, il faudra nous tuer ! Et alors tout le monde saura qui tu es réellement !

La sentinelle s'éloigna, le visage convulsé de rage. Sans attendre, Nath essaya d'intercéder en faveur de la prisonnière, mais la lueur de haine qui s'alluma dans les yeux du guetteur le dissuada de poursuivre.

— Tais-toi ! gronda Ghun. Ne cherche pas à la défendre ou je l'égorge sur le champ ! J'en aurais le droit ! La foutue garce a essayé de m'assassiner ! Cette punition lui servira de leçon. Je ne peux pas laisser une folle hystérique entraîner les gens de Solterra dans un exode sans espoir. La muraille-équateur n'existe pas ! C'est la mort qui les attend sur la plaine. À la première tempête, la croûte s'émiettera, et ils seront engloutis par les flots de boue liquide ! Il faut combattre ces chimères, elles ont décimé plus d'un clan, crois-moi !

La population avait déserté les rues. Attaquer une sentinelle était un crime odieux, et tous redoutaient par anticipation la vengeance de Ghun. Certains chuchotaient que le guetteur était d'ores et déjà en droit d'exiger une décimation, à titre d'exemple. Cela s'était déjà produit ailleurs. Une sentinelle était intouchable.

Par tous les dieux ! on aurait dû se douter que cette démente finirait par porter préjudice à la communauté !

Les hommes grondaient en sourdine, les femmes s'arrachaient les cheveux, les gosses pleurnichaient.

De retour au donjon, Ghun vacilla et dut s'asseoir. En y regardant de plus près, Nath vit que le couteau avait tout de même réussi à entailler le cuir de l'armure, entre les écailles de bronze, et à percer la peau à la hauteur du sternum. Ghun saignait. Nath l'aida à se défaire de sa carapace. La blessure s'avéra large mais peu profonde. Le sang ruisselait dans la toison grise couvrant les pectoraux du vieil homme.

— La putain m'a eu par surprise, souffla Ghun. Mes réflexes ne sont plus ce qu'ils étaient. Il y a encore quelque temps, j'aurais arrêté son bras à mi-course.

Nath improvisa un bandage. Le torse de la sentinelle n'était qu'un tissu d'anciennes cicatrices mal recousues.

Au terme d'une longue minute de silence, Ghun reprit :

— Je devrais lui trancher la tête, mais je ne le ferai pas. Non parce que je lui pardonne, mais pour te faire plaisir... Je sais que tu es amoureux de cette catin, je l'ai lu dans tes yeux. Si je la tuais, tu deviendrais mon ennemi, et je serais forcé de t'éliminer, toi aussi. Cela, je ne le veux pour rien au monde. Nous allons conclure un pacte. J'accorderai la vie sauve à Sigrid ; en échange, tu me devras obéissance et fidélité. Une obéissance aveugle de soldat. Absolue. J'ai de l'affection pour toi, Nath, et il n'y a que de cette façon que je pourrai te protéger contre toi-même. Plus de questions ! Plus de soupçons ! Tu obéiras, c'est tout. Si tu refuses, j'ordonne à l'équarriseur de débiter Sigrid en six morceaux et de les aligner sur la Grand-place, pour l'édification du peuple.

Nath se figea, le souffle court. L'offre de Ghun était claire, il lui proposait à demi-mot de devenir son complice et de prendre ses distances avec les rebelles. Sigrid ne survivrait qu'à ce prix. C'était du chantage, mais Nath n'avait d'autre choix que de s'y soumettre.

— D'accord, capitula-t-il avec l'impression de vendre son âme au diable. Je vous obéis et vous la graciez.

— Bien, grogna Ghun. Mais réfrène tes sentiments. Cette fille n'est pas pour toi. C'est une asociale, elle a baisé avec tous les garçons de la colline, son père l'a chassée de la maison familiale. Elle ne t'attirera que des ennuis. En réalité, elle rêve de prendre le pouvoir à ma place. C'est pour cela qu'elle me calomnie. Elle ne supporte pas que les femmes soient écartées de la loterie. Mais je parle en pure perte, je vois bien que tu ne m'écoutes pas… Va la délivrer, va…

Nath, essayant de conserver un semblant de dignité, réussit à se retenir de remonter les ruelles en courant, et c'est d'un pas tranquille qu'il se rendit chez l'équarrisseur. Tapie dans l'encoignure des fenêtres, toute la population de Solterra l'observait anxieusement. Allait-il proclamer une sentence ? Annoncer une punition collective ?

Passées les provocations des premières minutes, Sigrid était restée une heure bouche close de peur que les insectes tourbillonnant autour de la carcasse ne viennent se coller sur sa langue. C'est à peine si elle avait osé respirer. Les asticots pullulaient sur sa peau et dans ses cheveux. Sa résistance nerveuse était brisée ; elle éclata en sanglots à la seconde où Nath trancha ses liens.

Il l'aida à se laver et la frictionna avec le contenu d'une bouteille d'eau-de-vie dérobée dans la tour. À peine eut-il terminé que la jeune femme s'enfuit dans les ruines, sans un mot de remerciement.

L'attentat manqué laissa Nath désemparé. Naïvement, il avait espéré qu'un dialogue finirait par s'instaurer, et que la sentinelle laisserait entrevoir à la jeunesse le moyen d'améliorer son sort.

Pourquoi Ghun ne parlait-il pas de la flamme verte ?

Sans doute craignait-il d'être accusé de sorcellerie. Ou bien l'insolence des partisans de Sigrid irritait-elle cet homme rude, développant chez lui une agressivité qu'il ne savait réfréner.

Nath, indécis, sentait le conflit grandir. Les adultes n'éprouvaient guère de sympathie pour Sigrid et son groupe. Les revendications des mutins leur semblaient chimériques. Comment pouvait-on souhaiter partir à l'inconnu alors que, tous les cinq ans, le tirage au sort comblait l'un d'entre eux de formidables privilèges ?

Plus le temps passait, plus Nath s'étonnait du silence de la sentinelle. Le moment aurait été pourtant bien choisi pour faire une déclaration publique et apaiser les esprits. Ghun rencontrait-il des difficultés dans ses travaux ? Jugeait-il les gens de Solterra indignes de bénéficier de son savoir ? L'hostilité des jeunes avait pu le blesser et l'orienter désormais vers une attitude de dédain offensé. Nath aurait aimé rencontrer Sigrid et son état-major pour leur expliquer la situation. Hélas, le groupe « Nomade » restait insaisissable, et le jeune homme ne put découvrir leur retraite.

— Ce sont des inconscients, radotait Ghun soir après soir. Des gamins immatures conduits par une hystérique. Je protégerai les gens de la colline contre ces agitateurs, je ne les laisserai pas livrés à une poignée d'excités qui les mèneraient à la mort sur la plaine de boue. Si je me montre inflexible, c'est pour sauvegarder notre communauté. S'il le faut, j'aurai recours aux Rampants pour maintenir l'ordre ! J'en ferai mes vigiles, mes soldats ! Je ne le ferai pas de gaieté de cœur, mais si l'on me pousse à bout il faudra en arriver là !

Sigrid devint introuvable. En ville, ses sympathisants pensaient qu'elle se cachait pour échapper à la colère de Ghun. D'autres chuchotaient que les Rampants l'avaient capturée pour l'écraser sous des monceaux de pierres. Terrifié à cette idée, Nath se rendit une nuit dans la presqu'île, aux abords du chapiteau de cuir. Là, les mains en sang, il entreprit de fouiller dans les pavés accumulés sur le périmètre du campement. Mais il n'exhuma que des enfants morts, de petits cadavres en décomposition auxquels il n'accorda pas un regard tant il tremblait à l'idée de toucher le visage glacé de Sigrid. Elle n'était pas là, et le soulagement le fit éclater de rire au milieu des cadavres aplatis. Ce fut une nuit de folie qu'il se dépêcha d'oublier en vidant un cruchon d'eau-de-vie.

Quelques jours plus tard, alors qu'il se tenait en faction au troisième étage de la tour, une mouette vint se poser dans l'angle d'une meurtrière. Obéissant à une impulsion, il la captura. L'animal était chaud et, en le portant à son visage, le jeune homme perçut un parfum épicé qu'il n'avait jusque-là jamais flairé. Il en retira la conviction que l'oiseau venait d'ailleurs, de très loin…

De l'autre côté de l'équateur, peut-être… *Du jardin des secrets ?*

Chapitre 19

Des torches enflammées furent lancées dans la tour par les meurtrières du rez-de-chaussée. Une bibliothèque prit feu, suffoquant Nath qui faillit périr asphyxié. Ghun dut se résoudre à employer des lézards pour défendre les abords du donjon. Au matin, Nath découvrit des morceaux de viande à l'odeur âcre dans l'écuelle des bêtes ; on les avait empoisonnées. Le mot « NOMADES », en lettres rouges, avait été peint d'une main vengeresse sur la porte.

C'est à la même époque que les agressions nocturnes s'amplifièrent. Les habitants de la colline, terrifiés, se cloîtrèrent chaque nuit un peu plus.

Une semaine plus tard, alors qu'il quittait son domicile, aux premières lueurs de l'aube, Nath trébucha sur un pied humain, tranché juste au-dessus de la cheville. Le macabre débris trônait sur la chaussée au milieu d'une flaque brune coagulée. Trente mètres plus loin, il trouva l'autre pied, cisaillé d'une manière analogue.

Une double traînée de sang menait à la dépouille d'un adolescent couché dans le caniveau. Le gosse était mort, vidé par l'hémorragie massive. Une terreur sans nom déformait ses traits.

« Je le reconnais, se dit Nath. Il appartenait à la bande de Sigrid. Par tous les dieux, on l'a sacrément arrangé ! »

Se redressant, il alla cogner du poing contre un volet, dans l'espoir d'ameuter la population.

— Hé ! cria-t-il. Il y a un mort !

— Ta gueule ! lui répondit une voix d'homme. On s'en fout, c'est des histoires de terroristes... Qu'ils se massacrent entre eux, tant mieux. C'est pas nos oignons ! On veut pas d'ennuis avec la sentinelle, on est de bons croyants !

Dépité, Nath continua son chemin. Hélas, au carrefour suivant, un tableau répugnant l'attendait. Une dizaine de jambes coupées avaient été dressées en faisceau, tels des fusils. Cette fois, on les avait sectionnées à la hauteur du genou. Certaines avaient, de toute évidence, appartenu à des femmes. Les pavés étaient vernissés de sang brun figé. Nath fit le tour de la place, à la recherche d'autres cadavres, en vain. On avait emporté les blessés, probablement dans l'espoir de les soigner avant que l'hémorragie ne les tue.

Cette fois, Nath se précipita chez un tavernier qui décrochait les volets de bois défendant son échoppe.

— Vous avez vu ? haleta-t-il.

— Ouais, bougonna l'homme. C'est dégueulasse, ça va faire fuir ma clientèle. Faut que j'appelle l'équarrisseur. Ce genre de viande, ça peut toujours servir à appâter les lézards. J'en tirerai bien deux pièces de cuivre.

— Qui a fait ça ? souffla Nath.

Le cabaretier haussa les épaules et détourna les yeux.

— Sais pas, grommela-t-il. Mais une chose est sûre, faut vraiment plus sortir la nuit... On les entend affûter leurs lames sur le bord des trottoirs. *Zoui… zoui…* Un bruit à vous scier les nerfs. Ils savent s'y prendre, les bougres. Un boucher ne ferait pas mieux !

— Les Rampants ?

— Sans doute, mais je ne suis pas là pour critiquer. Je suis commerçant, je ne fais pas de politique. La discipline, j'ai rien contre. Parfois c'est utile de faire un exemple, ça évite l'anarchie.

Comprenant qu'il ne tirerait rien du bonhomme, Nath le planta là et prit la direction du donjon.

Il était d'ores et déjà certain que cette boucherie était l'œuvre des Rampants. Ghun avait mis sa menace à exécution. Lâchant les chiens de guerre, il avait chargé les hommes-lézards de ramener l'ordre dans la cité.

Quand il fut face à la sentinelle, il lui raconta ce qu'il venait de voir.

Ghun se contenta de ricaner :

— Une chose est sûre, sans leurs pieds, nos jeunes rebelles auront du mal à marcher jusqu'à la muraille-équateur ! À moins qu'ils n'envisagent de se traîner sur le ventre et de devenir des… rampants !

— Parlez-leur de la flamme verte, des cristaux ! lança Nath. Cela calmera le jeu. Vous leur redonnerez de l'espoir !

— Non ! s'entêta Ghun. Ils ne le méritent pas ! J'aurais l'air de mendier leur approbation. Ils m'ont manqué de respect, j'attends qu'ils fassent amende honorable. Ensuite nous verrons.

Et, tournant le dos à son interlocuteur, il quitta la pièce en claquant la porte. Nath comprit qu'il ne reviendrait pas sur sa décision.

Le soir même, dès que la nuit eut enveloppé la colline, Nath s'embusqua dans la découpe d'une meurtrière et tendit l'oreille. Il ne tarda pas à entendre le son des couteaux qu'on aiguisait sur le bord des trottoirs, et qui se répondaient en écho, de tous les coins de la ville. *Zoui... zoui...* Les bouchers faisaient savoir à la population qu'ils étaient à leur poste. Malheur à l'imprudent qui oserait se risquer dans les rues!

Alors, en manière de réponse, s'éleva le claquement des serrures qu'on verrouillait, le claquement des volets qu'on rabattait. Dociles, les gens de Solterra se calfeutraient au fond de leurs geôles.

Bientôt, plus personne ne mit le nez dehors aux heures sombres; le nombre de pieds coupés diminua. Nath, qui essayait de tenir le compte des victimes, estima que la plupart des partisans de Sigrid avaient été mutilés. La jeune femme, à condition qu'elle ait échappé à l'horreur, devait aujourd'hui être très isolée. Il aurait aimé lui venir en aide mais ne savait comment. Ghun régnait sur une armée invisible dont on taisait le nom. Dès que l'obscurité s'installait, les Rampants faisaient la loi, patrouillant dans les ruelles, se faufilant dans les habitations par le moindre soupirail, traquant les suspects jusque dans leur lit.

Nath en fit l'expérience lorsqu'il découvrit, un matin, son jeune voisin de palier baignant dans son sang, sur le carrelage de sa cuisine. Ses jambes se réduisaient à deux moignons grossièrement ligaturés. En état de choc, affaibli par l'hémorragie, il mourut dans les bras de Nath en balbutiant qu'il regrettait amèrement d'avoir accordé sa sympathie au groupe Nomades.

Cet épisode eut l'effet escompté, et bientôt il ne fut plus question dans les conversations de taverne de la muraille-équateur ou du jardin fabuleux. Ces mots furent bannis du langage courant.

Durant la journée, les Rampants demeuraient invisibles. Sans doute regagnaient-ils leur chapiteau de cuir. Nath déplorait qu'on en fût arrivé à ces extrémités. Il s'aperçut bientôt que les gens avaient peur de lui et s'écartaient sur son passage. On le considérait désormais comme l'âme damnée de Ghun, le valet du bourreau, et il en fut atterré.

Dès qu'il avait un moment de libre, il s'asseyait au bord d'une meurtrière et, les yeux rivés aux jumelles de Neb Orn, scrutait les ruelles dans l'espoir d'y surprendre la silhouette de Sigrid occupée à raser les murs.

C'est ainsi que Ghun le surprit.

— Je sais qui tu cherches, rugit-il. Encore cette fille ! Tu es sous son emprise, elle t'a pris dans ses filets. Tu es fou d'elle, c'est évident ! C'est comme ça qu'elle recrute ses partisans, en couchant avec eux... Tu n'as pas encore compris que Sigrid est une putain ? Toute son armée s'est soulagée entre ses cuisses, tu veux faire comme les autres ? Ressaisis-toi ! Tu vaux mieux que ça !

À bout de souffle, il dut faire une pause. Son visage convulsé faisait peur. Nath recula d'un pas, s'attendant au pire.

— Écoute, reprit Ghun un ton plus bas. Je ne sais pas exprimer mes sentiments et je ne suis guère démonstratif, mais je te considère comme un fils. Ne me déçois pas. Je suis prêt à te transmettre mon savoir à condition que tu accomplisses un geste pour me prouver ta bonne foi.

— Lequel ? balbutia Nath.

Ghun plongea la main dans sa poche. Il en tira un étui plat et métallique. La boîte contenait une seringue et une ampoule pleine d'un liquide jaune et épais.

Nath frissonna en identifiant la drogue d'oubli que les dealers ponctionnaient dans le cerveau des Têtes-Molles après les avoir scalpés.

— Voilà qui effacera le souvenir de cette catin, haleta Ghun. Une simple injection et tu l'oublieras. Tous les mensonges dont elle t'a empli l'esprit seront gommés pour un an. Tu seras comme neuf. Sans lien aucun avec les gens de la colline. Nous repartirons à zéro, tous les deux, toi et moi, comme un père et son fils. Je t'apprendrai ce qu'il te sera utile de savoir, et seulement cela. Je ferai ton apprentissage… Tu seras purifié.

Nath se précipita vers la porte, terrifié à l'idée que Ghun lui administre l'injection de force.

— Non ! cria-t-il, jamais !

Alors, avec une voix chargée de mépris, Ghun lança :

— Toi aussi tu me trahiras, Nath ! Tu as choisi ton camp ! Toi, le seul sur qui je comptais. Toi, le seul capable de me comprendre… Et dire que j'ai pensé t'associer à la renaissance d'Almoha !

Chapitre 20

Grosse comme un poing, la flamme verte brillait au sommet de la tour, nimbant les créneaux d'un halo phosphorescent. Le soir, lorsque le silence s'étendait sur la ville, en tendant l'oreille il était possible de percevoir le chuintement du brûleur. La présence de ce feu follet n'avait en aucune façon éveillé la curiosité de la population, et même les enfants ne levaient plus la tête en passant près du donjon. Les oiseaux, eux, semblaient avoir résolu de s'en défier, car bien peu désormais abordaient aux créneaux.

Ghun s'était retranché dans le mutisme. Quant aux « Nomades », ils ne faisaient plus parler d'eux.

Nath s'estimait en danger à l'intérieur du donjon ; toutefois, il n'osait donner sa démission à Ghun, de peur que celui-ci, en manière de représailles, n'ordonne aux Rampants de l'amputer des deux pieds. Prudent, le jeune homme voulait éviter que sa « trahison » ne devienne par trop évidente. Il y allait de sa survie.

Dès qu'il savait Ghun endormi, il s'embusquait à l'angle d'une meurtrière, les yeux rivés aux oculaires des jumelles marines, dans l'espoir irréaliste de repérer la cachette de Sigrid. Il parcourait les rues du regard sans jamais rien découvrir.

Un jour pourtant, une silhouette se dessina, qui rasait les murs. Arrivée à proximité de la tour, l'ombre s'immobilisa à l'angle d'une ruelle. Tout dans sa conduite trahissait l'angoisse : les tressaillements du corps, les coups nerveux au moindre bruit, la main serrée sur ce qui semblait être un bâton. Nath retint son souffle : qui donc était assez fou ou assez courageux pour oser affronter les Rampants sur leur terrain ?

Lorsque l'homme leva enfin la tête vers les créneaux, Nath le reconnut. *C'était Neb Orn.*

Il retint un cri de surprise. Il n'avait plus revu le harponneur depuis la fameuse tempête. Neb semblait en mauvaise posture. Désireux de lui venir en aide, Nath s'arma d'une barre de fer et quitta la tour pour plonger dans le dédale des rues. Il ne fut pas long à localiser la cachette du colosse. Celui-ci, croyant à une attaque, fit volte-face, et Nath évita de justesse la pointe du harpon qui visait son ventre.

— Par tous les démons du brouillard ! J'essaye de t'approcher depuis trois jours ! souffla Neb, revenu de son erreur. Les Rampants sont partout. Ils forment un véritable cordon sanitaire autour de la colline. J'ai failli tomber entre leurs mains à trois reprises. J'en ai cloué quatre dans la boue, mais ils sont plus nombreux que les cafards dans la cale d'un navire !

— Je te croyais parti depuis longtemps, protesta Nath. Tu ne m'as plus donné signe de vie.

Le géant se drapa dans sa cape de cuir.

— Partir ? Oui, c'était mon intention première, maugréa-t-il, mais cette fille, Sigrid, m'a convaincu de n'en rien faire. Je suis comme elle, je n'aime pas ce qui se prépare, j'ai préféré attendre avant de prendre le large. Sigrid m'a dit que tu t'étais laissé embrigader par Ghun. Je ne te croyais pas si naïf !

— Je ne suis pas naïf, rétorqua Nath. Je suis coincé, en sursis. Si Ghun décide que j'ai définitivement basculé du côté de l'ennemi, il me fera trancher les pieds ! Les Rampants lui obéissent au doigt et à l'œil. Il a fait d'eux sa milice privée.

— Aucun doute là-dessus, et crois-moi, il ne fait pas bon se promener en ville à la nuit tombée ! Ils patrouillent sans relâche pour s'assurer que personne ne quitte Solterra. Ils vont et viennent sur le périmètre de la cité, comme des geôliers aux abords d'un camp de prisonniers.

Tout en parlant, le harponneur jetait de fréquents coups d'œil aux alentours.

— Nath, insista-t-il, il va falloir choisir ton camp. Le danger se précise. Réveille-toi !

— Tu as vu Sigrid et les Nomades ?

— Non, j'ai perdu tout contact avec eux ; les Rampants les traquent nuit et jour. Sigrid et son groupe essaient de leur échapper en changeant fréquemment de cachette, mais l'étau se resserre… Ghun veut liquider tous les opposants en prévision du Grand jour.

— Quel Grand jour ?

— Tu n'as pas encore pigé ? Tout ceci n'est qu'un complot dont vous serez bientôt les victimes, toi, et tous ceux de la colline…

— De quoi parles-tu ?

— J'ai essayé de te prévenir, mais chaque fois les Rampants m'ont obligé à battre en retraite. C'est un miracle qu'ils ne m'aient pas coincé.

La sueur luisait sur le visage du harponneur, et ses phalanges, sur le harpon, blanchissaient. Nath prit conscience de la gravité de l'instant.

— J'ai fermé ma gueule trop longtemps, haleta Orn. J'aurais dû parler plus tôt, mais j'ai eu peur de m'attaquer à une sentinelle. C'est une cible trop importante pour un pauvre harponneur.

— Bon sang ! Vas-tu parler à la fin ! s'impatienta Nath, que ces préambules inquiétaient.

— J'ai tout compris quand j'ai croisé Ghun, en arrivant à Solterra, souffla Orn. Au lendemain de la tempête, tu te rappelles ? Nous nous sommes séparés sur le débarcadère, et chacun est parti de son côté…

— Oui, et alors ?

— J'ai traîné trois jours dans les tavernes, à essayer de dénicher un emploi. C'est comme ça que je t'ai vu passer dans la rue principale, escortant la sentinelle. Brusquement, le voile s'est déchiré, j'ai tout compris.

— Quoi ? Qu'as-tu compris ?

— À ta tête, je vois que tu ne connais pas la signification de la flamme verte que Ghun fait briller au sommet de la tour, de jour comme de nuit. Je me trompe ?

— Mais si, il m'a expliqué que c'était une nouvelle forme d'énergie qui pouvait révolutionner Almoha et nous permettre de retrouver un nouvel essor. Ghun est chimiste, il…

— Chimiste ? Ghun ! Quand tu auras autant voyagé que moi, tu ne goberas plus de telles conneries. *La flamme verte c'est le feu des naufrageurs !*

Saisissant le jeune homme par le bras, il l'attira sous une porte cochère.

— Les Naufrageurs existaient déjà sur la Terre, expliqua-t-il d'une voix haletante. Ils parsemaient les côtes de faux signaux attirant les navires sur les écueils. Sur Almoha, c'est l'inverse, les Naufrageurs attirent les nuages sur les villes par un processus chimique d'émanations gazeuses.

— Ghun est un pillard ? balbutia Nath.

— Non, pas un pillard. Un tueur. Ghun agit pour le compte des Rampants. Il exécute un contrat. Ils veulent vous détruire, vous et la ville. Ghun tient le nuage en main, le grand nuage, la baleine blanche, tu t'en souviens ? C'est Ghun qui a modifié sa course et lui a fait écraser la baleinière. Quand il jugera le moment venu, il augmentera la puissance de la flamme, développant d'autant sa puissance d'attraction, et le nuage viendra, comme un éléphant tiré par une chaîne ! Il viendra, Nath, droit sur la ville.

— C'est impossible !

Les mains de Neb broyèrent les épaules de Nath.

— Si, Nath, c'est possible. Quand j'ai vu Ghun, j'ai tout compris. Je l'ai déjà croisé, jadis. Il est connu dans le milieu des fanatiques religieux. Il n'est pas ici par hasard ! Je pense qu'il travaille pour les Rampants et qu'il n'en est pas à son coup d'essai. Il se déplace probablement de cité en cité pour laminer les collines, l'une après l'autre. C'est le but de la conspiration. Tuer les marche-debout pour venger Alkanek. Les Rampants le payent pour qu'il les fasse bénéficier de sa science.

Nath porta les mains à ses tempes. Sa tête éclatait.

— Mais alors, balbutia-t-il, je me suis trompé depuis le début ! Ghun m'a berné et Sigrid avait raison. Il m'a pris comme alibi, sachant que je le défendrais si on venait à le soupçonner !

— Exactement, mais il t'a probablement jugé trop sceptique, pas assez docile, et les Rampants lui ont ordonné de se débarrasser de toi. Voilà pourquoi il t'a expédié sur la plaine alors qu'une tempête se préparait. Ta mort serait passée pour un accident. Aujourd'hui, s'il veut empêcher la population de quitter la ville, ce n'est pas pour vous protéger des dangers de l'exode, mais pour que personne ne survive à la catastrophe.

— Il faut prévenir tout le monde !

Neb secoua négativement la tête.

— Ils ne nous croiront pas. Ils ont peur des Rampants. Tu auras beau faire, ils ne mettront pas le nez dehors. Pas de précipitation. Tant que la flamme est courte, le danger n'est pas immédiat. Clamer à tous les vents ce que je viens de te révéler ne servira qu'à te condamner à mort. Non, il faut saboter le matériel de Ghun. Sans les cristaux, il perd ses pouvoirs. Toi seul peux grimper au sommet de la tour et les piétiner. Fais attention, les Rampants t'ont à l'œil, tu es en liberté surveillée. Tu dois agir sans tarder. Nous avons besoin d'un homme dans la place, et ce ne peut être que toi. Si Ghun te chasse ou te tue, nous verrons disparaître notre unique chance de pénétrer dans le donjon. Tu dois être notre espion !

Essaye de te rabibocher avec lui, fais amende honorable, arrange-toi pour rester son valet.

Nath acquiesça. La mission lui déplaisait mais il n'avait pas le choix. C'était le seul moyen dont il disposait pour racheter ses erreurs de jugement.

Après avoir convenu d'un rendez-vous, ils se séparèrent. Luttant contre la honte et le désespoir qui l'envahissaient, le jeune homme regagna sa tanière. Neb avait raison, il fallait faire vite.

Pourquoi avait-il été aussi stupide ? Parce que Ghun, d'une certaine manière, lui rappelait son père ? Est-ce pour cela qu'il s'était senti obligé de le défendre ?

Cheminant par les rues désertes, il eut soudain la sensation d'être suivi. Une brusque volte-face lui permit d'entrapercevoir une ombre au ras du sol. Une ombre qui se faufilait le long des murs.

D'étranges cavalcades étouffées peuplaient les ruelles, des glissements furtifs, des raclements de reptation. On eût dit que la ville grouillait de fantômes. Toutes les portes avaient été barricadées et renforcées de planches cloutées, et les fenêtres, obturées à l'aide de tôles. La cité se terrait dans un silence de veillée funèbre et chacun, l'oreille tendue, épiait les frôlements de la nuit. Invisibles, les Rampants sillonnaient sentes et venelles, prêts à jaillir d'un soupirail, d'une crevasse, capables de s'enfouir dans la boue comme des lézards et d'y demeurer des heures à l'affût d'une proie. Plus que jamais, la colline leur appartenait.

« Ils m'épient, pensa Nath. Neb a raison, je suis en liberté surveillée. À présent qu'ils m'ont vu parler avec un suspect, ils vont estimer que j'ai basculé dans le camp de l'ennemi et exiger mon élimination immédiate. »

En pénétrant dans l'immeuble où il avait élu domicile, il embrasa la torche qu'il laissait dans le hall à cet effet, puis, la flamme au poing, bondit dans la rue. Une fraction de seconde, la lueur dansante éclaira trois visages maculés de vase qui filaient au ras des pavés. Des Rampants occupés à se propulser sur des membres torses, le couteau entre les dents.

L'instant d'après, il était de nouveau seul. Les tueurs aux allures de sauriens avaient disparu dans les ténèbres.

Prudemment, il s'engagea dans l'escalier, la torche dans une main, un poignard dans l'autre, bien décidé à se défendre. Il n'avait pas l'intention de se laisser trancher les pieds sans s'être auparavant défendu âprement. Toutefois, il ne nourrissait aucune illusion, ses jours étaient comptés. La « bienveillance » toute relative dont il avait bénéficié jusqu'à aujourd'hui ne serait plus de mise dès que les Rampants auraient fait leur rapport.

Il continuait néanmoins à s'interroger sur les raisons qui avaient poussé Ghun à veiller si longtemps sur lui, en dépit de la mauvaise volonté dont il avait fait preuve ces dernières semaines.

« Peut-être, tout simplement, avait-il besoin d'un valet ? songea-t-il. Ou bien, connaissant les liens qui m'unissent à Sigrid, espérait-il m'utiliser comme espion ? »

Mais, tout au fond de lui-même, il savait qu'il ne fallait pas écarter l'hypothèse d'une « affection paternelle », et cette éventualité le gênait plus que tout.

Ayant barricadé sa porte, il s'assit. Ses mains tremblaient sous l'effet de l'adrénaline, et il savait d'ores et déjà qu'il ne parviendrait pas à dormir. Une question l'obsédait. Où Sigrid et ses partisans avaient-ils trouvé refuge ? La colline n'était pas si vaste ! Il n'y avait guère que deux endroits où les membres du groupe Nomade auraient pu se terrer : dans le cimetière souterrain… *ou dans l'ancienne salle de tortures.*

« Le cimetière, c'est peu vraisemblable, estima le jeune homme. Ce n'est pas la présence des momies de goudron qui empêcherait les Rampants d'y entrer… La salle de tortures, c'est différent. Elle est hantée. On ne peut en franchir le seuil sans courir le risque d'être mis en pièces par les fantômes des suppliciés. »

Il se redressa, soudain convaincu d'avoir vu juste. Par les dieux ! Pour fuir ses poursuivants, Sigrid avait décidé de se placer sous la protection des spectres. Il se rappela qu'elle disposait d'amulettes. Elle lui avait prêté l'une d'elles lorsqu'il l'avait accompagnée en ce lieu terrifiant. Toutefois, elle avait exigé la restitution du gri-gri dès le lendemain de l'expédition, si bien que Nath n'était plus en mesure d'explorer la crypte maudite sans être démembré. Qu'à cela ne tienne ! Il devait tout de même s'y rendre afin de s'assurer que la jeune femme était encore en vie.

Il occupa le reste de la nuit à fourbir un plan. Au matin, il s'employa à récupérer ici et là les cuirasses éparses, épaulières, cuissardes, cottes de maille et heaumes rouillés qui traînaient dans les caves des maisons environnantes, pauvres reliques d'une épopée aujourd'hui effacée des mémoires. À partir de ces débris, il assembla une armure complète dont il graissa chaque pièce. Bien sûr, le résultat demeurait bancal et plus ou moins grotesque, mais il espérait que le costume de fer résisterait assez longtemps aux agressions des fantômes pour lui permettre d'explorer la crypte et de localiser Sigrid.

Dans l'espoir de venir en aide aux insurgés, il se procura une grande malle d'acier qu'il remplit de nourriture, de pansements et de baumes cicatrisants. Puis il démonta l'armure et remplit deux sacs de jute avec les pièces qui la constituaient. Ces préparatifs achevés, il loua les services de deux vagabonds pour l'aider à transporter ces bagages au sommet de la colline, en clamant à la cantonade qu'il avait décidé de déménager. Ses voisins, sans doute soulagés de voir s'éloigner l'espion de la sentinelle, ne posèrent aucune question.

Il fit déposer les paquets non loin des fondations du château et paya les deux traîne-savates, qui tournèrent les talons sans attendre, pressés d'aller dépenser ce qu'ils venaient de gagner dans les tavernes du port.

Après s'être assuré que personne ne l'observait, Nath s'équipa du mieux possible, renforçant les attaches de l'armure avec du fil de fer quand c'était nécessaire. Il savait qu'il commettait une folie. Les souterrains étaient hantés par les fantômes de tous les malheureux qu'on y avait jadis suppliciés. Ces spectres n'avaient qu'une idée, rentrer en possession des organes que le bourreau leur avait arrachés : yeux, doigts, ongles, oreilles… Dès qu'un imprudent s'engageait dans le souterrain, les fantômes l'attaquaient pour prélever sur son corps les pièces détachées qui leur faisaient si cruellement défaut.

Sigrid avait trouvé le moyen de tourner la difficulté en utilisant une amulette qui faisait croire aux spectres qu'elle était en mauvaise santé, et donc inutilisable en tant que réservoir d'organes. Nath, hélas, ne connaissait aucune sorcière capable de lui procurer l'un de ces gris-gris, il devrait donc se débrouiller avec les moyens du bord.

Il s'aperçut qu'il transpirait sous la carapace de métal. Sa sueur allait décupler la convoitise des fantômes, mais il n'y pouvait remédier. Il alluma une lanterne et la brandit de la main droite, tandis que de la gauche, il saisissait l'une des poignées de la malle de premiers secours. Le heaume limitait son champ de vision et les genouillères rouillées lui faisaient une démarche de vieillard arthritique, toutefois, il s'engagea dans le tunnel en essayant de juguler la panique qui montait en lui.

Le vacarme de ferraille que produisaient ses déplacements n'avait rien de discret, mais là ne résidait pas son principal souci. À trois reprises, il faillit perdre l'équilibre car sa genouillère gauche se bloqua. C'eût été dramatique car il n'était pas certain, en cas de chute, d'être capable de se relever par ses propres moyens, tant sa carapace était malcommode et pesante. Une fois allongé sur le dos, gesticulant telle une tortue retournée, il serait à la merci des spectres qui auraient tout le temps de lui arracher ses protections.

Pour se donner du courage, il appela :

— Sigrid ? Sigrid ? Tu es là ? C'est Nath.

Hélas, la visière du heaume, qu'il avait verrouillée avec du fil de fer, étouffait sa voix, et ses paroles n'avaient pas plus de force que les coassements d'une grenouille tombée au fond d'un tonneau.

Il était à mi-chemin quand il entendit des ongles invisibles crisser sur sa cuirasse… Les spectres passaient à l'attaque, essayant d'introduire leurs doigts dans les fentes du heaume pour s'emparer de ses globes oculaires. L'énergie qui les composait était si dense qu'elle leur permettait d'avoir prise sur les objets matériels. Elle bourdonnait comme la foudre quand elle s'apprête à jaillir d'un nuage, produisant de brèves décharges électriques qui faisaient tressaillir le jeune homme.

À présent, des dizaines de mains le palpaient et l'exploraient, jaillies de nulle part, s'escrimant à trouver le défaut de la cuirasse. Sans la protection de l'armure, il aurait été mis en pièces. Néanmoins, les fantômes déployaient tant d'ardeur qu'il commençait à se demander combien de temps la carapace métallique serait capable de résister à leurs entreprises.

Il trébucha sur des restes humains. Plusieurs corps gisaient en travers du chemin, démembrés, dépecés. Il comprit qu'il s'agissait des compagnons de Sigrid.

« J'arrive trop tard ! » songea-t-il en blêmissant.

Il atteignit enfin l'ancienne salle de torture. Là s'alignaient les cages où les prisonniers avaient jadis attendu d'être remis aux mains du bourreau. Les geôles étaient toutes vides, sauf une.

Une forme recroquevillée occupait la dernière. Nath s'avança, la lanterne brandie. Dans un halo de suie et d'étincelles, un visage maculé de boue lui apparut.

— Sigrid ! cria-t-il. C'est moi. Ouvre la porte, les fantômes sont à mes trousses.

Derrière le rempart des barreaux, la jeune fille grelottait de froid, de fièvre. Nath vit que ses jambes étaient entourées de pansements crasseux.

Elle consentit enfin à réagir et rampa pour défaire le lien qui maintenait le battant fermé. Nath savait que cette précaution s'adressait aux lézards qui hantaient les tunnels sans avoir rien à redouter des spectres.

Il voulut s'agenouiller, mais la rigidité de l'armure l'en empêcha.

— Tu es blessée…, fit-il sottement. Tu es folle d'être venue ici.

— Nous n'avions pas le choix, murmura Sigrid en écartant les mèches que la sueur collait sur son front. Les Rampants nous encerclaient, nous ne savions plus où aller. C'était ça où tomber entre leurs mains… J'ai cru que les amulettes nous protégeraient, mais leur pouvoir a diminué au fil des jours. Et puis mes compagnons ont perdu la tête. La présence des fantômes les terrifiait, ils ont tenté de sortir…

— J'ai vu ça, souffla Nath. Ils ne sont pas allés bien loin.

— Je t'en supplie, gémit la jeune fille, aide-moi, je n'ai plus que toi… Le pouvoir de mon amulette s'éteint. Dans peu de temps, elle ne tiendra plus les spectres à l'écart, ils se glisseront entre les barreaux de la cage pour me dépecer.

— On va tenter quelque chose, souffla Nath. Tu ne peux pas marcher et je ne pourrai pas te porter, pas avec cette armure… mais il y a peut-être une solution… Je vais vider cette malle et tu t'y installeras. Une fois le couvercle bouclé, j'essayerai de la tirer derrière moi, en direction de la sortie. Avec un peu de chance…

Il s'empressa de débarrasser le coffre de son contenu et aida Sigrid à s'y recroqueviller. Elle hurla de douleur quand il lui fallut se plier en chien de fusil. Suant à grosses gouttes, Nath rabattit le couvercle. Il espérait que l'amulette aurait encore assez de pouvoir pour protéger Sigrid le temps de remonter à la surface.

Il sentait la colère des spectres gronder derrière lui, à la manière d'un orage sur le point d'éclater.

Ayant rassemblé ce qui lui restait de courage, il referma son gantelet gauche sur la poignée de la malle et sortit de la geôle en traînant le bagage derrière lui.

La rage des fantômes le frappa de plein fouet, faisant courir des étincelles sur sa cuirasse et sa cotte de mailles, il crut qu'il allait être électrocuté et gémit sous l'impact des décharges qui empruntaient le trajet de ses nerfs, visant son cœur. Si cela continuait, le muscle cardiaque entrerait en fibrillation ; ce serait l'infarctus assuré ! Il comprit que les morts ne lui pardonnaient pas de soustraire Sigrid à leurs désirs, ils avaient compté récupérer sur son corps des morceaux de choix, et voilà qu'on la leur enlevait ! C'était intolérable !

Serrant les mâchoires, il s'arc-bouta contre la douleur et entreprit de progresser vers la sortie. Ce fut difficile car les spectres se déchaînèrent, essayant de lui arracher son armure morceau par morceau. Leurs ongles crissaient sur les anneaux de la cotte de mailles. À chaque nouvel attouchement, Nath encaissait une décharge qui lui brûlait la peau. Le métal et la sueur constituaient de formidables conducteurs électriques.

Une odeur de chair brûlée envahit son casque. Ses mâchoires se tétanisaient avec une telle violence qu'il s'étonnait que ses molaires n'aient pas déjà volé en éclats.

La malle pesait plus lourd qu'un éléphant mort.

Il crut qu'il n'y arriverait jamais. Quand il émergea enfin en pleine lumière, il s'effondra dans un grand vacarme de ferraille, et demeura prostré, les muscles secoués de spasmes.

Lorsqu'il eut recouvré ses moyens, il s'employa à se débarrasser de l'armure, dont il cacha les pièces à l'ombre d'un rocher. À l'intérieur de la malle, Sigrid avait perdu connaissance. Elle brûlait de fièvre. Nath rabattit le couvercle ; à présent, il lui fallait ramener le bagage chez lui sans se faire trop remarquer. Il n'avait pas prévu cela. Cette fois, pas question d'avoir recours à des porteurs. Si la jeune fille revenait à elle, elle était capable de pousser des cris qui alerteraient les déménageurs ! Il ne pouvait courir ce risque. Il décida de procéder par étapes, s'arrêtant dans des endroits discrets quand il était à bout de forces. Il mit longtemps pour regagner son appartement. Une fois chez lui, il ouvrit la malle et souleva Sigrid avec douceur pour la porter dans la chambre. Puis il barricada la porte d'entrée au moyen de la barre de sécurité qu'il avait lui-même installée deux semaines plus tôt. La peur s'insinuait en lui, lui nouant l'estomac.

Quand Sigrid reprit connaissance il la contraignit à avaler une potion calmante et écarta les pansements qui cachaient les blessures. L'état des plaies le fit grimacer. Les jarrets avaient été entaillés jusqu'à l'os, les muscles et les tendons, sectionnés. Des croûtes de sang noir vernissaient la peau des jambes. Il fallait se rendre à l'évidence : si elle survivait à la gangrène, Sigrid ne marcherait jamais plus. Il nettoya les scarifications du mieux possible et appliqua un cataplasme d'herbes cicatrisantes sur les mollets boursouflés de la jeune femme. Il aurait fallu opérer, recoudre, mais il ne disposait pas des instruments nécessaires. Sigrid se mordait les lèvres, essayant de ravaler ses cris de souffrance. Pour la distraire du mal, Nath lui conta les dernières révélations de Neb Orn.

Quand il releva la tête, ses soins achevés, il s'aperçut que la blessée s'était de nouveau évanouie. Il la débarrassa de ses haillons puants et la lava. Nue, elle lui parut d'une maigreur atroce, constellée de cicatrices.

Il s'approcha la fenêtre. Le vent le fit frissonner. Brusquement, ses yeux se posèrent sur le donjon. Illuminant les créneaux qui semblaient la protéger telles les pierres d'un feu de camp, la flamme verte brillait, haute comme un homme... Les Rampants, convaincus de sa trahison, avaient alerté la sentinelle. Se sentant menacé, Ghun avait décidé de passer à l'action sans plus tarder. L'heure de l'Apocalypse avait sonné.

Chapitre 21

Nath courait dans la nuit à travers le dédale des ruelles, rebondissant de mur en mur, s'arrachant chaque fois un peu plus la peau des épaules. Il était seul dans une ville terrifiée, à la population recroquevillée derrière des portes closes ; seul contre une armée invisible et rampante qui pouvait à tout instant jaillir d'une flaque de boue pour lui trancher les jarrets, le fauchant en pleine course. Il était seul, ou presque, contre Ghun, là-haut perché sur ses manomètres de cuivre, actionnant la flamme émeraude qui ronflait à présent d'un bruit sourd et gourmand.

Malmenés par la pesanteur, son cœur cognait, ses poumons charriaient une vapeur de fournaise. Un voile noir obscurcit soudain son regard, et il dut s'arrêter pour échapper à l'évanouissement. Dieu ! Allait-il succomber à une crise cardiaque, là, au milieu de la rue ? Ce n'était pas le moment !

À peine était-il adossé au crépi de la paroi que des formes commencèrent à se mouvoir au ras du sol, convergeant dans sa direction. Des lames jetèrent des éclairs ; les Rampants, ils étaient là, partout, le couteau entre les dents. Leur progression n'avait rien d'humain, et leur corps bizarrement déformé évoquait plus que jamais celui d'un crocodile. Nath bondit, reprenant sa course, essayant d'oublier la tachycardie qui lui mettait le cœur au bord de l'explosion. Son instinct le poussait vers la tour. S'il parvenait à saboter le matériel de la sentinelle, le nuage suspendrait sa course. Le rendez-vous mortel serait annulé... Il devait réussir pour racheter ses erreurs passées, ses fautes de jugement ! Par tous les démons ! Comme Ghun avait su le manipuler avec ses histoires d'affection paternelle !

Il chassa ces pensées, se concentrant sur son corps, s'appliquant à discipliner son souffle. Ses tempes bourdonnaient telle une ruche en folie, et il avait l'impression qu'un casque de fer rétrécissait sur sa tête, lui broyant les os de la face et du crâne.

La tour était proche, maintenant. Il se jeta à plat ventre dans la boue, attentif à ce qui l'entourait. Puis, lentement, imitant les Rampants, il progressa sur les coudes vers la porte de bronze que les ténèbres rendaient plus massive encore.

Le terrain était à découvert, et il craignait de se retrouver encerclé par les hommes-lézards. Serrant les dents, il se redressa et actionna la poignée. *Fermé !* il ne fut pas surpris, il n'avait jamais sérieusement pensé que Ghun commettrait une telle erreur.

Il lui sembla qu'une ligne de têtes ondulait au ras des pavés, tout autour de la place. Il frissonna. Les Rampants allaient l'acculer contre la porte close, comme une bête prise au piège. Mobilisant ce qui lui restait d'énergie, il se retourna, agrippa le rebord de la meurtrière au-dessus de sa tête, et s'y hissa à la force des poignets. L'ouverture était étroite – un homme normal n'aurait pu s'y glisser –, mais Nath, torse nu et enduit de boue, n'eut guère de difficulté à s'immiscer dans le passage.

À peine avait-il sauté à l'intérieur du donjon qu'il entendit les lames des couteaux s'ébrécher sur la paroi. Ses pieds nus dérapaient sur le dallage. Il chercha une arme, se saisit d'un chandelier, et franchit un à un les échelons qui menaient au sommet. Une désagréable surprise l'attendait : pendant son absence, la porte de fer défendant l'accès aux créneaux avait été renforcée par des barres de métal, et il put voir qu'une nouvelle serrure en interdisait l'ouverture. Ghun avait pris ses précautions, il était devenu indélogeable. De rage, le jeune homme abattit le chandelier sur le battant blindé, soulevant une gerbe d'étincelles. La seconde suivante, il entendit Ghun éclater de rire. Nath s'efforça de reprendre le contrôle de ses nerfs. Il devait garder la tête froide. *D'abord tirer la ville de sa torpeur, donner l'alarme.* Il dévala les marches jusqu'au porte-voix. Un point de côté lui vrillait le flanc.

— Peuple de Solterra ! hurla-t-il en usant de toute sa puissance vocale. Les Rampants sont dans vos rues ! Ghun, leur homme de main, se tient au sommet de la tour, il essaie d'attirer un nuage tueur sur nous. Réagissez ! Évacuez la ville, gagnez le port ! Ne courez pas sur la croûte de boue, elle est trop fragile, utilisez les bateaux…

Il répéta son message. Il avait craint que Ghun ne vînt lui trancher la gorge, mais la porte des créneaux demeura close.

Il se sentait épuisé ; lutter contre la pesanteur l'avait vidé de toute énergie. Il essaya de se rassurer. Si le nuage n'écrasait qu'une cité déserte le mal serait moindre. Il espérait que la panique ne pousserait pas les habitants à se piétiner au long des rues !

Incapable de demeurer inactif, il s'approcha de la meurtrière et risqua un œil à l'extérieur. Les Rampants semblaient s'être évaporés, la place était vide.

Il redescendit jusqu'au rez-de-chaussée et sortit comme il était entré.

Au moment où il touchait terre, une ombre se détacha de la muraille. Nath se détendit en identifiant Neb Orn.

— Ghun est là-haut ? interrogea le harponneur en désignant du pouce les créneaux qui se découpaient en ombre chinoise sur le halo de lumière verte.

— Oui, là-haut, et intouchable ! rugit Nath. Barricadé. Une porte blindée.

Neb, du bout des doigts, explora la paroi.

— Et impossible de monter, bougonna-t-il, trop lisse, pas assez de prises.

Nath scrutait la ville. Quelques torches y allumaient un pointillé timide.

— On dirait que ton appel a réveillé du monde ! observa Neb. Ils descendent vers le port.

Il allait ajouter quelque chose quand sa voix s'étrangla.

— Nath, regarde...

Et le jeune homme comprit la raison de la disparition soudaine des Rampants. Tout autour de la colline, de chaque débarcadère, montait une colonne de fumée où voltigeaient des étincelles. Une ceinture de feu entourait l'île, ravageant canots et pirogues. Comprenant que l'appel de Nath jetterait les fuyards vers la plaine liquéfiée, les Rampants avaient choisi de détruire l'unique planche de salut dont disposaient encore les habitants de Solterra : les barques de pêche. À présent, les lueurs de l'incendie gommaient la nuit. La foule s'écoulait au long des rues, dans le plus grand chaos, brandissant ballots et sacs. Les cris des enfants terrifiés, piétinés, dominaient le tumulte.

À peine arrivée au port, repoussée par la chaleur du brasier, la première vague de fuyards rebroussa chemin, heurtant de plein fouet celle qui la suivait de près. Il s'ensuivit une mêlée où chacun renversa son voisin. Le débarcadère principal s'effondra, dévoré par le feu, ajoutant au tumulte général.

— Maintenant la colline est vraiment une prison ! rugit Neb Orn. Incendions la tour avant qu'il ne soit trop tard ! Avec un peu de chance, les flammes détruiront l'installation qui alimente le réchaud de Ghun !

Nath sentit son être se révulser à cette seule idée. En dépit des circonstances, une vie entière de conditionnement religieux lui faisait considérer cet acte comme un blasphème.

— Ça ne marchera pas, hurla-t-il pour dominer les cris de panique, les parois du donjon sont en pierres réfractaires, ignifugées. De toute manière, la pesanteur aplatirait les flammes, elles n'atteindraient pas les créneaux... Ne restons pas là, les Rampants vont revenir à l'assaut.

Ils s'éloignèrent à toutes jambes pour gagner la seule plage encore épargnée par l'incendie car les écueils dont elle était hérissée rendaient tout amarrage impossible.

— Crois-tu vraiment que le nuage obéira à la flamme verte ? demanda Nath lorsqu'ils eurent repris leur souffle.

Neb se laissa tomber à genoux dans la vase. La sueur et la suie l'avaient fardé d'un masque sombre, farouche.

— Il va venir, Nath, comme il est déjà venu sur la colline de Ghan-Taar ! Ghun est un professionnel. Il mettra un point d'honneur à remplir son contrat ! Il n'a pas le choix, du reste. S'il échouait, les Rampants le massacreraient.

— Prendre le contrôle d'un nuage, murmura le jeune homme. Le piloter comme un navire... Ça semble impossible

— C'est possible ! martela Neb Orn. C'est une réaction chimique, une simple réaction chimique, deux corps s'attirant par le biais d'un échange de molécules gazeuses. Les savants des temps anciens pensaient avoir réussi à mettre Almoha en équations, ils étaient loin du compte. Ce monde échappe aux lois communément admises ; leur science s'y est cassé les dents. Les sorciers ont pris le relais. Ils ont fini par réussir là où les universitaires avaient échoué.

Nath tourna la tête ; au-dessus de la tour, la flamme couronnait les créneaux, elle paraissait encore plus haute. L'air s'était chargé d'émanations irritantes qui brûlaient la rétine et éveillaient sur la peau d'étranges picotements.

— Il faudrait une averse ! glapit Neb. Une bonne averse de cailloux bien durs qui mettrait en pièces la machine dont se sert Ghun. Elle est pleine de tuyaux, sans doute fragile...

— Si nous pouvions rassembler trois échelles et l'attaquer en plusieurs points, il serait difficile à Ghun, qui est seul là-haut, de nous repousser tous à la fois. Certains se rompraient les os, certes, mais il s'en trouverait bien un pour réussir !

— C'est une idée, rugit le harponneur. Rassemblons une dizaine d'hommes et passons à l'attaque.

— Combien de temps nous reste-t-il ?

Neb scruta l'obscurité ; l'horizon n'offrait qu'une surface uniforme, impénétrable. Le nuage pouvait se trouver très près, ou très loin. On ne le distinguerait pas avant l'aube.

Les deux compagnons se mirent en marche. Le jeune homme savait où trouver des échelles, l'une métallique en bon état, l'autre en bois n'offrant qu'une sécurité relative. Arrivés devant le bâtiment ils déchantèrent. L'échelle de bois avait été débitée à la hache dans le but évident de faire du feu, celle de fer avait été tordue par les Rampants, pliée en trois, inutilisable.

Sur la colline, une foule compacte encombrait les rues, paralysant l'évacuation.

— Le nuage doit être à présent très bas, diagnostiqua le harponneur. Dix mètres au-dessus des vagues. Il frappera la cité de plein fouet, laminant les immeubles au ras des trottoirs.

— La résistance qu'il rencontrera au moment de l'impact arrêtera peut-être son avance, non ? Tu ne crois pas qu'il pourrait s'immobiliser ?

Neb secoua négativement la tête.

— Il n'y a guère de chances, vois-tu. C'est comme si tu mettais ta main devant le canon d'un fusil en espérant que ta paume bloque le projectile. Une telle masse, une fois lancée, ne se laissera ralentir par rien au monde. La ville sera broyée comme une motte de terre, nivelée avec tous ses habitants. Le seul recours, c'est de prendre le large... Il faut construire des radeaux et s'éloigner du point d'impact en pagayant de toutes nos forces.

Ils se frayèrent un chemin à coups de coude et se hissèrent sur le toit d'une maison. Aussitôt, la foule reconnaissant Nath se mit à l'injurier et à réclamer sa tête.

— Silence ! hurla le jeune homme, il nous reste encore une chance. Arrachez chaque planche, récupérez chaque poutre, essayez de construire des radeaux, faites vite. Qu'on désigne des chefs de groupe, des responsables, partagez-vous les tâches. Abandonnez tous les objets inutiles.

Il continua sur le même ton, prodiguant conseils et ordres, tour à tour consolateur et autoritaire. Il était conscient que sans l'aura de prestige des sentinelles, jamais personne n'aurait daigné l'écouter ; Neb Orn lui-même, si imposant qu'il fût, n'aurait pas réussi à capter l'attention de la foule.

— Neb, commanda Nath en sautant du toit, distribue les tâches, forme une patrouille pour tenir les Rampants à l'écart. Je vais chercher Sigrid. Elle ne peut plus marcher, ils l'ont mutilée... Je viens peut-être d'avoir une autre idée... Je t'en parlerai tout à l'heure.

— Une autre idée ?

— Oui, si vous n'arrivez pas à construire assez de radeaux... Ce sera notre plan de secours. Notre dernière chance.

Il rencontra d'énormes difficultés pour rejoindre son domicile. La population de la colline semblait s'être décuplée. Couvert de meurtrissures et d'estafilades, il réussit à s'engouffrer dans le hall de l'immeuble. Chaque marche éveillait en lui une chaîne d'explosions douloureuses. Il arriva enfin au sommet. Sigrid était couchée sur le ventre, près de la fenêtre. Elle scrutait l'horizon à l'aide d'une courte lunette marine. Près de sa cuisse était posé un poignard. Elle regarda Nath, les yeux luisants de fièvre.

— J'ai vu ce que tu as fait, murmura-t-elle ; c'est un miracle que les Rampants ne t'aient pas attrapé.

Nath se laissa tomber sur le sol. La boue qui séchait sur son corps amidonnait sa peau.

— Tu sais, pour le nuage ? demanda-t-il.

— Oui, souffla-t-elle avec peine, je crois que nous ne pouvons pas faire grand-chose. Même si l'on arrive à construire quelques radeaux, nous ne sauverons qu'une infime partie de la population. Nous sommes perdus, Nath. C'est la fin. Ghun a gagné…

Le garçon secoua la tête.

— Il faut tout tenter, Sigrid, tout. Je suis venu te chercher. Je suis d'accord avec toi au sujet des radeaux, mais j'ai eu une autre idée : nous allons descendre dans la crypte du cimetière souterrain. En nous cachant dans le ventre de la colline, nous avons une chance d'échapper au nuage.

La jeune femme haussa les épaules.

— Ça paraît absurde, mais qui sait ? balbutia-t-elle en se recouchant sur le flanc. Tu crois vraiment que le plafond de la crypte résistera quand les immeubles s'effondreront les uns sur les autres ? Les secousses seront terribles, elles agrandiront les crevasses… Je ne sais pas.

Vas-y si tu veux, moi je ne bougerai pas, je suis trop fatiguée… et puis je n'ai pas envie de mourir entourée de momies de goudron. Je préfère rester ici.

Elle était pâle, de larges cernes violets soulignaient ses yeux. Nath ouvrit la bouche pour protester mais demeura silencieux. Il savait d'ores et déjà que la jeune femme camperait sur ses positions. Il fut tenté de l'imiter, de s'asseoir à son chevet et d'attendre la fin du monde en lui tenant la main. Mais c'était impossible, il ne pouvait s'offrir ce luxe égoïste, il lui fallait sauver les gens de Solterra.

— Pars, répéta Sigrid. Fais pour le mieux… Nous nous sommes ratés, toi et moi. C'est la faute de ce monde de fous. En d'autres temps, en d'autres lieux, nous aurions pu faire un bout de chemin ensemble… Pars avant que je ne me mette à pleurer.

Pour se donner une contenance, Nath ramassa la lunette d'approche et fit mine d'inspecter le sommet du donjon. Ghun était invisible, dissimulé dans un recoin à l'abri des archers qui auraient pu le prendre pour cible.

« Qu'espèrent donc les Rampants ? songea Nath en détaillant la flamme verte dont la lueur irréelle baignait la ville. En nous condamnant, ils se condamnent ! À moins qu'ils n'aient prévu un moyen d'évasion ? »

Y avait-il, non loin du chapiteau de cuir planté à la pointe sud, une grosse barque chargée de vivres ? Ghun connaissait sûrement la position du nuage, sa vitesse et l'heure de la collision. Peut-être même, profitant de la panique, avait-il déjà quitté la tour en verrouillant la porte derrière lui ? Comment savoir ?

Glissant la longue-vue dans sa ceinture, Nath sortit de la pièce. Sigrid avait fermé les yeux et feignait de dormir afin de rendre leurs adieux plus faciles. Il se retourna sur le seuil, cherchant quelque chose à dire, mais il avait la gorge trop serrée pour parler, aussi choisit-il de dévaler l'escalier quatre à quatre. Comme il avait les joues humides, il préféra croire qu'il ruisselait de sueur.

Dehors, les rues encombrées de paquets abandonnés et les maisons démantelées offraient un spectacle de fin du monde. Poutres, volets, lattes de bois, tout ce qui pouvait servir à la construction des radeaux avait été arraché, et certaines façades avaient éclaté sous les coups de masse. Sur le port, les flammes jetaient leurs derniers feux, éclairant les carcasses noircies des navires de pêche incendiés par les Rampants. L'odeur de fumée prenait à la gorge. Nath vit que Neb Orn s'était protégé le bas du visage sous un morceau d'étoffe. Une trentaine d'hommes travaillaient d'arrache-pied, essayant tant bien que mal d'assembler les pièces de bois qu'on ne cessait de leur amener.

— Comment ça va ? interrogea le garçon.

Neb eut un geste vague, comme à son habitude.

— C'est foutu. En étant optimiste, disons qu'on pourra compter sur un premier radeau dans quatre ou cinq heures. Et je ne garantis pas qu'il soit capable de flotter !

— C'est trop long ! hoqueta Nath.

— Je sais, mais nous manquons de matériel. Les pièces de bois sont trop légères ; quant aux amarres et aux filins, tout a brûlé... Et puis les gens sont trop paniqués pour travailler efficacement. Ils se gênent mutuellement et ne cessent de s'agresser.

— J'ai une autre idée, lança Nath, lui coupant la parole. *Le cimetière souterrain.* Il est assez vaste pour abriter une bonne partie de la population.

— Pourquoi pas ? capitula Neb avec fatalisme. Au point où nous en sommes ! Où est Sigrid ?

— Elle a refusé de venir. Je n'ai pas eu le courage de l'empoigner.

— Tu as bien fait. Elle a du cran. On ne peut pas la traiter comme une petite fille. Laisse-la choisir sa mort.

Grimpé sur un rocher, Nath fit une nouvelle annonce à la population. Il avait craint que les habitants d'Almoha rejettent sa proposition avec véhémence, mais, à sa grande surprise, elle fut accueillie favorablement tant la peur qu'inspirait le nuage était grande. Dès qu'il s'engagea sur le chemin menant à la nécropole enterrée, les habitants de la colline lui emboîtèrent le pas en se bousculant et s'injuriant. Les nerfs étaient à vif, le moindre incident pouvait dégénérer en affrontement collectif et en tuerie. Les vieillards, les femmes et les enfants, moins prompts à jouer des coudes, se retrouvèrent très vite relégués en queue de colonne. Les plus forts allaient en tête, farouches, se repoussant les uns les autres pour se hisser à la première place.

— Pas de panique ! répétait Nath, la grotte est gigantesque, il y aura de la place pour tout le monde. Inutile de vous battre !

Il conservait néanmoins un doute sur la manière dont Barbanas les accueillerait. Lorsqu'il avait dû se résoudre à prendre la fuite, quelques mois plus tôt, le vieillard se trouvait dans un état de confusion mentale qui ne présageait rien de bon.

« Pourvu qu'il ne soit pas ivre ! songea-t-il, ça compliquerait tout ! »

L'impatience des gens de Solterra fléchit quelque peu quand l'entrée du royaume des morts se dessina dans la lueur des torches. Il est vrai qu'à la faveur de l'obscurité, la grotte béait comme une gueule avide et édentée, et ne donnait nullement envie de s'y réfugier.

— Bordel ! grommela Neb Orn dans sa moustache, on dirait le terrier du démon !

— Attention ! expliqua Nath en se retournant pour faire face à la foule, la pente est vive, descendez lentement. Pas à pas. À la moindre bousculade vous roulerez tous cul par-dessus tête. Un peu de discipline que diable ! Une fois en bas, nous serons à l'abri, le nuage passera au-dessus de nos têtes sans nous toucher puisque le cimetière se situe au-dessous du niveau de la mer.

Il avait conscience de s'égosiller en vain. Personne ne l'écoutait. Terrifiés, les gosses hurlaient de plus belle.

Résigné, il s'engagea le premier dans la descente, suivant la ligne des rails qu'avaient jadis empruntés les wagonnets de l'exploitation minière. Derrière lui, les gens piétinaient en s'invectivant. Des pierres commencèrent à rouler.

« Si l'un de ces lourdauds perd l'équilibre, pensa Nath, il entraînera ses voisins à sa suite. Très vite, cela tournera à l'avalanche de corps humains, et je finirai écrasé par cette masse qui me tombera sur les épaules... »

Il fut soulagé quand il distingua, tout en bas, la lueur émanant du sépulcre géant.

— Père Barnabas ? appela-t-il. C'est moi, Nath. J'amène des réfugiés. Un nuage tueur s'approche de Solterra, dans une heure il aura rasé la ville, il faut que vous nous donniez asile.

À pas prudent il s'engagea dans la galerie menant à la crypte. La foule le suivit, chuchotante, apeurée…

Parvenus au seuil de la nécropole, les habitants de Solterra s'immobilisèrent, pétrifiés par l'aspect des lieux, et une rumeur angoissée parcourut leurs rangs. Il est vrai que le spectacle des échafaudages surchargés de momies goudronneuses n'avait rien de rassurant. Certains comptaient jusqu'à trente plates-formes superposées, et leurs structures amenaient immanquablement à l'esprit l'image de grands immeubles uniquement peuplés de cadavres.

Tout à coup, Barnabas surgit de nulle part, leur barrant la route. Hirsute, empestant l'alcool, les yeux fous, il brandissait une fourche aux dents aiguisées.

— Foutez le camp ! brailla-t-il d'une voix avinée. Seuls les morts ont le droit d'entrer ici ! Si vous voulez que je vous accueille, il vous faudra d'abord mourir. C'est la règle ! Le droit d'entrée se paye à coups de fourche ! Qui veut être le premier ? Je vous garantis un bel embaumement… Il y a de la place sur mes échafaudages, beaucoup de place ! Allez ! Venez ! Je vous attends, tas de couilles molles !

Nath essaya de parlementer, mais le vieux tenta aussitôt de l'embrocher, et le garçon ne dut la vie sauve qu'à ses réflexes.

Neb Orn n'eut pas plus de chance. Barnabas sautillait comme un gnome surgi des enfers, lardant l'air de son trident. Son apparence démoniaque fit hésiter la foule.

— Par les dieux ! rugit Neb, je ne voudrais pas être forcé de le tuer, mais s'il continue ainsi, je ne réponds plus de rien.

Toutefois, il n'eut pas le temps de mettre sa menace à exécution. Brusquement, les réfugiés, exaspérés par les rodomontades du vieillard, se ruèrent dans la caverne, bousculant Nath et le harponneur, renversant Barnabas qu'ils piétinèrent et dont les os s'émiettèrent avec d'affreux craquements. Le tumulte vira au chaos, et c'est dans le plus grand désordre que la population de Solterra prit possession de la nécropole.

Ce qui devait arriver arriva. Sous la poussée de ceux qui les suivaient, les individus constituant la première ligne basculèrent dans la mare de goudron bouillant. Leurs hurlements ajoutèrent à la panique générale, ainsi que les éclaboussures qu'ils soulevaient en se débattant et qui retombaient sur la tête des moins chanceux, leur calcinant le cuir chevelu jusqu'à l'os. La foule amorça un mouvement de reflux mais se heurta alors aux échafaudages. Certains, pour éviter d'être piétinés, entreprirent d'escalader les claies où gisaient les momies. Très vite, ils furent des dizaines à choisir cette solution, et de véritables grappes humaines s'élevèrent au long des poutrelles dans un désordre grandissant. Les structures, malmenées, tiraillées par ces charges mal réparties, commencèrent à émettre des craquements sinistres.

— Bordel ! gronda Neb Orn. Tout va s'écrouler ! Elles n'ont pas été conçues pour supporter les acrobaties d'une bande de singes !

Il avait raison. Si un seul échafaudage s'abattait, il entraînerait les autres dans sa chute, car les plates-formes n'étaient séparées que pas d'étroites travées. La catastrophe était imminente.

Nath s'époumona, invitant ses concitoyens au calme. Sa voix se perdit dans le tumulte des hurlements et des pleurs.

Une première plate-forme céda sous le poids des hommes qui la prenaient d'assaut. Les momies glissèrent, frappant les envahisseurs de plein fouet, avant de plonger dans le vide et d'exploser en touchant le sol. Au moment de l'impact, la carapace de goudron durci qui les enveloppait vola en éclats, et les cadavres apparurent, dénudés, hideux, accusateurs. Cette apparition plongea les vivants dans une terreur superstitieuse qui, dès lors, ne connut plus de bornes.

Comme si ce n'était pas assez, l'un des échafaudages s'effondra, entraînant dans sa chute son plus proche voisin. Une avalanche de momies s'abattit sur la populace hurlante. Une rampe à gaz, arrachée de son support, mit le feu aux constructions de planches. Alimenté par le goudron qui embaumait les dépouilles, l'incendie se propagea, léchant la voûte de la crypte. La chaleur grimpa au-delà des limites supportables tandis qu'un nuage de fumée envahissait peu à peu la caverne.

— C'est foutu ! clama Neb Orn en saisissant Nath par le bras. Sortons d'ici avant d'être asphyxiés ! Tu as fait ton possible, ces connards ont gâché leur unique chance de s'en tirer !

Nath l'entendit à peine, pétrifié par la stupeur. Il ne pouvait détacher les yeux des momies dont la carapace de goudron se liquéfiait sous l'assaut des flammes, déshabillant les défunts de leur suaire bitumineux. Il lui sembla que l'un des cadavres, dressé au milieu de l'incendie, tendait la main vers lui, comme pour l'inviter à le rejoindre... Et ce mort, c'était Moor, son père!

Un instant, Nath, victime d'une étrange hypnose, faillit aller à sa rencontre pour répondre à son invitation. Heureusement, la poigne de Neb s'abattit sur son épaule, dissipant le sortilège.

— Amène-toi! rugit le colosse. On ne peut plus rien pour eux.

Le garçon, hagard, se laissa entraîner vers la sortie pendant que le spectacle du pandémonium disparaissait derrière un rideau de fumée âcre.

Neb dut le soutenir pendant qu'ils gravissaient la côte menant à l'entrée du tunnel. Le nuage toxique menaçait de les rattraper, et ils toussaient à s'en arracher les poumons. Enfin, ils émergèrent de l'ancienne mine, les yeux irrités par les émanations de carbone, pleurant toutes les larmes de leur corps.

Ils s'accordèrent le temps de reprendre leur souffle, puis Neb haleta:

— Il ne nous reste plus qu'à redescendre sur la grève, il n'y a qu'au niveau de la mer que nous aurons une chance infime d'échapper à l'écrasement. Tu viens?

Nath hocha la tête et se redressa.

— L'aube ne va plus tarder, ajouta le harponneur. Le nuage viendra du nord, puisque c'est là que nous l'avons vu pour la dernière fois.

Longeant les quais jalonnés de débris carbonisés, ils prirent le chemin de la grève. Tout autour de la colline changée en île, la boue clapotait, fluide, onctueuse, d'un vert uniforme, ponctuée çà et là de bulles de gaz.

— Tout a été si rapide…, murmura Nath.

— Nous avons joué de malchance, coupa Neb Orn. Ça ne sert à rien de pleurnicher, essayons de mourir dignement. Si seulement j'avais sous la main l'une des bombardes de la canonnière et une charge, une seule, je ferais voler la tour en éclats !

Ils avaient atteint la plage. Nath tira la longue-vue de sa ceinture et la porta à son œil.

— Tu vois quelque chose ?

Le brouillard tissait un rideau évanescent à la surface de la plaine liquide. Nath fit une rotation à cent quatre-vingts degrés. Rien. La lunette était lourde, une crampe naquit dans ses biceps ; il allait baisser les bras lorsqu'il eut l'illusion qu'un pan de ciel se détachait de l'horizon pour venir à sa rencontre, comme sur des rails.

— Le nuage, haleta-t-il en tendant la lunette au harponneur, le voilà.

C'était bien le monstre qu'ils avaient affronté quelques semaines plus tôt à Ghan-Taar, ce continent volant taillé dans la nuée, « la baleine blanche » comme la surnommait le harponneur.

Comme l'avait prévu Neb, la formidable masse avançait au ras de la plaine redevenue fluide, et le souffle de son déplacement plissait la surface liquide en rides épaisses.

— Il vient droit sur nous, hoqueta Nath, la gorge prise dans un étau. À quelle vitesse se déplace-t-il ?

Neb triturait nerveusement le morceau de chiffon qui lui avait servi de masque.

— Aucune idée, mais il sera là avant peu, coassa-t-il. Mieux vaudrait reculer pour éviter d'être rabotés dès le premier choc !

— Si je dois mourir, je préfère que ce soit à côté de Sigrid, bredouilla le jeune homme.

Ils se mirent à courir avec l'horrible impression d'être poursuivis par une bête préhistorique.

Jamais la pesanteur d'Almoha ne leur avait paru si contraignante. Ils couraient avec des jambes de bois, des pieds de plomb, pantins malhabiles jetés dans l'engrenage grandiose des forces naturelles. Ils couraient vers la flamme verte qui les narguait, faisant de la tour un phare mortel.

« Qu'il pleuve ! pensait désespérément Nath, que le gaz vienne à manquer, que la flamme s'éteigne ! »

Et au moment où il prononçait ces paroles il réalisa toute l'inutilité de ses souhaits. Maintenant, rien n'arrêterait la course du nuage. Même l'extinction de la flamme ne changerait pas le cours des choses. En effet, l'énorme masse ne pourrait en aucun cas s'arrêter pile, comme sous l'action d'un frein. Libérée de l'attraction chimique exercée par Ghun, elle pourrait tout au plus ralentir, mais continuerait à se déplacer dans l'axe de la colline, propulsée par la vitesse acquise. Non, Sigrid avait raison. Ils étaient perdus. Nath haletait, la bouche grande ouverte, luttant contre la syncope.

— C'est inutile ! hurla le harponneur dans son dos. Inutile.

Nath se retourna. Le gros homme était tombé sur les genoux, incapable d'aller plus loin. Il courut vers lui et le saisit aux épaules. Ils restèrent ainsi, côte à côte, les yeux tournés vers le nord, regardant le morceau de ciel qui, lentement, glissait vers eux. Fuir ne servait à rien. Nath pensa qu'ils auraient peut-être dû se jeter dans les flots, cramponnés à une planche, mais il n'y croyait guère. Les boues avaient tendance à se transformer en sables mouvants, et sans vrai bateau, il était difficile de leur résister.

— Là-bas ! hurla soudain Neb qui venait de tendre le doigt vers un point de l'horizon.

Nath eut la sensation qu'un courant électrique le traversait de haut en bas. Quelque chose venait sur eux, du fin fond de la plaine. Quelque chose qui ressemblait à un second nuage plus petit et qui se déplaçait avec une extrême rapidité.

— La flamme est trop forte, balbutia Nath, elle va attirer tous les nuages des environs !

— C'est sûr ! Ghun n'avait pas prévu ça. Regarde !

L'enthousiasme se lisait sur les traits du colosse. En proie à l'incompréhension la plus totale, Nath reporta son regard sur les deux nuages. Il lui fallut une minute avant de comprendre ce que Neb, en homme habitué à déchiffrer le ciel, avait entrevu en un éclair : le nouveau nuage filait lui aussi en direction de la flamme, et sa trajectoire rectiligne passait par celle de la « baleine blanche » qui rampait vers la colline. La vitesse compensant le retard, ils n'allaient pas tarder à se heurter tous les deux à mi-chemin du trajet.

— Et alors ? lança Nath. ils ne se briseront pas sous le choc, n'est-ce pas ? Le second est bien plus petit... C'est comme une souris en face d'un éléphant.

Orn trépignait, au comble de l'excitation.

— Ce n'est pas une question de taille, balbutia-t-il, c'est une question de magnétisme… Tu connais le principe des aimants qui se repoussent ?

— Ils vont se repousser ?

— J'en suis sûr. D'habitude, les nuages ne se rencontrent jamais, toutefois, dans le cas présent, leur trajectoire est commandée par la flamme magique, c'est différent, antinaturel. Ghun a truqué le jeu mais il n'avait pas prévu qu'il provoquerait une collision !

Il se tut, les yeux rivés au second nuage qui grossissait. Plus léger, il flottait bien au-dessus du sol, et Nath se demanda un instant s'il n'allait pas survoler l'énorme masse de son adversaire sans la toucher.

— Couche-toi ! hurla Neb en lui expédiant une bourrade dans les côtes.

Nath n'eut pas le temps de s'exécuter, les deux masses moutonneuses venaient d'entrer en contact. Un éclair d'une blancheur insoutenable illumina l'horizon, une odeur de poudre brûlée emplit l'air, comme si l'on venait d'entrechoquer deux silex. Déjà les deux nuages ricochaient l'un contre l'autre, telles des boules de billards se repoussant mutuellement, et Nath vit que leurs surfaces respectives s'ornaient d'une tache noire carbonisée au point d'impact. La baleine blanche, déviée de sa trajectoire dérivait à quatre-vingt-dix degrés, et Nath comprit qu'elle allait passer parallèlement à la colline, se contentant d'en raboter les contreforts. Son agresseur, en revanche, avait ricoché selon un angle de quarante-cinq degrés. En raison de son faible poids, sa trajectoire paraissait moins ferme, plus incertaine.

« Il louvoie », pensa le jeune homme.

À ses côtés, Neb exultait en poussant de grands cris de phoque et en dansant dans la boue, au milieu des éclaboussures.

La baleine blanche s'était enfoncée dans les couches successives de brouillard ; elle semblait déjà ne jamais avoir existé. Son agresseur, lui, planait au-dessus de la ville. Déséquilibré par l'impact, il avait un peu perdu de son altitude, et Nath remarqua qu'il frôlait maintenant les toits les plus élevés, arrachant çà et là quelques cheminées.

« On dirait une bête blessée qui vacille », songea le jeune homme.

— La tour ! hurla soudain Neb en lui broyant l'épaule.

Irrésistiblement attiré par la flamme verte, le petit nuage venait encore de perdre de l'altitude. Il frappa le donjon sous les créneaux, qui s'effritèrent. Avec un son creux, la paroi céda, vomissant les tables, les chaises, et un torrent de cartes et de livres du second étage. Amplifié par le porte-voix, le craquement explosa au-dessus de la ville avec la puissance d'une détonation. Se découpant sur la flamme en ombre chinoise, Ghun agitait frénétiquement les bras. La tour de guet, le fief immémorial des sentinelles, était en train de s'effondrer !

Au milieu des volutes de plâtre, Nath vit Ghun-le-muet basculer par-dessus les remparts. Une seconde, il crut que l'homme allait s'écraser au sol, mais la silhouette caparaçonnée de fer se raccrocha au nuage, auquel elle resta suspendue. Soufflée par l'effondrement, la flamme verte avait disparu. La nuée reprit aussitôt de l'altitude, piquant vers le large.

Stupéfaits, Nath et le harponneur regardèrent s'éloigner la minuscule silhouette du guetteur, toujours agrippé au nuage qui l'entraînait vers une destination inconnue.

— Il nous échappe ! aboya Neb Orn en serrant les poings.

Nath soupira ; il préférait cet exil sur un nuage-prison au lynchage qui n'aurait pas manqué de suivre.

À présent, Ghun-le-muet n'était plus qu'un point sur une volute grise occupée à se fondre dans le brouillard. La pesanteur, terrible à cette hauteur n'allait pas tarder à lui broyer la boite crânienne, et s'il tentait de sauter sur la plaine, la boue l'engloutirait... Nath jugea cette idée réconfortante. Il posa la main sur l'épaule de son compagnon.

— La nuit est finie, dit-il.

Ils descendirent vers la ville, le corps couvert de meurtrissures, de boue, et d'entailles. La fatigue les insensibilisait.

Les gens erraient, l'œil hagard. Un silence effrayant planait sur la cité. Nath se retourna : le moignon de la tour fracassée se dressait au milieu des immeubles, seul signe visible d'une catastrophe évitée de justesse.

Un pêcheur courut au-devant du jeune homme.

— Les Rampants ont disparu ! cria-t-il. Même leur chapiteau a été démonté. Les marques sur le sol montrent qu'on a récemment mis une dizaine de grandes pirogues à flot. Ils ont filé.

Il paraissait déçu. Nath, lui, en fut soulagé. Il songea : « Ils n'ont jamais eu l'intention de mourir avec nous ! Depuis le début, ils avaient prévu de s'enfuir juste avant l'arrivée du nuage ! »

— Ça n'a plus d'importance, lâcha Neb. Nous sommes saufs, c'est tout ce qui compte.

Mais Nath n'écoutait plus. La fatigue lui donnait l'impression d'habiter un corps de pierre, rebelle à tout mouvement. Il rentra chez lui en titubant. Sur le lit, Sigrid l'attendait, pâle. Il franchit le seuil de la chambre et se laissa tomber à ses côtés. Il sombra dans l'inconscience à peine étendu sur le matelas.

Chapitre 22

Sigrid mit longtemps à cicatriser. Ses tendons sectionnés ne lui permettaient plus de tenir debout sans l'aide d'attelles et de béquilles.

La vie reprit sur la colline, mais sans entrain. Ceux qui avaient survécu affichaient un visage amer, comme si, désormais, ils n'attendaient plus rien de l'avenir.

De temps à autre, Nath pensait à Ghun. Les paroles de la sentinelle résonnaient alors dans son esprit : « *Je ne sais pas exprimer mes sentiments et je ne suis guère démonstratif, mais je te considère comme un fils…* » Quand cela se produisait, il se demandait si Ghun, en prononçant ces mots, ne s'était pas laissé aller à un aveu qui lui coûtait. Comment savoir ? Ghun n'avait-il pas désobéi aux Rampants en s'obstinant à le protéger ? Comment démêler ce qui relevait de la manipulation et de la sincérité ?

Un matin, Nath aperçut un petit nuage qui passait au large de l'île. Des Têtes-Molles s'y tenaient, dérivant à travers le ciel sur ce radeau improvisé. Il se demanda s'il s'agissait du groupe qu'il avait vu embarquer le soir où la tempête l'avait surpris. En plissant les paupières, il crut reconnaître la matrone qui l'avait invité à monter à bord. Il essaya de compter les individus composant la tribu pour déterminer le pourcentage de décès ; il fut surpris de les découvrir toujours aussi nombreux. Les Têtes-Molles étaient donc capables d'affronter la pesanteur sans subir aucun des maux qui tuaient d'ordinaire les humains ?

Il leur adressa un signe de la main, mais ils ne répondirent pas. Ils regardaient en direction de la ligne d'horizon, comme si, d'où ils se tenaient, ils étaient en mesure de distinguer quelque chose qui captait leur attention. *Une muraille faisant le tour de la planète, peut-être ? Ou un jardin fabuleux ?*

Nath les vit disparaître avec un pincement de jalousie.

Chapitre 23

C'était la fin de l'après-midi, Sigrid, Neb Orn et Nath étaient assis dans les décombres de la tour. Le vent soufflait, soulevant les lambeaux des anciennes cartes sur lesquelles tant de générations de sentinelles avaient peiné. Parfois, l'une d'elles réussissait à s'envoler comme un oiseau maladroit, pour retomber trois mètres plus loin.

— Et maintenant ? murmura la jeune femme.

Nath ne répondit pas. Le harponneur, lui, gardait les yeux fixés sur la ligne de crête des vagues.

— Maintenant..., fit-il en écho.

— Tu te souviens, lança brusquement Nath, quand tu me parlais du mur séparant les deux hémisphères ? Eh bien, j'ai fait un rêve étrange cette nuit. Le nuage... la baleine blanche, filait droit sur lui et l'enfonçait. Nous étions tous les trois assis dessus, et nous pénétrions par la brèche qu'il ouvrait, comme des magiciens sur un tapis volant.

— Et alors ? interrogea Neb, soudain grave.

— Et alors de l'autre côté il n'y avait plus de pesanteur, nous nous envolions comme des oiseaux. Nous dérivions des jours entiers et la peur de mourir de faim commençait à nous envahir. Alors nous arrivions à proximité d'une forêt géante et il nous était facile de cueillir des fruits tout en volant à travers les branches.

— C'était un beau rêve, soupira Sigrid.

— Et si ce n'était pas qu'un rêve ? insista Nath. Et si la boue s'arrêtait au pied de la muraille ? Et si Almoha était bel et bien formée de deux parties totalement opposées ? Pluie, désert de vase, pesanteur d'un côté... et de l'autre, apesanteur, soleil, chaleur ?

— Tous les oiseaux ont fui de ce côté, rêva la jeune femme. C'est pour cette raison qu'on en voit si peu sur la plaine.

— Pourquoi pas ? fit Neb. Les couleurs trop vives de certains d'entre eux m'ont toujours étonné...

— C'est vrai, remarqua Nath, et ce sont justement ceux qui sentent le sucre des fleurs. Je suis sûr que...

— Pourquoi ne pas escalader cette fichue muraille ? proposa Sigrid.

— Trop haute, lâcha Neb. La pesanteur nous tuerait à mi-course.

— Nous pourrions passer en dessous en creusant un tunnel..., suggéra Nath.

Neb siffla entre ses dents, l'idée lui plaisait.

— Jadis, on investissait les villes de cette manière, renchérit le jeune homme, mon père me l'a raconté.

Ils restèrent une minute sans dire un mot.

— Pourquoi pas ? marmonna enfin le quartier-maître.

— Pourquoi pas ! répéta Nath.

Neb Orn leur fit signe de le suivre. Nath voulut aider Sigrid à se relever, mais elle refusa son aide en affirmant qu'elle était capable de se débrouiller toute seule. Ils descendirent vers le port où s'affairaient les pêcheurs. Le harponneur longea le quai en direction d'un hangar. Une carène y reposait sur des étais, comme un squelette.

— J'y travaille depuis un mois, expliqua Neb.

— Mais c'est un bateau ! dit Sigrid dans un souffle.

— Pas encore, observa Neb, mais effectivement, un jour, cela pourrait devenir *notre* bateau.

« Le temps des explorations est revenu », pensa Nath.

Les pensées se bousculaient dans sa tête. Plus il y réfléchissait, plus l'hypothèse d'un monde plus clément lui semblait envisageable. Si la muraille équatoriale dont parlait Neb existait, elle avait pu arrêter la progression des coulées de boue à la façon d'un barrage. La jungle originelle d'Almoha existait peut-être encore, derrière ce mur, tel un jardin secret préservé des intempéries.

Il fallait aller voir.

Six mois plus tard, une embarcation à proue de fer quittait la colline, emmenant à son bord un jeune homme, une fille infirme et un colosse chauve à la moustache grise. Elle cinglait vers le sud, vers l'équateur. Sur son étrave, un nom avait été tracé d'un pinceau malhabile : *NOMADE.*

Livre 2

Le jardin des secrets

LES NAUFRAGÉS

Nath était inquiet. Depuis deux jours, le voilier progressait avec difficulté sur l'océan boueux. Le vent gonflait les voiles à en faire craquer les mâts sans réussir à augmenter la vitesse de l'embarcation.

— On n'y peut pas grand-chose, grommela Neb Orn, le vieux harponneur. C'est la faute de cette mélasse sur laquelle nous naviguons. Elle colle à la coque comme du goudron frais.

Le jeune homme hocha la tête sans répondre, alerté par le roulement du tonnerre qui courait sous la voûte des nuages pétrifiés.

« Il ne manquerait plus qu'une tempête éclate », songea-t-il, le cœur serré. Il s'imaginait mal, en effet, passant par-dessus bord et essayant de nager dans la glu des vagues. Empêtré dans cette boue, il ne tarderait pas à s'étouffer et à couler.

Soudain, alors que Sigrid s'apprêtait à prendre la parole, un éclair tomba des nuages, illuminant la mer sur des kilomètres. Nath, aveuglé, leva le bras pour se protéger les yeux. Assourdi par la déflagration, il entendit Neb Orn hurler quelque chose.

— Quoi ? Quoi ? cria-t-il pour essayer de dominer le tumulte.

On n'eut pas besoin de lui donner d'explication. *Au-dessus de lui, les voiles flambaient!* La foudre avait incendié le grand mât ainsi que la moitié de la toile déployée.

Déjà, Sigrid avait saisi un seau et, penchée sur le bastingage, le plongeait dans les vagues épaisses pour le remplir. Toutefois, lorsqu'elle tenta d'en projeter le contenu en direction des flammes, elle laissa fuser une exclamation de dépit : le liquide, trop lourd pour s'élever dans les airs, retombait à peine sorti du récipient.

Comment avait-elle pu s'imaginer qu'elle pourrait vaincre par sa seule force physique la pesanteur d'Almoha ?

Nath poussa un cri de douleur. Des débris de voiles enflammées pleuvaient sur eux ! Une odeur de crin carbonisé l'avertit que ses cheveux brûlaient. Il les éteignit en se brûlant les paumes.

— Les cirés ! hurla Neb Orn, enfilez les cirés !

D'un même mouvement, ils se ruèrent sur le coffre à matériel et s'empressèrent de passer les vêtements de toile huilée. Le capuchon rabattu jusqu'aux sourcils, ils subirent sans dommage la pluie de brandons qui dégringolait des mâts changés en torches ardentes.

— Si l'incendie gagne, haleta le harponneur, il se communiquera à la coque, et nous serons fichus. Il faut couper les mâts au ras du pont pour s'en débarrasser. Vite ! Aux haches !

Nath et Sigrid pleuraient, aveuglés par la fumée. En moins d'une minute, l'atmosphère était devenue irrespirable, et les trois voyageurs toussaient à s'en arracher les poumons. Tâtonnants, ils explorèrent encore une fois le coffre à matériel, à la recherche des courtes haches d'abordage. Dans la précipitation, Nath faillit se couper les doigts en saisissant la sienne par le tranchant.

Le ronflement de l'incendie devenait assourdissant. L'outil levé au-dessus de l'épaule, le jeune homme s'avança vers le grand mât. Le feu avait déjà dévoré la voilure, une partie des vergues, et menaçait de s'en prendre au pont.

« Il ne lui faudra pas longtemps pour attaquer la coque, diagnostiqua le garçon. Et quand ce sera fait, nous n'aurons plus qu'à sauter par-dessus bord pour ne pas griller avec l'épave. »

Il savait ce que cela signifiait. Une fois dans « l'eau », ils devraient lutter contre l'étreinte de la boue, sans parler des sables mouvants dont les zones d'aspiration pouvaient avaler un nageur en moins d'une minute.

— Allez ! ordonna Neb. Entaillez la base des mâts comme si vous coupiez un arbre.

Retenant leur souffle, ils se jetèrent dans la fournaise, les muscles noués, et frappèrent. Les copeaux de bois volèrent sous la morsure des haches, mais il était difficile de travailler sous la pluie de tisons tombant du haut des mâts. Le bateau évoquait davantage un bûcher de sorcière qu'un voilier.

— Attention ! Écartez-vous ! hurla Neb.

Le mât de misaine s'abattit avec un craquement, projetant des esquilles plus pointues que des poignards. Ayant fracassé une partie du bastingage tribord, il bascula enfin dans la mer.

— Plus que deux ! gronda le harponneur dont la barbe prenait feu, répandant une odeur de couenne grillée.

Ils travaillèrent aussi vite que possible, jetant toutes leurs forces dans la bataille. Le grand mât, plus épais, leur opposa tant de résistance qu'ils durent l'attaquer ensemble pour en venir à bout. Quand il se rompit, le bois expédia une écharde de la taille d'une flèche dans l'épaule de Nath, qui poussa un cri de rage.

Sous la toile huilée du ciré, le sang coula le long de son bras. Sa colère s'en trouva à ce point décuplée qu'il n'éprouva aucune douleur. Ah! Quel maladroit il faisait! Était-ce bien le moment d'être blessé?

Une fois le dernier mât passé par-dessus bord, les trois compagnons se laissèrent choir sur le pont noirci, à bout de résistance. La suie leur avait barbouillé le visage et les mains, leur mettant un goût de charbon dans la bouche.

Le fier bateau qu'ils avaient passé six mois à construire n'était plus qu'une épave. Il avait suffi d'un éclair et d'un incendie d'une dizaine de minutes pour réduire leurs efforts à néant. Les moignons des mâts fichés dans le pont et les bastingages édentés leur faisaient prendre la mesure du désastre.

Privés de voilure, il leur était désormais impossible de contrôler leur cap. Il leur faudrait s'en remettre à la fantaisie des courants marins... Autant dire qu'ils pouvaient d'ores et déjà se considérer comme des naufragés en puissance.

—Au moins, on a échappé au pire, souffla Neb. Nous aurions pu couler.

—Ça risque de ne pas tarder, soupira Sigrid. Vous avez vu? Les mâts, en s'abattant, ont disloqué le bordage.

La coque n'est plus étanche. Elle se remplit peu à peu… et quand elle sera pleine…

— Allons ! grogna le harponneur, assez de défaitisme ! Nous ne sommes pas encore morts. On va colmater. Nous en avons vu d'autres, pas vrai les jeunes ?

Nath et Sigrid se contraignirent à sourire pour ne pas peiner leur compagnon, mais ils savaient l'un et l'autre que l'optimisme du marin était factice.

Ayant ôté leurs cirés, ils découvrirent qu'ils souffraient de brûlures bénignes sur les mains. Leurs cheveux roussis empestaient. Sans perdre un instant, ils se glissèrent dans l'entrepont pour essayer d'aveugler les fissures par lesquelles la boue fluide s'insinuait. Ils déchantèrent rapidement : la situation s'avéra plus préoccupante qu'ils ne l'avaient imaginée. En fait, les planches de la coque étaient disjointes, et c'était un miracle qu'elle ne se fût pas déjà disloquée sous les chocs répétés des vagues.

— À la première grosse déferlante, nous boirons la tasse, soupira Nath. Nous naviguons sur une passoire.

Ils s'employèrent néanmoins à aveugler les fuites en clouant des toiles goudronnées sur les voies d'eau, avec l'espoir de retarder l'inévitable.

— Nous voilà mal partis, murmura Sigrid. Si nous coulons maintenant, personne ne nous portera secours. Nous sommes au milieu de nulle part. Aucun navigateur ne croise dans les environs.

Elle disait vrai.

— Nous le savions quand nous avons pris la mer, objecta Nath. Cela faisait partie des risques. Pour rejoindre l'équateur, il fallait obligatoirement s'éloigner des routes fréquentées par les marins.

— Je ne te reproche rien, répliqua la jeune femme avec sa nervosité coutumière. Je regrette simplement que nous fassions naufrage si tôt, à peine la course entamée… J'aurais été moins triste de finir noyée si j'avais pu contempler la grande muraille qui coupe la planète en deux.

— Tais-toi ! s'emporta Nath. Personne ne va finir noyé. Nous trouverons une solution. Ce n'est pas la première fois que nous sommes dans le pétrin.

Il cultivait sa colère pour ne pas céder à l'angoisse ; en réalité, il ne se leurrait guère sur leurs chances d'en réchapper.

Les voies d'eau colmatées, les trois compagnons s'installèrent sur le pont et mangèrent pour reconstituer leurs forces. Le bateau allait au hasard, là où le poussait la fantaisie des vagues. Comble de malchance, le mât de hune, en s'affalant, avait arraché le gouvernail, si bien que le navire avait tout de la coque de noix.

— Combien de temps pourra-t-on tenir en se serrant la ceinture ? s'enquit Sigrid.

— J'ai fait l'inventaire des vivres, répondit Neb Orn. Je dirais trois semaines. Le vrai problème, c'est l'eau potable. L'une des vergues, en s'abattant, a fracassé le tonneau qui contenait la majeure partie de notre réserve. Il ne reste plus qu'un petit baril. Il faudra se résoudre à ne consommer qu'une louche par jour et par personne, ça ne fait pas beaucoup, surtout quand le vent vous dessèche la gorge.

— On peut survivre longtemps sans manger, fit remarquer Nath d'un ton lugubre, *pas sans boire…*

— C'est vrai, mon gars, soupira Neb. Privé d'eau, un naufragé meurt en soixante-douze heures. Espérons qu'il pleuvra.

Nath haussa les épaules.

— Allons, grogna-t-il, tu sais bien que sur Almoha, la pluie tombe la plupart du temps sous forme de cailloux !

— Je sais, soupira le harponneur, mais on peut toujours espérer un miracle.

Nath baissa les yeux, comprenant que si Neb Orn feignait d'avoir à ce point confiance en l'avenir, c'était avant tout pour rassurer Sigrid.

Deux jours et deux nuits s'écoulèrent. L'orage s'était éloigné mais la mer restait houleuse, et les trois amis avaient dû se résoudre à s'encorder aux tronçons des mâts pour éviter d'être emportés par-dessus bord.

De temps à autre, une grosse vague frappait l'épave par le travers, et la coque gémissait. Nath serrait chaque fois les dents, persuadé que le navire allait se disloquer.

À l'aube du troisième jour, Neb se pencha par-dessus le plat-bord pour mesurer l'enfoncement de la quille.

— La cale se remplit trop vite, grommela-t-il. Faut écoper. À ce train-là, on s'en ira par le fond avant la nuit.

Ils s'attelèrent à la besogne. Mieux valait se dépenser que de remâcher de sombres pensées. Utilisant les écopes, ils entreprirent de vider la cale, jusqu'à ce que les bras leur fassent mal. C'était un travail lent et désespérant, dont les progrès n'avaient rien d'évident.

Alors qu'il relevait la tête, Nath surprit le regard du harponneur. Il y lut leur arrêt de mort. « Cette fois nous sommes bel et bien fichus », songea-t-il.

Épuisés, ils remontèrent sur le pont pour se restaurer. Ils avaient beau scruter l'horizon aux quatre points cardinaux, l'océan de vase demeurait vide.

« Personne ne viendra à notre secours, pensa Nath. Pas la peine d'espérer un miracle. Quant à la grande muraille de l'équateur, elle est encore trop éloignée pour envisager de la rejoindre à la nage ! »

D'ailleurs, existait-elle vraiment ? Nath n'avait jamais rencontré quelqu'un qui fût en mesure de l'affirmer. Ce rempart immense qui coupait la planète en deux n'était peut-être qu'une légende. On racontait que le monde de boue finissait là, au pied du mur, et que de l'autre côté s'étendait un jardin secret, débordant de merveilles. Un jardin où l'on pouvait vivre sans contraintes, dans un monde de délices.

Sigrid grelottait sans émettre une plainte. C'était une fille endurcie par les épreuves, qui essayait par tous les moyens d'oublier son infirmité. Elle s'était mal remise de la blessure que lui avaient infligée les Rampants, et ce en dépit des multiples traitements auxquels on l'avait soumise. Aujourd'hui, il lui était impossible de rester debout plus d'un quart d'heure. Elle enrageait de devoir passer sa vie assise ou couchée, elle qui n'avait jamais su tenir en place. Son caractère commençait à s'en ressentir. Pour un rien, elle devenait agressive, hostile. Ses compagnons faisaient mine de ne pas le remarquer.

Comme le bateau continuait à s'enfoncer, les futurs naufragés jugèrent prudent d'entreprendre la construction d'un radeau. Ils arrachèrent différents panneaux et sabords qu'ils assemblèrent au moyen de filins. Deux barriques vides tiendraient lieu de flotteurs. Une troisième servirait à remiser la nourriture et la provision d'eau. Le résultat fut une embarcation de fortune, trop petite pour supporter le poids de trois individus, dont Nath voyait mal comment elle pourrait résister aux coups de boutoir de la houle au-delà de quelques heures, mais il garda ses doutes pour lui. Il supposa que les autres faisaient de même. Les plaisanteries sonnaient faux et les regards devenaient fuyants.

Au début de l'après-midi, la poupe s'enfonça d'un mètre et la boue submergea la dunette. Il était temps d'abandonner le vaisseau. On mit le radeau à flot et l'on s'y installa au coude à coude.

Neb donna de grands coups de pagaie pour s'éloigner du navire qui s'enfonçait.

Le cœur serré, ils restèrent là, à une encablure, les yeux fixés sur l'épave que la boue avalait en même temps que leurs espoirs d'une vie meilleure.

« Nous n'aurions jamais dû partir, songeait Nath. C'était une folie. J'ai été stupide d'entraîner Sigrid et Neb avec moi. Maintenant, ils vont mourir par ma faute... à cause de mes rêves imbéciles. »

Une vague les emporta loin du navire, qui disparut dans un geyser de bulles nauséabondes. Personne ne dit mot. À présent, il n'y avait plus qu'à attendre… *mais attendre quoi ?* Que le radeau chavire ? Que l'océan les engloutisse ?

Sigrid prit la main de Nath dans la sienne et la serra très fort.

— Ne te fais pas de reproche, murmura-t-elle. Tu avais raison. Il fallait tenter l'aventure, de toute façon… Nous avons ouvert la voie, d'autres nous imiteront peut-être. On racontera bientôt que si nous ne sommes jamais revenus, c'est parce que nous avons atteint la muraille du jardin secret. Et cela suscitera des vocations. Un jour, pas tout de suite, mais un jour sans doute, quelqu'un réussira à aller jusqu'au bout du voyage, et ce sera parce que nous aurons donné l'exemple, tu comprends ? Il fallait le faire, Nath, il le fallait.

— Elle a raison, renchérit Neb. Je suis assez fier de partir en beauté, de mourir en vrai marin. J'aurais eu honte de finir dans mon lit. Ce naufrage me convient.

Nath avait la gorge si serrée qu'il préféra ne rien ajouter.

Ils restèrent blottis l'un contre l'autre, silencieux, tandis que les vagues bousculaient le radeau.

Au-dessus de leurs têtes, les nuages pétrifiés d'Almoha se heurtaient avec des bruits sourds de rochers malmenés par une avalanche.

Dès que la nuit tomberait, la situation des naufragés deviendrait encore plus précaire ; faute d'apercevoir les étoiles, ils seraient condamnés à dériver au cœur des ténèbres.

Une heure s'écoula, puis deux… Le radeau craquait de toutes parts. Construit à la hâte, il souffrait des assauts de la houle. À deux reprises déjà, Neb avait dû rafistoler les attaches du flotteur gauche qui se dénouaient.

« On ne tiendra plus longtemps, songea Nath. Nous sombrerons avant le lever du jour… »

Ils commençaient à s'enfoncer, du reste. Sournoisement, la vase montait à l'assaut de l'esquif, leur submergeant les pieds, les genoux.

Soudain, alors que le désespoir les gagnait, Sigrid leva la main et poussa un cri.

— Là-bas ! Il y a quelque chose… Regardez !

— Quoi ? Quoi ? aboya Neb Orn.

— Une… une corde qui pend d'un nuage…, balbutia la jeune femme.

« Elle est en train de perdre la raison », se dit Nath en tournant néanmoins la tête dans la direction indiquée.

Sigrid ne délirait pas. Quelque chose pendait bel et bien de l'un des nuages pétrifiés qui traînaient paresseusement dans le ciel. Un filin… Non… *Une échelle de corde !* Nath n'en croyait pas ses yeux. C'était trop inattendu. Un vrai miracle !

Empoignant des débris de planches qu'ils utilisèrent comme des pagaies, ils s'escrimèrent à infléchir la course du radeau pour se rapprocher de l'échelle miraculeuse.

Après plusieurs minutes d'un combat furieux contre les vagues, ils arrivèrent à la hauteur de l'échelle qui, frôlant la surface de la mer, s'élevait en direction du ciel, jusqu'à un nuage isolé.

— Il y a quelqu'un là-haut ! tonna Neb Orn, quelqu'un qui nous a repérés et tente de nous venir en aide. Voilà qui ne se refuse pas. Jeunes gens, je vous propose d'abandonner le radeau sans perdre une minute, avant que le nuage s'éloigne et que cette main tendue nous passe sous le nez !

Sigrid fut la première à empoigner les échelons et à se hisser au-dessus des vagues. Elle progressa lentement, handicapée par ses jambes. Nath la suivit. Neb attendit que ses compagnons aient pris de la hauteur pour les imiter.

« Pourvu que les cordes soient solides ! » se dit Nath en s'écorchant les doigts sur le chanvre des filins.

— Ne regardez surtout pas en bas ! leur ordonna le harponneur. Grimpez le nez en l'air.

Le conseil n'était pas vain car Nath, au fur et à mesure qu'il s'élevait dans les airs, se sentait gagné par une irrésistible envie de baisser les yeux vers les vagues.

L'atmosphère d'Almoha rendait l'exercice périlleux. La gravité les tirait vers le bas, comme si elle espérait les faire tomber. Le jeune homme serra les dents. Le sang bourdonnait à ses tempes et ses muscles lui faisaient mal. Il subissait une fois de plus la malédiction d'Alkanek !

— J'ai le vertige..., gémit Sigrid, les yeux fermés, cramponnée aux cordages qui oscillaient dans le vent.

— Garde les paupières closes et continue à grimper, lui cria Nath. On ne peut plus reculer.

Il n'avait pas besoin de scruter la mer pour savoir que les vagues avaient emporté le radeau. S'ils lâchaient prise, la boue les engloutirait.

Plus ils s'élevaient en direction du nuage, plus le vent les chahutait, leur expédiant d'énormes claques dans le dos. Ses ruades étaient parfois si brutales que Nath se sentait sur le point de lâcher prise. Il serrait les filins avec tant de force que le chanvre lui mettait les paumes à vif ; la tension nerveuse anesthésiant la douleur, il ne s'était pas encore rendu compte qu'il saignait.

Lentement, les trois compagnons se rapprochèrent de la nuée pétrifiée.

Les derniers mètres furent les plus pénibles. Nath craignait de s'évanouir, tant la migraine qui lui sciait le crâne était devenue insupportable. Il saignait du nez, signe qu'il avait atteint une altitude dangereuse. Une altitude à laquelle seuls les oiseaux mutants et les Têtes-Molles pouvaient espérer survivre.

Il se demanda si, à peine le pied posé à la surface du nuage, il n'allait pas s'effondrer, foudroyé.

« Encore dix mètres, se répétait-il. Encore neuf mètres… huit… sept… »

Et le vent s'acharnait de plus belle, le secouant, le giflant, lui arrachant ses vêtements.

Les yeux brouillés de larmes, il vit avec soulagement que Sigrid avait réussi à se hisser sur la nuée. Allongée sur le nuage, elle lui tendait la main. Il la saisit.

— On a réussi ! haleta-t-elle contre sa joue, on a réussi. On est sauvés !

Nath la serra contre lui. Oui, oui, sauvés ! Il voulait y croire, même si une méchante petite voix au fond de son esprit lui soufflait que rien n'était moins sûr.

L'ÎLE DÉSERTE

Quand ils eurent tous pris pied sur le nuage, leur premier réflexe fut de regarder en bas pour voir ce qu'il était advenu du radeau. Avec un frisson, ils constatèrent que la boue avait avalé l'esquif sans plus attendre.

— Il s'en est fallu d'un poil de cul, grogna Neb Orn. À dix minutes près, nous prenions notre dernier bain.

Nath se redressa. L'échelle de corde avait été nouée à deux piquets fichés dans le « sol ». Neb s'agenouilla pour les examiner. Ils étaient rouillés.

— Ils sont peut-être là depuis des années…, marmonna-t-il. Comment savoir ?

— Vous croyez que ce nuage est habité ? s'inquiéta Sigrid.

Nath haussa les épaules. Ça n'avait rien d'impossible. De temps à autre, un voyageur téméraire grimpait sur un nuage dans l'espoir de l'utiliser comme moyen de transport. Une fois installé sur cette « baleine » volante, il suffisait en théorie de se laisser porter au hasard des courants aériens pour couvrir des distances considérables. Mais les choses n'étaient pas aussi simples.

— J'ai connu des gars qui pratiquaient ce genre de sport, grogna Neb. Ils n'ont pas fait de vieux os. Une fois juché sur le dos du monstre, il faut encore trouver de quoi boire et se nourrir. Les oiseaux mutants ne sont pas faciles à piéger ; quant à la pluie, la plupart du temps, elle tombe sous forme de gravier... et une gorgée de cailloux n'a jamais désaltéré personne, que je sache.

— À mon avis, murmura Nath, nous devrions découvrir un campement dans un creux, à l'abri du vent.

— La faim et la soif, ce n'est pas tout..., reprit le harponneur. Il y a aussi l'altitude. Le cerveau humain n'est pas conçu pour supporter une telle pression. Vous savez tous ce qui arrive quand on reste trop longtemps en l'air : *on devient fou.* Inutile de se bercer d'illusions. On ne pourra pas rester ici. Dans trois ou quatre heures, nous souffrirons de migraines, puis le sang nous coulera du nez. Nos mains et nos pieds doubleront de volume.

— Ça suffit ! trancha Nath, en voyant pâlir Sigrid. Nous connaissons les symptômes, pas la peine d'en rajouter. Explorons plutôt le nuage tant que nous en avons la force.

Il prit la tête de la colonne, avançant avec précaution car le marbre, sous ses pieds, était glissant. Au moindre faux pas, on courait le risque de dévaler une pente et de passer par-dessus bord.

Le nuage, comme tous ses semblables, était constitué de collines et de vallées, de trous et de bosses. Il fallait se montrer d'une extrême prudence si l'on souhaitait conserver son équilibre. Nath avait l'impression d'escalader une monstrueuse sculpture de verre. C'était tout à la fois merveilleux... et terrifiant !

Dans les déclivités du terrain, les graviers de la pluie almohanne avaient formé des tumulus. Les flaques d'eau étaient rares. Les grands oiseaux aux ailes de cuir juchés sur les volutes pétrifiées regardaient cheminer les intrus d'un œil courroucé. Qu'est-ce que ces humains venaient donc faire sur leur territoire ? Les nuages servaient de perchoir aux albatros des boues. Les gens d'en bas n'y avaient pas leur place.

— Là-bas ! lança Sigrid. Dans ce creux… *Une tente !*

Nath s'immobilisa. Le chapiteau de cuir avait souffert des tempêtes. Rapiécé, il s'affaissait.

— Attention, souffla Neb. S'il y a quelqu'un là-dedans, il y a fort à parier qu'il est devenu fou. Il peut s'imaginer que nous sommes des monstres, des démons… et nous accueillir par une volée de flèches !

— Il peut également voir en nous une excellente source de viande fraîche, souffla Sigrid, et se mettre en tête de nous dévorer.

Tout était possible, Nath le savait. On lui avait toujours répété de se méfier des voyageurs qui jouaient à « saute-nuage ». Il posa la main sur son poignard.

— Il y a quelqu'un ? cria-t-il. Nous sommes naufragés… Votre échelle de corde nous a sauvé la vie. Nous n'avons pas de mauvaises intentions.

Personne ne répondit, mais le son de sa voix fit s'envoler les oiseaux, dont les ailes de cuir brassèrent l'air avec de grands claquements.

— Qu'est-ce qu'on fait ? s'impatienta Sigrid.

— J'y vais seul, décida Nath. Si les choses tournent mal, improvisez.

Sortant de sa cachette, il s'avança en terrain découvert, les mains levées, en gage de bonne volonté. Il avait conscience de prendre des risques. Un fou pouvait jaillir de la tente pour lui décocher une flèche en pleine poitrine.

« Allons, se dit-il pour se rassurer. Les flèches volent mal, j'aurai le temps de la voir venir et de l'éviter. Elle s'approchera de moi au ralenti, cela me laissera une chance… oui. »

Arrivé à trois mètres de l'abri, il renouvela son appel, sans obtenir de réponse. Des ballots s'entassaient à proximité. Des peaux tannées, des étoffes, de la viande fumée… D'où provenaient ces trésors ?

Les sourcils froncés, il écarta le panneau de cuir qui masquait l'entrée.

Crispé, il se prépara au pire. Il avait fini par se convaincre qu'il allait se trouver nez à nez avec le squelette de l'ancien occupant des lieux. Il n'en fut rien. L'abri ne recelait aucun cadavre ; seulement des ballots de provisions et des tonnelets de vin.

« Une épicerie ! s'étonna le garçon. Bon sang ! Une vraie caverne d'Ali Baba ! Il y a là tout ce dont un naufragé a besoin. »

Trop beau pour être vrai ! Il se demanda si, victime de l'altitude, il n'était pas en train de délirer.

— Venez ! cria-t-il à l'intention de ses compagnons. Vous n'allez pas en croire vos yeux.

Quand Sigrid et Neb Orn l'eurent rejoint, il s'empressa de leur demander :

— Vous voyez ça, vous aussi ? Ça existe bien ? C'est réel ?

— Rassure-toi, lui lança Sigrid. Ce n'est pas un mirage. Il y a là de quoi boire et manger pour un mois. C'est formidable !

— Un peu trop à mon goût, grogna le harponneur. C'est vraiment inespéré.

Mais les jeunes gens ne l'écoutaient pas. Ils s'étaient emparés d'un paquet de lard fumé qu'ils débitaient en larges portions. Mourants de faim, ils mangèrent comme des ogres. Neb les imita mais ne cessa de jeter des coups d'œil par-dessus son épaule.

Les cruches contenaient un cidre aigrelet qui leur parut un nectar. L'estomac rempli, ils s'étendirent sur les fourrures tapissant le sol et s'endormirent.

Nath fit un curieux rêve. Des fantômes s'introduisaient dans la tente et se penchaient pour l'observer en ricanant. Ils fouillaient ses vêtements à la recherche d'on ne sait quoi, puis dénudaient Sigrid pour évaluer la fermeté de ses seins. Pour finir, ils s'évaporaient en proférant des commentaires orduriers. Le jeune homme s'éveilla en sursaut, mal à l'aise. Quand il voulut saisir son poignard, ses doigts ne touchèrent qu'un fourreau vide. On lui avait « confisqué » son arme.

— Hé ! cria-t-il en secouant ses camarades. Debout ! je crois que nous ne sommes pas seuls à bord.

Neb s'assit.

— Mon harpon a disparu ! grogna-t-il aussitôt.

— On nous a désarmés…, constata Sigrid en se frottant les yeux. Mais qui ? Tu as vu quelqu'un ?

— Non, haleta Nath. J'ai juste deviné une présence. Ils étaient plusieurs. Ils ricanaient... Ils avaient l'air de vrais salopards.

Neb Orn lâcha un juron.

Lentement, les naufragés émergèrent de l'abri. Nath avait la certitude qu'ils allaient se découvrir encerclés par un comité d'accueil armé jusqu'aux dents... mais il n'y avait personne. Le nuage semblait toujours désert.

Cette solitude lui parut encore plus effrayante. Il aurait préféré une franche bataille à ce jeu sournois.

— Il faut rester groupés, insista Orn. Si nous commettons l'erreur de nous séparer ils nous élimineront l'un après l'autre.

Nath était de cet avis. Il procéda à une fouille rapide de la tente, dans l'espoir de mettre la main sur une arme, mais fit chou blanc.

— Tant pis, maugréa-t-il, s'il faut se battre à mains nues, je suis prêt.

S'éloignant de l'abri, ils quadrillèrent la surface du nuage. Chaque fois qu'ils contournaient une volute pétrifiée, ils s'attendaient à être pris dans une embuscade, mais rien ne se passait. Marcher sur le marbre s'avéra aussi délicat que de patiner sur un étang gelé. Les chutes étaient nombreuses. La géographie de l'île volante alternait collines et vallées, monticules et tranchées. À chaque pas, on pouvait perdre l'équilibre et disparaître au fond d'un trou.

Fatigués, ils s'arrêtèrent pour reprendre leur souffle.

— Je pense qu'ils se jouent de nous, haleta le harponneur. Ils ont une connaissance parfaite du territoire et de ses cachettes. Ils nous encerclent en demeurant invisibles. Nous croyons les traquer alors que nous sommes leur gibier.

Nath tressaillit. Il venait de voir quelque chose bouger au sommet d'une crête. Un visage… une tête… Il n'en était pas certain, *mais cela ne semblait pas humain.*

— Là, devant nous, chuchota-t-il, à une trentaine de mètres. Il y a quelqu'un. Je… je ne sais pas vraiment ce que c'est. Une bête… un singe peut-être.

— Un singe ? hoqueta Neb.

Nés sur Almoha, ils ne connaissaient la faune terrienne que par l'entremise de vieux livres d'images, aussi leur arrivait-il souvent de confondre les espèces.

— Je… je crois qu'il a peur de nous, ajouta Nath. C'est bon signe.

— Alors je vais y aller seule, décida Sigrid. Une fille l'effrayera moins.

Nath haussa les épaules. Une fois que Sigrid avait pris une décision, il était inutile d'espérer lui faire rebrousser chemin.

— D'accord, soupira-t-il. Si ça tourne mal, appelle !

La jeune femme s'avança en direction de la crête. Sa claudication lui rendait le trajet difficile, mais elle continua, les dents serrées, sans émettre une plainte.

Alors qu'elle essayait d'escalader le tertre, un cliquetis métallique se fit entendre.

— Non ! Non ! supplia une voix bizarrement déformée. N'approche pas !

— Je ne vous ferai aucun mal, protesta la jeune femme. Je veux juste parlementer.

— Tu ne sais pas ce que tu dis ! protesta la voix. Va-t'en ! *Je suis horrible.* Tu mourras de frayeur si tu t'obstines. Vous devez partir, toi et tes amis. Ne restez pas sur le nuage, ou vous subirez le même sort.

— C'est impossible, expliqua doucement Sigrid. Notre bateau a sombré.

— Je sais, fit la voix. Je vous ai vus. J'ai prié de toutes mes forces pour que vous n'aperceviez pas l'échelle… Hélas, je n'ai pas été entendu.

— L'échelle nous a sauvés, sans elle…

La créature ricana.

— *Parce que tu t'estimes sauvée ?* lança-t-elle. Pauvre idiote ! Dans peu de temps, tu regretteras de ne pas t'être noyée ! Si tu veux savoir ce qui t'attend, ouvre les yeux et regarde.

Alors, dans un grand cliquetis de fer, un être monstrueux apparut au sommet de la colline. Jadis, il avait sans doute eu forme humaine, mais aujourd'hui, son corps et sa face étaient boursouflés de manière hideuse. Chacun de ses doigts se terminait par une griffe acérée. Ses crocs avaient crevé ses joues, jaillissant de la chair telles des défenses de sanglier. Des chaînes fixées à ses poignets et à ses chevilles l'emprisonnaient, l'empêchant de quitter son perchoir.

Sigrid plaqua une main sur sa bouche pour étouffer le cri qui jaillissait de ses lèvres.

— Tu vois ! triompha la créature. Cela te plairait de me ressembler ?

Nath et le harponneur s'empressèrent de rejoindre leur amie. Ils durent faire un effort pour soutenir le regard du monstre.

— Qui es-tu ? demanda enfin Nath. Que fais-tu ici ?

— Il y a six mois, j'étais comme vous, grogna la chose qui avait été un homme. Je m'appelais Orial, je chassais le lézard sur l'île d'Angor. Et puis un jour, j'ai aperçu l'échelle de corde. Le démon de la curiosité m'a poussé à l'escalader… *C'est un piège, comprends-tu ?* C'est de cette façon qu'ils recrutent les membres de l'équipage.

— Qui ? De qui parles-tu ?

— Des maîtres du nuage. Ils m'ont puni parce que je n'étais pas assez docile… et parce que j'ai essayé de m'évader.

— Que t'ont-ils fait ?

— Leur sorcier m'a forcé à avaler une drogue d'enlaidissement… puis l'on m'a enchaîné ici.

— Mais pourquoi ?

— Es-tu idiot à la fin ? Tu ne comprends pas que je suis un épouvantail vivant ? Je suis là pour effrayer les oiseaux dont les coups de bec fissurent le nuage. Je suis bien plus efficace qu'un mannequin.

Sigrid et Nath écarquillèrent les yeux.

— Fichez le camp ! vociféra Orial. Sautez par-dessus bord. Mieux vaut se noyer que de finir à ma place. Si je n'étais pas enchaîné, croyez bien que je plongerais dans le vide pour en finir plus vite.

— C'est quoi, cette histoire de fissures et de coups de bec ? s'enquit Neb Orn, que l'apparence de la créature ne troublait pas outre mesure.

Orial baissa la tête avec résignation.

— Les oiseaux de cuir ne supportent pas que les humains s'approprient un nuage, expliqua-t-il. Alors, pour les punir, ils s'attaquent aux fissures du marbre, qu'ils agrandissent à coups de bec. Leur instinct leur indique où frapper. Là où les lignes de faille sont dangereuses. Ça semble ridicule à première vue, mais ne vous y trompez pas. Si l'on sait où cogner, on peut faire éclater un nuage en quelques semaines.

Nath hocha la tête. Orial disait peut-être la vérité. Après tout, les albatros géants ressemblaient davantage à des ptérodactyles qu'à des mouettes, et leur bec (long d'un mètre) était aussi solide qu'une pioche !

— Voilà pourquoi je suis là, conclut le malheureux. Je dois leur faire peur, les tenir à distance. Si je n'étais qu'un homme, ils ne me prêteraient pas attention, mais je suis un monstre, alors ils s'enfuient quand je m'agite.

Les naufragés ne savaient que dire.

Sigrid chercha la main de Nath et l'étreignit.

— Où sont les maîtres du nuage ? interrogea Nath. Nous avons fouillé partout sans voir personne.

Orial releva la tête. Son visage tenait le milieu entre le lion et la gargouille. Ses cheveux s'étaient changés en crinière d'épines. Sa voix sortait d'une poitrine de gorille.

— Tu ne risquais pas de les trouver, ricana-t-il. Ils se cachent.

— Où ça ?

— Sous tes pieds, pauvre con ! Tu n'as pas encore compris que le nuage est creux ? C'est là qu'ils habitent, dans les cavernes de marbre où ils entassent leur butin.

— Tu veux dire que ce sont…

— Des pirates, oui. Et le nuage est leur vaisseau.

Pirates

Inquiets, les naufragés s'éloignèrent, abandonnant Orial à ses gesticulations insensées. Ils ne savaient quelle décision prendre. Fuir était inenvisageable, à moins, comme le suggérait la gargouille humaine, de préférer la mort à la servitude.

— Nous sommes dans la nasse, grommela Neb. Le plus sage est d'attendre qu'une occasion se présente. Alors nous tenterons notre chance.

D'un pas hésitant, ils regagnèrent la tente. Tous les dix mètres, ils regardaient par-dessus leur épaule, s'attendant à se découvrir encerclés.

— Combien peuvent-ils être ? demanda Sigrid.

Neb grimaça.

— Le nuage est assez gros pour renfermer une centaine de ces salopards, souffla-t-il. Voire davantage. Quoi qu'il en soit, ils seront trop nombreux pour nous. Pas question de les affronter. Il faudra ruser. S'ils nous proposent de collaborer, feignons l'enthousiasme. Cela vaut mieux que d'être changés en épouvantails.

Nerveux, ils s'assirent sur les ballots entourant l'abri. Ils n'avaient d'autre solution que d'attendre la venue des pirates.

— Sigrid, souffla Nath, essaye de te montrer diplomate pour une fois. Ne leur vole pas dans les plumes dès qu'ils ouvriront la bouche. Tant qu'ils nous laisseront libres de nos mouvements, nous aurons une chance de leur fausser compagnie.

Il s'exprimait avec une assurance qu'il était loin de ressentir. La présence d'un sorcier à bord du nuage lui faisait craindre le pire. Ces pseudo-magiciens détenaient les miettes d'une science aujourd'hui perdue et qui, dans le passé, se nommait tout simplement chimie. Ces connaissances approximatives leur permettaient de bricoler des poisons dont l'efficacité émerveillait les populations crédules.

Il frissonna, percevant une présence invisible. Son instinct lui souffla que les brigands étaient sortis de leur cachette et les encerclaient. Il suffisait de tendre l'oreille pour les entendre chuchoter.

— Montrez-vous ! lança-t-il en se levant. Nous n'avons pas d'armes et nous sommes prêts à discuter. Nous n'avons pas l'intention de nous battre.

Alors, un à un, d'étranges individus habillés de peaux de lézard surgirent des replis du terrain. La plupart avaient le visage couvert de tatouages barbares et des anneaux de cuivre accrochés aux oreilles. Tous portaient des armes d'acier – épées et poignards – de confection artisanale. L'un d'eux présentait une vilaine cicatrice en travers du nez. Il allait en tête, l'allure martiale, la main droite posée sur le pommeau de son sabre courbe.

— Salut à vous, fit-il d'une voix dépourvue de chaleur. Je suis Zoïd Vorkan, le capitaine du nuage. Si vous voulez rester en vie, appliquez-vous à ne jamais me contrarier. Maintenant, présentez-vous.

Neb Orn esquissa une courbette ironique et dit :

— Nous sommes de braves voleurs, capitaine. Rien de plus, rien de moins. Ces deux-là sont mes enfants. Nous avons quitté l'île de Torgo à bord d'une assez belle barcasse dérobée aux pêcheurs de l'endroit, mais nous avons joué de malchance ; la foudre a frappé et incendié notre voilure. Vous devinez le reste. Sans votre échelle de corde, nous étions bons pour prendre le dernier bain de notre vie.

Zoïd Vorkan hocha la tête d'un air hautain. Le discours du harponneur lui avait plu. Il est vrai que Neb Orn, avec sa stature d'ours, son crâne rasé et sa moustache grise, avait tout du forban.

— Admettons, fit le pirate. J'accepte de vous donner une chance. Je vous prends à l'essai pour deux semaines. Si, passé ce délai, vous ne m'avez pas donné satisfaction, je vous abandonne à mon sorcier qui vous changera en épouvantails. Je sais que vous avez lié connaissance avec Orial, je n'ai donc pas à vous expliquer en quoi consiste cette punition.

Ricanant, il s'approcha de Nath pour l'examiner sous le nez, comme s'il s'agissait d'un cheval. Puis, se détournant du garçon, il vint se planter devant Sigrid.

Nath sentit une sueur d'angoisse lui perler aux tempes. « Pourvu qu'elle ne cède pas à la tentation de le gifler ! se dit-il. C'est qu'elle en serait bien capable. »

— Ce serait dommage, reprit Zoïd, de transformer une aussi jolie fille en gargouille, toutefois je n'hésiterai pas à en donner l'ordre si elle ne marche pas droit. C'est compris ?

Par bonheur, Sigrid baissa la tête. Nath poussa un soupir de soulagement. L'heure de la revanche sonnerait, il en faisait le serment, néanmoins, pour le moment il fallait surtout s'ingénier à rester en vie.

À la suite de Zoïd, les pirates se faufilèrent l'un après l'autre dans une fissure dissimulée par un repli de terrain. Ce conduit descendait dans le ventre du nuage, où une énorme bulle avait formé une caverne translucide. Nath et ses amis, ébahis, découvrirent un monde peuplé de passerelles et de plates-formes où les navigateurs clandestins allaient et venaient, roulant des barriques, portant des sacs.

D'un coup d'œil, le jeune homme comprit que les pirates étaient fort bien pourvus en nourriture, vêtements et outils. D'où un tel butin pouvait-il provenir ?

— Voici comment nous fonctionnons, lança Zoïd. Le principe est simple. Chaque fois que nous survolons une ville, nous informons ses habitants que nous les bombarderons s'ils refusent de nous payer la taxe de sécurité.

— Les bombarder ? s'étonna Nath, mais comment ?

— Facile, ricana le jeune capitaine. Il nous suffit de casser à coups de pioche quelques fragments de nuage et de les faire basculer par-dessus bord, en s'arrangeant pour qu'ils écrasent une maison ou deux. L'effet est radical. Les habitants capitulent à la première avalanche. Nous descendons alors des paniers accrochés à des filins. Ces bourriches contiennent la liste des denrées qui nous font défaut. Quand elles sont pleines, nous les remontons. Et le tour est joué.

Nath sentit Sigrid frémir d'indignation. Comprenant qu'elle était sur le point d'exploser, il lui pinça le bras.

— Pas mal ! s'empressa de déclarer Neb Orn. Mais ne courez-vous pas le risque d'être accueillis par une canonnade ? Certaines îles possèdent encore des pièces d'artillerie.

— Cela peut arriver, admit Zoïd, mais c'est plutôt rare. Et puis, nous volons trop haut pour que les boulets nous atteignent. La plupart du temps, freinés par la pesanteur, ils retombent à mi-course... sur la tête de ceux qui les ont tirés !

Il se rengorgea, satisfait d'étaler sa puissance aux yeux des nouvelles recrues. Au vrai, son système d'extorsion semblait fonctionner puisque la caverne débordait de victuailles. Nath éprouva une bouffée de haine pour cet homme qui profitait sans vergogne de la détresse des survivants d'Almoha. Il s'efforça de dissimuler ses sentiments en se jurant de lui faire un jour rendre gorge.

Neb Orn, le nez en l'air, scrutait les parois de la caverne. Au terme de cet examen, il fronça les sourcils et dit :

— Il y a tout de même beaucoup de fissures, non ? Ce nuage semble plus lézardé qu'une vieille potiche.

Zoïd Vorkan blêmit, ses lèvres se crispèrent.

— C’est vrai, avoua-t-il. C’est, hélas, le revers de la médaille. La présence de la caverne fragilise le marbre et le rend plus vulnérable aux coups de bec des oiseaux mutants. On dirait que ces saloperies de bestioles le savent. Elles nous attaquent avec une science consommée, comme si leur instinct leur indiquait les lézardes les plus dangereuses.

Nath, qui jusqu’à présent n’avait eu d’yeux que pour les victuailles entassées aux alentours, prit conscience que les parois étaient effectivement sillonnées par un réseau de crevasses.

« On se croirait à l’intérieur d’une soupière, se dit-il. Ces craquelures me font froid dans le dos. Le nuage pourrait bien voler en éclats au premier choc sérieux. »

— Voilà à quoi vous serez employés, annonça Zoïd d’un ton sans réplique. Vous intégrerez dès demain l’équipe des colmateurs de lézardes. On vous donnera un seau d’enduit, une truelle, et vous reboucherez les fissures du marbre. C’est un travail de première importance dont dépend notre sécurité, et je ne tolère pas qu’il soit bâclé. Vous apprendrez vite que je suis à cheval sur la discipline. S’il vous prend l’envie de désobéir ou de flemmarder, songez à Orial, et demandez-vous si vous avez vraiment envie de devenir un épouvantail.

Estimant qu’il en avait assez dit, Zoïd confia les nouveaux arrivants à son maître d’équipage, un dénommé Tolko, qui les conduisit à leurs « quartiers » (un renfoncement dans la paroi de marbre où l'on avait entassé de minces paillasses rembourrées de varech séché).

— Vous dormirez là, grogna-t-il. On va vous donner des vêtements propres. La nourriture est bonne et abondante, mais veillez à ne pas contrarier Mastrazza, le sorcier. Il a un caractère de cochon et prend la mouche pour un rien. Si l'un d'entre vous a le malheur de devenir sa bête noire, il ne fera pas de vieux os.

— Pourquoi ? s'enquit Sigrid, il a réellement des pouvoirs ?

— Pour sûr, ma jolie ! souffla Tolko en baissant la voix. Il connaît les secrets des mélanges qui transforment les corps et les âmes. C'est lui qui fabrique les pilules qui nous permettent de survivre aux méfaits de la pesanteur. Sans elles, à cette altitude, et compte tenu de la malédiction d'Alkanek, nos cerveaux auraient explosé depuis longtemps. À partir d'aujourd'hui, il vous faudra en avaler une chaque matin, sinon le sang vous jaillira du nez, vos veines exploseront, et, en l'espace de trois jours, vous deviendrez plus idiots qu'une courge.

— D'accord, murmura Nath. J'ai compris. Si nous avons le malheur de déplaire à ce Mastrazza, il pourrait bien nous priver de pilules, c'est ça ?

Tolko se dandina.

— Ouais, marmonna-t-il, ou vous en donner qui ne contiendraient que de la mie de pain, par exemple... Ça s'est déjà vu. C'est un vrai serpent, ce mec. Je préfère vous prévenir. Pourvu qu'on file droit, on n'est pas malheureux ici. Vous auriez pu tomber plus mal, ou être avalés par l'océan de boue, ne l'oubliez pas.

Sur ces paroles réconfortantes, il tourna les talons. Dix minutes plus tard, le maître de la cambuse leur apporta des bols de soupe chaude, du pain frais et une portion de jambon fumé. Les naufragés se jetèrent sur la nourriture.

Ils avaient à peine fini qu'un mousse leur remit une pile de vêtements – des vareuses de marin élimées, mais d'une propreté rigoureuse. Ils eurent grand plaisir à se défaire de leurs haillons.

Comme le repas les avait engourdis, ils s'assoupirent. Tolko les laissa dormir deux heures puis les réveilla à coups de pied et en hurlant. Pour qui se prenaient-ils donc ? S'imaginaient-ils en croisière ? La besogne attendait !

Les trois compagnons durent se lever car l'homme brandissait un fouet de cuir. Nath et le harponneur furent conduits à la brigade de colmatage ; quant à Sigrid, on l'affecta à la corvée de lessive, ce qui la hérissa de colère.

— Calme-toi ! lui souffla Nath au moment où ils se séparaient. Nous n'avons pas le choix. Il faut se montrer malins et prudents. Ouvre grand les yeux et enregistre tout ce qui pourrait servir à notre évasion.

Il ne put en dire davantage car Tolko, d'une bourrade, le poussa vers les colmateurs, à qui un chef d'équipe remettait un seau d'enduit et une truelle.

Sous la conduite du surveillant, les ouvriers remontèrent à la surface par un tunnel en pente où il était difficile de conserver son équilibre.

Une fois dehors, Neb se tourna vers le contremaître pour demander :

— Et maintenant, qu'est-ce qu'on fait ?

L'homme ricana.

— Tu te promènes sur le nuage, mon gros, et tu regardes entre tes grands pieds. Quand tu vois une crevasse, tu la bouches avec le produit contenu dans le seau. Même un imbécile dans ton genre est capable de faire ça, non ?

Le harponneur serra les dents.

— D'accord, chef, fit-il d'un ton humble.

— Ah ! encore une chose, ajouta l'odieux personnage. Attention aux oiseaux. Ils n'aiment pas qu'on répare le nuage. Alors ils ont tendance à attaquer les ouvriers. Leur bec est aussi long et aussi solide qu'une pioche. Tu imagines sans mal les dégâts qu'il peut occasionner lorsqu'il entre en contact avec un crâne ! Chez nous, on ne soigne pas les blessés. Soit ils guérissent tout seuls, soit leurs blessures sont trop graves, et dans ce cas on les balance par-dessus bord. À bon entendeur, salut !

Les autres maçons s'étant déjà mis au travail, Nath et Neb Orn les imitèrent. Assis sur une éminence rocheuse, le contremaître les surveillait d'un air narquois, le fouet à portée de la main, deux pistolets glissés dans la ceinture.

Le harponneur et le garçon s'éloignèrent, les yeux fixés sur le sol, à la recherche des fameuses crevasses. Le vent soufflait fort mais la nécessité de lutter contre la gravité leur donnait chaud, et ils furent vite en sueur. À cette altitude, le moindre geste devenait pénible. Sur le dos de leurs mains, les veines saillaient tels des vers de terre prêts à exploser. Neb Orn respirait avec difficulté.

— Ils ne nous ont pas donné de pilules..., remarqua-t-il.

— À dessein, répondit Nath. J'imagine qu'ils veulent nous faire sentir à quel point nous sommes en leur pouvoir. Tolko a raison, sans médicament on ne résistera pas plus de quarante-huit heures à la pression. Nous serons foudroyés par une embolie.

— Alors il faut être bien sage et travailler, fit le harponneur avec amertume.

— En attendant mieux, compagnon, soupira le jeune homme. En attendant mieux.

Ils se mirent à l'ouvrage, colmatant les crevasses qu'ils rencontraient çà et là. Très vite, leur manège agaça les oiseaux qui se regroupèrent en agitant leurs ailes de cuir et en caquetant de façon menaçante.

— Ils ne nous aiment pas, chuchota Neb Orn. Bon sang ! s'ils nous attaquent, nous n'aurons que nos truelles pour nous défendre.

Les ptérodactyles étaient de redoutables adversaires. L'envergure de leurs ailes, servie par une puissance musculaire hors du commun, leur permettait d'emporter dans les airs un enfant ou un homme de petite taille. Leurs ventres caparaçonnés de corne restaient insensibles aux morsures des flèches. Nath s'imaginait mal les affrontant à mains nues.

Un hurlement lointain fit sursauter les deux hommes. Un ouvrier venait d'être attaqué. L'un des oiseaux avait planté ses serres dans les épaules de sa victime tandis qu'il lui fracassait le crâne d'un coup de bec, lui mettant le cerveau à nu.

Désarmés, Neb et Nath durent se résoudre à contempler la scène sans pouvoir porter secours au malheureux.

— Tu as vu ça ? hoqueta le harponneur, ce foutu volatile est en train de lui becqueter la tête comme si c'était un œuf à la coque !

— Au moins, soupira Nath, on sait ce qui nous attend.

Par chance, ils purent travailler jusqu'au soir sans être attaqués. Quand le contremaître leur ordonna de redescendre à l'intérieur du vaisseau, ils étaient dans un état d'épuisement avancé. Une fois leurs outils rendus, on leur donna enfin les pilules miraculeuses qui les protégeraient des méfaits de la gravité.

— Vous avez compris la leçon ? leur lança le chef d'équipe. Pour gagner ces médicaments, il vous faudra travailler dur. Si je juge votre besogne médiocre, vous en serez privés. Le manque vous rendra fous. Il se peut alors que vous sautiez par-dessus bord de votre propre initiative. J'ai déjà vu ça. Des types qui finissent par se prendre pour des oiseaux. Ils battent des bras... C'est rigolo.

Nath et le harponneur courbèrent l'échine en se jurant de se venger. À peine eurent-ils avalé les cachets que la douleur disparut. La potion était efficace, c'était une consolation !

Ils retrouvèrent Sigrid, bouillonnante de fureur, après avoir passé la journée penchée sur des cuves, à laver le linge sous la surveillance d'une matrone prompte à la réprimande.

— Le sorcier est venu me rendre visite, ajouta-t-elle avec gêne. Je m'étais imaginé qu'il s'agissait d'un vieillard avec une barbe blanche et des verrues sur le nez, mais pas du tout... Il est jeune et plutôt beau garçon. Il a remarqué mon infirmité. Il m'a dit que cela pourrait s'arranger... qu'il y travaillerait.

Nath ne fit aucun commentaire mais ne put s'empêcher d'éprouver la piqûre de la jalousie.

— N'oublie pas que ce sont nos ennemis, murmura-t-il. Ils chercheront à nous manipuler. Tu ne dois pas te montrer naïve. Ne t'imagine pas que ce type va travailler pour rien. Il te mettra dans son lit, et tu lui serviras de jouet.

— Quand bien même ! siffla Sigrid. S'il est vraiment capable de me guérir, il peut me baiser à sa guise et dans toutes les positions, je m'en fiche. Ce n'est pas cher payé pour retrouver l'usage de ses jambes, crois-moi !

Nath recula, le souffle coupé. Puis son instinct lui souffla que Sigrid n'était pas insensible au charme de Mastrazza. C'était un comble ! Allait-elle s'amouracher d'un de leurs geôliers ? Il n'aurait plus manqué que ça !

Ils mangèrent en silence. Neb, parce qu'il était fatigué, Nath, parce qu'il était en colère, et Sigrid, parce qu'elle revivait en pensée sa rencontre avec le sorcier.

Un peu plus tard, le fameux Mastrazza traversa la caverne pour s'en aller conférer avec Zoïd. Nath le détailla d'un œil acerbe. Il eut la surprise de découvrir qu'il s'agissait effectivement d'un homme encore jeune, de belle taille, à l'allure fière. Enveloppé d'une cape en cuir de lézard, il dégageait un charme vénéneux. Les filles de l'équipage se retournaient sur son passage en lui lançant des œillades enfiévrées. Il suffisait de les voir papillonner pour comprendre qu'à un moment ou à un autre, elles étaient toutes passées dans son lit et qu'elles en gardaient un excellent souvenir. À l'idée que Sigrid pût faire de même, Nath sentit le sang bouillonner dans ses veines.

« Un beau saligaud, oui ! » ragea-t-il en son for intérieur.

Il étudia Sigrid à la dérobée. La jeune femme semblait d'ores et déjà prête à tout. Il se demanda avec angoisse si, par hasard, Mastrazza ne lui avait pas fait absorber à son insu un quelconque aphrodisiaque. Voilà qui risquait de compliquer les choses.

La guerre des oiseaux

Dès le lendemain, la guerre contre les oiseaux reprit de plus belle. Les colmateurs durent travailler par paire. Pendant que le premier bouchait les fissures, l'autre, armé d'une gaffe, essayait de repousser les volatiles en colère.

Nath décida que Neb s'occuperait des lézardes pendant que lui, la perche brandie à bout de bras, courrait en tous sens pour mettre les ptérodactyles en déroute. Au bout d'une heure de cet exercice, ses bras le faisaient atrocement souffrir. Les coups de bec des oiseaux avaient haché le bâton. À trois reprises, il avait failli avoir le crâne fendu et n'avait dû son salut qu'à la rapidité de ses réflexes.

Il avait beau faire, les animaux revenaient à la charge, brassant l'air de leurs ailes épaisses, disproportionnées. Si on voulait les blesser, il fallait les frapper à la tête, *uniquement à la tête,* car le reste de leur corps demeurait insensible à la douleur.

Au cours de la matinée, deux ouvriers se firent arracher doigts et oreilles.

Comme s'ils voulaient ridiculiser les efforts déployés par les humains, les ptérodactyles s'employaient à agrandir les fissures. Leurs becs picoraient le marbre avec la puissance d'un marteau-piqueur, soulevant un nuage de poussière blanche.

Quand Nath s'assit, à bout de souffle, les bras rompus, Neb Orn abandonna sa truelle pour le remplacer. Le jeune homme prit la place du harponneur et, puisant dans le seau d'enduit, s'appliqua à obturer les crevasses.

Non loin de là, Orial, l'épouvantail humain, poussait des cris et s'agitait de façon grotesque pour disperser les oiseaux. Cette danse pitoyable produisait l'effet attendu car les ptérodactyles ne l'attaquaient pas et, même, s'éloignaientw en hâte dès qu'il faisait mine de les poursuivre.

— Il nous faudrait davantage de types comme lui, grommela le chef d'équipe. J'en parlerai au capitaine. Vous deux, par exemple, vous feriez de chouettes gargouilles, j'en suis sûr. Déjà que vous êtes assez moches au naturel, j'imagine ce que ça pourrait donner une fois transformés ! Les oiseaux auraient une telle frousse qu'ils en tomberaient raides morts.

Vers midi, les oiseaux, las de batailler en vain, se retirèrent sur un nuage voisin, aussi les prisonniers purent-ils s'accorder une pause. Nath et le harponneur se recroquevillèrent dans un trou, à proximité d'Orial, pour manger un morceau.

— Il y a beaucoup trop de crevasses, soupira Neb, on n'y arrivera jamais.

— Le nuage est condamné, murmura l'homme-épouvantail en s'asseyant au sommet de la colline. Le rafistoler ne fait que retarder l'échéance. Il se disloquera bientôt, c'est inévitable.

— Tu crois ? interrogea Nath.

— Bien sûr, fit Orial. Pour l'heure, nous naviguons à l'écart des autres nuées, sans jamais les heurter, mais lorsque le vent se lèvera, tu verras les nuages s'entre-choquer comme des cailloux dans un sac. Je sais de quoi je parle. Or le nôtre est creux, ce qui le rend fragile. Il finira par éclater comme une soupière coincée entre deux éléphants.

— Dans ce cas, il serait plus malin d'élire domicile sur un nuage « plein », grommela Neb. Pourquoi Zoïd s'attarde-t-il ici ?

— Parce que la caverne constitue une formidable cachette et un abri contre les oiseaux. Il est impossible de survivre longtemps à la surface d'un nuage si l'on se trouve exposé aux attaques des ptérodactyles. Ces sales bestioles vous ont à l'usure. On a beau se cacher sous des tentes, à l'intérieur de cabanes, rien n'y fait. Les oiseaux finissent toujours par crever les chapiteaux et arracher le toit des bicoques… Non, si Zoïd et ses pirates ont pu transformer ce nuage en vaisseau volant, c'est grâce à la caverne. Sans elle, rien ne serait possible. Voilà pourquoi notre bon capitaine ne veut pas entendre parler de déménagement, même si cela nous condamne à brève échéance.

Nath écoutait ce discours avec angoisse. Il commençait à désespérer de réussir un jour à s'échapper.

— C'est un miracle que nous soyons encore en vie, reprit Orial. Mais Zoïd ne veut pas s'en rendre compte. Il s'obstine à croire que les pouvoirs magiques de son sorcier écarteront le malheur de notre route. Il se trompe. Mastrazza est très fort lorsqu'il s'agit de fabriquer des potions, certes, mais il reste impuissant contre les éléments déchaînés, le vent, la tempête… Il l'apprendra bientôt à ses dépens.

— Il va y avoir une tempête ? s'inquiéta Neb Orn.

— Nous nous dirigeons droit vers la zone des ouragans, fit l'épouvantail. Zoïd compte sur la bourrasque pour disperser les ptérodactyles… et il a raison, car les oiseaux n'aiment pas voler au milieu des vents furieux qui leur brisent les ailes. D'ici trois ou quatre jours, ils cesseront de nous harceler, c'est vrai, mais nous deviendrons alors le jouet des cyclones qui s'amuseront à nous ballotter en tous sens. Tu imagines ce qui se passera quand notre nuage en percutera un autre plus solide ?

— Vous avez déjà traversé la zone des ouragans ? s'enquit Nath.

— Oui, admit Orial, deux fois. C'est pour cette raison que notre vaisseau est à ce point endommagé. La chance ne nous sourira pas une troisième fois.

— As-tu pensé à t'évader ? chuchota le jeune homme.

Le monstre haussa les épaules.

— Pour aller où ? ricana-t-il. Tu parles comme un enfant. Sais-tu seulement que nous allons bientôt survoler la mer Maudite ?

— Qu'est-ce encore que cette diablerie ? grogna le harponneur, qui estimait avoir eu son compte de mauvaises nouvelles.

— Tu n'as jamais entendu parler de la mer des Mutations ? répliqua Orial, toi, un marin !

— Si, fit le gros homme, mais ce n'est qu'une légende... une fable que les matelots se plaisent à rabâcher dans les tavernes, pour se rendre intéressants.

— Pas du tout. Et tu t'en apercevras bientôt. La couleur de la boue va changer. À cet endroit, elle devient d'un vert jaunâtre. Ce qu'elle touche se change en pierre : les bateaux, les nageurs, les lézards, les poissons. C'est la loi. Tout ce qui a le malheur de pénétrer dans cette zone maudite se transforme en une sorte de pierre ponce, un matériau magique qui, en dépit de son poids, flotte à la surface des eaux. Tant que nous survolerons cet endroit, il vous faudra prendre garde à ne pas passer par-dessus bord. C'est généralement à ce moment-là que le contremaître décide de se débarrasser des « mauvais ouvriers ». D'une bourrade, il les déséquilibre, et les malheureux piquent une tête dans la boue jaune. Je vous conseille de rester sur vos gardes, car je crois que notre chef d'équipe ne vous aime guère.

— Selon toi, il est donc impossible de s'échapper ? insista Nath.

— L'échelle de corde n'est mise en place et déroulée que lorsqu'un naufragé est repéré par la vigie, énonça Orial. Pour descendre du nuage sans courir le risque de te rompre le cou, il te faudrait d'abord la dérouler... et pour aller où ? Tu comptes t'enfuir à la nage ? L'océan est truffé d'îles désertes où tu te retrouveras condamné à mourir de faim ou à disputer ta pitance aux lézards, qui finiront par profiter de ton sommeil pour te dévorer. C'est ce que tu veux, l'ami ?

— On pourrait sauter sur un autre nuage… suggéra Neb Orn.

— Et après ? s'esclaffa le monstre. Tu deviendras un naufragé du ciel, sans eau, sans nourriture, sans pilules pour te protéger de la malédiction d'Alkanek. Ta situation sera encore pire qu'ici.

Le sifflet du contremaître mit un terme à la conversation et les trois hommes durent se séparer.

Nath se remit au travail, le cœur lourd. Il commençait à perdre espoir.

Une heure plus tard, il fut blessé par un oiseau dont le bec lui entailla l'épaule droite. Il crut recevoir un coup de hache, et le sang jaillit, poissant sa vareuse. Le chef d'équipe accourut, non pour l'aider, mais pour vérifier qu'il était encore en état de travailler.

— Je ne veux pas d'inutile dans mon groupe, vociféra-t-il. Si tu n'es pas guéri demain, je te flanque par-dessus bord. Tu es prévenu, mon gars.

— J'irai à l'infirmerie, balbutia Nath qui luttait contre la douleur.

— Tu n'écoutes donc jamais ce qu'on te dit ? brailla l'homme. *Il n'y a pas d'infirmerie à bord.* Il te reste la possibilité de supplier Mastrazza pour obtenir un médicament miraculeux, mais je doute qu'il daigne perdre son temps avec un bon à rien de ton espèce. Il est trop occupé en ce moment même à baiser ta copine, au cas où tu l'ignorerais ! Tu es prévenu.

Sous l'œil goguenard du surveillant, Neb s'empressa de bander la plaie au moyen d'un lambeau de tissu arraché à la tunique du garçon.

— Tu souffres ? demanda-t-il.

— Ça va, assura Nath, le visage blême.

— Assez bavardé ! s'emporta le garde-chiourme, au travail ! Vite !

Levant son fouet, il en menaça les deux amis. Le harponneur s'empressa de ramasser la truelle et de reprendre sa besogne.

Nath s'efforça de faire bonne figure. Empoignant son bâton, il repartit batailler contre les oiseaux, mais ceux-ci, le sachant blessé, ne cessèrent plus, dès lors, de le harceler. Le jeune homme crut qu'il ne tiendrait pas jusqu'à la nuit. Quand le soleil se coucha, Neb l'aida à regagner la caverne.

Ils espéraient obtenir l'aide de Sigrid, mais celle-ci demeura étrangement indifférente au récit de leur mésaventure. Elle avait les yeux brillants d'une femme sexuellement comblée, et tous ses gestes étaient empreints d'une lassitude langoureuse. L'air ennuyé, elle accorda à peine un regard à la blessure de Nath.

— Reste dans ton coin, se contenta-t-elle de déclarer, tu saignes, et je ne voudrais pas que tu salisses mes affaires.

Le garçon, médusé, s'aperçut qu'elle avait troqué ses vêtements de marin contre une robe neuve, de beau tissu. Elle s'était joliment coiffée et arborait un peigne en or dans ses cheveux.

— Toi, gronda-t-il, tu n'as pas passé la journée à faire la lessive…

— Non, c'est vrai, admit la jeune femme d'un ton rêveur. Mastrazza m'a dispensée de cette corvée. Il a besoin d'une assistante. Il estime que je pourrais apprendre la science des plantes magiques. Ça me plairait bien. Il est gentil et très habile au lit. Il m'a fait jouir trois fois de suite, ça ne m'était jamais arrivé.

Nath étouffa un rugissement de rage.

« J'aurais dû m'en douter, songea-t-il. Ce salaud l'a envoûtée. Elle est sous l'effet d'une potion magique qui lui tourneboule l'entendement ! »

— Tout cela est bel et bon, s'impatienta le harponneur, mais Nath est blessé. Il va falloir te débrouiller pour lui procurer un baume. Cela te sera facile, puisque tu sembles au mieux avec le sorcier du bord. Si Nath ne guérit pas avant l'aube, il court le risque d'être flanqué par-dessus bord par le contremaître et son équipe de forbans. As-tu compris ? *Te souviens-tu encore de Nath ?* Sais-tu seulement qui je suis ?

Sigrid bâilla, haussa les épaules, et se détourna pour examiner son reflet dans un splendide miroir ovale, cadeau de Mastrazza. Elle resta un moment à se contempler en chantonnant.

— Bon sang ! haleta Neb Orn en se penchant vers le blessé. Que se passe-t-il ? Elle a l'air d'une droguée ou d'une folle. On dirait qu'elle ne nous reconnaît plus. C'est à croire qu'on lui a injecté cette drogue d'oubli qu'on puise dans le cerveau des Têtes-Molles !

— C'est l'œuvre de Mastrazza, soupira le garçon. Il lui a fait absorber un philtre de sa composition. Elle est en son pouvoir à présent. Il va en faire sa putain. Je suppose qu'il agit ainsi avec toutes les filles qui lui plaisent. Sigrid va devenir sa chienne préférée ; quand il en sera lassé, il la cédera aux matelots.

— Nous voilà bien ! grogna le harponneur.

C'était un homme courageux, âpre au combat, mais que les maléfices désarçonnaient.

Cédant à l'impatience, il empoigna Sigrid par les épaules et la secoua, comme si cette manœuvre allait suffire à la libérer de l'envoûtement.

— Réveille-toi ! gronda-t-il. Nath a besoin d'être soigné. Va trouver ton charlatan et obtiens de lui un remède efficace. Tu as compris ?

La jeune femme se dégagea en grimaçant.

— D'accord, d'accord, fit-elle avec mauvaise grâce. Pas la peine de faire tant d'histoires pour une écorchure ! J'y vais.

Elle s'éloigna d'un pas souple et dansant dont elle aurait été incapable deux jours auparavant.

« Par les dieux ! se dit Nath. *Elle ne boite plus !* La magie de Mastrazza a eu raison de son infirmité. »

Par ailleurs, il venait seulement de réaliser que les cicatrices sillonnant le visage de Sigrid avaient, elles aussi, disparu !

Il était troublé. Le sorcier du bord avait-il réellement des pouvoirs ?

— Je n'aime pas ça, fit le harponneur. Nous ne pouvons plus compter sur Sigrid, ce salopard l'a mise dans sa poche. Désormais, il faudra faire attention à ce que nous dirons en sa présence. Rien de plus dévoué qu'une femme qui a trouvé son maître au lit ! Elle ne demandera qu'à devenir son espionne !

— Tu exagères, soupira le jeune homme que la faiblesse gagnait. Elle est envoûtée. Ce n'est plus qu'une marionnette entre les mains de Mastrazza.

— Tais-toi, lui intima Neb. Tu es pâle. Tu t'épuises. Tu continues à perdre beaucoup de sang. Si Sigrid ne ramène pas le remède qui convient, tu seras mort avant l'aube.

Nath se laissa tomber en arrière. La tête lui tournait et son bras s'engourdissait. Il commençait à grelotter.

— On dit que le bec des oiseaux de cuir sécrète un venin, haleta-t-il. Je suis peut-être empoisonné.

Neb Orn ne dit rien. La figure cireuse de son compagnon l'inquiétait. Il scruta le capharnaüm de la caverne avec l'espoir d'apercevoir Sigrid. Il sursauta d'indignation en la voyant, arrêtée devant un éventaire de colifichets, perdant un temps précieux à monnayer un collier de perles rouges. Il faillit la rejoindre pour la gifler mais se ravisa *in extremis*, supposant qu'une telle réaction ne ferait qu'envenimer les choses.

« Ce n'est pas sa faute, se répéta-t-il. Elle n'est pas dans son état normal. Elle n'est plus elle-même. »

N'empêche, pendant que cette petite putain marchandait des bijoux de pacotille, Nath continuait à se vider de son sang !

Il lui fallut longtemps patienter avant que la jeune femme ne réapparaisse, souriant aux anges. Elle tenait un paquet à la main.

— Alors ? lui lança Neb sans ménagement, ce remède ?

— Quoi ? s'étonna Sigrid, tirée de sa rêverie. Ah ! oui... le truc... Tiens, c'est cette pommade puante. Il faut en badigeonner la plaie. Fais-en ce que tu veux, moi je n'y toucherai pas, ça sent trop mauvais !

Le harponneur s'empara du pot qui contenait un baume à l'odeur en effet désagréable. Il s'empressa d'en barbouiller la blessure de Nath, qui avait sombré dans l'inconscience.

« Pourvu que cela fasse effet... », songea-t-il.

Derrière lui, Sigrid chantonnait. Quand il se retourna, il la surprit, penchée sur le miroir, en train d'essayer le collier marchandé un instant plus tôt.

— C'est décidé, annonça-t-elle. Demain, je commence mon apprentissage chez Mastrazza. Je vais devenir sorcière. Je pense que ce sera très amusant.

La boue jaune

Quand la lumière du jour traversa les parois du nuage, éclairant la caverne par transparence, Neb Orn s'éveilla en sursaut. Son premier mouvement fut de se précipiter au chevet de Nath et d'examiner la blessure. Elle s'était refermée pendant la nuit, et c'est à peine s'il subsistait une pâle cicatrice. Il étouffa un juron. Mastrazza connaissait son affaire, il devait le reconnaître, même s'il lui en coûtait.

— Comment te sens-tu, garçon ? s'enquit-il quand le jeune homme ouvrit les yeux.

— Ça va bien, s'étonna ce dernier. Je n'ai plus mal. C'est comme si je n'avais jamais été blessé.

— J'espère que tu apprécieras ce miracle à sa juste valeur, fit Sigrid d'une voix acide, du fond de sa couche, ce baume coûte une fortune. D'ordinaire, il est réservé au seul usage de Zoïd. Mastrazza aurait des ennuis si on apprenait qu'il t'en a fait bénéficier. J'espère que tu sauras tenir ta langue.

Elle s'adressait à Nath sur le ton qu'emploierait une princesse avec un valet d'écurie. Repoussant sa couverture de fourrure, elle s'assit, s'étira avec grâce, puis se mit à renifler en grimaçant.

— Oh ! gémit-elle, ce que vous pouvez sentir mauvais, tous les deux ! Vous ne vous lavez donc jamais ?

Le harponneur et le garçon s'éloignèrent en silence. Nath avait du mal à s'habituer à la transformation de Sigrid. Assez sottement, il s'était pris à espérer qu'au matin, elle aurait recouvré ses esprits. Force lui était de constater qu'il n'en était rien. L'enchantement perdurait.

— Pense à autre chose sinon tu deviendras fou, lui souffla le harponneur. Je sais que tu en pinces pour cette fille, mais fais une croix dessus. Elle est dingue de nature, et l'envoûtement n'arrangera pas son caractère. Nous nous occuperons d'elle plus tard. Sois prudent aujourd'hui. Mastrazza n'acceptera pas de te sauver la vie tous les soirs, même si Sigrid partage son lit.

Quand ils émergèrent à l'air libre, le chef d'équipe les attendait, l'œil allumé de cruauté. Il parut déçu en découvrant que Nath était capable de travailler.

Les hommes passèrent à portée d'Orial, qui leur chuchota :

— Attention ! Regardez où vous mettez les pieds ! Ça y est, nous survolons la boue jaune… l'océan des transformations.

Avec précaution, Nath s'avança au bord du nuage pour se pencher au-dessus du vide. Une multitude d'objets flottaient à la surface, charriés par les vagues qui les faisaient s'entrechoquer. Plissant les yeux, il dénombra des poissons, plusieurs grands lézards, et quelques humains…

— Mais… ce… ce sont des statues…, balbutia-t-il.

— Maintenant, oui, ricana Orial, des statues de pierre ponce ; avant, c'étaient des êtres vivants. La magie des eaux maudites les a transformés. Voilà ce qui vous attend si vous avez le malheur de faire le plongeon dans cette merde. Vous voyez que je ne mentais pas.

Nath digéra l'information avec difficulté.

— Il n'y a aucune magie là-dedans, grommela Neb. Les mutations sont probablement causées par une machine ancienne engloutie lors du grand raz-de-marée et qui continue à fonctionner malgré tout. Son rayonnement doit affecter les structures de l'ADN et la réorganiser de manière aberrante.

— Sans doute, approuva Nath. Il est vrai que la science des premiers occupants d'Almoha est aujourd'hui un mystère pour nous. N'empêche, le danger est réel.

— Quand vous aurez fini d'admirer le paysage, hurla le chef d'équipe derrière eux, vous pourrez peut-être vous remettre au travail, bande de bons à rien ! J'en ai assez de votre paresse, un cul-de-jatte manchot abattrait davantage de besogne que vous deux réunis ! Je ne supporte plus votre fainéantise ! Vous ne m'êtes d'aucune utilité !

Il vociférait, rouge, empestant l'eau-de-vie. Nath devina qu'au moindre prétexte, il s'empresserait de les punir. Dans ces conditions, mieux valait ne pas répliquer. Le contremaître jouissait du pouvoir de vie et de mort sur les ouvriers ; il pouvait à tout moment ordonner à ses hommes de jeter dans le vide l'esclave qui avait eu le malheur de lui déplaire.

Prudents, les deux amis reprirent leurs occupations, Neb à la truelle, Nath au bâton.

Tant qu'ils se tinrent à proximité d'Orial, les oiseaux les laissèrent en paix. Hélas, une fois les crevasses bouchées, il leur fallut s'éloigner, et les volatiles recommencèrent à les harceler. Entre deux affrontements, Nath réfléchissait à la manière dont ils pourraient échapper à cet enfer. Au début, il avait bien pensé sauter sur un autre nuage, mais les remarques d'Orial lui avaient fait mesurer les dangers d'une telle manœuvre. Un nuage était une île déserte. Une île de marbre, stérile, où rien ne poussait… et où l'on pouvait vite mourir de faim. Ici, au moins, ils trouvaient pitance et ne souffraient ni du froid, ni des troubles dus à la pesanteur excessive. Privés des fameuses pilules magiques, ils deviendraient fous en moins d'une semaine, le cerveau ravagé par les hémorragies. Non, il ne fallait rien précipiter.

« Si seulement Sigrid acceptait de nous aider, songea le jeune homme. Elle pourrait nous procurer une réserve de cachets anti-gravité, ainsi que de la nourriture. Oui, c'est ce qu'il conviendrait de faire : accumuler de la nourriture dans une cachette, des médicaments, des armes… Une fois ces préparatifs achevés, nous pourrions alors envisager de sauter sur un autre nuage. »

Oui, avec la complicité de Sigrid, un tel plan aurait pu devenir réalisable, mais voilà : la jeune femme accepterait-elle de leur venir en aide ? L'envoûtement dont elle était victime n'avait-il déjà pas effacé les sentiments qui la liaient jadis à ses amis ?

À voir son comportement, il semblait légitime de se poser la question.

Tout à coup, la pluie cingla le nuage de ses gouttes pétrifiées, qui s'écrasèrent sur le marbre telles des billes polies jetées du haut du ciel. En deux minutes, la surface de la nuée se changea en patinoire. Nath dérapa sur ce tapis mouvant et s'étala. Neb voulut lui venir en aide ; sa corpulence lui joua un mauvais tour, et il perdit lui aussi l'équilibre. Avec horreur, Nath vit son ami dévaler la pente de marbre à la vitesse d'une luge. Battant des bras et des jambes, le harponneur tenta en vain de s'accrocher à une saillie du terrain. Hélas, à cet endroit, le nuage était lisse. Avant que Nath se soit relevé, Neb Orn avait basculé dans le vide…

— Non ! hurla le garçon. Neb ! Non…

Le gros homme, au terme d'un plongeon de trente mètres, s'enfonça dans la boue jaune dont la mollesse l'empêcha de se rompre le cou. Il resta là à se débattre au milieu des poissons de pierre ponce flottant à la surface.

Nath avait déjà recouvré son sang-froid. S'appliquant à ne pas déraper encore une fois, il se précipita vers l'une des cordes de sécurité qu'on dissimulait çà et là dans les replis du terrain. Il s'agissait de filins munis d'un grappin qu'on utilisait pour s'amarrer à un autre nuage et le prendre d'abordage, ou tout simplement pour récupérer un objet flottant à la crête des vagues. La corde de sécurité était fixée dans le marbre par un gros anneau. Nath saisit le grappin et le transporta au bord du nuage. Là, il le lança dans le vide avec l'espoir que Neb Orn s'y accrocherait.

Le jeune homme n'osait crier, de peur d'alerter le chef d'équipe qui ne manquerait pas de désapprouver cette tentative de sauvetage.

« Pourvu que Neb l'aperçoive ! » songea-t-il en suivant du regard la trajectoire du crochet.

Il craignait, en effet, que le harponneur ne soit aveuglé par la boue jaune. Il éprouva un réel soulagement quand il vit son ami nager en direction du grappin. Par chance, le vent ne soufflait guère, et le nuage se déplaçait lentement. S'il en avait été autrement, Neb Orn n'aurait jamais eu le temps de saisir la corde avant que la nuée ne s'éloigne, l'abandonnant en haute mer.

« Ouais ! », triompha Nath lorsque le harponneur se cramponna au filin. Restait à présent à le haler jusqu'au nuage, ce qui ne serait guère aisé vu son poids. Nath empoigna la corde et commença à tirer. Très vite, il fut en sueur et les muscles lui firent mal. L'atmosphère d'Almoha n'était guère propice à une telle activité. Lorsqu'on s'agitait en dépit du bon sens, on courait le risque de succomber à une embolie. Malgré tout, il s'obstina. La corde lui mit les paumes à vif. Mais il y avait plus ennuyeux : ses pieds dérapaient sur le marbre humide, et chaque fois que Neb se débattait au bout du câble, Nath glissait d'une cinquantaine de centimètres en direction du vide, se rapprochant de la limite où, privé d'appui, il basculerait dans l'abîme.

Il tremblait de tous ses membres et se sentait sur le point de lâcher prise.

Enfin, alors que ses forces l'abandonnaient, la tête barbue du harponneur apparut au bord du nuage. Le gros homme était enduit de boue, aussi eut-il bien du mal à prendre pied sur la nuée. Les deux amis oscillèrent à la lisière du vide. Ils savaient l'un et l'autre qu'au moindre faux pas ils basculeraient dans le gouffre. Lentement, centimètre après centimètre, ils réussirent à gravir la pente glissante pour gagner une déclivité du terrain où ils s'abattirent, épuisés.

— Merci, petit, balbutia Neb. Sans toi…

— Tu es couvert de boue jaune, remarqua Nath, il faut te débarbouiller. Vite. N'oublie pas que cette cochonnerie est empoisonnée.

Titubant, le jeune homme se mit en quête d'une réserve d'eau douce. Lorsqu'il eut enfin déniché l'un des tonneaux laissés à la disposition des esclaves, il y traîna son compagnon.

— Lave-toi ! répéta-t-il. Dépêche-toi.

— Oh ! soupira le harponneur, je ne pense pas être en danger, je ne suis pas resté immergé assez longtemps.

— Tu n'en sais rien ! s'impatienta Nath. Je vais demander à Orial.

Et tandis que le harponneur se dépouillait de ses vêtements, le garçon se dirigea vers la colline au sommet de laquelle officiait l'épouvantail humain.

— J'ai tout vu ! lui lança celui-ci avant qu'il ait eu le temps d'ouvrir la bouche. Tu as bien réagi, mais ça ne servira à rien. Ton copain est foutu.

— Pourquoi ? Neb n'est pas resté plus de cinq minutes dans la boue jaune.

— *C'est suffisant.* Le maléfice est puissant et la contamination, immédiate. Tu ne pourras rien y faire. C'est triste mais c'est ainsi. Son sort est réglé. Il est foutu, te dis-je.

Nath accusa le coup. Il hésita, partagé entre le désespoir et la rage.

— Tu as fait ce que tu pouvais, reprit Orial. Le reste n'est pas de ton ressort. Ton ami va se transformer. Dans trois jours, il sera devenu statue. C'est la règle. Rien ne peut la changer. Je suis désolé.

Nath se détourna sans répondre. Il avait déjà décidé de ne rien dire au harponneur.

« Je vais en parler à Sigrid, se jura-t-il, je saurai bien la convaincre d'obtenir un remède auprès de son cher Mastrazza ! »

Quand il rejoignit Neb, le colosse, récuré de la tête aux pieds, lavait ses vêtements.

— Alors ? grogna le harponneur en enfilant avec difficulté son pantalon trempé, que t'a raconté l'épouvantail ?

— Ça devrait aller, mentit le jeune homme, mais il serait plus prudent de demander de l'aide au sorcier. On ne sait jamais.

Le géant émit un grognement. Nath comprit qu'il avait deviné la vérité. Il n'en était guère surpris car il n'avait jamais su mentir.

— Ah ! fit le gros homme, c'est si moche que ça ?

Le garçon baissa les yeux.

— Oui, avoua-t-il. Selon Orial, il te reste trois jours avant de te changer en pierre… mais Sigrid va nous aider ! Elle se débrouillera pour nous obtenir une potion, un remède magique. Ce Mastrazza de malheur a l'air de connaître son affaire.

— Espérons-le, soupira Neb Orn. Ça ne me plairait guère de me transformer en perchoir à mouettes. Finir couvert de fiente, ce n'est pas une mort digne d'un héros tel que moi.

Nath serra les mâchoires.

Mécaniquement, parce qu'ils ne pouvaient s'offrir le luxe de se lamenter, ils reprirent le travail.

Ils échangèrent peu de paroles jusqu'au soir. Les oiseaux, mis en fuite par l'averse, les laissèrent en paix. Ce fut un soulagement.

Enfin, le sifflet aigrelet du chef d'équipe retentit. Les ouvriers regagnèrent la caverne en file indienne. Il y faisait chaud. Les hommes, transis, se regroupèrent autour des braseros dont la fumée s'échappait par les fissures de la voûte. Sans ces « orifices de ventilation » l'atmosphère eût été irrespirable. Nath et le harponneur firent la queue au réfectoire. Le cuisinier ne lésinait jamais sur les portions. C'était l'un des rares avantages du vaisseau : on y était bien nourri. Il est vrai que Zoïd ne pouvait s'offrir le luxe d'une mutinerie. Les deux amis s'assirent au milieu des autres ouvriers pour dévorer le contenu de leur écuelle. Ils n'avaient guère d'appétit mais devaient se maintenir en forme en prévision des épreuves à venir. Derrière eux, trois pirates parlaient d'une cité que le nuage allait bientôt survoler.

— On va leur extorquer quelques bons tonneaux de vin ! s'esclaffa l'un d'eux. Ce ne sera pas trop tôt, j'en ai assez de boire du cidre, ça ressemble trop à de la pisse !

— J'espère qu'il n'y aura pas de casse, grommela son interlocuteur. On raconte qu'ils auraient acheté un canon. Un canon en état de marche. Ça ne me plaît pas. Tu imagines ce qui se passerait si on encaissait un coup direct ?

— Allons ! ne te laisse pas aller aux idées noires, ce ne sera pas la première fois qu'on nous canonne, que diable ! Jusqu'à présent, les boulets sont toujours retombés sur la tête de ceux qui les avaient tirés avant de nous atteindre !

— Oui, mais il s'agissait de vieux canons… Là, on parle d'un obusier moderne…

Le reste de la conversation se perdit dans le brouhaha des cuisines.

« Ainsi nous allons survoler une ville ! songea Nath, gagné par une subite excitation. Une occasion rêvée pour s'évader ! Nous pourrions descendre du nuage en utilisant la corde de sécurité… Oui, mais comment les gens d'en bas nous accueilleront-ils ? Ils nous prendront à coup sûr pour des pirates et nous lyncheront. »

— Je sais à quoi tu penses, murmura Neb. C'est risqué, mais je crois qu'il faut essayer. On ne peut pas rester ici, tôt ou tard tu y laisseras ta peau. Regarde où nous en sommes : Sigrid fait la pute, et je vais bientôt me changer en statue… Il n'y a plus que toi de valide. Fiche le camp tant que c'est possible.

— Je ne partirai pas sans vous, grogna le jeune homme. Pas question de vous abandonner.

— Tu as tort, soupira le harponneur. Je ne suis pas certain que Sigrid puisse échapper aux griffes du sorcier ; quant à moi, je suis fichu, tu le sais bien. Pas la peine de se raconter des histoires.

— Non ! s'entêta Nath. Je trouverai un remède. Sigrid nous aidera, je saurai la convaincre. Elle ne peut pas être devenue complètement mauvaise.

— Si tu le dis…, capitula Neb.

Une heure plus tard – Neb Orn ayant sombré dans le sommeil –, Nath s'élança dans le dédale de la caverne pour tenter de retrouver Sigrid. La grotte était en effet occupée par une multitude de cabanes suspendues dans les airs et reliées par des passerelles branlantes. Certaines baraques, érigées sur pilotis, dominaient ce chaos architectural, où il était parfois difficile de s'orienter. Des boutiques, des tavernes, des magasins de colifichets ou d'armement, compliquaient cette géographie fantaisiste. Il arrivait que les matelots se couchent dans les « rues » pour dormir. Dans ce cas, il fallait les enjamber en prenant garde de ne pas les réveiller, car ils étaient alors de méchante humeur et n'hésitaient pas à pourfendre l'importun d'un coup de sabre.

Sur la pointe des pieds, l'œil aux aguets, Nath entreprit d'explorer les alentours du marché aux bijoux, lieu où Sigrid s'attardait fréquemment. Comme il l'avait prévu, il la trouva, occupée à marchander avec âpreté un collier de jade à un petit vieillard à la face couverte de tatouages.

— Viens, ordonna-t-il à la jeune femme, je dois te parler. Que veux-tu faire de ce bijou ? Tu as déjà trois colliers autour du cou !

— Laisse-moi ! glapit Sigrid d'une voix aiguë. Mastrazza ne veut pas que je te fréquente. Il dit que tu n'es qu'un vaurien, que tu as une mauvaise influence sur moi.

Nath écarquilla les yeux, le souffle coupé. C'était la meilleure ! Voilà qu'une saloperie de pirate l'estimait indigne d'être côtoyé. Décidément, il aurait tout entendu !

S'efforçant au calme, il saisit Sigrid par le coude et lui murmura d'une voix pressante :

— Neb est malade. Il va se changer en statue. Il a attrapé la maladie de la boue jaune. Essaye d'obtenir de Mastrazza un élixir, un remède pour empêcher cela. Tu es au mieux avec lui, ce me semble, alors tu peux bien faire ça pour notre vieil ami. Non ?

— Ce gros homme qui sent mauvais ? s'esclaffa Sigrid. Il n'a jamais été mon ami, pas plus que toi, du reste. C'est à peine si je vous connais, tous les deux. Je suis née ici, à l'intérieur de ce nuage. Mastrazza est un ami d'enfance… comme Zoïd. *Toi…* toi, tu n'es qu'un prisonnier, un esclave. Je ne te dois rien. Laisse-moi tranquille ou j'appelle les gardes et je te fais donner le fouet. Si tu continues à m'importuner, Zoïd te fera châtrer ! Il manque d'eunuques pour surveiller les femmes.

Ébahi, Nath recula. Il en croyait à peine ses oreilles. Incapable de réagir, il regarda Sigrid payer le collier de jade et s'éloigner en roulant des hanches, comme une prostituée habituée à exciter les hommes.

La maladie de la boue

Dès le lendemain, Neb éprouva des difficultés à se mouvoir.

— Mes articulations sont raides, grommela-t-il. Je n'arrive à plier ni les genoux, ni les bras. J'ai vieilli de cent ans en l'espace d'une nuit.

Il essayait de plaisanter, mais la peur se lisait dans ses yeux. Nath le prit par le bras pour l'aider à gravir le tunnel qui menait à la surface. Quand ses doigts touchèrent le harponneur, il réalisa avec angoisse que sa peau avait désormais la consistance du cuir. On eût dit celle d'un lézard !

« Le processus de pétrification est entamé, songea-t-il. Il va s'amplifier au cours des heures à venir. Comment empêcher cela ? »

Seul Mastrazza aurait pu l'aider. Une fois de plus, il se surprit à maudire Sigrid.

« Allons, se dit-il, je suis injuste. Ce n'est pas de sa faute puisqu'elle a été envoûtée. »

Ils travaillèrent à l'écart, pour échapper à la vigilance du chef d'équipe qui n'aurait pas manqué de remarquer que le harponneur se mouvait avec une lenteur anormale.

— Je ne sens plus mes doigts, souffla Neb. Je suis tout engourdi. C'est foutu, je vais me changer en statue… Foutre ! Quelle merde ! Je n'aurais jamais imaginé finir comme ça.

Nath ne savait que faire. Alors qu'il envisageait de retourner dans la caverne pour supplier le sorcier, celui-ci apparut, drapé dans son éternelle cape de cuir. De près, on se rendait compte que sa peau était d'une pâleur maladive. En outre, il avait les cheveux enduits d'une pâte qui lui permettait de se coiffer d'une manière extravagante, comme s'il portait une crête de coq. C'était d'un ridicule achevé.

Mastrazza s'avança vers Nath d'un pas résolu de prince sûr de ses privilèges. Tout son être suait l'arrogance de celui qui côtoie les puissances infernales.

— Je veux que tu cesses d'importuner Sigrid, dit-il d'un ton autoritaire. Elle m'a rapporté que tu l'avais encore persécutée hier soir. Je t'interdis de lui adresser la parole. Elle n'est plus des vôtres. Elle est très douée au lit, et le sera encore davantage quand je lui aurai enseigné les subtilités de l'accouplement. Quand je serai lassé de ses services, je la mettrai en vente, et les matelots se battront pour l'acheter. Mais en attendant, tiens-toi loin d'elle, ou je te transforme en castrat.

— Quoi ? hoqueta Nath, les poings serrés par la fureur. Tu l'as envoûtée, elle ne sait plus ce qu'elle fait. Elle vit dans un rêve éveillé…

— Et alors ? ricana le sorcier. Quel avenir avait-elle en votre compagnie ? *Aucun !* Vous êtes des vagabonds condamnés à errer sur la plaine boueuse. Au mieux, des esclaves, au pire, de la viande à lézards. Avec moi, elle sera heureuse. Je lui ferai absorber des drogues, et ces potions lui feront croire qu'elle vit dans un palais ; elle prendra les pirates pour des princes et le nuage pour un château… Quand elle se penchera au-dessus du vide, elle s'imaginera que la vase est une verte prairie, et les lézards lui apparaîtront comme de gracieuses licornes.

— *Mais ce seront des mensonges !*

— Bien sûr, mais la belle affaire puisqu'elle n'en saura rien ! Quand elle mangera la viande dure des albatros, elle croira déguster une tendre cuisse de poulet, quand elle grignotera de vieux biscuits, elle les prendra pour une succulente pâtisserie… Tu ne comprends donc pas ? Je puis faire de sa pauvre existence un délice de chaque jour. Tu ne penses pas qu'elle le mérite ? Pourquoi veux-tu à toute force lui remettre le nez dans le malheur ? Serais-tu à ce point égoïste ? C'est pour cela que les femmes m'adorent ! À mes côtés, leur triste vie se change en un rêve merveilleux.

Nath recula, étourdi. La discussion lui échappait. Il n'avait jamais été doué pour les joutes verbales, son père le lui avait souvent reproché, jadis.

— C'est… c'est mal, ne put-il que balbutier. Tu lui mens… Tu l'utilises ! Tu la souilles !

Le magicien éclata d'un rire insultant.

— Que tu es niais ! lança-t-il. Tu t'imagines que les habitants de cette planète ont le choix ? Almoha est un enfer. La seule façon d'y survivre est de se réfugier dans le rêve.

Baissant la voix, il ajouta :

— Comment crois-tu que Zoïd empêche l'équipage de se mutiner ? Nous fournissons à chaque matelot des pilules qui embellissent la réalité. Ainsi, quand nous les payons en monnaie de cuivre, ils croient voir briller des écus d'or au creux de leurs paumes.

— Vous êtes des ordures !

— Et toi, un imbécile. Je te conseille de ne pas m'agacer, car je pourrais décider de te changer en épouvantail. Notre bon ami Orial en serait le premier ravi, il manque de compagnie.

Nath lutta contre l'envie qui le submergeait de sauter à la gorge de Mastrazza. C'était un luxe qu'il ne pouvait encore s'offrir. Il fit mine de céder.

— D'accord, soupira-t-il en baissant la tête. Je n'approcherai plus Sigrid si tu soignes mon ami, le harponneur.

Le sorcier se pencha sur Neb et l'examina rapidement.

— Je ne puis pas grand-chose pour lui, fit-il. Il a la maladie de la boue jaune. Il commence à se pétrifier. C'est un maléfice contre lequel il n'existe aucun remède. Désolé. Il faudra le jeter par-dessus bord, car il est trop encombrant pour faire un presse-papiers.

Et, tournant les talons, il regagna les profondeurs du nuage.

— Bah ! fit le harponneur en essayant de hausser les épaules. Tu as fait ton possible, ne te reproche rien.

Il articulait mal, et ses paroles devenaient incompréhensibles.

Les deux hommes reprirent le travail. À la pause de midi, ils se joignirent à un groupe d'ouvriers et mangèrent en leur compagnie. Pour avoir un peu bavardé avec eux, Nath savait qu'ils étaient tous dans la même situation : au terme d'un naufrage, ils avaient été recueillis par les pirates et faisaient office d'esclaves.

— Vous n'avez jamais envisagé de vous évader ? chuchota Nath.

Les garçons le dévisagèrent avec stupeur.

— Non, avouèrent-ils, pourquoi ? Ici, au moins, on mange à notre faim. Sur la plaine, les lézards nous attaquaient sans cesse. Ils détruisaient nos villages et dévoraient les bébés. Les pirates ne sont pas aussi mauvais qu'on le raconte. En tout cas, ils le sont beaucoup moins que les lézards ! S'évader ? *Pour aller où ?* Pour retourner sur la plaine ! Eh ! compagnon, tu crois vraiment que ce serait une façon d'améliorer notre sort ? Ici, on a le ventre plein et on dort au chaud.

— Le nuage va éclater, riposta Nath. Tôt ou tard. Vous passez la journée à boucher des fissures et vous ne vous en êtes pas encore rendu compte ? Au premier choc important, la nuée volera en éclats, c'est inévitable.

Les jeunes gens haussèrent les épaules.

— Alors on avisera à ce moment-là, décrétèrent-ils avec insouciance. Au lieu de bavasser à tort et à travers, mange donc ta soupe, elle refroidit.

Nath dissimula son agacement. Ces crétins ne voyaient pas plus loin que le bout de leur nez !

« Avec de telles larves, songea-t-il, ce n'est pas demain la veille que je fomenterai une mutinerie. »

Quand le soir tomba, l'état de Neb Orn avait empiré. C'est à peine s'il parvenait à fermer les doigts. Il se déplaçait en traînant les pieds. Le chef d'équipe eut tôt fait de s'en apercevoir. L'air mauvais, il s'approcha des deux amis.

— Ah ! vous voilà, gronda-t-il, heureusement que Mastrazza m'a prévenu. Tu comptais nous cacher la maladie de ton copain pendant combien de temps ?

Sans attendre la réponse de Nath, il ausculta le harponneur d'une main rapide.

— Il est foutu, annonça-t-il. Pas question de le laisser descendre dans la caverne. S'il se change en statue au cours de la nuit il ne pourra plus remonter. La règle est de ne pas encombrer la soute avec du fret inutile.

— Je l'aiderai, protesta le jeune homme.

— Non, pas question, martela le surveillant. Zoïd ne veut pas de malades en bas. Surtout des types que la boue jaune a pétrifiés, c'est d'un effet déplorable sur le moral des matelots. Ton copain restera ici, au grand air. Libre à toi de lui tenir compagnie si ça te chante. Personne ne t'oblige à descendre.

Comme Nath insistait, le contremaître lâcha, d'un ton menaçant :

— Je te préviens mon gars, s'il se change en statue dans la caverne, il faudra le casser en morceaux pour le remonter, et c'est toi qui t'en chargeras. C'est ça que tu veux ?

— Non, admit le garçon.

— Alors bonne nuit les amis ! Essayez de ne pas passer par-dessus bord. Le vent se lève.

Les pirates disparurent en s'esclaffant et refermèrent le passage derrière eux. Nath et le harponneur échangèrent un regard.

— Tu aurais dû les suivre…, murmura le gros homme. Il a raison, la tempête se lève. Le vent va souffler dur. Tu risques d'être emporté par les rafales.

— Et toi ?

— Moi ce n'est pas grave, puisque je suis fichu.

La lumière baissait à l'horizon. Nath remonta le col de sa vareuse. Il grelottait déjà. Le nuage, affreusement lisse, n'offrait aucun abri. En outre, dès qu'il serait mouillé, le marbre deviendrait plus glissant qu'une patinoire.

« Il suffira d'une rafale pour me déséquilibrer, songea le jeune homme, et je basculerai dans le vide. »

Il décida d'aller demander conseil à Orial.

L'homme-épouvantail s'était recroquevillé sur lui-même pour affronter la nuit. Solidement enchaîné, il n'avait rien à craindre de la bourrasque, elle le bousculerait sans rompre ses liens.

Nath lui exposa ses inquiétudes. Le monstre grimaça.

— Tu es cinglé, lâcha-t-il. Tu aurais dû te mettre à l'abri. Ton ami sera changé en statue avant l'aurore. Tu ne peux rien pour lui. Le vent va se lever. Essayez de dénicher une cachette, de vous glisser dans une crevasse… Bonne chance !

Nath battit en retraite. Il explora les alentours à la recherche d'une fissure assez large pour les accueillir, Neb et lui, mais le jour baissait et il n'y voyait plus. Le vent lui expédiait des coups de boule dans les omoplates, comme s'il essayait de terrasser, et cela avec une telle obstination que jeune homme finissait par avoir l'illusion qu'un taureau invisible le poursuivait.

Bredouille, il regagna l'endroit où il avait abandonné le harponneur. La peau de ce dernier avait, entre-temps, prit l'aspect du cuir d'éléphant.

— Écoute, gamin, marmonna le gros homme. Je suis en train de me figer sur place... C'est à peine si je puis encore parler... Dans quelques minutes, mes mâchoires seront soudées... J'ai... j'ai une idée...

— Laquelle ? s'enquit Nath, le cœur étreint de tristesse.

— Quand je serai devenu une statue, je pèserai très lourd... Même si je suis rempli de minuscules bulles d'air, mon poids, lui, ne changera pas... tu comprends ? Je serai un homme de pierre... Si tu t'accroches à moi, la tempête ne pourra pas t'emporter. Je te servirai d'ancre.

— Je n'ai plus le temps d'aller chercher une corde. Et puis il fait nuit.

— Pas grave... Tu vas venir contre moi et je refermerai mes bras autour de ta poitrine. Quand ils se pétrifieront, tu seras parfaitement amarré. Le vent ne pourra pas t'arracher du sol.

Les paroles qui sortaient de la bouche de Neb devenaient incompréhensibles. Sa barbe semblait sculptée dans un matériau grisâtre et rugueux. Nath se résolut à obéir. Il vint se placer contre le harponneur qui l'empoigna à la manière des lutteurs.

— Y'a plus qu'à attendre..., balbutia-t-il. Ça ne sera plus long. Adieu, petit... J'ai été heureux de te connaître.

Nath voulut lui répondre, mais d'un seul coup, la tempête fut là, balayant le nuage de sa vague invisible. Il en eut le souffle coupé. Il crut que le vent allait lui arracher vêtements et cheveux. Autour de son torse, les bras du harponneur s'étaient solidifiés et l'emprisonnaient sans que rien ne puisse leur faire lâcher prise.

Pendant deux heures, l'ouragan harcela le nuage, le faisant virevolter de droite et de gauche. Nath, la peau étrillée par les rafales, avait perdu la notion du temps. Les bras de la statue lui meurtrissaient les côtes chaque fois que le cyclone tentait de l'aspirer dans sa trombe.

Par chance, Neb Orn lui servait d'ancre, et la tempête ne parvint pas à le faire bouger d'un centimètre. Sans cette étrange amarre, Nath aurait fini emporté par les éléments en furie.

À bout de nerfs, il perdit connaissance. C'est ainsi que les pirates le trouvèrent au matin.

— Peux-tu te sortir tout seul de là ? lui lança le chef d'équipe. Ou faut-il que je casse les bras de la statue à coups de masse ?

— Non, cria le jeune homme. Je vais y arriver.

Après s'être tortillé, il réussit à se dégager.

Il connut un moment de panique quand les pirates se mirent en tête de faire basculer la statue par-dessus bord. Heureusement, elle était si lourde qu'ils échouèrent dans leur tentative.

— Laissez ! haleta le contremaître. Assez perdu de temps. On verra ça plus tard. Au travail ! Tout le monde au travail !

Les mirages

La pétrification de Neb Orn horrifia Nath. À plusieurs reprises, il essaya de soutirer à Orial des informations qui lui permettraient de nourrir quelque espoir. En vain.

— Est-il… *mort?* demandait-il.

Le monstre haussait les épaules et lui délivrait la même réponse :

— Personne ne sait ce qui se passe vraiment quand on est pétrifié. Il est possible que l'esprit s'acharne à vivre au cœur de la pierre, mais ce n'est qu'une supposition. N'espère pas trop. On n'a jamais vu de statue revenir à la vie. Même la magie de Mastrazza est impuissante face à tel prodige. Ce dont on est sûr, c'est que tout ce qui est pétrifié flotte à la surface de la boue jaune, et cela en dépit d'un poids qui, normalement, devrait les expédier au fond des abîmes marins.

À quelque temps de là, Zoïd Vorkan sonna le branle-bas de combat. Le nuage allait bientôt survoler une île habitée. Il était temps, car les réserves de nourriture s'épuisaient. Cette perspective excita l'équipage. Aidés par les esclaves, les forbans entassèrent des pierres au bord du nuage, à la lisière du vide. On fit également fondre des quartiers de graisse de baleine dans d'énormes chaudrons pour confectionner de l'huile bouillante. Nath assista à ces préparatifs avec dégoût.

Quand le nuage survola l'île, Zoïd se saisit d'un porte-voix de cuivre et, se penchant au-dessus de l'abîme, hurla d'un ton menaçant :

— Nous venons percevoir l'impôt corsaire. Dans cinq minutes, nous ferons descendre des paniers suspendus à des cordes. Vous trouverez au fond de ces corbeilles des listes indiquant les denrées qui nous font défaut. Vous aurez, j'en suis sûr, à cœur de nous ravitailler avec célérité. Faute de quoi, nous serons contraints de vous bombarder de pierraille et de vous asperger d'huile bouillante. Je ne vous conseille pas de me contrarier, moi, Zoïd Vorkan, capitaine de ce vaisseau, car ma colère sera terrible…

Sur un signe de leur chef, les pirates laissèrent filer jusqu'au sol des cordages au bout desquels étaient accrochées de vastes bourriches d'osier.

Pendant un moment, Nath crut que la transaction allait se dérouler à l'amiable, mais les gens d'en bas n'entendaient pas se laisser dépouiller sans réagir. Leurs archers tentèrent bien inutilement de tirer une salve de flèches en direction de la nuée ; hélas, freinés par la pesanteur, les traits retombèrent à mi-course. Il en fut de même lorsqu'ils ouvrirent le feu avec d'antiques canons à boulets.

— Ah ! les chiens ! les ingrats ! rugit Zoïd. Voilà ce qu'on récolte quand on commet l'erreur de se montrer aimable ! Messieurs, puisqu'il en est ainsi, *envoyez l'avalanche !*

Aussitôt, avec des cris de joie, les pirates firent basculer dans le vide la pierraille entassée au bord de la nuée. Des cris de souffrance s'élevèrent de la ville bombardée dont les toits s'effondraient.

— Puisque la soupe est chaude, tonna encore Zoïd, qu'on la serve à ces bourgeois ! Je pense qu'ils vont s'en régaler.

Ce fut alors le tour des marmites d'huile bouillante. Nath serra les dents. Il aurait donné n'importe quoi pour avoir un sabre et être capable de faire sauter la tête de Zoïd Vorkan d'un revers du poignet.

Ce qui devait arriver arriva. Les assiégés capitulèrent, et bientôt les paniers remontèrent, pleins à ras bords de nourriture et d'objets de première nécessité.

Nath songea qu'une fois le nuage parti, les habitants de l'île se retrouveraient démunis et affamés ; les pirates n'en avaient cure.

Ce soir-là, la caverne fut le théâtre d'une orgie où Sigrid parut au bras de Mastrazza, vêtue comme une princesse. La nourriture fut servie avec largesse. Néanmoins, en regardant au fond de son écuelle, Nath réalisa qu'elle restait très ordinaire. Il ne s'agissait nullement des victuailles tant espérées. La cité dévalisée était pauvre, elle n'avait pu donner que ce qu'elle possédait, c'est-à-dire fort peu.

Les matelots, déçus, commencèrent à grogner. La mauvaise humeur, contagieuse, se répandit à travers la caverne. Zoïd, du haut de son perchoir, le devina et, se penchant vers le sorcier, lui chuchota quelques mots à l'oreille. Dix minutes plus tard, Mastrazza se mêlait aux hommes, un tonnelet de rhum sous le bras. Comme il fallait s'y attendre, tous les convives tendirent leur gobelet. Une demi-heure après, Nath, qui n'avait pas bu, fut témoin d'une curieuse métamorphose. L'atmosphère qui, jusque-là, avait été à la grogne, s'allégea, et les marins s'extasièrent sur la qualité des mets qui leur étaient servis. Les voilà qui, d'un coup, se bourraient de semoule et de bouillie d'épeautre avec un air extatique, comme s'il s'agissait de volailles rôties à point ou d'agneaux à la broche.

— Que c'est bon ! haletaient-ils. Quel délice !

Alors seulement, Nath comprit que le rhum offert par le sorcier avait été corsé au moyen de ces pilules du bonheur dont Sigrid était gavée.

Les matelots, victimes du mirage, croyaient manger ce qu'ils rêvaient de déguster, et cela alors même que leurs gamelles ne contenaient qu'une maigre pitance.

Se sentant observé, Nath leva la tête. Du haut de la tribune d'honneur Mastrazza le fixait avec insolence. Son regard semblait dire : « Tu vois ce que je peux faire avec une poignée de cachets ? Ne comprends-tu pas que je suis le vrai maître de ce vaisseau ? Si je le voulais, je pourrais transformer Zoïd en marionnette. Alors ne tente pas de me défier, ou tu le regretteras. Passe ton chemin et oublie Sigrid. Elle est à moi désormais. Je la plierai à mes caprices jusqu'à ce que je sois lassé d'elle, et tu ne pourras rien y faire ! »

Trois jours après le banquet, Nath se sentit mieux. Le sentiment de solitude qui l'accablait et la tristesse due à la perte de Neb Orn s'allégèrent miraculeusement. Il découvrit qu'il pouvait passer devant la statue du harponneur sans éprouver de pincement au cœur. Il commençait à se sentir bien sur le nuage, et s'étonna même d'avoir pu un jour concevoir des projets d'évasion.

Lorsqu'il fallut attaquer une nouvelle cité, il prit part à l'action avec joie, s'excitant à faire pleuvoir la pierraille sur la tête des insulaires récalcitrants. Vrai ! on rigolait ferme chez les pirates !

Le soir, cependant, au cours du festin traditionnel, en voyant Mastrazza passer dans les rangs des matelots, son tonnelet de rhum sous le bras, il eut un éblouissement...

Le sorcier l'avait drogué ! Tous ces derniers jours, il avait absorbé à son insu la potion du bonheur. Il avait été lui aussi victime du mirage collectif entretenu par son ennemi.

Cet éclair de lucidité l'avait sauvé de l'abêtissement. Sans doute n'en avait-il bénéficié que parce que l'effet des maudits cachets était en train de s'estomper. S'il avait bu le rhum offert par Mastrazza, il se serait de nouveau retrouvé sous l'influence de la drogue.

Blême, il fit semblant de vider son gobelet puis quitta la table du banquet pour chercher refuge au plus profond de la caverne.

Il se jura de ne plus avaler les comprimés anti-gravité que leur remettait chaque matin le contremaître. Tant pis si sa tête explosait ! On ne ferait pas de lui une dupe !

Les oiseaux des pierres chantantes

À partir de ce jour, Nath devint d'une extrême méfiance et ne mangea que le strict nécessaire, ce qui ne tarda pas à affaiblir ses capacités de résistance. Il savait qu'il ne tiendrait pas longtemps à ce régime, mais il craignait par-dessus tout de devenir un pantin dont Mastrazza et Zoïd Vorkan tireraient les ficelles au gré de leur fantaisie. Par prudence, néanmoins, il affecta la même jovialité et le même entrain que par le passé. De temps à autre, il surprenait sur lui le regard ironique du sorcier qui s'imaginait l'avoir berné.

« Va, salopard, songeait-il alors avec satisfaction, le plus roublard des deux n'est peut-être pas celui que tu crois ! »

L'état du nuage empirait. Les colmateurs avaient beau boucher les fissures de l'aube à la nuit, il en apparaissait toujours de nouvelles. Le « vaisseau » des pirates n'était qu'un puzzle dont on se demandait comment il pouvait tenir en l'air.

Un soir, autour des bivouacs, les matelots se rassemblèrent pour chuchoter. Une étrange rumeur circula, où revenaient les mêmes mots : *« Les pierres chantantes… elles approchent… les pierres chantantes… »*

Cette éventualité semblait terrifier les marins. Nath s'enquit de la signification de cette expression auprès d'un vieillard.

— Il s'agit de cristaux flottant dans le ciel, expliqua l'homme. Des cristaux provenant de l'explosion d'anciens nuages. Des écueils à la dérive, si tu préfères. Ils vont et viennent au hasard des vents. La plupart du temps, les courants aériens les dispersent, et ils ne représentent pas un réel danger pour la navigation. Hélas, il arrive que les oiseaux parviennent à les regrouper…

— Les oiseaux ? s'étonna Nath.

— Oui. Il leur suffit pour cela de pousser un certain cri. La fréquence du son produit une vibration sur les cristaux, et ils se mettent alors à suivre docilement les ptérodactyles, se regroupant et se déplaçant dans le sillage des cris. Tu vois où je veux en venir ? Plus les albatros chantent, plus ils parviennent à rassembler d'écueils. Ceux-ci finissent par former un troupeau que ces damnés volatiles peuvent emmener là où ils veulent.

— Tu veux dire qu'ils vont les pousser droit sur nous ?

— Exact, gamin. Les albatros nous détestent, ils considèrent que nous avons envahi leur territoire, et que le meilleur moyen de nous en chasser, c'est de faire exploser le nuage sur lequel nous sommes assis. Il se pourrait bien qu'ils montent à l'abordage un jour prochain. Ce ne sera pas une partie de plaisir, je peux te l'assurer. Crois-en mon expérience.

Le lendemain, Zoïd posta des guetteurs équipés de lorgnettes sur les collines de marbre afin de surveiller les quatre points cardinaux. L'ambiance n'était plus à la plaisanterie. Les colmateurs durent travailler d'arrache-pied. On leur ordonna également de suspendre des ballots de varech séché sur le périmètre du vaisseau, afin de constituer un cordon de pare-chocs rudimentaires censés atténuer l'impact des collisions.

Pour finir, le capitaine fit monter de gigantesques lance-pierres qu'on cimenta dans les fissures du sol.

— C'est pour dégommer les oiseaux, expliqua un marin. Si on réussit à les tuer, ils cesseront de chanter, et les écueils volants se disperseront.

Dès lors, l'équipage fut en alerte vingt-quatre heures sur vingt-quatre. Les matelots durent dormir sur le « pont », au pied des lance-pierres, en prévision d'une attaque surprise.

La tension monta. Mastrazza renonça à distribuer ses fameuses pilules du bonheur dont l'effet euphorisant aurait affaibli la vigilance des marins.

Nath, comme ses compagnons, prit l'habitude de scruter le ciel et de tendre l'oreille.

— Tu les entendras venir, petit, lui lança l'un des pirates. Leur chant évoque le bruit que produiraient des morceaux de verre secoués dans un sac, en plus cristallin. Au début, c'est agréable, comme un concert de clochettes… puis ça se rapproche, et là, ça te crève les tympans. C'est aigu… *tellement strident…* Si tu veux un conseil, quand l'alerte sera donnée, bouche-toi les oreilles avec des morceaux de cire. Sinon, tu deviendras sourd.

L'attente reprit, interminable, mettant les nerfs à vif.

Les marins, recroquevillés au pied des lance-pierres géants, essayaient de se rassurer en se répétant que les oiseaux passeraient plus au sud, que le brouillard les tromperait, que…

Nath ne croyait pas en ces fariboles. Il avait l'intime conviction que l'heure de la confrontation finale avait sonné et il essayait de bâtir une stratégie pour survivre à la catastrophe.

Tout à coup, un tintement de clochettes retentit dans le lointain, levant un murmure d'épouvante parmi l'équipage. Les oiseaux approchaient… L'attaque était imminente.

— Aux postes de combat ! hurla Zoïd, qui se tenait au sommet d'une colline, longue-vue au point, afin d'observer le déroulement de la bataille et prendre les décisions adéquates.

Les marins se dressèrent, frémissants d'angoisse. Nath les imita. Il savait qu'une bataille ne s'avérait excitante que dans les romans ; dans la réalité, elle n'était qu'un condensé d'horreurs, de sang et de merde qui vous nouait les tripes et donnait envie de vomir.

On l'avait affecté au chargement d'un lance-pierres. Sa tâche consisterait à passer le plus rapidement possible les projectiles au tireur pour assurer ce qu'en jargon d'artilleur on appelait un « feu roulant ».

Le son des clochettes emplissait maintenant le ciel, montant des quatre points cardinaux. Une image saugrenue traversa l'esprit du garçon, celle d'un troupeau de chèvres ailées caracolant à travers l'espace en direction du nuage.

— Cette fois, on est bons pour la castagne ! haleta l'un des servants du lance-pierres. On va prendre une raclée.

— Tais-toi donc, malheureux, lui ordonna le responsable de la batterie, tu vas nous porter la guigne.

En dépit du vent glacial qui balayait le vaisseau, Nath sentait la sueur lui mouiller le front. Il eut un sursaut : là-bas, les oiseaux venaient de crever le voile de brouillard et piquaient droit sur eux, en rangs serrés. Leurs ailes de cuir, brassant l'air, produisaient un chuintement auquel on ne prêtait pourtant pas garde car leurs ululements dominaient tout. C'était un concert de cris aigus, d'une insupportable stridence, qui donnait envie de se boucher les oreilles. Le nuage, jouant le rôle de caisse de résonance, fut soudain tout empli de ces vibrations qui se propagèrent dans le réseau de fissures.

Nath avait entendu raconter que certaines cantatrices, capables de chanter sur une note élevée, pouvaient faire exploser un verre par la seule puissance de leur voix. Il se demandait si les oiseaux ne possédaient pas un don analogue. Leur chant ne risquait-il pas de provoquer la destruction du nuage qui, tout bien considéré, n'était qu'une soupière géante en mauvais état ? Il se dépêcha de s'enfoncer des fragments de bougie ramollie dans les oreilles. Ses compagnons l'imitèrent. La douleur qui vrillait ses tympans s'atténua.

— Chargez et tendez ! ordonna Zoïd. Ne lâchez pas avant mon signal.

Les marins s'activèrent autour des lance-pierres. Des morceaux de marbre aux arêtes tranchantes furent placés dans les réceptacles de cuir. Les tireurs, tous choisis parmi les membres les plus robustes de l'équipage, entreprirent de tendre les énormes élastiques fixés aux branches en Y de l'arme rudimentaire. C'était un travail qui exigeait de bons muscles.

— Ne tirez pas avant d'apercevoir la tache rouge qui orne leur bec, recommanda Zoïd, vous les manqueriez.

Un silence terrible pesait sur le vaisseau. Les écueils volants venaient de surgir dans le sillage des albatros. Nath distingua de gros quartiers de roche aux angles aigus qui roulaient sur eux-mêmes. Certains avaient la taille d'une maison. Ils s'entrechoquaient, guidés par le chant des oiseaux. Parfois, l'un deux, coincés entre deux spécimens beaucoup plus gros, éclatait sous la pression, projetant des esquilles tranchantes. Chaque fragment amplifiait le chant des volatiles, donnant à la cacophonie une dimension titanesque.

— Maintenant ! hurla Zoïd. Feu ! Feu !

Les élastiques des lance-pierres claquèrent avec violence, propulsant leurs projectiles dans l'air épais.

— Rechargez ! tempêta le capitaine. Vite ! Feu roulant ! Feu roulant !

Alors, telles des marionnettes, les matelots s'attelèrent à la besogne, répétant la manœuvre à un rythme hallucinant.

Hélas, la trajectoire des projectiles perdait sa belle rectitude au fur et à mesure qu'ils se rapprochaient de leurs cibles, si bien que l'impact n'occasionnait aux albatros que des blessures superficielles. Nath comprit que la bataille, à peine entamée, était déjà perdue. Les oiseaux allaient gagner parce qu'ils étaient plus mobiles, plus à l'aise dans les courants aériens. Leur musculature monstrueuse leur permettait d'éviter sans peine la mitraille des lance-pierres. Quand ils survolèrent le nuage, leurs cris se firent si aigus que plusieurs matelots s'effondrèrent, les mains plaquées sur les oreilles, le sang leur jaillissant des narines. Nath crut qu'on lui plantait une aiguille à tricoter dans chaque tympan. Désorienté par la douleur, il tituba sans plus s'occuper du lance-pierres auquel il avait été affecté.

D'ailleurs, il était déjà trop tard. Les premiers écueils percutaient le nuage sur tribord avant. Le choc déséquilibra les pirates, qui s'effondrèrent pêle-mêle en hurlant de terreur.

Nath perçut dans ses chevilles l'écho d'un terrible craquement, comme si le nuage se fendait en deux. Pétrifié, il vit l'une des crevasses s'élargir jusqu'à devenir béante. Penché au-dessus de cette faille, il distingua l'intérieur de la caverne d'habitation, avec ses passerelles et ses cahutes.

« C'est fini ! songea-t-il. Nous sommes perdus. Il faut évacuer. »

Mais il n'y avait pas de canots de sauvetage à bord des nuages. Si l'on voulait quitter le bord, on ne pouvait guère que se laisser glisser le long des échelles de corde jusqu'à la mer. Le seul problème, c'est qu'on survolait toujours la boue jaune… Tout marin tombant à l'eau finirait pétrifié, comme l'avait été Neb Orn.

« Sigrid, se dit Nath. Je dois aller chercher Sigrid. »

Se frayant un chemin au milieu des matelots qui refluaient en désordre, il se glissa dans le tunnel menant à la caverne. Une fois en bas, il put mesurer à quel point la dislocation du nuage était imminente. En effet, les fissures striant les parois de la grotte s'élargissaient. Un brouillard de poussière blanche, tombant de la voûte, submergeait le labyrinthe des cabanes sur pilotis et des passerelles anarchiques. Les fragiles structures de bois s'effondraient sous les chocs répétés des écueils.

Nath courait au hasard en criant le nom de la jeune femme. Il la trouva sur la place du marché aux bijoux, occupée à choisir des colliers. Gavée de pilules du bonheur, elle n'avait pas conscience du chaos qui se déchaînait autour d'elle.

Il lui saisit le poignet et tenta de l'arracher à sa fascination. Elle résista.

— Viens ! hurla-t-il. Il faut sortir d'ici, la caverne va exploser d'une minute à l'autre. Tout ce qu'elle contient s'abîmera dans la boue jaune.

— Lâche-moi ! riposta la jeune femme. Laisse-moi tranquille ou j'appelle Mastrazza qui te fera donner le fouet...

— Pauvre conne ! siffla Nath. Ton Mastrazza va bientôt prendre un bain de boue jaune, et si tu continues comme ça, tu vas le rejoindre. Suis-moi. Notre seule chance de nous en sortir, c'est de nous agripper à un morceau de marbre quand le nuage éclatera.

Mais, au lieu de l'écouter, Sigrid se jeta sur lui, les ongles en avant, pour lui lacérer le visage.

Cédant à la colère, il la cueillit d'un coup de poing au menton, l'assommant. Quand elle glissa à terre, inconsciente, il la souleva dans ses bras et entreprit de sortir du piège qu'était devenue la caverne, où les cabanes s'effondraient les unes sur les autres.

De retour à l'air libre, il s'agenouilla au pied de la statue du harponneur pour étudier la situation. La déroute des pirates était totale. Les écueils volants ne cessaient de frapper le nuage, l'émiettant tel un gâteau trop friable. Des pans entiers de marbre se détachaient, emportant avec eux ceux qui s'y trouvaient. Les matelots hurlaient. Certains, cédant à la panique, se jetaient dans le vide, oubliant que la boue jaune qui clapotait en contrebas ne leur laisserait aucune chance.

Le pauvre Orial, libéré de ses chaînes par la fragmentation du sol, fut le seul à plonger dans le vide de son plein gré. « Enfin ! hurla-t-il, l'oubli ! Ah ! L'oubli ! »

Et il sauta dans l'eau en hurlant de rire, comme si c'était la meilleure chose qui pouvait lui arriver.

Nath, lui, se tourna une dernière fois vers la statue de Neb Orn.

— Eh bien cette fois, c'est vraiment le moment des adieux, murmura-t-il. Je te salue, vieux compagnon. À un de ces jours, peut-être… Ce fut un honneur de marcher à tes côtés.

Jetant Sigrid sur son épaule, il gravit la colline pour s'éloigner de la zone crevassée. Un épouvantable craquement retentit. La poupe du vaisseau venait de tomber en miettes. Une partie de ce que contenait la caverne dégringola dans les flots. Le nuage se disloquait à la manière d'un puzzle qu'on éparpille d'un coup de pied.

Le marbre, en se fragmentant, levait une brume de poussière blanche.

« Ce qu'il nous faudrait, maintenant, pensa le jeune homme, c'est un peu de chance. »

Avec un bruit d'effondrement, un énorme morceau de nuage se détacha sur bâbord. On eût dit une banquise en train de fondre. Nath fut tenté d'y sauter, mais il était déjà trop tard, le bloc s'éloignait en tourbillonnant sur lui-même.

Au cours des minutes qui suivirent, le fier vaisseau de Zoïd Vorkan acheva de se désagréger. Quand le dernier écueil s'éloigna, le nuage se réduisait à une centaine de morceaux inégaux qui entamaient déjà leur interminable dérive.

Nath réalisa qu'il se tenait au sommet d'un bloc dont le diamètre n'excédait guère une trentaine de pas. C'était peu, mais il aurait été malvenu de se plaindre. Beaucoup de marins n'avaient pas eu cette chance.

Déséquilibrés par le choc de la dislocation, ils étaient tombés à la mer.

Le jeune homme s'assit à côté de Sigrid, qui recouvrait ses esprits.

« Bien, soupira-t-il en essayant de faire le point, me voilà planté sur un radeau de marbre à la dérive, sans eau ni vivres, en compagnie d'une folle qui va sans doute tenter de m'arracher les couilles lorsqu'elle aura repris connaissance. Mais l'important, c'est d'être en vie. Pour le reste, on verra. »

À LA DÉRIVE

Pendant longtemps, Nath scruta la surface des eaux où se débattaient les naufragés. Hélas, il était trop haut pour distinguer les visages des malheureux pataugeant dans la boue jaune. Il eut toutefois la surprise de constater que la statue du harponneur n'avait pas coulé. Bien que très lourde, elle renfermait une infinité de bulles d'air qui lui permettaient de flotter. Elle dérivait donc au milieu des nageurs qui essayaient désespérément de l'escalader pour échapper à l'étreinte du flot empoisonné. Le jeune homme en éprouva un inexplicable soulagement. Il lui aurait déplu que son vieil ami disparaisse dans les profondeurs de l'océan.

Les paupières plissées, il cherchait Mastrazza et Zoïd. Les deux criminels avaient-ils réussi à s'échapper en se cramponnant à un morceau de nuage ? Il jugeait cela injuste. Jamais ces salopards n'auraient dû bénéficier d'une telle chance !

Refrénant sa colère, il examina le fragment de marbre qui les supportait. Le bloc avait à peu de chose près la forme d'un iceberg. En son sommet, il était plan et lisse… un peu trop lisse, du reste, ce qui risquait de s'avérer dangereux en cas de turbulences.

« Si le vent nous malmène, estima le garçon, nous n'aurons rien à quoi nous raccrocher. »

Ce qui l'inquiétait, surtout, c'était l'absence d'eau et de nourriture.

Sigrid gémit. Un hématome ornait son menton. Il y avait fort à parier qu'elle prendrait mal la chose dès qu'elle s'en apercevrait.

Nath réalisa qu'en bas, le silence était revenu. Les naufragés avaient cessé d'appeler au secours. Il se pencha au-dessus du vide. Les vagues ne charriaient plus que des statues de pierre « magique » qui s'entrechoquaient avec des bruits creux. Le poison mutagène avait fait son œuvre.

Sigrid se redressa en se frictionnant la mâchoire. Elle semblait de méchante humeur. Durant dix minutes, elle accabla le jeune homme d'injures et de menaces diverses. Nath, n'y tenant plus, lui ordonna de se taire.

— Réveille-toi ! cria-t-il. Mastrazza n'est plus là pour te protéger ! Le nuage a explosé. Nous sommes seuls, toi et moi. Et si je ne m'étais pas préoccupé de ton sort, tu serais à présent en bas, changée en statue avec les autres.

Sigrid le dévisagea sans comprendre. Nath, la cramponnant par le bras, la força à baisser les yeux vers les vagues jaunes, où les hommes de pierre dérivaient. Au lieu de s'apitoyer sur le sort des victimes, Sigrid porta la main à son cou, écarquilla les yeux et hurla :

— *Mes bijoux !* ils sont restés à bord du nuage. Tu as oublié de les prendre ! Imbécile ! Je n'ai plus rien à me mettre !

Nath se laissa retomber sur le sol, découragé. Tant que la jeune femme serait sous l'influence des cachets du bonheur, il serait inutile d'attendre d'elle une conduite responsable.

Durant l'heure qui suivit, Sigrid s'enfonça dans sa bouderie. Tournant le dos à Nath, elle fixait l'horizon en jouant avec son collier. Sans doute pleurait-elle ses trésors perdus. La drogue semblait l'avoir infantilisée, l'affligeant des caprices d'une gamine de dix ans.

Le brouillard se leva, humidifiant dangereusement le radeau de marbre. Nath appréhendait le moment où il leur faudrait dormir. Sans attaches, privés d'appui, ils risquaient de passer par-dessus bord au premier faux mouvement.

En prévision de la nuit qui s'installait, Nath tenta d'expliquer à Sigrid qu'elle devrait rester au centre du « radeau », pour ne pas le déséquilibrer.

— Il faut faire attention à la répartition des poids, insista-t-il. S'il se met à pencher, nous glisserons sans pouvoir nous retenir à quoi que ce soit. Tu comprends pourquoi c'est important ?

Mais la jeune femme se contenta de hausser les épaules.

Nath n'avait aucune idée de ce qu'ils allaient devenir, ni de ce qu'il convenait de faire. Il songea qu'il aurait voulu être semblable à ces héros de roman qu'aucune catastrophe ne désoriente et qui disposent toujours d'un plan de rechange.

« S'il pleut, se dit-il, j'essayerai de récupérer l'eau dans un vêtement tendu. Si la pluie n'est pas trop chargée en calcaire, nous pourrons la boire. Dans le cas contraire, il faudra s'en abstenir, car elle se changerait en pierre dans notre estomac... et nous déchirerait les entrailles. »

Restait le problème de la nourriture. Serait-il possible de capturer un oiseau ? Il en doutait. Il ne disposait d'aucune arme, et les albatros n'avaient pas coutume de se laisser faire. S'il commettait l'erreur de les asticoter, il risquait d'éveiller leur colère et de s'attirer de fâcheuses représailles.

Il soupira. La situation semblait vraiment désespérée.

Quand la nuit tomba, il s'allongea au centre du « radeau » et invita Sigrid à l'imiter. Après avoir renâclé, la jeune femme consentit à le rejoindre. Ils restèrent ainsi un long moment, silencieux, les yeux ouverts, scrutant inutilement les ténèbres au sein desquelles ils dérivaient. Nath craignait de s'endormir. Des idées folles lui traversaient l'esprit. Il se demanda si Sigrid n'allait pas profiter de son sommeil pour le pousser dans le vide... Elle semblait tellement lui en vouloir qu'il l'en croyait capable. Depuis qu'elle se trouvait sous l'influence des pilules, elle était devenue imprévisible, comme si sa personnalité tout entière avait été remodelée. Redeviendrait-elle un jour normale ?

Il finit par sombrer dans l'inconscience. Contrairement à ce qu'il redoutait, la jeune femme ne tenta pas de l'assassiner, et il se réveilla aux premières lueurs de l'aube, transi de froid. Blottie contre lui, Sigrid claquait des dents.

Un peu plus tard, elle s'ébroua, comme au sortir d'un rêve, et Nath comprit qu'elle émergeait enfin des brumes du sortilège où les drogues de Mastrazza l'avaient tenue prisonnière durant la traversée. Elle demeura ainsi près d'une heure, hébétée, essayant de comprendre ce qui lui était arrivé. De toute évidence, ce n'était pas facile.

— Pardonne-moi, soupira-t-elle, j'ai l'impression de m'être conduite comme une salope, non ?

— Tu n'étais pas dans ton état normal, soupira Nath. C'est la faute de ce salaud de sorcier. Tu n'aurais pas dû l'écouter. Il t'a droguée jour après jour, t'amenant à prendre des vessies pour des lanternes.

Il aurait aimé que Sigrid abonde dans son sens et accable le magicien de reproches, mais sur ce point, elle demeura réservée, comme si elle ne tenait pas rigueur à Mastrazza d'avoir abusé d'elle. Nath en conçut une vive irritation.

La journée s'écoula sans que leur situation s'améliore. La faim et la soif les torturaient déjà. Le bloc de marbre dérivait au hasard des courants aériens, livré à la fantaisie des bourrasques.

— J'ai trop faim, déclara soudain Sigrid. Je n'en peux plus.

— Je sais, répondit le jeune homme. Mon estomac gargouille. Malheureusement, on ne peut rien y faire.

— *Si,* j'ai encore des pilules dans mes poches… Si on en prend, on aura l'impression d'avoir mangé.

— Comme tu dis, ce ne sera qu'une illusion.

— Peut-être, mais on ne souffrira plus.

Nath hésita. Il répugnait à employer cette solution, mais la faim le rendait fou.

— D'accord, capitula-t-il. Essayons.

Sigrid exhiba un joli drageoir de nacre rempli à ras bord de cachets bleus. Elle en remit un à Nath et en déposa un second sur sa langue.

— Maintenant, expliqua-t-elle, tu dois penser très fort à ce que tu voudrais manger. Si tu te concentres sur les victuailles, tu auras bientôt leur goût dans la bouche.

Elle ferma les yeux en souriant, s'isolant au cœur de son mirage personnel. Nath hésita. Il fut, un instant, sur le point de cracher la pastille, mais son estomac l'en dissuada. Il ferma les paupières et s'appliqua à imaginer une table de banquet croulant sous le poids de mets succulents. Très vite, ces images cessèrent d'être de simples fantasmes sans consistance, et Nath perçut le fumet qui s'élevait des poulets rôtis, des gigots… La salive lui emplit la bouche. Sans même en avoir conscience, il se mit à mastiquer dans le vide, broyant à grands coups de dents une nourriture imaginaire.

Comme c'était délicieux ! Il n'avait jamais rien mangé d'aussi bon ! Frémissant de gourmandise, il se laissa couler dans l'illusion, piochant dans les plats, se barbouillant de graisse et de sauce. Les saveurs l'enivraient. Il lui semblait qu'il aurait pu se gaver ainsi des jours entiers sans jamais être rassasié. Il engloutit ainsi l'équivalent de trente ou quarante kilos de biftecks fantômes. Dans la réalité, son estomac aurait depuis longtemps explosé, mais justement, il n'était pas dans la réalité... Il empoignait des jarres emplies d'un vin capiteux dont il avalait des litres à grandes goulées. Puis, enfin lassé des viandes, il éprouva l'envie d'une pâtisserie, et la table imaginaire se couvrit de gâteaux, de crèmes, et de fruits confits dans lesquels il piocha allègrement.

Son délire dura près de quatre heures, puis les saveurs s'atténuèrent, les aliments perdirent leur bouquet. Il crut mâcher du coton. Quand il émergea du rêve, il avait mal aux mâchoires d'avoir mastiqué dans le vide pendant si longtemps.

Une migraine atroce lui sciait le crâne... et il avait encore plus faim qu'avant d'avoir absorbé le foutu cachet !

Sigrid revint à la réalité un peu plus tard. Elle souriait.

— Tu as vu ? lança-t-elle. C'était génial, non ?

— Ça n'existait pas, grogna le garçon, buté.

— Bien sûr, fit la jeune femme avec un haussement d'épaules, mais c'était tout de même génial. Il n'y a pas à dire, ce Mastrazza, c'était quelqu'un !

Nath réfréna à grand-peine son envie de la gifler.

La muraille

Deux jours et deux nuits s'écoulèrent. Les naufragés, affaiblis, continuaient à absorber des cachets pour combattre les élancements de la faim. Nath estimait que c'était une erreur.

— Il faut arrêter ça, tenta-t-il d'expliquer à sa compagne. L'illusion est un piège, elle ne nous nourrit pas. Nous allons bientôt mourir d'inanition sans même en avoir conscience.

— Pourquoi se prendre la tête, s'impatienta Sigrid, puisque de toute façon nous allons crever ? Libre à toi de choisir la souffrance, moi je préfère me réfugier dans le rêve. Chacun son truc.

Nath était désormais trop faible pour tenter de la convaincre, mais il avait la conviction qu'elle se trompait, qu'elle avait opté pour la mauvaise solution. La rage au cœur, il la vit avaler un nouveau comprimé et se recroqueviller au centre du radeau. Elle avait l'air d'un chat se pelotonnant dans son panier. Il regretta de n'avoir su lui ouvrir les yeux.

Il resta là, à grelotter. Sous l'effet de la soif, sa langue gonflait. C'était mauvais signe. Il se déshydratait. Dans peu de temps, il perdrait connaissance. Pourquoi ne pleuvait-il pas ?

Au cours de la matinée son état s'aggrava, et il commença à souffrir d'hallucinations. Il entendit des cloches tinter dans le lointain, puis le vent se chargea d'odeurs de fruits et de fleurs. À d'autres moments, il croyait voir scintiller des lueurs au sein du brouillard.

« Je perds la boule », se dit-il, gagné par une résignation sournoise. Pour les avoir souvent entendu évoquer par les marins, il connaissait les symptômes de la déshydratation. Il avait atteint sa limite de résistance. Il n'irait pas plus loin. Il eut un regard pour Sigrid qui dormait en souriant, et fut tenté d'aller lui dérober un cachet bleu, pour finir en beauté, sans douleur, dans l'illumination mensongère de la drogue. Qu'importe après tout, puisqu'il n'y avait plus d'espoir ?

Il tendait déjà le bras vers le drageoir, quand une masse blanche se profila fugitivement dans une déchirure du brouillard. Il tressaillit.

« Allons, songea-t-il, encore un mirage. »

Décidé à ne rien négliger, il attendit néanmoins que la brume se dissipe de nouveau. Tout à coup, le radeau s'engagea dans une trouée, et Nath poussa un cri de surprise. Devant lui, barrant l'horizon, haute d'une centaine de mètres, s'étendait une immense muraille constituée de pierres inégales.

Le grand mur de l'équateur ! Le rempart mythique qui coupait la planète en deux ! La frontière marquant la fin du monde des boues, et au-delà de laquelle s'étendait le jardin merveilleux…

Le hasard avait fini par les y conduire. Il n'en croyait pas ses yeux. S'agissait-il encore d'un mirage ?

Saisissant Sigrid par le poignet, il la secoua de toutes ses forces.

— Réveille-toi ! hurlait-il. Regarde ! Regarde ! Nous avons atteint la muraille.

Dérangée dans son rêve, la jeune femme grogna.

— Laisse-moi, maugréa-t-elle. Tu délires… Tu as pris trop de cachets.

— Non ! s'obstina Nath. Cette fois, c'est réel. Lève-toi.

Mécontente, Sigrid se redressa sur un coude, les paupières papillonnantes. Il lui fallut un moment pour réintégrer la réalité, mais elle finit par se rendre à la raison. Nath disait vrai. La grande muraille s'étendait sous leurs yeux, barrant l'horizon d'est en ouest, énorme, infinie, bouclant le tour de la planète telle une ceinture de pierre. Combien de siècles avait-il fallu pour la construire ? Combien de millions d'ouvriers ? C'était inimaginable, trop grand, effrayant.

À présent que le brouillard se dissipait, on distinguait mieux les alentours. L'océan de fange mourait au pied de la construction en une grève recouverte de statues. Par chance, la boue avait perdu son éclat jaune maléfique, ce qui signifiait qu'on pouvait désormais s'y tremper sans courir le risque d'être métamorphosé en pierre.

La muraille se rapprochait, dominant le radeau qui plafonnait à une altitude de trente mètres.

— Nous volons trop bas pour voir ce qu'il y a de l'autre côté, fit la jeune femme, déçue. Quel dommage !

Nath ne répondit pas. Il essayait de déterminer ce qu'il convenait de faire. Poussé par le vent, le radeau allait bientôt se fracasser sur la muraille.

« Nous tomberons dans le vide, se dit le jeune homme, et nous nous romprons le cou en touchant le sol. »

— Il faut sauter, lança-t-il.

— Quoi ? gémit Sigrid.

— On ne peut plus attendre, insista le garçon. Il faut sauter tant que nous sommes au-dessus de l'océan. Quand le radeau survolera la grève, il sera trop tard, et le sol, trop dur. Le mieux, c'est d'utiliser la boue comme un matelas, elle nous recevra en douceur. Viens, le mur se rapproche. Nous sommes pris dans un courant aérien. Le radeau se déplace de plus en plus vite.

Il se redressa maladroitement, entraînant la jeune femme à sa suite. Sans prendre le temps de réfléchir, il franchit les cinq pas qui le séparaient du vide et sauta. Sigrid hurla.

L'eau était si gluante qu'elle le reçut en douceur. Usant leurs dernières forces, ils nagèrent en direction du rivage, là où s'entassaient un millier de poissons pétrifiés, rejetés par les vagues au fil des ans. Ces petites statues avaient fini par constituer une plage artificielle sur laquelle on se tordait les chevilles.

Quand Nath et Sigrid y abordèrent, ils étaient gluants de fange et n'avaient plus figure humaine. Leur excitation était telle qu'ils ne songeaient pas à s'en plaindre.

Au-dessus de leurs têtes, le radeau heurta la muraille, s'y fracassant avec un bruit cristallin.

Le maître d'escalade

Incapables d'aller plus loin, Sigrid et Nath s'effondrèrent. La muraille cyclopéenne les écrasait de sa hauteur. Pour en contempler le sommet, ils devaient renverser la tête en arrière jusqu'à ce que les vertèbres cervicales leur fassent mal.

Un bruit de pas les tira de l'hébétude. Un vieil homme venait à leur rencontre. Vêtu d'un costume en peau de lézard, comme tous les pêcheurs d'Almoha. Il était maigre, barbu, et avait un trident à la main. Allait-il les attaquer ? Les rejeter à la mer ? Nath espéra que non car il ne se sentait pas la force de se battre. Le jeûne l'avait vidé de toute énergie.

— Salut à vous ! s'exclama l'inconnu. Je suis Bézélius Buckannon, votre maître d'escalade. Si vous acceptez mon hospitalité, je serai heureux de vous offrir un bol de soupe et un morceau de pain.

Nath le remercia et se mit debout. Sigrid l'imita. Le vieillard ne semblait pas animé de mauvaises intentions. Il arborait une chevelure tressée en fines nattes huileuses. Il était d'une musculature nerveuse. Un long poignard battait sa hanche. Se nourrissant de viande de lézard irradié depuis des dizaines d'années, il présentait des signes de mutation : pieds palmés, peau écailleuse, dents pointues…

Traversant la grève, il se rapprocha du bas de la muraille, où se dressait une cabane rudimentaire autour de laquelle séchaient des filets.

Les jeunes gens durent se baisser pour franchir la porte basse. L'ameublement se réduisait au minimum : une table, un banc, un coffre cadenassé. Une marmite de soupe mijotait sur le coin d'un fourneau. De la viande boucanée pendait aux solives. Bézélius leur fit signe de s'asseoir et disposa devant eux un pain caoutchouteux confectionné avec de la farine d'algue.

— Mangez lentement, ordonna-t-il. Vos estomacs ont rétréci pendant le jeûne. Prenez votre temps.

La soupe était bonne. « De toute manière, songea Nath, j'ai tellement faim qu'une semelle de botte bouillie dans de l'urine de cachalot me semblerait succulente ! »

— J'ai l'habitude de recueillir des naufragés, dit le vieil homme en s'installant au bout de la table. C'est un peu ma fonction ici. Ils débarquent un jour du brouillard, comme vous, avec l'idée d'escalader le rempart pour partir à la conquête du jardin. Certains écoutent mes conseils, d'autres n'en font qu'à leur tête, au mépris de toute prudence.

— Nous ne sommes donc pas les premiers ? s'étonna Nath.

Bézélius éclata de rire.

— Bien sûr que non, mon gars, fit-il en se grattant la barbe. Il y en a eu beaucoup d'autres au fil des ans. Des dizaines. La plupart ont perdu la vie au cours de l'escalade, et j'ai ramassé leurs corps brisés au pied de la muraille. Il est possible que certains d'entre eux aient réussi à passer de l'autre côté. Je ne sais pas. En tout cas, je ne les ai jamais revus.

— Qu'y a-t-il de l'autre côté ? interrogea Sigrid, le menton barbouillé de soupe verte.

— Aucune idée, fit le pêcheur avec un geste vague. Je ne suis pas allé y voir, je suis trop vieux pour une telle aventure. La légende prétend qu'au-delà du rempart s'étend un jardin immense qui couvre la moitié sud de la planète. Un jardin merveilleux.

— Qui a construit le mur ? s'enquit Nath.

— Des robots, des machines, disent les anciens textes… Des géants, des cyclopes, prétendent d'autres parchemins. Je ne puis t'en dire davantage, je ne suis pas savant. Une chose est sûre : les gens qui habitaient de ce côté du monde ont senti venir la catastrophe. Ils ont élevé cette muraille pour s'en protéger. Et ils ont bien fait. Sans elle, ils auraient eux aussi été submergés par l'océan de boue.

— Ainsi, fit rêveusement Sigrid, le jardin merveilleux existerait bel et bien.

— Possible, grogna Bézélius. Personne n'est revenu pour en témoigner. Peut-être aussi qu'aucun de ceux qui ont tenté l'escalade n'est arrivé au sommet, hein ! Tu ne dois pas te faire d'illusions, ma jolie, ce n'est pas une petite affaire que d'affronter la paroi. Il y a des règles à respecter, des pièges à éviter. Si nous parvenons à nous entendre, je pourrai peut-être vous vendre quelques conseils utiles.

Nath avait encore mille questions à poser, mais la fatigue le rattrapait. Il bâilla.

— Il faut vous reposer, décréta le vieillard. Étendez-vous sur cette couchette. Nous reparlerons de tout cela quand vous vous réveillerez.

Les jeunes gens s'abattirent sur le grabat et s'endormirent aussitôt. Ils n'ouvrirent l'œil que le lendemain soir, tenaillés par la faim. Pendant qu'ils mangeaient, Bézélius leur exposa les termes du marché.

— Voilà ce que je vous propose, fit-il. Toi, le gars, tu pêcheras et tu chasseras pendant un mois, de façon à me constituer des réserves de nourriture. Toi, la fille, tu fileras la laine d'algue et tu me tricoteras des vêtements chauds. Tu me confectionneras des costumes avec le cuir des lézards que ton petit copain aura tués. Ainsi, j'aurai de quoi me vêtir pendant la mauvaise saison. En échange, je vous apprendrai ce que je sais de la muraille. Pendant tout ce temps, vous serez nourris et logés. Vos forces se reconstitueront. Je vous ferai également boire des tisanes qui vous permettront de supporter les méfaits de la pesanteur le temps de l'escalade. Qu'en pensez-vous ?

« Avons-nous le choix ? » songea Nath, avant de dire :

— D'accord, nous acceptons.

Sigrid, elle, grimaça. La perspective de tricoter la laine d'algue ne l'enchantait guère.

— Merde ! grommela-t-elle, me voilà encore réduite au rôle de souillon !

C'est ainsi que les jeunes gens devinrent les serviteurs de Bézélius Buckannon. Pendant qu'ils s'affairaient, le vieil homme fumait sa pipe, assis sur un rocher, appréciant les joies du *farniente*. Nath chassa le lézard des boues comme il l'avait fait jadis, lorsqu'il avait essayé de mener la vie des nomades. Il ne lui fallut pas longtemps pour retrouver ses automatismes d'alors. Lentement, sa musculature se reconstitua. Il s'endurcissait. Le soir, il obligeait Sigrid à faire des exercices de musculation et d'assouplissement en vue de l'épreuve qui les attendait. La jeune femme s'exécutait en ronchonnant. Une fois le drageoir de pilules du bonheur vide, elle avait dû apprendre à se satisfaire de la réalité. Les premiers temps de cette rééducation avaient été douloureux, mais depuis une semaine, elle semblait aller mieux. Toutefois, l'usage de la drogue avait altéré sa mémoire. Elle avait presque oublié l'existence de Neb Orn et conservait de son passage chez les pirates le souvenir d'une aventure agréable remplie de fêtes et de rires. Au grand déplaisir de Nath, elle se souvenait un peu trop précisément de Mastrazza, et prenait une expression rêveuse lorsqu'elle prononçait son nom.

« A-t-elle vraiment été amoureuse de lui ? » se demandait le garçon qui, jusque-là, avait mis cet engouement sur le compte d'un maléfice. Il en éprouvait un vif mécontentement. Il ne voyait d'ailleurs pas très clair dans ses propres sentiments. Était-il épris de Sigrid ? Au vrai, il n'en savait rien. Ils se connaissaient depuis si longtemps ! Ils avaient d'abord été copains d'enfance, puis amis, puis… *puis quoi en fait ?* Il n'en avait aucune idée et cela l'agaçait. Il lui déplaisait par-dessus tout de se découvrir jaloux.

« C'est à cause du sorcier, se mentit-il. Elle ne pouvait trouver pire ; si elle avait choisi un brave gars, je me serais réjoui pour elle… Oui, c'est sûr. »

Un matin, alors qu'il tendait ses filets en bordure du rivage, Nath eut la surprise de découvrir la statue de Neb Orn, échouée au milieu des poissons de pierre. Truffée de bulles d'air, elle avait flotté en dépit de son poids. Les courants l'avaient poussée là, et elle gisait de guingois, engluée de vase, emberlificotée dans les algues. Le jeune homme en fut heureux et choisit d'y voir un signe positif de l'au-delà. Neb approuvait leur action, il avait décidé de les soutenir jusqu'au bout.

Il nettoya la statue du mieux possible et, dès lors, lui rendit visite chaque jour. La présence du harponneur le rassurait.

« Il veille sur nous, se répétait-il. Où qu'il soit, il veille sur nous. »

Les paroles d'Orial résonnaient encore dans son esprit :

« Personne ne sait ce qui se passe quand on est pétrifié. Il est possible que l'esprit demeure vivant au cœur de la pierre. »

« C'est cela même, se répétait Nath. Il n'est pas mort, je le sens. Il est toujours là, prisonnier de la statue, mais un jour je l'en délivrerai… un jour. »

Au bout d'un mois, Bézélius, estimant que les jeunes gens avaient rempli leur part du contrat, décida qu'il était temps d'honorer la sienne. Il s'assit donc sur un rocher et les pria de s'installer à ses pieds.

— Lorsque j'ai débarqué sur ce rivage, il y a de cela une éternité, commença-t-il, j'ai été accueilli par un homme étrange, qui avait à peu près l'âge que j'ai aujourd'hui. Il s'est présenté à moi comme le maître d'escalade. Il était malade et sentait sa fin prochaine. Il m'a expliqué qu'il était détenteur d'un coffre contenant un certain nombre d'objets magiques. Ces objets avaient été déposés là pour ceux qui manifesteraient le désir de franchir la muraille. Il se devait d'en avertir les candidats, et de leur demander de choisir l'un d'entre eux avant d'entamer son ascension.

— En quoi consistent ces objets ? s'enquit Sigrid avec impatience.

— Apparemment, ils sont d'une affligeante banalité, jugez-en plutôt : une paire de gants et une corde. La règle veut qu'on choisisse l'un ou l'autre, jamais les deux à la fois. Vous devrez vous conformer à cette loi. Pour vous aussi ce sera les gants *ou* la corde.

— Qui était cet homme ? demanda Nath. Vous a-t-il révélé qui lui avait confié cette mission ?

— Il n'en savait rien. Il tenait sa charge de celui qui l'avait précédé, qui lui-même… Vous comprenez ? C'est ainsi que les choses se passent. Un jour, quelqu'un pose le pied sur cette plage, et un vieillard lui propose de prendre sa succession, parce qu'il estime son heure venue. L'homme qui habitait cette cabane m'a donné le choix : soit j'escaladais la muraille, soit je lui succédais. Il n'y avait pas d'autre solution. Si je refusais sa proposition, il serait forcé de me rejeter à la mer ou de me tuer d'un coup de trident.

— Et vous avez choisi de rester en bas ? s'étonna Sigrid.

— Oui, avoua Bézélius. Pas le courage de tenter l'aventure. J'ai toujours eu le vertige et je ne me voyais pas en train d'escalader la paroi. Quand le vieil homme est mort, j'ai pris sa place. Aujourd'hui, il est de mon devoir de vous poser la question qu'il me posa jadis : *voulez-vous tenter l'escalade ou me remplacer ?*

— Désolé, Maître Bézélius, fit Nath, mais nous allons essayer de passer de l'autre côté. Même si c'est une folie.

— Bien, c'est tout ce que je voulais savoir. Mon rôle ne consiste pas à vous inciter à la prudence. Je suis seulement là pour vous offrir un équipement. Suivez-moi jusqu'à la cabane, que je vous montre de quoi il s'agit.

Les jeunes gens lui emboîtèrent le pas. Une fois dans la maison, Bézélius déverrouilla le cadenas fermant l'énorme coffre qui occupait un angle de la salle commune. On entendit un grésillement. L'intérieur de la malle était tapissé d'acier. Une lueur bleuâtre y palpitait. Nath se pencha et aperçut, tout au fond, un rouleau de cordage, une paire de gants… et un flacon huileux.

« Tiens, se dit le garçon, à quoi peut donc bien servir cette bouteille ? Bézélius n'en avait pas fait mention. »

— Si, depuis des années, vous fournissez en matériel tous les candidats à l'escalade, s'étonna Sigrid, comment se fait-il que ce coffre ne soit pas encore vide ?

— Je n'en ai aucune idée, ma belle, avoua le vieil homme. Tout ce que je sais, c'est que chaque fois que j'ai soulevé ce couvercle au cours du demi-siècle qui vient de s'écouler, une paire de gants et une corde se trouvaient rangés au fond de la malle, bien sagement. Ils réapparaissent par magie. Quand on prélève les gants ou la corde, une nouvelle paire de gants ou une nouvelle corde se matérialise automatiquement pour remplacer ce qui manque. Il ne faut pas chercher à comprendre. C'est de la sorcellerie, voilà tout.

Nath se garda de le contredire, mais en ce qui le concernait, il ne croyait guère à la magie.

« Ce coffre est sans doute une machine fabriquée par nos ancêtres, songea-t-il. Elle avait pour fonction de dupliquer des objets définis. Cette science s'est perdue, et nous n'avons plus aucune idée de la manière dont elle fonctionne. »

Au vrai, il détestait la magie, qu'il considérait comme une pratique obscurantiste.

— Les gants recèlent tout à la fois le savoir et la force, expliqua Bézélius en baissant la voix. Ils sauront d'instinct localiser les prises et les appuis qui vous permettront d'atteindre le sommet de la muraille. Ils sont également dotés d'une grande force physique qui suppléera la vôtre lorsque vous serez fatigués. En bref, ils feront le travail d'escalade à votre place, vous n'aurez qu'à vous laisser guider par eux. C'est ainsi que se comportent tous les gants magiques de par le monde, *mais*...

— Mais ? releva Sigrid d'un ton sarcastique.

— Leur autonomie est limitée, avoua le vieil homme. Et ils sont sujets aux défaillances techniques. Parfois, ils cessent de fonctionner au bout d'une heure, pour redevenir de banales enveloppes de cuir... ce qui est gênant quand vous êtes suspendu à soixante mètres d'altitude. À d'autres moments, ils se crispent et refusent de lâcher prise. Le grimpeur se retrouve alors prisonnier, incapable de libérer ses mains. Quand on examine la muraille à la lorgnette, on découvre un certain nombre de squelettes se balançant dans le vide, accrochés par leurs gants à une saillie de la roche qu'ils n'ont pas pu lâcher.

— Ce n'est pas très encourageant, soupira Sigrid. Si je comprends bien, vous nous déconseillez d'utiliser ce moyen.

— Non, corrigea Bézélius. Je ne conseille ou ne déconseille rien. Je ne suis pas là pour émettre un avis. Je vous explique simplement comment les choses se passent. *À vous de choisir.* Parfois, les gants fonctionnent à la perfection, et le grimpeur ne peut que se féliciter de s'en être équipé. Question de chance, voilà tout.

— Et la corde ? s'enquit Nath.

— Il s'agit également d'une corde magique, souffla le vieillard. On la surnomme la corde-serpent, parce qu'elle a le pouvoir de bouger toute seule. Si vous attachez l'une des extrémités autour de votre taille, elle vous hissera au sommet sans que vous vous occupiez de rien. Vous la verrez ramper sur la paroi comme une chenille géante. C'est ainsi qu'elle vous emmènera au sommet.

— *Mais ?* s'inquiéta Nath. Car il y a bien un « mais... », n'est-ce pas, maître Bézélius ?

— J'en conviens. La corde est capricieuse. Elle refuse parfois d'obéir... ou bien se révolte. Il se peut qu'elle s'enroule autour de votre cou pour vous étrangler. Afin de se prémunir contre cet inconvénient, il est prudent de la frictionner avec l'huile d'obéissance dont ce flacon est rempli.

Joignant le geste à la parole, il sortit de la malle la bouteille graisseuse que Nath avait entraperçue un instant plus tôt.

— De l'huile d'obéissance ? pouffa nerveusement Sigrid.

— Croyez-moi, grogna le maître d'escalade avec un froncement de sourcils, ça n'a rien d'une plaisanterie. Beaucoup de candidats sont morts pour n'avoir pas pris mes propos au sérieux. Les gants ou la corde… Il n'existe pas d'autre moyen de se hisser au sommet de la paroi, qui est lisse et semée d'embûches. Seule la magie peut en venir à bout, mais toute magie à son revers, c'est bien connu. Il faut l'accepter. Cela dit, personne ne vous force à passer de l'autre côté du rempart. Vous pouvez choisir de me remplacer… ou retourner d'où vous venez. C'est la loi. À vous de décider.

— Nous grimperons, affirma Nath. Laissez-nous seulement le temps de réfléchir.

— D'accord, capitula Bézélius, allez faire un tour sur la plage. Quand vous reviendrez, vous devrez choisir entre les gants et la corde.

Les jeunes gens s'éloignèrent. Une fois parvenus à la lisière des vagues, ils débattirent longuement des avantages et des inconvénients inhérents à chaque procédé. Ils hésitaient. À certains moments, les gants leur semblaient plus adaptés, puis le doute les prenait, et ils ne juraient plus que par la corde. Ils changèrent cinq ou six fois d'avis, mais quand ils regagnèrent la cabane, ce fut pour dire, d'une seule voix : « La corde. »

— Bien, fit Bézélius. Vous vous attacherez au même filin, comme les alpinistes. Surveillez bien le chanvre.

Dès qu'il commencera à sécher, frictionnez-le avec l'huile d'obéissance, ou bien il n'en fera qu'à sa tête. Ne le laissez jamais s'assécher, vous le regretteriez. À présent mangez, buvez, prenez des forces ; vous partirez au début de l'après-midi.

— Combien de temps faut-il pour atteindre le sommet ? s'inquiéta Sigrid.

Le vieillard fit la moue.

— Une heure, à ce qu'on prétend, dit-il. Mais cette durée ne tient pas compte des incidents de parcours. Pendant l'escalade, il vous faudra ouvrir l'œil. Si vous êtes attentifs, vous découvrirez des instructions ou des avertissements gravés sur la muraille. Lisez-les, ils peuvent vous sauver la vie. Sur certaines saillies, se trouvent entassés des objets. Examinez-les mais soyez prudents. Il se peut qu'ils soient piégés. Je n'en sais pas davantage car je ne suis jamais grimpé là-haut. Quant à ce qui vous attend de l'autre côté, inutile de m'accabler de questions.

— Et s'il n'y avait que de la boue, comme ici ? souffla Sigrid avec une grimace de frayeur. *Si c'était exactement la même chose…*

— Possible, fit Bézélius. Comment savoir ? Personne n'est jamais revenu me raconter ce qu'il avait vu. Le jardin merveilleux n'est peut-être qu'une légende.

« Par tous les dieux de l'univers, pensa soudain Nath, et si, des deux côtés du mur, deux peuples se berçaient du même conte à dormir debout ? Et si ceux qui vivent de l'autre côté de la muraille se racontaient que le jardin merveilleux, c'est ici… »

Il frissonna, luttant contre la vague de terreur qui déferlait sur son esprit.

La même chose, des deux côtés… la même plaine de boue, la même désespérance…

Il repoussa cette éventualité de toutes ses forces.

L'ascension

Avec des gestes empreints de respect, Bézélius sortit la corde du coffre d'acier et la déposa aux pieds de Nath avant d'y joindre le flacon d'huile d'obéissance.

— Voilà, dit-il. À vous de jouer à présent. Le reste n'est pas de mon ressort. J'espère que la chance sera avec vous. Toutefois, si vous parvenez au sommet du mur, ne m'oubliez pas : écrivez sur un galet ce que vous découvrez du haut de votre perchoir, et laissez tomber le message de mon côté. Ainsi, avant de mourir, ma curiosité aura été satisfaite.

Sigrid prit le galet blanc et le crayon que lui tendait le vieil homme.

— Je le ferai, promit-elle. Je le lancerai en direction de la cabane. Vous n'aurez qu'à chercher tout autour.

— Merci, ma jolie, fit Bézélius. Ça m'occupera. Les distractions sont rares par ici.

Nath ramassa la corde. Elle était sèche et lui écorchait les paumes. Elle mesurait une vingtaine de mètres. Brusquement, elle lui échappa des mains et cingla l'air à dix centimètres de son visage. Il bondit en arrière, évitant de justesse un coup de fouet qui aurait pu lui sectionner le nez. Tout de suite après, le filin se mit à ramper entre les galets, comme l'aurait fait un boa constrictor.

— Je t'avais prévenu, ricana Bézélius, elle est rebelle. Si tu veux l'utiliser, frotte-la avec l'huile d'obéissance. Tant que tu n'auras pas observé cette précaution, tu ne pourras rien en tirer.

Nath laissa échapper un juron. Jusque-là, il n'avait pas pris les propos du vieil homme au sérieux, et il avait eu tort. Il s'en était fallu d'un cheveu que la corde ne lui arrachât un œil.

— Aide-moi, lança-t-il à Sigrid. À deux, ça sera plus facile.

Il se trompait ; même à deux, la tâche s'avéra compliquée.

Dès qu'on faisait mine de la toucher, la corde se tortillait en tous sens et claquait. Ils mirent longtemps à la frictionner d'un bout à l'autre. Une fois la corde huilée, le filin s'assouplit et renonça enfin à se débattre. Nath et Sigrid avaient les mains en feu.

— Ne perdez pas de temps, leur conseilla Bézélius, elle va sécher plus vite que vous ne croyez. Encordez-vous.

Les jeunes gens se placèrent à cinq mètres l'un de l'autre et nouèrent le câble autour de leur taille.

— C'est bien, fit le vieillard. Maintenant, vous devez dire « Corde, mène-moi en haut. » Sinon, elle ne bougera pas.

Nath se sentait ridicule, mais il prononça la formule magique. Il encaissa aussitôt une secousse brutale à la hauteur des hanches. Le lien s'était animé.

Il rampait sur les galets en ondulant. Les jeunes gens, éberlués, durent se résoudre à le suivre.

Bézélius leur tendit un sac contenant de la nourriture et des objets de première nécessité.

— Ah ! encore une chose, ajouta-t-il en guise d'adieu. Faites attention, la corde ne sait pas descendre.

— Quoi ? glapit Sigrid.

— Elle ne sait que monter, cria Bézélius, les mains en porte-voix. Monter, toujours plus haut. Sachez vous en souvenir.

Déjà, le serpent de chanvre huilé avait atteint le pied de la muraille. Il s'y arrêta trois secondes, hésita, puis, comme s'il avait enfin compris ce qu'on attendait de lui, entreprit de ramper sur la paroi, à la verticale, avec une parfaite adhérence. Nath n'en revenait pas. La traction exercée par le lien était très forte. Elle aurait pu soulever un éléphant. Le garçon fut arraché du sol avant même d'avoir compris ce qui lui arrivait. Sigrid subit le même traitement. C'était perturbant et douloureux car la tension exercée par la pesanteur leur sciait les reins. Ils regrettèrent de n'avoir pas pris le temps de se confectionner une ceinture protectrice avec un bourrelet de chiffons.

— Je ne parviens pas à y croire, haleta le jeune homme.

— Moi non plus, fit Sigrid, et pourtant, ça fonctionne.

Nath n'arrivait pas à détacher les yeux du tronçon de chanvre qui se tortillait sur la paroi telle une monstrueuse chenille. Il avait l'impression qu'un homme invisible les halait dans son sillage.

Dès qu'ils se furent élevés d'une dizaine de mètres, la migraine les assaillit. La pesanteur d'Almoha faisait valoir ses droits.

Nath se demanda avec inquiétude dans quel état serait son cerveau au terme de l'escalade. Les pilules anti-gravité de Mastrazza lui auraient été bien utiles !

« Espérons que les tisanes que nous a fait ingurgiter Bézélius les remplaceront », souhaita-t-il.

Comme le lui avait recommandé le vieil homme, il évitait de regarder en bas. Il essayait de ne pas penser à ce qui arriverait si la corde-serpent perdait soudain son étrange pouvoir adhésif et se décollait de la paroi pour les laisser choir dans le vide.

La sueur aux tempes, il lançait de fréquents coups d'œil à gauche et à droite. Pour le moment, ce qu'il apercevait n'avait rien de rassurant. Il avait déjà repéré deux cadavres accrochés à une saillie de la maçonnerie. Les gants magiques dont ils étaient équipés semblaient s'être tétanisés au beau milieu de l'action, refusant obstinément de lâcher prise. Les doigts crispés dans ces enveloppes de cuir devenues tout à coup aussi rigides que du métal, les malheureux grimpeurs s'étaient retrouvés prisonniers de la muraille, incapables de se libérer de l'étreinte des gants. Nath se félicita de n'avoir pas choisi ce moyen.

Mais la corde était-elle plus fiable ?

De temps à autre, elle s'arrêtait et se tortillait pour secouer ses « passagers » en tous sens, comme si elle essayait de se débarrasser d'eux. Ce fardeau l'importunait. Chaque fois que cela se produisait, Nath débouchait le flacon d'huile d'obéissance et se dépêchait d'en imprégner le chanvre, dans l'espoir que les vertus du liquide se transmettraient d'un bout à l'autre du filin.

Bientôt, des inscriptions apparurent, gravées sur les pierres. Elles égrenaient des conseils ironiques : « La curiosité est un vilain défaut... », « Tu risques d'être bien déçu, pourquoi insister ? Fais demi-tour avant qu'il ne soit trop tard... », et autres sentences du même acabit.

— Tu as vu ? lança Sigrid.

— Oui, fit le garçon. Je pense que ceux qui vivent de l'autre côté du mur ne tiennent pas à être envahis. Ils essayent de décourager les immigrants.

« On veut nous dissuader d'aller plus loin, songea-t-il. Ne nous laissons pas effrayer. »

Un peu plus haut, il découvrit d'autres inscriptions. Des graffitis griffonnés par ceux qui les avaient précédés en ces lieux. Il en déchiffra quelques-uns.

« Quelle horreur, disait l'un d'eux. Nous allons mourir, Jacques est déjà tombé dans le vide, je suis toute seule. Je ne tiendrai plus très longtemps. Toi qui lis cela, ne commets pas la même erreur, rebrousse chemin... »

Dès lors, afin de conserver son sang-froid, il cessa de prêter attention aux squelettes et autres dépouilles recroquevillés sur les corniches de la maçonnerie.

Au fur et mesure qu'ils s'élevaient vers le sommet du mur, le brouillard se faisait plus épais. Bientôt, il leur fut impossible d'y voir au-delà de trois mètres. À certains endroits, la brume avait déjà commencé à se changer en strates de porcelaine que les jeunes gens devaient briser à coups de poing pour s'ouvrir un passage. Heureusement, la nappe était encore trop fragile pour constituer un obstacle sérieux.

— Je crois que nous arrivons au sommet, annonça Nath. Tiens-toi prête…

Il ne se trompait pas. Un quart d'heure plus tard, la muraille fit place à un chemin de ronde que ne bordait aucun crénelage.

« Nous y sommes ! » songea le garçon, soulagé. Il dut toutefois déchanter. Lorsqu'il essaya de prendre pied au faîte du mur, le sol se déroba sous sa semelle, et il s'aperçut qu'il continuait à s'élever dans les airs ! Le filin magique, au lieu de s'immobiliser, poursuivait sa progression en direction des nuages, telle une corde de fakir ! Tirant les jeunes gens dans son sillage, elle était en train de les soulever au-dessus de la muraille, les éloignant chaque seconde un peu plus du terme de leur voyage.

Nath se rappela soudain les derniers mots de Bézélius : *« Attention ! elle ne sait que monter ! »*

Mais oui, bien sûr ! Elle ne savait ni descendre… ni s'arrêter en chemin ! Une fois lancée, elle poursuivait obstinément sa course.

— Il faut se détacher ! hurla Nath. Vite ! elle est en train de nous emporter dans les airs. Si ça continue, nous allons nous cogner aux nuages !

Fouillant dans le sac que lui avait remis le vieil homme, il en sortit un couteau et fit courir la lame ébréchée sur les tronçons de chanvre. La panique le gagnait. Pas question de manquer le chemin de ronde après toutes ces épreuves ! Il devait se sortir de ce piège, et vite !

La corde céda enfin, et il se sentit avalé par le vide. Il scruta le brouillard au-dessous de lui, terrifié à l'idée d'être déporté par le vent et de passer à côté du rempart. Si cela se produisait, ils s'écraseraient sur la plage.

Enfin, ses pieds touchèrent un chemin dallé... Il venait d'atterrir au sommet du mur!

Sigrid roula sur elle-même en poussant un cri. Le tronçon de corde noué à leur taille s'agitait en tous sens, comme s'il s'entêtait à poursuivre l'ascension. Par chance, il n'était pas assez long ni assez fort pour soulever les jeunes gens dans les airs. Nath s'empressa de cisailler les nœuds. Les débris du filin s'envolèrent aussitôt.

— Bézélius aurait pu nous prévenir, grogna Sigrid.

— Il l'a fait, murmura Nath, mais à la dernière minute. Possible qu'il ait essayé de nous jouer un sale tour.

— Ça ne m'étonnerait pas, siffla la jeune femme, il m'a toujours fait l'effet de jouer double jeu. Je me demande s'il tenait réellement à ce que nous réussissions.

— Peut-être est-il là pour tendre des pièges aux candidats à l'escalade? soupira Nath. Une manière subtile de se débarrasser d'eux sans en avoir l'air.

Ils se turent car leurs oreilles bourdonnaient sous l'effet de la gravité. Jamais ils n'étaient montés si haut. Même le nuage de Zoïd Vorkan ne volait pas à cette altitude.

— Ma tête va exploser, gémit Sigrid.

Nath se redressa pour essayer de découvrir le paysage. Hélas, la chape cotonneuse du brouillard dissimulait tout ce qui s'étendait au sud de la muraille, là où aurait dû s'étendre le fameux jardin des secrets. Il en éprouva un violent sentiment de frustration.

— C'est trop nul! gémit Sigrid, partageant sa déception. On ne voit rien!

— Ne restons pas là, fit le garçon. Le vent forcit. Il faut dénicher un abri en attendant que la brume se dissipe.

Le dos rond, ils entamèrent l'exploration du chemin de ronde. Le danger tenait à l'absence de garde-fou au sommet de la muraille, ou de rambarde à laquelle ils auraient pu se raccrocher en cas de perte d'équilibre. Le sentier pavé serpentait à l'infini, dangereusement offert au déferlement des rafales. Lorsqu'une tempête se levait, il devait être impossible de rester debout. Les bourrasques avaient tôt fait de vous pousser dans le vide.

Le faîte du mur n'excédait pas cinq mètres de large. C'était peu, surtout lorsqu'on prenait conscience que ce passage était bordé de part et d'autre par un abîme.

« Pour l'instant, le brouillard nous préserve du vertige, songea Nath, mais les choses changeront dès qu'il se lèvera. »

— J'ai froid, se plaignit Sigrid.

Nath s'aperçut qu'il frissonnait, lui aussi. Le vent forcissait, et il avait l'illusion qu'une bête invisible lui expédiait des coups de tête dans le flanc, pour le renverser.

Au bout d'une vingtaine de minutes, ils découvrirent une sorte d'échauguette délabrée où ils se glissèrent. Des objets mangés par la rouille traînaient sur le sol : écuelles, bidons, couteaux…

— Personne n'est venu ici depuis très longtemps, constata Nath.

— Oui, fit Sigrid. Et pourtant, à une époque, on y a posté des sentinelles chargées de surveiller la plaine de boue… ou de repousser ceux qui tentaient d'escalader le rempart. Pourquoi y a-t-on renoncé ? C'est toute la question.

Nath hocha la tête. Il voyait où la jeune femme voulait en venir. Cet abandon ne lui disait rien qui vaille.

Il décida d'y réfléchir plus tard ; pour l'heure, il s'agissait d'attendre que la tempête s'éloigne.

Ils s'assirent sur les dalles, serrés l'un contre l'autre pour essayer de préserver leur chaleur corporelle. La nuit n'allait pas tarder à tomber. Tout bien considéré, ils avaient eu de la chance de dénicher cette cachette.

Nath se fit la réflexion que Sigrid ne semblait plus souffrir de son infirmité. Elle marchait normalement, comme si la magie de Mastrazza faisait toujours effet. Il pria pour que cela dure.

Durant trois heures, la bourrasque se déchaîna, balayant le rempart avec violence. Recroquevillés à l'intérieur de la guérite, les jeunes gens furent préservés de ses assauts. Quand le calme revint, il faisait nuit noire. Ils mangèrent les provisions contenues dans la besace puis s'installèrent pour dormir.

Le jardin silencieux

Nath fut réveillé par un parfum de fruits et de feuillage, une odeur d'herbe... Ces senteurs auxquelles il n'était guère accoutumé, le firent se dresser.

Il faisait beau. Le soleil entrait à flot par la meurtrière trouant l'échauguette. Sigrid se leva la première. Curieuse, elle se faufila hors de la guérite. Nath lui emboîta le bas. Le vent avait dissipé le brouillard. Leur premier mouvement fut de tourner le dos à la plaine pour découvrir ce qui se cachait de l'autre côté de la muraille. Ils poussèrent le même cri de surprise.

Le jardin était là...

Luxuriant, touffu, énorme. Une jungle d'arbres gigantesques, de feuillages colorés, et de lianes. La forêt courait jusqu'à la ligne d'horizon. Cette canopée dissimulait le sol, dissimulant d'éventuelles constructions.

— En tout cas, remarqua Sigrid, il n'y a pas de maisons, ni aucun édifice élevé.

— Tu as raison, fit Nath. Pas de ville. Pas de tour de guet...

Aucune grande cité ? Cela le décontenançait. Il s'était attendu à découvrir une civilisation avancée, vivant dans l'abondance, le luxe. Tout le contraire de la plaine de boue. Cette forêt vierge l'inquiétait.

Il nota que Sigrid paraissait soucieuse.

— À quoi penses-tu ? s'enquit-il.

La jeune femme grimaça, et dit :

— C'est bizarre… Il n'y a pas d'oiseaux, pas de papillons, de singes, de… de… toutes ces bestioles dont parlent les anciens livres. On n'entend rien ! C'est une jungle gigantesque, *mais inhabitée.* Tu ne trouves pas ça bizarre ?

— Si. Ça ne correspond pas à l'idée que je m'étais faite du jardin merveilleux. Je voyais ça plus vivant, avec des cris, des oiseaux de toutes les couleurs…

En disant cela, il songeait lui aussi aux vieux albums d'images feuilletés dans son enfance. Ces livres d'un autre temps que les familles se transmettaient jalousement de génération en génération.

Sigrid s'approcha du vide.

— Comment fait-on pour descendre ? s'étonna-t-elle, il n'y a pas d'escalier !

Incrédule, Nath se pencha à son tour et dut se rendre à l'évidence. Il n'y avait nulle trace d'une volée de marches reliant le chemin de ronde au sol.

— Comment faisaient-ils pour grimper ? grogna-t-il, exaspéré par ce nouveau mystère.

— Allons voir plus loin, décida la jeune femme. Il y a sûrement un escalier.

Avant de se mettre en marche, elle sortit de sa poche le galet blanc et le crayon remis par Bézélius, et ayant griffonné un bref message à la surface du caillou, le jeta du côté de la plaine de boue.

Surprenant le regard de Nath, elle haussa les épaules et lâcha :

— Quoi ? J'avais promis de le faire, non ? J'ai simplement mis : *« le jardin existe, mais il ne chante pas. »*

— Allons-y, s'impatienta le garçon. Il faut qu'on parvienne à descendre au niveau du sol avant que la pesanteur nous fasse éclater le cerveau. Je ne sais pas pour toi, mais moi j'ai déjà la migraine... et je saigne du nez. Les tisanes de Bézélius ne nous protègent plus.

Ils se mirent en route, en prenant soin de se tenir au milieu du chemin pavé. Le silence de la forêt était oppressant. Ils scrutaient la canopée dans l'espoir de surprendre un vol de flamants roses, d'ibis... mais rien ne se produisait. Le seul bruit perceptible était celui du vent agitant le feuillage.

— La frondaison est si épaisse qu'il doit faire presque nuit dès qu'on entre dans la forêt, murmura Sigrid avec une certaine appréhension.

— Sans doute, fit Nath, qui se sentait également mal à l'aise.

Ils marchèrent une heure sans trouver le moindre escalier. Tous les deux kilomètres, une échauguette se dressait, plus ou moins effondrée. Ils commençaient à souffrir de la soif.

— Bon sang ! s'impatienta le garçon, tel que ça se présente, on est partis pour crapahuter jusqu'à la ligne d'horizon.

— Arrêtons-nous, lança Sigrid en se retournant pour regarder derrière elle. On va trop vite ; on a laissé passer quelque chose…

— Quoi ?

— Cet arbre au feuillage rouge, là-bas. Il n'était pas si grand tout à l'heure.

— Qu'est-ce que tu…

— Il ne montait pas si haut. *Il pousse.* Tu n'es pas assez observateur. Moi, j'ai pris des repères sur la muraille, et je peux t'assurer qu'il est plus grand qu'il y a une heure. Vers midi, ses branches seront au niveau du chemin de ronde. Tu comprends ? Les voilà, les escaliers que nous cherchions ! Les arbres rouges en font office. Regarde : on en a planté à intervalles réguliers. Ils s'élèvent avec le soleil, et ils rapetissent quand le soir tombe. Voilà pourquoi, hier soir, aucun d'eux ne frôlait le sommet de la muraille.

Nath n'était pas borné. Il admit sans difficulté que Sigrid voyait juste.

— Des escaliers naturels, s'étonna-t-il. Tu as raison ! Nous aurions pu chercher longtemps. Mais quelle étrange idée. Les gens qui vivaient ici vénéraient-ils la nature à ce point ?

Il réalisa qu'il avait parlé au passé, comme s'il tenait d'ores et déjà pour acquis que cette moitié du monde était déserte.

Étant revenus sur leurs pas, ils s'assirent sur les dalles en attendant midi. Ils mouraient de faim et d'impatience. Lentement, l'arbre rouge poursuivait sa croissance. On entendait ses branches racler la muraille au fur et à mesure qu'elles s'élevaient en direction du chemin de ronde. Pour tromper l'attente, Nath essayait d'imaginer les gens qui avaient vécu là. Comment étaient-ils habillés ? Quelles étaient leurs habitudes ? Et surtout : *pourquoi semblaient-ils avoir disparu ?*

— Ça y est ! clama enfin Sigrid en sautant sur ses pieds.

Nath émergea de ses réflexions. Les branches chargées de feuillage rouge atteignaient maintenant le sommet de la muraille.

— Allons-y ! s'impatienta la jeune femme. J'ai hâte de découvrir ce qui se cache en bas.

Ils s'avancèrent à la lisière du vide. Nath choisit une branche plus solide que les autres et l'enfourcha. La main tendue, il aida Sigrid à le rejoindre. Il s'agissait à présent de descendre au niveau du sol en s'aidant de la ramure. L'arbre paraissait solide, mais son feuillage envahissant ne permettait pas d'y voir grand-chose. Prudemment, Nath et Sigrid entamèrent leur descente. L'arbre culminant à plus de cent mètres, le moindre faux mouvement pouvait s'avérer fatal.

Sigrid fut la première à remarquer les pommes dont certaines branches étaient chargées. De gros fruits jaunes, très odorants.

— J'ai trop faim ! lança-t-elle. Tant pis, j'en mange une !

Avant que Nath ait eu le temps de protester, elle cueillit un fruit et y mordit à belles dents. Presque aussitôt, elle poussa un cri étranglé… Une force invisible l'avait soulevée dans les airs, et elle flottait à dix centimètres au-dessus de la branche qu'elle chevauchait encore une minute auparavant. La pomme, sur laquelle ses doigts se crispaient, l'entraînait vers le ciel.

— Lâche-la ! hurla Nath. Lâche-la !

Dès que Sigrid eut ouvert la main, le fruit s'en échappa et poursuivit son ascension en direction des nuages, à la façon d'un minuscule ballon dirigeable.

— Crache ce que tu as dans la bouche ! ordonna encore Nath.

La jeune femme obéit. Cette fois, elle tomba sur la branche, s'égratignant les cuisses.

— Qu'est-ce… qu'est-ce que c'était ? balbutia-t-elle.

— Aucune idée, avoua Nath.

Il tendit la main vers une pomme dont il rompit la tige. Elle s'envola aussitôt à travers le feuillage pour entamer une ascension rapide en direction des nuages.

— C'est dingue ! haleta Sigrid. La pesanteur n'a aucun effet sur les fruits. Ils semblent peser moins lourd que l'air.

— Si tu avais avalé cette pomme, tu aurais suivi le même chemin, dit sourdement Nath. Ce n'est pas une bonne nouvelle… Qu'allons-nous manger une fois en bas ?

Afin de vérifier cette étrange hypothèse, Sigrid détacha trois autres pommes, qui s'envolèrent pareillement.

— Il faudra se montrer prudents, grogna le garçon. Et surtout éviter de bouffer n'importe quoi !

Trente minutes plus tard, ils mettaient pied à terre et foulaient enfin l'herbe du jardin merveilleux.

« *Merveilleux...* songea Nath avec mauvaise humeur, c'est vite dit. Avant de me réjouir, j'attendrai d'en savoir un peu plus. »

Il leur fallut s'ouvrir un chemin dans la broussaille car il n'y avait aucun sentier apparent. Il était évident que personne ne s'était promené dans ces bois depuis une éternité. La nature avait repris ses droits. Nath et Sigrid avançaient en scrutant les buissons, espérant surprendre une présence animale. En vain. Ils sursautèrent en découvrant les dépouilles de ce qu'ils prirent à première vue pour des géants : il s'agissait en fait de robots ouvriers, dévorés par la rouille et recouverts de lianes. Ils mesuraient une trentaine de mètres et avaient terminé leur vie au pied de la muraille, coincés entre les arbres, avalés par la végétation luxuriante.

— Voilà donc ceux qui ont bâti le rempart, souffla Nath, effrayé par la stature des androïdes. Il doit y en avoir des dizaines répartis au long du mur.

— Il y a longtemps qu'ils ont cessé de fonctionner, murmura Sigrid. Regarde, ils sont tellement oxydés que le métal de leur corps ressemble à de la dentelle. Mon poing pourrait passer au travers !

Nath hocha la tête. Le spectacle des géants de fer prisonniers du filet des lianes avait quelque chose de pathétique et le confortait dans son impression première : ce monde était mort.

— Continuons, fit-il avec brusquerie.

Plus loin, ils trouvèrent des pommiers, des pêchers, des poiriers, tous porteurs d'énormes fruits qui s'envolaient dans les airs sitôt qu'on les cueillait.

— On les a trafiqués, grommela Nath. J'ai lu pas mal de livres, et aucun d'eux ne faisait mention de pommes ou de poires volantes. Ces fruits sont le produit de manipulations magiques dont nous ignorons tout.

Sigrid, le nez en l'air, suivait le trajet des pommes qui, après avoir crevé la voûte de feuillage, poursuivaient leur ascension en direction des nuages.

— Si on en mettait une cinquantaine dans un filet, lança-t-elle, on pourrait se fabriquer une espèce de ballon qui nous soulèverait de terre.

— Exact, souffla Nath. Voilà une idée à garder en réserve et qui pourrait nous être utile un jour ou l'autre... si toutefois nous ne sommes pas morts de faim avant.

Le problème de la nourriture n'allait pas tarder à devenir crucial car la besace de Bézélius était désormais vide.

« S'il n'y a pas d'animaux et si les fruits sont ensorcelés, s'interrogea le garçon, qu'allons-nous manger ? »

Les jeunes gens poursuivirent leur chemin en essayant d'ignorer les protestations de leur estomac. Avancer s'avéra difficile car les ronces, les buissons et les fougères avaient partout proliféré, et ils devaient se battre avec la végétation pour s'ouvrir un passage. On eût dit que la forêt s'ingéniait à leur faire comprendre qu'elle les considérait comme des intrus.

Enfin, au bout d'une heure de marche, ils aperçurent les premières ruines.

C'était tout ce qui subsistait de fières maisons de pierre blanche à l'architecture élaborée. Çà et là, des colonnes, des statues, des fontaines, surgissaient du fouillis végétal. La mousse les recouvrait aux trois quarts, mais pas assez pour les rendre invisibles.

— On dirait des palais, murmura Sigrid. J'en ai vu de pareils dans les livres d'histoire terrienne qui parlaient de l'Empire romain.

Après avoir bataillé contre les lianes, ils pénétrèrent dans l'une des habitations. Le spectacle qui s'offrit à eux évoquait effectivement les fastes de la Rome antique. De grandes fresques, en partie dévorées par la moisissure, s'étalaient sur les murs. On y voyait des convives vêtus de toges et de couronnes de laurier, couchés sur des lits dans un *triclinium* où s'entassaient les victuailles d'un banquet. Hommes et femmes riaient en levant leurs coupes à libations. Dans un angle, une jeune femme pinçait les cordes d'une harpe. La scène dégageait une atmosphère d'insouciance. Les personnages ne présentaient aucune trace de mutation.

— Tu crois que ça représente les gens qui vivaient ici, de ce côté de la muraille ? s'enquit Sigrid.

— Sans doute, répondit Nath. Ils n'avaient pas l'air de trop s'en faire. Regarde comme ils sont gras. Ils devaient passer leur temps à bouffer. Leur vie semblait facile, la nature devait produire en abondance tout ce dont ils avaient besoin. De toute évidence, ils détestaient la technologie. Ils avaient choisi de vivre à l'ancienne… C'est ce qui les a protégés de la catastrophe.

Il examina le décor qui l'entourait. La maison ne contenait aucun des objets bizarres qu'on découvrait parfois sur la plaine de boue : machines à faire de la musique, des images… toutes ces boîtes étranges qui régurgitaient films et chansons à la demande et qui, de temps à autre, acceptaient de fonctionner durant quelques minutes avant de s'éteindre pour toujours.

— Oui, insista-t-il. Je crois qu'ils ont senti venir la catastrophe, ils ont refusé de s'associer au délire de modernité qui s'est emparé des gens de l'hémisphère Nord. Ils ont fait sécession, ils se sont retranchés au sud, derrière la muraille, pour essayer de vivre en accord avec la nature.

— Mais ça n'a pas fonctionné non plus, compléta Sigrid. Il s'est passé quelque chose. Un autre genre de fléau s'est abattu sur eux et ils sont tous morts.

— Peut-être…

La mousse et l'herbe avaient fini par recouvrir les belles mosaïques du sol. Les jeunes gens explorèrent la villa. Dans la cuisine, ils dénichèrent des amphores. Certaines contenaient de l'huile d'olive rance, d'autres du miel solidifié par les années. Le vin, lui, s'était changé en vinaigre. Le pain avait la consistance de la pierre. N'y tenant plus, ils décidèrent d'émietter le miel durci et de le manger par fragments, comme s'il s'agissait de bonbons. C'était mieux que rien. Le silence de la maison les oppressait. À chaque détour de couloir se dressaient des statues enveloppées de moisissure et qui, dans la lumière verdâtre de la forêt, semblaient des loups-garous aux aguets. Sigrid, qui avait fini par se persuader que les sculptures bougeaient dès qu'elle cessait de les regarder, se retournait sans cesse pour les surveiller du coin de l'œil.

— Tu crois que nous finirons par rencontrer quelqu'un ? demanda-t-elle soudain. As-tu pensé que l'hémisphère Sud est peut-être inhabité ?

— Oui, admit Nath. Mais ce qui me tracasse, c'est plutôt de découvrir pourquoi cette moitié de la planète est aujourd'hui déserte... Y a-t-il eu un autre désastre ?

— Non, je ne crois pas. Je pencherais plutôt pour l'apparition d'une nouvelle race de prédateurs.

— *Des prédateurs...*, s'étonna le garçon, tu veux dire des animaux qui auraient dévoré les humains ?

— Oui, pourquoi pas ? Les gens qui habitaient ici ont peut-être mis un certain temps à comprendre que la jungle abritait des fauves dangereux. Une bête inconnue, difficile à repérer. Un chasseur impitoyable, doué du pouvoir de mimétisme, par exemple. Imagine un animal capable de prendre l'apparence d'un arbre... Il pourrait se promener dans la forêt, s'approcher des habitations sans être remarqué.

Instinctivement, Nath tourna les yeux vers la jungle. L'hypothèse suggérée par Sigrid n'avait rien d'absurde. Après tout, que savait-on d'Almoha ? La planète existait bien avant que les Terriens ne décident de la coloniser pour s'approprier son minerai. Personne ne s'était jamais vraiment donné la peine d'étudier sa faune et sa flore. À peine débarqués, les colons avaient foré des tunnels, des puits de mine, et cela jusqu'à ce qu'un raz-de-marée de boue jaillisse des profondeurs pour submerger l'hémisphère Nord.

— Tu as raison, soupira-t-il, il va falloir se montrer prudents. Surtout la nuit.

— S'il n'y a plus ni animaux, ni humains de ce côté-ci de la muraille, continua la jeune femme, c'est peut-être parce que *quelque chose* les a dévorés jusqu'au dernier. Une chose qui hante toujours la forêt... et qui n'a rien eu à se mettre sous la dent depuis longtemps. Une chose qui a flairé notre odeur dès que nous sommes entrés dans la jungle.

Elle se tut, effrayée par ses propres hypothèses.

— Essayons de dormir pendant qu'il fait encore jour, décida Nath. Les prédateurs chassent la nuit. Quand le soleil se couchera, il faudra se tenir sur nos gardes.

Sigrid finit par s'assoupir mais Nath, malgré toute sa bonne volonté, ne put trouver le sommeil. Irrité, inquiet, il décida d'explorer la villa de fond en comble. Le sous-sol lui réservait bien des surprises. En effet, dès qu'il en franchit le seuil, le garçon comprit qu'il s'agissait d'un lieu dévolu aux plaisirs de la chair. Les fresques couvrant les parois dépeignaient avec le plus grand réalisme des orgies où s'épanouissaient les fantasmes les plus fous. Ce n'était que corps enchevêtrés, pénétrations multiples, pratiques zoophiles... Nath en fut éberlué. Jamais il ne lui avait été donné de contempler un tel étalage de pornographie. Ainsi, les anciens occupants de la maison ne s'étaient pas contentés des plaisirs de la table, leur frénésie de jouissance les avait poussés aux confins de l'hédonisme, là où leur culte de la sensualité n'était plus freiné par les tabous sociaux. Gêné, il baissa les yeux. Hélas, les mosaïques du sol reproduisaient des scènes identiques. Aux quatre coins de la salle se dressaient des statues du dieu Priape dans toute la splendeur d'une érection phénoménale.

Mal à l'aise, Nath regagna le rez-de-chaussée et poursuivit ses investigations aux étages supérieurs.

Mais il eut beau chercher, il ne trouva aucune arme. Les gens qui avaient vécu là avaient mené une existence pacifique, toute consacrée aux plaisirs. Cette insouciance avait peut-être causé leur perte.

Sigrid, réveillée, l'appela. Elle avait découvert une grande bibliothèque dont les portes pouvaient éventuellement être verrouillées, pourvu qu'on en attachât les poignées au moyen d'une corde.

— Il y a des grilles en fer forgé aux fenêtres, précisa-t-elle. À mon avis, c'est la pièce la plus sûre de la maison.

Ils s'y retranchèrent en prévision de la nuit. Lorsqu'ils furent barricadés, la jeune femme reporta son attention sur les ouvrages entassés sur les rayonnages, mais ils étaient pourris d'humidité et s'émiettèrent dès qu'elle voulut les feuilleter.

— En tout cas, fit-elle observer, c'étaient des lettrés, peut-être des savants… Tu as vu ces bouquins ? Il doit y en avoir un bon millier !

Quand les ténèbres enveloppèrent la jungle silencieuse, ils s'assirent et demeurèrent immobiles, l'oreille tendue. Ils étaient tous les deux extrêmement nerveux, incapables d'imaginer quel danger les guettait, et cela ne faisait qu'aviver leurs angoisses.

Au bout de trois heures, comme rien ne se passait, ils s'allongèrent sur les banquettes disposées au pied des rayonnages et sombrèrent dans le sommeil.

Nath ne tarda pas à rêver que des gens chuchotaient derrière la porte. Il ne comprenait pas le sens de leurs paroles mais son instinct lui soufflait qu'il était en danger.

« Il faudrait que je me lève, se dit-il, si je bouge, les gens du couloir s'enfuiront... »

Hélas, comme c'est souvent le cas dans les rêves, son corps échappait à tout contrôle et il ne parvenait pas même à bouger le petit doigt.

Pendant ce temps, les murmures augmentaient. Au début, seules deux ou trois personnes s'étaient tenues derrière la porte, à présent, elles étaient dix, trente, *cent*... À croire qu'une foule s'était donné rendez-vous dans les ruines de la villa.

« Ce n'est qu'un rêve, se répéta le jeune homme, un rêve stupide. Je vais me réveiller et les murmures cesseront aussitôt... »

Puis il s'aperçut qu'il avait les yeux ouverts et qu'il était déjà réveillé ! Son retour à la conscience n'avait rien changé, les chuchotements continuaient.

Étendu sur le sofa, il n'osait bouger. La villa grouillait de présences invisibles dont les paroles, se chevauchant, finissaient par constituer un brouhaha incompréhensible.

Tout à coup, en partie parce que la panique le gagnait, il sauta sur ses pieds et courut vers la porte qu'il ouvrit à la volée. Le couloir était vide.

« Quel con ! », murmura-t-il en se forçant à sourire.

Pourtant, bien que le silence fût revenu, une présence invisible demeurait suspendue dans l'air, tel un parfum après le passage d'une femme.

C'était étrange et inquiétant.

Derrière lui, Sigrid poussa un cri étouffé et se dressa sur sa couche, les yeux hagards.

— J'ai… j'ai fait un cauchemar, balbutia-t-elle. Des gens se promenaient dans ma tête.

— Des gens… dans ta tête ? répéta le garçon.

La jeune femme se passa la main sur le visage.

— Je… je ne les voyais pas mais je les entendais…, tenta-t-elle d'expliquer. Ils… ils chuchotaient… Oh ! ce n'était qu'un rêve.

Elle se rallongea. Nath resta debout au milieu de la bibliothèque, les nerfs tendus. En sentinelle…

La journée du lendemain se déroula sans incident notoire.

— Il est plus prudent de camper ici tant que nous n'avons aucune idée précise de ce qui se cache dans la jungle, décida Nath. La villa constitue un bon poste d'observation, nous y sommes moins exposés qu'au milieu de la végétation.

— Je suis d'accord, fit Sigrid. J'avoue que cette forêt morte me fout la chair de poule.

Dès que le jour baissa, les jeunes gens déménagèrent dans la bibliothèque tout ce qui pourrait leur être utile, puis s'y barricadèrent du mieux possible, en attachant les poignées des portes coulissantes avec des cordes. Pour passer le temps, Nath s'évertua à ramollir le pain pétrifié avec de l'eau. Il utilisa l'huile rance pour remplir les diverses lampes collectées au hasard des pièces. Ainsi, en cas de nécessité, la lumière ne leur ferait pas défaut.

Ces préparatifs achevés, il entreprit de désarticuler un trépied de bronze pour le transformer en casse-tête. Cette débauche d'activité lui permettait de tenir la bride courte à ses angoisses, il n'en demandait pas davantage.

Sigrid, elle, explora les étagères de la bibliothèque. Au sommet des rayonnages, elle mit la main sur des manuscrits en meilleur état de conservation et s'abîma dans leur lecture.

Au bout d'un moment, sans quitter des yeux l'ouvrage qu'elle feuilletait, elle murmura :

— Tu les as entendues, toi aussi, n'est-ce pas ?

— Quoi ? fit Nath avec réticence.

— Oh ! Arrête de jouer au con. *Les voix, bien sûr.* Elles étaient réelles, hein ? Il ne s'agissait pas d'un rêve.

— Non, je ne crois pas. Il y avait des gens dans les couloirs. Mais je n'ai pas pu les voir. Tu crois qu'ils pourraient être invisibles ?

Sigrid frissonna.

— Je n'en sais rien, haleta-t-elle. Mais je les sentais dans ma tête, elles exploraient mon cerveau. J'avais l'impression qu'elles l'étudiaient, qu'elles... qu'elles essayaient de s'en servir.

— Ça n'a aucun sens ! siffla Nath.

Il réagissait avec colère pour dominer la peur que l'hypothèse de Sigrid faisait naître en lui.

— Je n'invente rien, insista cette dernière. D'abord elles étaient derrière la porte, puis elles sont entrées dans la pièce... Pour finir, elles se sont glissées dans ma tête, comme un moustique qui se serait faufilé dans mon oreille. Mais elles n'avaient pas de corps… C'étaient juste des voix.

Nath contempla le casse-tête de bronze qu'il venait d'improviser et se demanda si un tel outil lui serait d'une quelconque utilité contre les envahisseurs chuchotants évoqués par Sigrid.

Il monta la garde toute la nuit, l'œil fixé sur la porte, la massue à portée de la main, tandis que Sigrid déchiffrait les ouvrages moisis récupérés sur les rayons.

— C'est une sorte de journal, annonça-t-elle enfin. Une chronique rédigée au jour le jour par la maîtresse de maison qui vivait ici. Une certaine Flavia Andronica.

— Et ça raconte quoi ?

— C'est assez intime. Des récits de fêtes, de réceptions… Des histoires de coucheries, d'orgies, de pratiques échangistes. Visiblement, ils passaient leur vie à baiser. Et puis, au fil des pages, il est question d'un procédé… un procédé qui les affranchirait des méfaits de la pesanteur.

— *Un procédé ?*

— Oui, Flavia ne donne pas de détails. Beaucoup de passages sont illisibles à cause de la moisissure. De toute évidence, ils souffraient énormément des effets de la gravité. Elles mentionne des cas d'embolie cérébrale, de folie, d'infarctus. C'était il y a longtemps. Ces gens venaient de la Terre, ils n'étaient pas nés sur Almoha. Ils devaient souffrir beaucoup plus que nous.

— C'est vrai que nous avons fini par nous adapter, fit Nath. Quand nous restons au niveau du sol, nous sommes presque capables de mener une vie normale. Bien sûr, ça se complique dès qu'on essaye de grimper un escalier.

Un craquement, au dehors, les figea. Mais il ne fut suivi d'aucun autre, et Nath en conclut qu'il s'agissait d'une branche maltraitée par le vent.

Le reste de la nuit s'écoula sans incident notable. En dépit de ce calme apparent, la « présence » demeurait perceptible. Nath la sentait rôder à la lisière de sa conscience, tel un animal tapi dans un fourré qui attend le moment propice pour bondir sur sa proie.

Quelque chose les observait, les étudiait, les jaugeait... et cela n'avait rien de rassurant.

— Demain, on s'en va, décida-t-il. On ne peut pas rester terrés ici à sursauter au moindre bruit. Et puis il n'y a plus rien à manger, il faut à tout prix trouver de la nourriture.

Dès le soleil levé, ils reprirent la route. Cette fois, ils n'eurent pas à marcher longtemps pour découvrir une nouvelle habitation. Elle était en meilleur état que la première mais tout aussi déserte. Sigrid l'explora. Quand elle rejoignit Nath, elle était songeuse.

— Tu as vu quelque chose ? s'inquiéta ce dernier.

— Non... ou plutôt oui, fit la jeune femme. Il n'y a personne, mais j'ai remarqué un truc bizarre.

— Quoi ?

— Les fresques, les statues... elles sont différentes. Regarde. Elles sont curieusement étirées... Les traits sont à peine marqués, comme s'ils étaient en train de s'effacer.

— Sûrement un effet du temps.

— Non, on les a peintes et sculptées comme ça. C'est visible sur les fresques. On dirait… on dirait que les gens n'ont presque plus de visage. Leur physionomie est devenue passe-partout. Ils se ressemblent tous.

Intrigué, Nath s'approcha d'un mur. La peinture écaillée représentait un groupe d'humains enveloppés de toges immaculées se promenant dans la forêt. Ils tenaient d'étranges boules dorées entre leurs mains. Sigrid disait vrai. Les visages étaient à peine esquissés, les mains vaguement ébauchées. On eût dit des poupées de cire à demi fondues.

— Bof! soupira-t-il, je pense que c'est un effet de style… une manière de peindre. Ça ne reflète pas la réalité.

— Je n'en suis pas aussi sûre, objecta la jeune femme. À mon avis, ce n'est pas la manière de peindre qui a changé, ce sont les gens… *Ils ont muté.* Regarde ce qu'ils tiennent dans les mains *: des pommes volantes…* Ils les mangeaient ! Ils se nourrissaient de fruits mutants.

Nath hocha la tête. Mais oui, bien sûr ! C'était évident.

— Je vais jeter un coup d'œil dans la bibliothèque, annonça Sigrid. J'y trouverai peut-être le début d'une explication.

Nath demeura dans le jardin. Ces maisons vides le déprimaient. Il commençait à penser que personne n'habitait l'hémisphère Sud. C'était une perspective effrayante à laquelle il ne s'était pas préparé. Pour couronner le tout, la faim le mettait à la torture.

Il en était là de ses réflexions quand des murmures bourdonnèrent à ses oreilles. Cette fois, il saisit au vol des mots, des bribes de phrases : « *Jeune… en bon état… muscles neufs…* »

« *Tu ne sauras pas le conduire,* objecta quelqu'un, *tu as perdu l'habitude…* »

Nath tressaillit. Il agita sa massue, dans un effort dérisoire pour disperser des insectes hostiles.

— Ça suffit ! hurla-t-il. Fichez-moi la paix !

Alertée par ses cris, Sigrid émergea de la maison, un manuscrit à la main.

— Les murmures, hein ? fit-elle. Je les ai entendus, moi aussi. Ils bourdonnaient autour de ma tête.

Elle brandit le livre moisi et ajouta :

— J'ai trouvé quelque chose là-dedans. Je crois savoir ce qui s'est passé.

— Quoi ? s'impatienta Nath, que l'angoisse rendait agressif.

La jeune femme s'assit sur un banc de pierre, le volume décoloré ouvert sur ses cuisses.

— Dans ce truc, dit-elle, ils parlent encore du « procédé ». Ils voulaient s'affranchir de la pesanteur, ne plus se sentir écrasés, laminés… Alors ils ont imaginé un antidote. Un médicament. Il y avait parmi eux des chercheurs en biologie, en agronomie. Ils ont fini par modifier la structure génétique de certaines espèces végétales. C'est ainsi qu'ils ont créé les fruits volants.

— Ils s'en nourrissaient ? s'exclama Nath. C'est ça ?

— Oui. Ils ont constaté que l'ingestion de fruits et de légumes génétiquement modifiés calmait leurs souffrances et les protégeait des méfaits de la pesanteur. Dès lors, ils n'ont plus mangé que ça.

— Et ensuite ?

— Ensuite je ne sais pas. Le manuscrit ne dit rien de plus. Manifestement, ils estimaient que c'était là une grande réussite scientifique, et s'en félicitaient.

Nath frappa le sol avec sa massue de bronze.

— Je pense, déclara-t-il, que le truc leur a échappé. Qu'ils ont perdu le contrôle. Les fruits ont continué à muter, leurs pouvoirs se sont amplifiés... et une catastrophe s'est produite. Laquelle, je n'en ai pas la moindre idée, mais ça a foiré dans les grandes largeurs, c'est certain.

— Tu penses que les gens qui vivaient ici se sont transformés en... quelque chose ?

— Oui. Ils ne sont pas morts. Ils sont toujours là. Invisibles. Ils nous entourent. Nous ne les voyons pas, c'est tout. Et je ne crois pas qu'ils soient animés de bonnes intentions. Ils nous considèrent avec... *avec gourmandise*... Comme si nous étions des proies.

Le peuple chuchotant

Ils traversèrent d'autres ruines. Si nombreuses qu'elles finissaient par constituer une cité. Une cité jadis imposante, aux monuments somptueux, mais que la mousse, le lierre et les lianes avaient digérée. Chaque fois qu'ils visitaient une maison, ils s'empressaient d'en étudier les fresques. Peintures et statues témoignaient de l'évolution de la société qui avait vécu là en des temps anciens. Les artistes s'étaient appliqués à décrire l'effet des mutations sur les corps. Au fur et à mesure que les arbres devenaient plus vigoureux et étendaient leur ramure vers le ciel en se moquant de la pesanteur, les humains, eux, se transformaient en d'étranges créatures longilignes et transparentes, comme si leur corps, en s'allégeant, perdait peu à peu de sa substance. « Des fantômes… », se dit Nath en contemplant ces œuvres qui lui faisaient froid dans le dos. Oui, un monde de spectres. De plus en plus maigres, évanescents.

— Je pense que ça ne s'est pas fait en un jour, chuchota Sigrid, mais le résultat est aisé à deviner. En voulant échapper aux effets de la pesanteur, ils ont renoncé à leur corps. Ils se sont dématérialisés. Leurs os sont devenus de plus en plus légers, leurs muscles de plus en plus minces…

— Oui, approuva Nath. Ils se sont changés en ectoplasmes. Je suppose que c'était irréversible… ou alors que ça ne leur déplaisait pas. Quoi qu'il en soit, ils n'ont rien tenté pour inverser le processus.

Les jeunes gens tressaillirent ; la même idée venait de les traverser. Ils échangèrent un regard.

— *Les murmures…*, souffla Sigrid.

— Oui, haleta Nath. C'était le but final de la métamorphose. *Ne plus avoir de corps.* S'en débarrasser. Devenir un pur esprit.

La jeune femme avait pâli. Elle chercha la main de Nath et la serra dans la sienne.

— Aujourd'hui, ils n'ont plus d'enveloppe charnelle. Ils sont devenus des pensées errantes qui flottent dans les airs. Voilà pourquoi nous les entendons dans nos rêves… Nous les captons, comme le ferait un poste récepteur. Ils sont immatériels, ils peuvent traverser les murs, voyager au gré du vent.

— Bon sang ! hoqueta le garçon. *Et les animaux les ont imités.* Les herbivores ont mangé les fruits trafiqués ! Les carnivores ont dévoré les herbivores, et ont été à leur tour infectés par le produit. Au bout du compte, ils se sont tous dématérialisés, les humains, les animaux, les insectes… Tous ceux qui vivaient de ce côté de la muraille ont perdu leur forme corporelle, ils se sont changés en pensée pure. L'hémisphère Sud n'est peuplé que de fantômes !

Ils se turent, écrasés par l'évidence. Le mystère était résolu. Ils auraient beau marcher une année durant, s'user les jambes jusqu'aux genoux, ils ne rencontreraient jamais personne. Personne qui soit constitué de chair et d'os. Le jardin merveilleux était habité, certes, mais par une foule invisible, impalpable, qui grouillait tout autour d'eux sans qu'on puisse la toucher.

— Ils hantent leurs anciennes cités, fit Sigrid. Mais ils n'ont plus ni mains, ni pieds. Ils ne disposent plus d'aucun moyen d'agir sur les objets. Ils ne peuvent plus peindre, sculpter ou tourner les pages d'un livre. Je… je crois qu'ils s'ennuient affreusement.

« Elle pourrait bien avoir raison, songea Nath. Et si le désœuvrement avait fini par emmener ces esprits aux confins de la démence ? Qu'ont-ils éprouvé en nous voyant ? De la jalousie, de la haine ? Vont-ils essayer de nous convaincre de devenir comme eux ? »

Il scruta les environs, comme s'il lui était possible de localiser les pensées voletant autour de lui.

« Peuvent-elles entrer dans ma tête ? se demanda-t-il. Explorer mon cerveau ? M'espionner de l'intérieur… »

— Qu'est-ce qu'on fait ? gémit Sigrid, désemparée.

— Je ne sais pas, avoua Nath. S'ils ont empoisonné la nature, nous deviendrons comme eux dès que nous toucherons aux fruits. Si nous voulons rester ici, il faut découvrir une autre source d'alimentation.

Il s'imaginait mal en ectoplasme planant dans les airs.

— Explorons les caves des maisons, proposa la jeune femme. Avec un peu de chance, nous dénicherons des conserves, des aliments séchés datant d'avant la grande métamorphose.

— En tout cas, on peut essayer. Si ça ne marche pas, il faudra se résoudre à retourner au nord, sur la plaine de boue. J'avoue que je n'en ai pas tellement envie.

— Moi non plus. Ici il fait chaud, il y a du soleil. La forêt est belle… et l'herbe… jamais je n'avais vu autant d'herbe !

Décidés à ne rien négliger, ils visitèrent une dizaine de maisons, les explorant de la cave au grenier. Leur obstination finit par se révéler payante, car ils mirent la main sur une réserve de conserves de survie spécialement conçues pour rester mangeables près d'un millier d'années. Chaque boîte contenait une pâte rose parfumée, très nourrissante. Une simple cuillerée suffisait à combler les besoins du corps pendant une semaine. Nath et Sigrid l'ignoraient, mais ce produit avait été utilisé durant des décennies sur les vols long-courriers sillonnant l'espace. Des générations d'astronautes et de militaires l'avaient consommé. Dans l'argot des Forces Armées Spatiales, il était répertorié sous l'appellation de « confiture de caoutchouc ».

Quand la nuit tomba, les murmures emplirent la maison. Ils bourdonnaient dans les couloirs, derrière les portes, si nombreux qu'ils se chevauchaient jusqu'à devenir incompréhensibles. Ils s'enhardissaient au fil des heures, s'invitant dans la pièce pour voleter aux oreilles des jeunes gens. La colère et la détermination du garçon semblaient les tenir en respect, et ils hésitaient à entrer dans sa tête ; hélas, demeurer dans cet état d'hostilité mentale s'avéra épuisant, et Nath fut bientôt la proie d'une terrible lassitude. Se tournant vers Sigrid, il s'aperçut qu'elle avait sombré dans le sommeil. Il la secoua sans parvenir à l'éveiller. Les pensées étrangères vrombissaient autour de lui tel un nuage de moustiques. N'y tenant plus, il s'enfuit en courant. Sans même savoir où il allait, il grimpa quatre à quatre un escalier et déboucha sur une terrasse, au niveau du toit. Là, il connut un bref moment de répit, puis, brusquement, quelque chose se glissa dans son esprit. Une présence non-humaine dont il ne comprenait ni le langage, ni les motivations. C'était fort et puissant, impérieux. *Cruel.* Nath porta les mains à son front en hurlant : « Sors de là ! Fiche le camp ! » Mais la présence ignora ses ordres. Elle explorait son cerveau, étudiant ses fonctions. Elle ne pensait pas avec des mots, mais par images juxtaposées. Elle n'était qu'envies brutales, besoins physiques. Sauvagerie. Les faibles capacités de ce corps (qu'elle visitait comme une maison neuve) la désolaient. Elle avait espéré mieux. Elle le jugeait chétif, malingre, presque infirme. Peu adapté à ce qu'elle voulait en faire. Elle craignait qu'il ne se casse dès la première utilisation.

Nath tituba. Sa volonté s'affaiblissait, dominée par celle du visiteur. L'intrus s'était installé dans sa tête, il ne lui avait pas fallu longtemps pour comprendre comment manipuler le corps humain et en tirer les ficelles. D'instinct, il avait su quelles zones du cerveau activer pour commander aux bras ou aux jambes. C'était facile.

Tout à coup, Nath se retrouva à quatre pattes, flairant le sol comme un chien. La présence, excédée, se désola du manque d'acuité de son odorat. Pourtant, le nez du jeune homme lui suffit pour isoler une odeur, dont elle décida de suivre la piste.

Nath tenta de se redresser. Il réalisa avec épouvante qu'il n'avait plus le contrôle de ses membres. Une volonté supérieure le dirigeait, lui imposant des mouvements, des directions. La présence ne parlait pas, elle semblait dominée par une faim impérieuse. Un besoin de manger comme jamais Nath n'en avait connu. Un gouffre insondable lui creusait l'estomac. Il fallait qu'il mange, qu'il mange au plus vite… mais pas n'importe quoi. La chose installée dans sa tête n'entendait pas se nourrir de conserves. Elle voulait…

Elle voulait de la viande crue.

Effrayé, le garçon descendit l'escalier avec souplesse. Il se déplaçait à quatre pattes, mais avec une grâce féline, des mouvements rapides et précis. La salive lui emplissait la bouche et, par instants, il claquait des mâchoires et poussait une sorte de feulement rauque.

Alors qu'il passait devant un miroir, il surprit l'expression bestiale de son visage et en fut horrifié. Alors seulement, il comprit que les pensées qui s'étaient glissées dans sa tête émanaient d'un grand prédateur. Un tigre ou un lion des montagnes… Le fauve utilisait son corps pour chasser. En fait, ce qu'il voulait, *c'était dévorer Sigrid.*

Nath aurait voulu se rebeller, hurler pour avertir la jeune femme, mais aucune parole articulée ne sortait de sa bouche ; désormais, il était seulement capable de grogner ou de rugir. Le plus horrible, c'était que l'odeur de Sigrid avivait son appétit. Au vrai, il n'avait plus qu'une envie : mordre à belles dents son ventre, ses cuisses, ses seins, les déchirer et s'en repaître…

Il avait faim ! Tellement faim !

Toujours à quatre pattes, il prit la direction de la pièce où dormait la jeune femme. Du bout de la patte

– *de la main* –, il entrebâilla la porte pour se ménager un passage. La bave perlait aux commissures de ses lèvres. La chair rose de la dormeuse le faisait défaillir, mais aussi son odeur de femme… Il imaginait déjà quelle joie il éprouverait à la déchiqueter, à plonger griffes et crocs dans les fibres de ses muscles. Il rêvait de lui ouvrir le ventre pour se repaître de ses intestins… Oh ! oui ! Fourrer le museau dans ce fouillis chaud, gluant et reptilien ! Comme ce serait bon !

Soudain, alors qu'il s'approchait du sofa et que le drame semblait inévitable, une autre présence envahit son esprit. Une présence puissante, qui chassa le tigre aussi vite qu'un claquement de fouet. Cette fois, il s'agissait d'une pensée humaine, autoritaire, qui ne s'en laissait pas conter, et le fauve plia devant sa volonté. Nath sentit la bestialité le quitter. Épuisé par la tension nerveuse, il s'effondra sur le sol, le corps secoué de tremblements.

— *Il s'en est fallu d'un cheveu, n'est-ce pas ?* ricana la voix dans sa tête. Tu me dois une fière chandelle. *Si je n'étais pas intervenu, tu dévorais ton amie…*

— Qui es-tu ? bredouilla Nath. Que s'est-il passé ?

— Je suis tout ce qui subsiste de Flavius Antonius Merco, répondit le murmure mental. Jadis, j'étais un riche marchand, je possédais cette villa, dans les jardins de laquelle j'avais installé un zoo… Ce tigre a été l'un de mes pensionnaires. Il faut se méfier des animaux. Leur esprit est rudimentaire, gouverné par des besoins immédiats. Ils n'ont jamais réussi à s'habituer à l'absence de corps. C'est pour cette raison qu'il s'est emparé de toi.

Il voulait retrouver ses sensations d'antan. Heureusement, je planais dans les parages, j'ai pu intervenir.

— Merci, souffla Nath en s'asseyant. Combien êtes-vous ?

— Des milliers, soupira Flavius Merco. Éparpillés dans les airs. Invisibles. Immatériels.

— Vous avez tous été victimes de la même mutation ?

— « Victime » n'est pas le mot qui convient. Nous voulions muter. La pesanteur nous faisait trop souffrir. Nous souhaitions nous débarrasser du fardeau que constituaient nos corps. Nous le voulions ardemment. Nos savants se sont chargés de trouver le moyen d'y parvenir. Tu as deviné la suite, je l'ai lu dans tes pensées. Nous avons commencé par nous alléger... puis nos corps sont devenus immatériels. D'abord ectoplasmes, nous nous sommes transformés en fumée. Mais la fumée, c'était encore trop palpable aux yeux de certains, il leur fallait aller plus loin. N'avoir plus aucune attache avec le monde matériel. Alors nous nous sommes changés en pensée pure... Pas de corps, pas de support, rien... rien que la pensée qui flotte dans l'air, libre de toute attache.

— Les fruits ? hasarda Nath.

— Oui, nous avons reconfiguré la nature pour qu'elle produise uniquement des fruits et des légumes provoquant la dématérialisation des corps. Ça a fonctionné au-delà de nos espérances, tu l'as compris. Et puis, il faut bien l'avouer, la mutation comportait un avantage essentiel : *l'immortalité*. Quelqu'un qui n'a pas de corps ne risque plus de vieillir ou de tomber malade. Il est à jamais préservé des atteintes physiques.

— Vous êtes immortels, tous ?

— Oui… *et nous nous ennuyons à mourir.*

— Pourquoi cela ?

— Parce que l'intelligence n'est pas tout. Les joies du corps nous font cruellement défaut. La gourmandise, *le sexe…* Tout cela nous a été confisqué. La sensualité ! On ne prend conscience de son importance qu'une fois qu'on en est privé ! Au fil des années, nous est venu le regret du temps d'avant… C'est pour cette raison que votre présence ici provoque une telle excitation. Nous avons perdu l'habitude de voir des humains. Jusqu'à présent, tous ceux qui ont réussi à franchir la muraille ont commis l'erreur de se nourrir de fruits mutagènes, si bien qu'ils sont devenus comme nous. Vous êtes les premiers à n'être pas tombés dans le piège. Votre présence a occasionné un grand rassemblement d'esprits. Vous êtes pour eux des objets de fascination. Des créatures surgies du passé. Certains vous trouvent répugnants, d'autres vous envient. Personne ne sait ce qu'il convient de faire de vous… Vous avez créé la discorde. Nous n'avions pas connu cela depuis des lustres. *C'est excitant !* Je suis très fier d'avoir été le premier à établir le contact. Je vais tout de suite en avertir mes congénères.

Nath ne savait s'il devait se réjouir de l'entrain manifesté par Flavius Merco. Il avait l'impression désagréable d'être devenu un phénomène de foire autour duquel se pressait une foule curieuse et dégoûtée.

— Je prends congé, fit la voix du visiteur dans son esprit, mais je reviendrai bientôt pour te faire part de la décision du Conseil. Je vais plaider en ta faveur. Je leur expliquerai que tu es tout prêt à collaborer.

— Collaborer à quoi ? s'étonna le garçon.

Il n'obtint pas de réponse, Merco s'en était allé.

Soucieux, il réveilla Sigrid et s'empressa de lui conter sa mésaventure.

— Oh ! fit la jeune femme. Je n'aime pas ça. Ils ont l'air de voir en nous de simples jouets. Ça ne me dit rien qui vaille. Nous devrions peut-être faire demi-tour.

— Ils ne nous en laisseront pas la liberté, soupira Nath. N'oublie pas qu'ils peuvent s'immiscer dans nos crânes et prendre le contrôle de nos corps. Je viens d'en faire l'expérience, ça n'avait rien d'agréable. Pour un peu, je te mettais en pièces.

Désemparés, ils s'installèrent sur la terrasse dominant la forêt. Ils se faisaient l'effet de prisonniers attendant la sentence d'un tribunal.

— Je ne croyais pas que les choses tourneraient ainsi, avoua Nath. Moi qui voyais ce jardin comme une sorte d'éden !

Nerveux, il restait aux aguets, persuadé que l'esprit du tigre, alléché par la présence de Sigrid, tenterait de s'infiltrer de nouveau dans sa conscience.

Ils passèrent l'après-midi à contempler la jungle silencieuse et vide, sans oiseaux ni papillons. De temps à autre, sur une branche, une tige se rompait, libérant un fruit qui s'envolait vers le ciel en tournoyant sur lui-même.

Flavius Merco se manifesta au coucher du soleil.

— Ah ! s'exclama-t-il en faisant irruption dans la tête de Nath. Ça s'est avéré plus difficile que prévu. Je ne pensais pas que vous aviez tant d'ennemis. Le débat a été houleux. Beaucoup voulaient qu'on vous force à manger les fruits mutagènes pour déclencher une métamorphose qui aurait fait de vous nos semblables. Ces fanatiques voient en vous des créatures dégoûtantes. Votre chair, votre sexe les répugnent au plus haut point. Ils vous considèrent comme des excréments vivants. J'ai eu du mal à faire valoir mes arguments. Enfin, après avoir longtemps parlementé, j'ai réussi à obtenir un compromis.

— Lequel ? s'inquiéta Nath, qui flairait la mauvaise nouvelle.

— J'ai expliqué qu'il fallait vous considérer comme un témoignage des temps anciens. Des pièces de musée vivantes, souffla précipitamment Flavius. Mais certains ont alors déclaré qu'ils refusaient qu'on leur impose l'image obscène de ce qu'ils étaient jadis, lorsqu'ils possédaient encore une enveloppe charnelle et que leurs bas instincts les obligeaient à d'immondes copulations. Ils jugent cela infâme.

— Tu parlais d'un compromis…

— Oui, j'y arrive. Par chance, une partie de l'assemblée est tenaillée par la nostalgie et la curiosité. Ceux-là ont pris votre défense. Vous pourrez conserver votre apparence humaine à une condition…

— Laquelle ?

— Vous devrez accepter de prêter vos corps à ceux qui voudront les visiter. En quelque sorte, vous deviendrez des monuments ouverts au public.

— *Quoi ?*

— Je suis désolé, je n'ai rien pu obtenir de mieux. Certains esprits ont envie de se rappeler ce que ça fait d'habiter un corps. Ils viendront vous visiter pour un court moment. Un peu comme lorsqu'on fait un tour de manège dans une fête foraine. Pour eux, ce ne sera qu'une distraction.

— Et nous n'aurons pas la liberté de refuser, bien sûr !

— Je ne vous le conseille pas. Vous allez devenir nos animaux de compagnie. Des animaux dociles, aimables. C'est à cette seule condition que vous resterez humains. Si cela ne vous convient pas, on vous imposera la métamorphose. Cela ne prendra guère plus d'une semaine.

— Et comment vous y prendriez-vous pour nous contraindre à muter ?

— Ne sois pas bête ! Il nous suffirait de prendre le contrôle de votre corps pour vous forcer à manger autant de pommes qu'il serait nécessaire. Pour nous, c'est un exercice facile… Je vais vous laisser réfléchir. Vous devrez annoncer votre choix demain matin.

La voix se tut. Flavius s'en était allé. Nath se tourna vers Sigrid pour lui annoncer à quelle sauce ils allaient être servis.

Animaux de compagnie

À l'aube, Flavius Merco vint quérir leur réponse. Avaient-ils d'autre choix qu'accepter ?

— Cela nous permettra de gagner du temps, avait soupiré Sigrid au cours de la nuit. Faisons semblant de nous prêter au jeu et préparons notre évasion.

— Tu penses utiliser les fruits volants ? s'était enquis Nath.

— Oui, il suffirait de les entasser dans une enveloppe de toile. J'estime qu'une douzaine de pommes suffiront à nous soulever de terre. Ensuite, tout dépendra du vent. S'il souffle vers la plaine de boue, au nord, il nous ramènera d'où nous venons. Pour atterrir, nous diminuerons la portance de l'aérostat en libérant les fruits un à un. Évidemment, si la bourrasque souffle vers le sud, nous n'échapperons pas à nos poursuivants.

Nath s'était rendu à ses arguments, mais il enrageait à l'idée de faire demi-tour. Avoir affronté tant d'épreuves pour s'en retourner vaincu, mis en déroute par une armée de créatures désincarnées ! Quelle honte !

Merco fut heureux de leur décision.

— Quel bonheur ! s'extasia-t-il. Je m'ennuie tellement ! Il va enfin se passer quelque chose ! Vous n'aurez pas à le regretter, nous sommes prêts à vous accorder certains dédommagements en échange de votre collaboration.

— Lesquels ? s'enquit Nath.

— Je puis vous indiquer où sont cachés les trésors que nous avons amassés lorsque nous attachions encore de l'importance aux richesses matérielles, expliqua obligeamment Flavius. Libre à vous d'y puiser à votre guise, or et diamants n'ont aucune valeur pour des esprits voyageurs. Qu'en ferions-nous ?

Afin de prouver sa bonne volonté, il guida les jeunes gens à travers les caves de la villa et leur montra certains panneaux dissimulés, qui révélèrent des caches secrètes où s'entassaient lingots, perles et pierres précieuses.

— Servez-vous ! Servez-vous ! supplia-t-il. Ces babioles ne me sont d'aucune utilité. N'hésitez pas à remplir vos poches.

Sigrid et Nath déclinèrent son offre. Pour l'heure, ils n'avaient que faire de ces trésors.

— Je dois également vous conduire aux réserves de nourriture, insista leur guide invisible. Des conserves spatiales, engrangées en cas de cataclysme, de sécheresse. Il y en a assez pour vous permettre de vivre plusieurs années sans toucher aux fruits trafiqués. Vous voyez, je prends soin de vous.

La voix doucereuse semblait chargée d'intentions secrètes qui mirent Nath en alerte. Merco ne leur disait pas tout. Le contrat qu'on leur offrait comportait probablement des clauses inavouables qu'ils découvriraient trop tard, comme il se doit.

Les jeunes gens échangèrent un regard inquiet. Le peuple des esprits comptait-il les maintenir en captivité des années durant ?

— Vous voulez faire de nous des pantins, gronda Nath, des marionnettes dont vous vous amuserez à tirer les ficelles…

— Ah ! s'impatienta Flavius, ne recommencez pas. Ne vous montrez pas ingrats ! J'ai eu assez de mal à plaider votre cause. Vous devriez me remercier d'avoir obtenu ce compromis. Certains de mes congénères, horrifiés par votre présence charnelle, souhaitaient qu'on vous pousse au suicide. Vous auriez préféré cela ? Il y a des extrémistes dans nos rangs, des pudibonds pour qui le corps est immonde, et les fonctions naturelles un blasphème. L'idée même que l'on puisse déféquer les rend fous de terreur. Cela tient probablement à certains débordements auxquels nous nous sommes laissé aller, dans le passé.

— Les orgies ? siffla Nath.

— C'est cela même, admit Flavius. Le culte de la sensualité nous poussait à donner libre cours à nos vices cachés, à nos fantasmes. Nous avons fini pas commettre des excès. Le dégoût s'est emparé d'une partie des nôtres, ce rigorisme n'a fait qu'accentuer leur désir de désincarnation. Bref, je vous conseille de ne pas faire la mauvaise tête. Ne gâchez pas le préjugé favorable dont vous bénéficiez pour le moment.

— Comment les choses se dérouleront-elles dans la pratique ?

— Pas de panique ! Je connais mes congénères. Vous serez très sollicités au début, et cela sera un peu pénible, puis la curiosité s'émoussera. Un jour, vous n'intéresserez plus personne, et vous serez libres de vivre à votre guise. On vous oubliera. Vous serez passés de mode. Ayez la patience de tenir jusque-là !

Quand la voix de Merco se fut éteinte, Sigrid murmura :

— Tu crois qu'il dit la vérité ?

— Non, soupira Nath. Je crois que ce sera beaucoup plus pénible qu'il le prétend. Ces gens-là étaient des sensuels, pour ne pas dire des érotomanes. Leur civilisation entrait en décadence quand ils ont décidé de se désincarner. Il faut s'attendre à tout.

Dès le lendemain, Nath et Sigrid purent vérifier que leurs appréhensions étaient fondées. Les esprits chuchotants se succédaient dans leur tête comme des visiteurs dans un musée. Certains, à peine entrés, déclaraient cette promiscuité répugnante et s'en allaient aussitôt. Hélas, la plupart jugeaient l'expérience passionnante et s'empressaient de piloter Nath comme on essaie une voiture avant d'en faire l'acquisition. Pour tester ses capacités, ils le faisaient courir, bondir, escalader un mur. Quelques-uns lui ordonnèrent de plonger dans un bassin rempli d'eau croupie et d'y nager.

Le jeune homme était dans l'incapacité de se rebeller. Une fois installés dans son cerveau, les visiteurs avaient tout pouvoir sur lui et il devenait dès lors leur marionnette. Il devait se contenter d'obéir en écoutant leurs commentaires stupides ou leurs encouragements.

— Hue ! hue ! lui criaient-ils mentalement, le prenant sans doute pour un cheval. Plus vite ! galope ! saute !

— Ah ! comme c'est rigolo ! jubilaient-ils. J'avais oublié à quel point c'était amusant d'avoir des bras, des jambes !

Ignorant la fatigue et les blessures que ces prouesses infligeaient au garçon, ils l'emmenaient aux limites de l'épuisement, s'emportant s'il avait l'impudence de s'arrêter pour reprendre son souffle.

À la fin de la première journée de « visites », Nath était couvert de bosses, d'hématomes et d'estafilades. Il avait failli à trois reprises se casser une jambe ou un bras. Victime d'une crampe alors qu'on lui imposait une cinquantième longueur de bassin, il avait échappé de justesse à la noyade.

Sigrid n'avait pas été mieux lotie. Les visiteuses qui s'étaient succédé dans sa tête l'avaient obligée à se maquiller interminablement, à se coiffer, puis à danser... si bien qu'à la nuit tombante, la couche de fard recouvrant son visage était si épaisse qu'elle lui donnait l'illusion d'avoir été emmurée vive. Les centaines de coups de brosse lui avaient mis le cuir chevelu à vif ; quant à la danse, elle en conservait une foulure à la cheville droite.

Bref, l'aventure laissait augurer des lendemains inquiétants.

— Ils sont complètement dingues, grogna Nath en badigeonnant ses plaies de désinfectant. L'un d'eux voulait me faire sauter du haut du toit ! Ils s'imaginent que je suis une espèce de surhomme capable de prouesses physiques invraisemblables. On dirait qu'ils ont tout oublié des limites auxquelles est confronté un corps humain.

— Nous ne tiendrons pas longtemps à ce rythme, soupira Sigrid. Si je dois continuer à me brosser les cheveux comme aujourd'hui, je serai chauve dans deux semaines.

— Il faudrait que Flavius Merco leur demande de se calmer, mais j'ai peur que ce soit tout le contraire. J'ai senti beaucoup d'excitation chez eux. Une excitation louche...

— Tu veux dire... *sexuelle* ?

— Oui. En nous visitant, ils se reconnectent avec des pulsions oubliées. Ils commencent à se rappeler des choses, à avoir envie de se comporter comme de vrais humains. Je n'aime pas ça. Je ne sais pas où ça va nous mener.

Dès le lendemain, le marathon reprit.

Il y avait tant de postulants que le « temps d'occupation » dut être réduit de moitié. Parfois, les visiteurs s'embrouillaient dans les commandes. Ayant tout oublié de la manière dont on fait se mouvoir un corps, ils activaient les zones cérébrales du jeune homme au hasard, à la façon d'un utilisateur novice qui, privé de mode d'emploi, appuie sur tous les boutons « pour voir ce que ça va faire... » Quand cela se produisait, Nath devenait la proie d'une agitation incontrôlable et incongrue. Il se levait, s'asseyait, se grattait, se jetait à plat ventre, aboyait, se tortillait, ou se précipitait la tête la première dans un mur. À la fin de la matinée, il avait les arcades sourcilières éclatées, le visage barbouillé de sang, et l'oreille gauche à moitié déchirée.

Flavius, qui supervisait les visites, avait dû intervenir à plusieurs reprises pour chasser les « visiteurs » maladroits de l'esprit du garçon.

— Cela suffit ! proclamait-il, vous allez le casser. Libérez les lieux, il y a des gens qui attendent leur tour… Encore une fois, je vous rappelle que ce jouet est fragile ; s'il tombe en panne, nous serons incapables de le réparer.

Après une semaine de ce traitement, Sigrid et Nath étaient dans un état physique déplorable. Ils s'en plaignirent à Flavius qui parut désemparé.

— C'est vrai ? s'étonna-t-il, vous êtes donc si fragiles ? Par les dieux, j'avoue que j'ai oublié ce que ça faisait d'avoir un corps… C'est ennuyeux parce que le nombre des réservations ne cesse d'augmenter. Tout le monde veut vous essayer. C'est devenu l'attraction à la mode. Mais il va falloir évoluer.

— Évoluer comment ? gémit Sigrid.

— Vers des choses plus sensuelles… plus *sexuelles*, expliqua Merco avec une réticence manifeste. Certains de mes congénères ont la nostalgie de leurs ébats passés, ils voudraient se rappeler l'effet que cela produit.

— *Quoi ?* hurla la jeune femme. Ils veulent que je couche avec Nath ?

— Oui, dans un sens, admit Flavius. Mais je vous rassure, vous n'en aurez pas conscience, cela se passera à votre insu.

— À mon insu ?

— Oui, votre moi sera anesthésié, endormi, et les choses se dérouleront pendant votre « sommeil ». En effet, vos visiteurs refusent que vous les observiez en action. Ils font valoir leur droit à l'intimité. Ils ne veulent pas que vous soyez là, comme des voyeurs, à contempler leurs ébats...

Sigrid bondit sur ses pieds, les yeux hors de la tête.

— C'est du délire ! hoqueta-t-elle. Ces « ébats » se dérouleront avec mon corps !

— Je sais, je sais, grommela Merco, ce sont des distinctions un peu trop subtiles, mais je ne peux pas froisser nos clients, ce serait dangereux. Pendant tout le temps des rapports, votre conscience sera donc mise en sommeil. Vous aurez l'impression de dormir. Vos corps seront endossés par des gens que vous ne connaissez pas. Ce serait comme si vous mettiez vos vêtements en location.

— C'est répugnant ! protesta Nath. Ça s'apparente à un viol !

— N'exagère pas ! ricana Flavius, j'ai sondé ton esprit, mon garçon, je sais parfaitement que tu as envie de t'accoupler avec cette femme. Je t'offre l'occasion de le faire. L'expérience ne devrait pas déplaire à ton corps !

— Mais justement ! Mon corps sera habité par des dizaines d'inconnus ! Ce ne sera pas moi ! Il s'agira donc bel et bien d'un viol !

— Ça suffit ! trancha Merco dont le ton se fit soudain autoritaire. Vous n'avez pas choix. Si vous voulez rester en vie, il faut satisfaire le public ! N'oubliez pas que vous avez des ennemis. Ce matin encore, l'un d'eux a exigé qu'on vous force mentalement à vous immoler par le feu. C'est cela que vous désirez ?

Cette menace proférée, il se retira. Nath et Sigrid se retrouvèrent face à face.

Comme Nath ouvrait la bouche, la jeune femme leva la main pour l'interrompre.

— Pas la peine de t'excuser, siffla-t-elle. Comportons-nous en adultes. Si tu veux savoir, *je m'en fiche.* Je t'ai toujours considéré comme un copain, sans plus, et je n'en mourrai pas. Essayons de gérer ça avec sang-froid, et n'en parlons plus. Si, réellement, nous n'en conservons aucun souvenir, ce sera comme si ça ne s'était jamais produit. Point final.

En dépit de cette profession de foi radicale, une gêne s'installa, pénible, et ils ne s'adressèrent plus la parole de toute la soirée.

Flavius Merco n'avait pas menti. Les choses se déroulaient à leur insu, et ils n'en gardaient aucun souvenir. Leurs corps, en revanche, accumulaient une fatigue qui donnait à penser qu'on les contraignait à des prouesses répétées. Quand Nath et Sigrid reprenaient conscience, ils ne se retrouvaient jamais nus dans le même lit. Merco, par souci de décence, veillait à ce qu'ils s'éveillent chacun en un lieu distinct, loin de leur partenaire de la journée.

Tout le temps que dura cette étrange expérience, Nath eut beau fouiller sa mémoire, il n'y décela aucune image érotique, aucun rappel des débauches auxquelles il s'était livré sous l'influence de ses « occupants ».

Seule l'irritation constante de ses organes génitaux lui prouvait que ces abus étaient réels.

Ce fut pour les jeunes gens une période extrêmement désagréable, pendant laquelle ils osèrent à peine se regarder ou échanger une parole. Dès qu'ils ouvraient la bouche, leur voix sonnait faux. Sigrid déployait beaucoup d'efforts pour alléger la gêne de son compagnon d'infortune.

— Ne fais pas cette tête ! soupirait-elle. Dis-toi que c'est comme une opération chirurgicale effectuée sous anesthésie, point final. Ça vaut mieux que de s'immoler par le feu… En tout cas, ça fait moins mal.

Contrairement à ce qu'on aurait pu croire, les esprits chuchotants se lassèrent vite de ces jeux vénériens qui les laissaient désorientés. Ils étaient depuis trop longtemps coupés de toute sensation physique pour être encore capables de supporter sans culpabiliser le caractère animal de ces transports. Cette désaffection contraria Flavius Merco qui crut y voir le symptôme d'un désintérêt naissant.

— J'escomptais un succès plus durable, répétait-il. Ce n'est pas bon pour vous. Si vous passez de mode, le parti des pudibonds aura beau jeu d'exiger votre mise à mort. Seule la faveur populaire vous maintient en vie, il faut que vous le sachiez.

— Vous aviez dit qu'on nous relâcherait ! protesta Sigrid.

— Je sais, s'excusa Merco. Mais c'était avant vos exhibitions charnelles, qui ont choqué… A-t-on idée, aussi, de se comporter aussi bestialement ?

Sigrid s'étrangla de rage. Si Merco s'était tenu devant elle, en chair et en os, elle lui aurait arraché les yeux.

— La communauté a émis un souhait, reprit Flavius. Elle voudrait assister à un spectacle sportif.

— Sportif? répéta Nath, déjà sur ses gardes.

— Certains aimeraient davantage d'action, énonça Merco sur un ton qui sonnait faux. En fait, il a été proposé que nous organisions une course-poursuite. Une épreuve qui générerait du suspense, voyez-vous.

— Une course à pied?

— Oui… enfin, quelque chose de plus élaboré. L'un de mes amis a suggéré que le garçon pourrait être pris en chasse par la fille. Bien sûr, présenté de cette manière, ce n'est pas très attractif, mais pour corser la chose, nous implanterions l'esprit d'une panthère dans la tête de Sigrid.

Nath, qui avait déjà expérimenté ce type de possession mentale, bondit sur ses pieds.

— Vous êtes fou! haleta-t-il. J'ai été visité par un tigre à notre arrivée, il s'en est fallu de peu que je ne réduise Sigrid en charpie, et vous voulez recommencer?

— Vous vous devez à vos fans! insista Merco. De toute manière la décision est déjà arrêtée, je ne vous en informe que par courtoisie. La chasse commencera à midi, elle durera jusqu'au coucher du soleil. On vous laissera une heure d'avance.

— Vous prétendez être capable d'installer l'esprit d'une panthère dans mon cerveau? lança Sigrid, qui était devenue très pâle.

— Cela ne présente pas de grosses difficultés pour nous, ma chère enfant, répondit Flavius Merco. Nos ondes mentales sont plus puissantes que celles des animaux. Nous pouvons les dompter. Quand l'esprit de la panthère descendra en vous, votre humanité entrera en sommeil, vous oublierez complètement que vous n'êtes pas un animal. C'est cette particularité qui fera tout l'attrait du jeu. Mais le temps file… Préparez-vous pour l'épreuve. Je puis d'ores et déjà vous dire qu'elle rassemblera énormément de spectateurs.

Sur ce, il s'éclipsa, abandonnant les jeunes gens à leur stupeur.

— Qu'est-ce qu'on peut faire ? balbutia Sigrid. Je ne veux pas te tuer… Tu pourrais peut-être m'attacher… ou me briser les jambes ?

— Je veux bien t'attacher, mais ils se débrouilleront pour que tu te libères, marmonna Nath. Quant à te briser les membres, il n'en est pas question. Je vais essayer de jouer à cache-cache avec toi jusqu'à la tombée du jour. Si je me sens sur le point d'être rattrapé, je cueillerai une pomme ou deux et je m'envolerai dans les airs, hors de portée de tes griffes. Une panthère ne doit pas être capable d'imaginer une ruse de ce genre, non ?

— Je l'espère, soupira Sigrid.

Durant l'heure qui suivit, Nath s'employa à rassembler un petit matériel de survie : un couteau, des bandages, une fiole d'eau-de-vie, une gourde, des épingles, du fil, une aiguille, ainsi que de la nourriture et des piments séchés. Il jeta ce bric-à-brac dans une besace et grimpa sur la terrasse pour étudier le terrain. Le plus simple aurait été de se hisser au sommet d'un arbre, mais il se rappela que les panthères, à la différence des tigres et des lions, étaient capables d'escalader les troncs. Sigrid, une fois possédée par l'esprit du fauve, aurait donc le réflexe de poursuivre sa proie de branche en branche. Non, les arbres ne constituaient pas une bonne solution, mieux valait rester mobile et miser sur le fait que Sigrid courait moins vite que lui. Avec un peu de chance, elle se fatiguerait plus rapidement. Ces particularités constituaient des atouts non négligeables.

Comme midi approchait, il quitta son observatoire. La jeune femme l'attendait dans le hall, un rouleau de corde à la main.

— Attache-moi ! ordonna-t-elle. Cela te fera gagner du temps. Je te promets d'essayer de lutter de toutes mes forces pour repousser l'esprit de la panthère.

— C'est gentil, fit Nath. Mais tu n'y arriveras pas. J'ai expérimenté la chose quand le tigre est entré dans ma tête. Ce sera plus fort que toi, tu ne pourras pas t'empêcher de me donner la chasse, et tu n'auras qu'une envie, me dévorer.

Sigrid s'étant étendue sur le sol, il la ligota du mieux possible, multipliant les nœuds. Toutefois, il ne se faisait pas d'illusions, quand l'esprit du prédateur descendrait en elle, sa force physique s'en trouverait décuplée et elle trouverait moyen de ronger ses liens, quitte à s'en déchausser les dents.

— C'est de la triche ! clama soudain la voix de Flavius Merco dans son esprit. Vous l'avez ligotée ! Oh ! ce n'est pas *fair-play* ! Les spectateurs ne vont pas apprécier.

Négligeant les protestations de l'organisateur du spectacle, Nath sortit de la maison au pas de course pour s'enfoncer dans la forêt.

Il se déplaça à vive allure une heure durant, jusqu'à ce qu'un point de côté lui coupe la respiration, puis il grimpa dans un arbre dans l'espoir de surveiller la progression de Sigrid. Il n'eut pas à attendre longtemps. La jeune femme surgit soudain de la broussaille, beaucoup plus près qu'il ne s'y attendait. Elle était nue et se déplaçait tantôt sur ses pieds, tantôt à quatre pattes. Nath fut horrifié par l'expression bestiale qui défigurait ses traits. Elle bougeait vite et faisait preuve d'une souplesse qu'on pouvait, sans crainte d'exagérer, qualifier de féline.

Elle lui fit peur. Il était évident que la possession avait détruit en elle toute parcelle d'humanité. Elle progressait en plissant le nez, flairant la piste. Les épines avaient laissé sur ses épaules et ses hanches de longues griffures, mais elle n'y prêtait pas attention.

« Si elle me rattrape, songea Nath, elle n'hésitera pas à me déchiqueter ! »

Alors commença une interminable partie de cache-cache. Dès qu'il fut redescendu de son perchoir, Nath s'empressa d'émietter sur le sol les piments séchés dont il avait rempli sa besace. Comme tous les chasseurs de lézards, il savait que les épices anesthésiaient le flair des prédateurs. Dès que Sigrid aurait inspiré une bonne pincée de poivre, elle perdrait son flair de carnassier.

Pendant deux heures, Nath gagna du temps, tantôt au sol, tantôt perché sur une branche. Tant bien que mal, il se maintenait hors de portée de sa poursuivante, bien que celle-ci gagnât insensiblement du terrain. Chaque fois qu'il l'observait, il avait des sueurs froides, tant le visage de la jeune femme exprimait une monstrueuse convoitise. Elle avançait obstinément, couverte de boue et de sang, lacérée par les ronces, poussée par une faim dévorante.

Nath commençait à ressentir les effets de la fatigue et de la tension nerveuse. Peu à peu, son avance diminuait, grignotée par l'obstination hallucinée du prédateur.

Une autre heure s'écoula. Puis la chance tourna. Il se prit le pied dans une racine et se tordit la cheville. Dès lors, il en fut réduit à se déplacer en boitillant.

Quand il comprit que Sigrid allait le rattraper, il se hissa une dernière fois dans un arbre, cueillit deux pommes, et les enfouit dans sa chemise. Séparés de leur branche, les fruits s'envolèrent, entraînant Nath dans leur ascension. Il était temps : écumante de frustration, Sigrid venait d'atteindre le pied de l'arbre et en déchiquetait l'écorce à coups d'ongles furieux.

Nath se laissa emporter au-dessus de la forêt, le plus loin possible de la femme panthère. Le vent le fit dériver vers le nord. Le plus compliqué, à présent, était de redescendre avant que les fruits magiques ne l'emmènent trop haut. Afin de diminuer leur portance, il se défit de l'une des pommes qui, n'étant plus ralentie, fila vers les nuages.

Craignant de se rompre le cou, Nath scrutait le sol, à la recherche d'un endroit susceptible d'amortir sa chute. Il estima qu'il dérivait à une altitude de trente mètres, cela représentait une sacrée descente ! S'il se débarrassait maintenant du dernier fruit, il risquait de percuter un arbre de plein fouet et de s'empaler sur une branche. Enfin, la tache d'un étang se dessina dans une trouée de la canopée. Il fallait profiter de l'opportunité. Nath lâcha la seconde pomme et se laissa tomber, les yeux fermés. Si l'étang n'était en réalité qu'une mare, il se briserait les jambes ou la colonne vertébrale !

Il s'enfonça dans l'eau avec la grâce d'une enclume jetée du haut d'un pont. Par chance, l'étang était profond, et il put remonter avant que ses pieds ne s'enfoncent dans la vase. Il se traîna sur la berge. À l'idée du trajet qui l'attendait pour regagner la villa, il sentit ses dernières forces le quitter. Le soleil se couchait, le jeu était donc terminé.

Dès que les ténèbres eurent englouti la forêt, la voix de Merco explosa dans la tête de Nath, furibonde.

— Tu as triché ! vociférait-elle. Les spectateurs sont horriblement frustrés, il n'y a pas eu d'affrontement ! Utiliser les pommes pour s'enfuir… c'était stupide ! Tu as énormément déçu tes fans, ils attendaient mieux. En t'envolant, tu as fait le clown ! Tu as donné de toi une image grotesque !

— Foutez-moi la paix, gronda Nath en se redressant. Vous n'imaginiez tout de même pas que j'allais me laisser arracher une jambe ?

— Bien sûr que si ! s'étouffa Merco. Si tu avais eu une once de conscience professionnelle, tu...

— Au lieu de débiter des conneries, lança Nath, tu ferais mieux de m'indiquer le chemin à suivre pour rentrer à la maison.

Il n'atteignit la villa qu'au lever du jour. Sigrid gisait sur les dalles du hall, nue, couverte d'estafilades, les mains et les pieds caparaçonnés de boue séchée. Nath la souleva dans ses bras pour la déposer dans la grande fontaine de marbre trônant au milieu du patio. Le contact de l'eau fraîche sortit la jeune femme de sa torpeur artificielle. Son premier geste fut de caresser le visage du garçon.

— Les dieux soient remerciés, murmura-t-elle, je ne t'ai pas tué...

— Ce n'est pas faute d'avoir essayé ! plaisanta Nath pour masquer son émotion. Dans le genre tigresse, difficile de faire mieux.

Il se détourna pour laisser à Sigrid la liberté de procéder à ses ablutions. Quand elle émergea du bassin, il lui tendit une tunique de lin dont elle s'enveloppa.

— C'était horrible, chuchota-t-elle. Une telle sauvagerie... J'ai l'impression qu'on m'a mis le cerveau à vif. C'est comme si on avait passé l'intérieur de mon corps au papier de verre.

Elle vacilla, Nath dut la soutenir. Ils regagnèrent l'intérieur de la villa.

— Ça ne s'arrêtera pas là, murmura la jeune femme. Il leur en faudra toujours plus... Si on ne trouve pas le moyen de s'enfuir, on y laissera notre peau.

— Je sais, fit Nath. Il va falloir leur fausser compagnie avant qu'il ne soit trop tard.

La journée s'écoula sans que Flavius Merco se manifeste. Les jeunes gens en profitèrent pour se reposer. Nath soigna sa cheville à l'aide d'un baume déniché dans le cellier de la villa. Il se sentait abattu, et fort pessimiste quant à leur avenir.

Les deux jours qui suivirent se déroulèrent sur le même modèle. Nath ne savait ce qu'il fallait penser du silence prolongé des esprits chuchotants. En prévision d'une fuite éventuelle, Sigrid et lui mangeaient beaucoup et se reposaient tout autant, afin de reconstituer leurs forces.

Le troisième matin, ils furent réveillés par Flavius Merco. D'emblée, la tonalité grincheuse de ses paroles leur parut de mauvais augure.

— Il n'y a pas à tortiller, énonça-t-il après moult précautions oratoires. Il faut rattraper le coup, et vite. La chasse a été un fiasco. Mes congénères ont été déçus, tant par vos contre-performances que par l'obligation où ils se sont trouvés d'être de simples spectateurs. Ils ont jugé cela frustrant. En un mot comme en cent, ils souhaitent participer.

— Participer ? grogna Nath, mais comment ?

— Ils souhaiteraient que vous vous battiez. Pensez-vous que cela soit possible ?

— Ils veulent nous transformer en gladiateurs ? s'indigna Sigrid.

— Oui, fit Flavius Merco avec enthousiasme. Cela mettrait un peu de piment dans les exhibitions. Vous leur prêteriez vos corps, de cette manière, ils pourraient ressentir charnellement l'excitation du combat ! Ils s'empoigneraient, se frapperaient... Il y a trois siècles que nous n'avons plus aucun contact physique, cela nous manque terriblement. Mais j'hésite, n'est-ce pas... Serez-vous capables de vous autoréparer si vous subissez une avarie au cours de l'affrontement ? Je ne sais plus très bien comment les choses se déroulent en cas de panne. Il me semble qu'on faisait alors appel à un réparateur.

— Tu veux dire un médecin, corrigea Nath. Quand on parle d'un être humain, on dit « blessure » et pas « avarie ».

— C'est possible, tout cela me paraît si lointain.

— De toute manière, il n'est pas question que nous nous battions ! s'emporta Sigrid. C'est une idée dégueulasse.

— Peut-être, peut-être, soupira Merco. Mais ne vous faites pas d'illusions, ils peuvent vous y contraindre... Une fois installés dans vos têtes, ils commanderont à vos corps, ils décideront de vos actions. S'ils ont envie d'un beau combat, il leur sera facile d'actionner les muscles adéquats.

Quand Flavius se fut retiré, Nath et Sigrid se regardèrent avec effroi. Cette fois, les choses prenaient une tournure dramatique.

— Il faut s'enfuir, murmura la jeune femme. Tant pis, on ne peut pas continuer. Ils vont nous tuer ! Ils n'osent pas le dire franchement mais c'est ainsi que ça finira, tu le sais bien ! Utilisons les fruits flottants pour fabriquer un ballon dirigeable, et rentrons chez nous, sur la plaine de boue. Ce n'est pas le paradis, certes, mais c'est toujours mieux que ce monde de fous.

Nath hésitait. S'envoler n'avait rien de compliqué, il l'admettait, le problème, une fois suspendu dans les airs, c'était de se diriger dans la bonne direction. Si le vent soufflait en sens contraire, ils ne feraient que s'enfoncer un peu plus au cœur de l'hémisphère sud. Le peuple chuchotant n'apprécierait guère cette tentative d'évasion.

— D'accord, capitula-t-il. Nous allons bricoler une nacelle. Il faut trouver de la toile et des lanières, puis coudre une enveloppe que nous remplirons de pommes.

Cette nuit-là, au lieu de se reposer, ils explorèrent les caves à la recherche du matériel nécessaire à la construction de l'aérostat. Ils durent déchanter. La toile de sac était pourrie, les cordages ne valaient pas mieux. Écrasés de fatigue, ils renoncèrent.

— On recommencera demain soir, grogna la jeune femme. Dans la maison d'à côté, on aura sûrement plus de chance.

Afin de permettre à ses pantins vivants de « s'auto-réparer », Flavius leur accorda trois jours de repos supplémentaires.

— Ça n'a pas été simple, se lamenta-t-il. Ils sont tous très excités par cette idée de combat à mains nues. On ne pourra pas y couper. J'ai fait valoir que le combat serait médiocre si vous n'étiez pas en excellente forme physique.

— Ils seront bien déçus car nous ne nous battrons pas ! hurla Sigrid.

— Taratata ! ricana Flavius. Ne dites pas de sottises. Vous ferez ce qu'ils vous ordonneront de faire, et voilà tout. Une marionnette est faite pour obéir à celui qui la manipule.

Angoissés, les jeunes gens mirent ce répit à profit pour explorer les caves des alentours. Sans succès. En outre, Nath avait la conviction que Merco les surveillait. Cette histoire de jeux du cirque avait fait de lui une vedette, et il ne tenait nullement à ce que ses champions s'évaporent dans la nature, écourtant son heure de gloire.

Par ailleurs, le jeune homme avait remarqué un phénomène inquiétant dont il n'avait pas encore parlé à sa compagne.

Les pommes, une fois leur tige rompue, s'élevaient dans les airs… Cela, il le savait déjà, certes, mais jusqu'à présent, il n'avait jamais surveillé assez longtemps leur envol pour réaliser qu'une fois parvenues à une certaine altitude, ces mêmes pommes *explosaient* dans une gerbe de pulpe et de pépins !

Voilà qui ne promettait rien de bon.

Le ballon qu'ils projetaient de fabriquer ne risquait-il pas de subir le même sort ?

Un peu plus tard, Sigrid lui avoua qu'elle mourait de peur à l'idée du combat à venir. Elle envisageait de prendre la fuite sans attendre, de courir au hasard, à travers la jungle.

— Ça ne servira à rien, lui fit observer Nath. Les esprits chuchotants nous rattraperont sans difficulté. N'oublie pas qu'ils se déplacent dans les airs. À peine serons-nous partis qu'ils nous localiseront, ensuite, ils n'auront qu'à se glisser dans nos têtes pour nous forcer à revenir.

— Mais ils vont nous massacrer ! gémit la jeune femme. Tu imagines dans quel état nous serons s'ils nous contraignent à nous battre une journée entière ? Ils ne retiendront pas leurs coups. Ils peuvent te forcer à m'étrangler, tu y as pensé ? Ou me contraindre à t'arracher les yeux !

— Oui, avoua Nath. Pour eux, nous représentons une forme de vie inférieure. Je sais qu'ils n'hésiteront pas.

Les revenants

Le lendemain, Flavius surgit dans l'esprit de Nath, faisant sursauter le jeune homme qui ne s'y attendait pas. L'ancien marchand, bien que devenu pensée pure, semblait très excité.

— Grande nouvelle ! proclama-t-il. J'ai trouvé le moyen de corser les combats. Nous avons découvert deux de vos semblables perdus dans la jungle. Deux naufragés que nous avons ramenés ici. Je leur ai exposé les règles du jeu, ils sont tout à fait d'accord pour nous prêter leurs corps le temps d'un affrontement.

— Des naufragés ? s'étonna Nath. Où sont-ils ?

— En bas, près de la piscine. Peux-tu te charger de les accueillir ? Je crois que la présence d'un des leurs les rassurera.

Nath ne se fit pas prier. Suivi de Sigrid, il dévala l'escalier pour gagner le jardin. À peine en avait-il franchi le portique qu'il se figea. Les naufragés en question le considéraient d'un air goguenard. Ils avaient beau être vêtus de guenilles et couverts d'estafilades, Nath les identifia au premier coup d'œil.

Zoïd Vorkan et Mastrazza le sorcier !

— Par les cornes des démons du brouillard, s'exclama le pirate, vous avez donc survécu…

Dès que son regard croisa celui de Mastrazza, Sigrid changea d'attitude. Nath fut mortifié de constater qu'elle semblait *heureuse* de retrouver le magicien, et cela en dépit de qu'il lui avait imposé.

« Foutre ! songea-t-il, elle s'est donc bel et bien amourachée de ce saligaud ! » Reportant son attention sur les pirates, il lança d'un ton peu amène :

— D'où sortez-vous ? J'espérais que vous seriez pétrifiés par la boue jaune.

— Désolé de te décevoir, ricana Zoïd Vorkan, mais nous avons suivi le même chemin que toi. Nous nous sommes accrochés à un morceau de marbre que le vent a poussé jusqu'ici.

— Nous volions assez haut, compléta Mastrazza, si bien que nous sommes passés au-dessus de la muraille, au ras du chemin de ronde, ce qui nous a dispensés de l'escalader. Comme nous commencions à mourir de faim, nous avons décidé de sauter en marche.

— Nous sommes tombés sur l'un de ces arbres gigantesques, conclut Zoïd. C'est là que cet esprit... ce Flavius Merco, nous a contactés.

— Que vous a-t-il dit ? s'enquit Nath avec méfiance.

— Qu'il organisait des combats de marionnettes humaines, répondit le pirate. Ce sont ses propres termes. Il nous a proposé de louer nos corps, afin de permettre à ses copains fantômes de jouer aux gladiateurs.

— Vous savez comment ça fonctionne ? insista Nath. Ils n'ont aucun sens de la mesure... Il est probable qu'ils nous mettront en pièces à la première rencontre. Ils ne se rendent pas compte que nous sommes fragiles, vulnérables.

— Arrête de pleurnicher comme une pucelle, coupa Zoïd. Moi, ça me convient très bien. Flavius nous a conduits dans une cave, au pied d'un tas de pièces d'or. Il a dit que nous pourrions y puiser sans limite. C'est le genre d'offre qui me réchauffe le cœur !

— Tu n'emporteras rien, siffla Nath, puisque tu seras mort !

— *Toi,* tu seras mort ! aboya le pirate. Quant à moi, c'est beaucoup moins sûr.

— Assez ! intervint Mastrazza, que ce combat de coqs ennuyait. Gardez vos forces pour l'arène, aujourd'hui fêtons plutôt nos retrouvailles. Il y a pléthore de nourriture dans cette cave, je vous propose d'y faire honneur.

Nath se laissa entraîner de mauvais gré. Dès qu'ils furent dans la cave, Mastrazza et son acolyte changèrent de ton.

— Du calme, compagnon ! chuchota le sorcier. Nous sommes du même bord. Cette comédie était destinée aux esprits flottants. Il n'est pas question que nous prêtions notre corps à des fantômes qui souhaitent connaître le grand frisson ! Nous ne sommes pas aussi débiles que tu l'imagines. Tu crois que j'ai envie de finir estropié ?

Nath écarquilla les yeux, surpris de ce revirement.

— Écoute, intervint Zoïd Vorkan, nous avons peu de temps. Voilà le plan. Nous sommes venus rafler le trésor. Tu peux nous aider et avoir ta part du magot, ou rester ici et participer aux jeux du cirque.

— Mais où comptez-vous aller ? s'enquit Sigrid. Les esprits nous auront rattrapés avant que nous ayons atteint le pied de la muraille.

— Notre ami le sorcier a mis un truc au point pour les tenir à l'écart, expliqua Zoïd avec cet aplomb insensé qui constituait le trait principal de son caractère.

— Un truc ? répéta la jeune femme, incrédule.

— Oui, murmura Mastrazza. Je connaissais déjà l'existence de ces créatures désincarnées avant de venir ici. Les anciens grimoires en font mention. Il y est question du « peuple-esprit », des « pensées sans corps ».

— Abrège ! coupa Vorkan, tu ne vas pas nous faire un cours !

Mastrazza se rembrunit, vexé. Les lèvres pincées, il reprit :

— En brûlant une certaine poudre, il est possible de les tenir à l'écart, de brouiller leur perception des choses.

— Et cette poudre, tu peux la fabriquer ici ? demanda Nath.

Pour toute réponse, le sorcier écarta les pans de son manteau de cuir. La doublure du vêtement était tapissée de sachets de toile cousus côte à côte.

— Je ne me déplace jamais sans mon laboratoire, siffla-t-il. J'ai sur moi de quoi neutraliser les esprits pendant un moment. Les émanations de cet élixir les désorienteront tellement qu'ils hésiteront à se lancer à nos trousses.

— Comment ferez-vous pour hisser les sacs d'or au sommet de la muraille et pour les redescendre sur la plage, hein ? lança Sigrid. Y avez-vous seulement pensé ?

— Nous ne comptons pas revenir sur la plaine de boue, lâcha Zoïd. Nous avons d'autres projets…

— Lesquels ? s'étonna Nath.

Après avoir hésité une seconde, Mastrazza leur fit signe de se rapprocher et murmura d'une voix à peine audible :

— Pendant que notre radeau de marbre survolait la jungle, nous avons aperçu quelque chose de très intéressant : *un astroport…*

— Un quoi ? hoquetèrent d'une même voix Sigrid et Nath.

— Vous êtes vraiment des connards de première ! grogna le pirate. On ne vous a jamais appris qu'Almoha a été colonisée, jadis, par des humains venus d'une planète appelée Terre ? Certes, au nord, la boue a avalé leurs installations, et il est difficile de retrouver les traces de leur civilisation, mais ici, au sud, le climat a préservé leur technologie, notamment cet astroport, où atterrissaient leurs vaisseaux. Des navires capables de se déplacer dans le ciel, et qu'on nommait « fusées » ou « astronef ».

— C'est vrai ! renchérit Mastrazza, très excité. Un astroport avec plusieurs fusées calées sur leur rampe de lancement… Les installations sont très anciennes, bien sûr, mais il n'est pas impossible que l'un ou l'autre de ces vaisseaux soit encore en état de marche. Ces mécaniques étaient conçues pour défier le temps. Je ne serais pas surpris qu'elles décollent à la première sollicitation. Elles utilisaient un carburant solide qui n'a pas pu s'évaporer, en dépit des siècles. Tout était automatisé. Les grimoires disent qu'un enfant aurait pu manœuvrer ces machines volantes.

— Vous avez pigé ? martela Zoïd Vorkan. Le trésor une fois chargé à bord d'une fusée, il nous suffira de décoller. De tourner le dos à Almoha pour toujours ! Nous emporterons assez de richesses pour mener une existence de rêve où que nous allions.

— Oui ! exulta Mastrazza. Les grimoires disent qu'il existe des centaines d'autres mondes colonisés par les humains. Des mondes plus cléments qu'Almoha !

— Ah…, fit Nath, refroidi. C'est cela, votre plan génial ?

Au même moment, Sigrid lui pinça discrètement le bras pour lui signifier de jouer le jeu des deux canailles. Elle avait raison. Il importait avant tout d'échapper aux caprices des esprits chuchotants ; pour le reste, on verrait plus tard.

— Alors, c'est d'accord ? s'impatienta Vorkan. Vous en êtes ?

« Salaud ! songea Nath. Tu as besoin de nous parce que nos deux paires de bras te permettront d'emporter davantage de diamants et de lingots d'or. Une fois arrivé sur la piste d'envol, tu te débarrasseras de nous… ainsi que de ton fichu sorcier, qui ne te sera plus alors d'aucune utilité ! Tu me prends pour un débile profond… Mais à malin, malin et demi ! »

— D'accord, fit-il, feignant d'être à son tour contaminé par la fièvre de l'or. Mais part égale pour tout le monde !

— Bien sûr, mentit Zoïd, une lueur de mépris dans l'œil. Cela va sans dire.

Le grand départ

Ce fut une étrange nuit aux allures de veillée d'armes. Mastrazza, après avoir récupéré une vasque de bronze au rez-de-chaussée de la villa, s'installa à l'écart pour mélanger ses poudres. Il accompagnait cette besogne d'incantations destinées à impressionner son auditoire.

Pendant ce temps, Vorkan, aidé de Sigrid et de Nath, remplissait de pierres précieuses les paniers dénichés dans la cave. Quand ils furent contraints de s'arrêter, faute de récipients, ils réalisèrent qu'ils avaient rassemblé une fortune colossale ; pourtant, le trésor semblait à peine entamé.

— Quel dommage de laisser ça derrière nous ! se lamenta le pirate.

— Allons, grinça Nath, irrité. Tu vas déjà en emporter plus que tu ne pourras dépenser au cours de ta vie. Ce surplus ne te servirait à rien.

— Si ! répliqua Zoïd, l'œil étincelant d'une lueur de folie. À me sentir riche. On n'est jamais assez riche, ni assez musclé !

— On ne pourra jamais porter une telle charge, gémit Sigrid. C'est beaucoup trop lourd.

— J'ai vu une charrette à bras, dans la cour, indiqua Vorkan. Il suffira d'en graisser les essieux avec le contenu de cette amphore d'huile.

Transporter les paniers de pierres précieuses jusqu'à la carriole ne fut pas une mince affaire. Les lingots pesaient autant qu'un âne mort. Nath se demanda si le véhicule vermoulu serait en état de les supporter.

Mastrazza les rejoignit.

— Ça y est, annonça-t-il. La fumigation a commencé. Elle durera une dizaine d'heures. Pendant ce temps, les esprits flottants seront désorientés, incapables de se situer dans l'espace, et donc de se déplacer. Ils tourneront en rond comme des abeilles folles. Nous devrons avoir atteint l'astroport avant qu'ils n'émergent de l'hébétude.

— Très bien ! fit Zoïd Vorkan, alors en avant ! Attelons-nous à cette carriole et filons comme le vent.

Cramponnés aux bras de la charrette, ils entreprirent de tirer le trésor. Les dents serrées, ils devaient lutter contre les inégalités du terrain. À chaque cahot, des diamants ou des rubis s'échappaient des paniers et roulaient dans l'herbe. Les fuyards n'avaient pas le temps de les ramasser... De toute manière, quelques émeraudes de plus ou de moins ne changeaient pas grand-chose à l'affaire.

Le voyage s'avéra plus rude qu'ils ne l'avaient imaginé car l'ancienne route pavée avait été colonisée par la végétation. Les racines en avaient soulevé le dallage. Il leur fallut s'arrêter à plusieurs reprises pour repousser des troncs abattus ou combler des crevasses.

Fatigués, ruisselants de transpiration, ils ne s'adressaient plus la parole.

Ils firent halte au bout de trois heures, pour puiser dans les conserves qu'ils avaient eu la sagesse d'emporter. Boire et manger leur fit du bien.

— C'est encore loin ? s'inquiéta Sigrid.

— Je ne sais pas, avoua Mastrazza. Nous étions sur le radeau de marbre quand nous avons aperçu la piste. Vu d'en haut, ça ne paraissait pas aussi éloigné de la ville.

— Arrêtez de gémir, s'emporta Zoïd Vorkan. Ce trésor vaut bien deux gouttes de sueur, non ? Les bâtiments de l'astroport se trouvent derrière ce rideau d'arbres géants, là-bas. Nous devrions l'atteindre dans trois heures.

Mais c'était un calcul optimiste car, dès lors, les obstacles se multiplièrent, les ralentissant. À certains endroits, il leur fallait arracher buissons et arbustes pour s'ouvrir un passage. Quand les trois heures furent écoulées, ils ne s'étaient guère rapprochés de la ligne d'arbres cachant la piste d'envol. Leur épuisement était tel qu'ils durent se résoudre à dormir.

Nath était en train de sombrer dans le sommeil quand il sentit une pensée étrangère s'insinuer dans son esprit.

— Ne bouge pas, souffla la voix, c'est moi, Flavius… Je suis venu te prévenir. Inutile que tes compagnons sachent que je vous ai retrouvés.

— Les autres, tes amis…, demanda mentalement le jeune homme. Ils sont à notre poursuite ?

— Non, pas encore. La magie du sorcier les a embrouillés. J'ai eu la chance d'y échapper car je savais ce que vous prépariez. Je vous espionnais, cette nuit, dans la cave. Quand le magicien a commencé à mélanger ses poudres, je me suis éloigné.

— Tu n'as pas donné l'alerte ?

— Non. J'ai réfléchi à ce que tu m'avais dit. J'ai compris que tu avais raison. Nous n'avons pas le droit de vous utiliser comme des jouets. Les marionnettes humaines, c'était en fait une mauvaise idée. J'ai décidé de t'aider.

— Merci.

— Oh ! ne te réjouis pas trop vite, tu n'es pas tiré d'affaire. Sache d'abord que tu t'es associé avec des canailles. J'ai visité leurs pensées, à leur insu. Zoïd a l'intention de vous tuer, tous, une fois que vous aurez chargé le trésor dans la soute du vaisseau.

— Je m'en doutais, figure-toi.

— Mastrazza est moins pourri, mais il a également la passion du pouvoir, le goût de la richesse. Il se doute des intentions de Zoïd et prévoit de l'empoisonner à la première occasion… Toutefois, il hésite encore, car il a peur du pirate. Il veut garder la fille parce qu'il s'est donné beaucoup de mal pour la rendre folle de lui. Tu le gênes, il projette te supprimer. J'ai également lu dans les pensées de la jeune femme, elle…

— Tais-toi, je ne veux pas savoir.

— À ta guise. Tu es courageux, voilà pourquoi j'ai voulu te prévenir de ce qui se tramait dans l'ombre. Il ne te reste plus beaucoup de temps pour t'organiser. Bientôt, les miens vont sortir de l'hébétude et se lancer à votre poursuite. Ils seront furieux. Je pense qu'ils utiliseront vos corps dans un combat à mort... Ils vous forceront à vous entre-tuer, jusqu'au dernier. Cela ne doit pas se produire.

— Avons-nous une chance d'atteindre l'astroport avant d'être rattrapés ?

— Peut-être... Je ne me rends pas compte. J'ai perdu l'habitude d'évaluer les distances. Quand on vole, rien ne paraît éloigné. Ah ! encore un conseil. Si tu veux échapper aux jeux du cirque, cueille un fruit et mange-le... Ce simple geste signifiera que tu as choisi de muter et de nous rejoindre. Dès lors, tu deviendras intouchable, le peuple des esprits sera forcé de te considérer comme un frère. C'est notre loi. Il ne sera plus question de faire de toi un gladiateur. Nous t'accueillerons parmi nous avec joie.

— Mais je deviendrai comme toi ?

— Oui. Avec le temps, la puissance mutagène des fruits s'est décuplée. Ton corps se dématérialisera en moins d'une semaine.

— Je te remercie mais ça ne me tente guère.

— Comme tu voudras. Mais ne néglige pas cette solution si vous êtes encerclés. *Cueille une pomme et croque dedans...* Ce geste symbolique tiendra lieu de pacte. Quant à moi, je serai heureux d'être ton ami. Tu me raconteras tes aventures sur la plaine de boue. J'aime les bonnes histoires, et nous manquons de conteurs, de ce côté-ci du mur.

— Pourquoi n'allez-vous jamais au-delà de la muraille ?

— C'est un monde barbare ! Nous sommes trop raffinés pour supporter le spectacle d'une telle déchéance… À présent, je dois te laisser. Réveille tes compagnons et reprenez la route sans tarder. Le temps vous est compté.

— Avons-nous une chance de trouver une fusée en état de marche ?

— Oui, ces engins ont été conçus pour défier les siècles. Leur maniement est simple. Il suffit de leur donner des ordres, à haute voix. L'ordinateur de bord se charge d'actionner les machines. Un enfant pourrait les utiliser. Chaque vaisseau est programmé pour se faufiler entre les nuages solidifiés, il n'y a aucun risque de collision.

— Pourquoi ne les avez-vous pas empruntés pour regagner la Terre ?

— Sur la Terre nous serions redevenus de simples mortels. Je te l'ai déjà dit, nous sommes condamnés à vivre dans ce jardin, pour l'éternité. Adieu, compagnon… que la chance soit avec toi.

La voix se tut. Nath comprit que Flavius Merco s'en était allé pour toujours. Se glissant contre Sigrid, il lui toucha l'épaule pour la réveiller. Dès que la jeune femme eut ouvert les yeux, il lui chuchota à l'oreille ce qu'il venait d'apprendre.

Sigrid resta silencieuse, immobile, fixant la cime des arbres. Nath comprit qu'elle était sur le point de prendre une décision irrévocable. Il se crispa, devinant qu'il n'apprécierait guère ce qu'il allait entendre.

— Nath, murmura enfin Sigrid. Je ne partirai pas avec toi.

— Quoi ?

— Laisse-moi parler. J'aime Mastrazza. Comme une folle. Ce n'est peut-être qu'une illusion née d'un envoûtement, je ne prétends pas le contraire, mais c'est formidable… Je n'avais jamais connu cela auparavant… Ça… ça donne un sens à ma vie. Je n'ai pas envie que ça s'arrête. Si j'étais séparée de lui, je mourrais. Je vais rester sur Almoha.

— Mais il n'a pas l'intention de s'attarder ici…

— Je sais, c'est un salaud, un menteur. Mais j'ai décidé de muter, avec lui. Nous allons manger les fruits empoisonnés. Quand nous serons devenus de purs esprits, il perdra son goût des richesses, tout cela n'aura plus aucun sens pour lui… et moi, moi je serai débarrassée de ce corps malhabile qui m'est un fardeau. Je volerai dans les airs comme les fées des contes. Je commencerai une autre vie.

— Parce que tu crois que Mastrazza va accepter de gaieté de cœur de renoncer au trésor ?

— Non, sûrement pas. Mais tu as oublié une chose. *L'huile d'obéissance…* J'ai conservé le flacon. Si ce liquide était capable de rendre docile une corde aussi agressive, je me dis qu'elle devrait n'avoir aucun mal à transformer une canaille en mouton.

Nath en resta sans voix.

— Écoute, insista la jeune femme. Il ne nous reste plus beaucoup de temps. Je vais déboucher le flacon, me lever, puis en asperger Mastrazza et Vorkan. À partir de cette minute, ils nous obéiront au doigt et à l'œil. Je resterai ici avec Mastrazza. Nous mangerons les fruits magiques. Toi… toi, tu gagneras l'astroport avec Zoïd. Charge le trésor dans la fusée et envole-toi. Une fois sur la Terre, utilise cette fortune pour organiser une expédition de secours. Tu seras riche, tu pourras acheter tous les vaisseaux dont tu auras besoin. Alors tu reviendras ici, et tu organiseras l'évacuation générale. Tu arracheras à l'enfer ceux qui vivent sur la plaine de boue. Ce sera ta mission, comprends-tu ?

— Oui, balbutia Nath, la gorge serrée. Mais toi ?

— Moi je vivrai pour l'éternité dans le jardin merveilleux, avec Mastrazza, murmura Sigrid en lui caressant la joue. Le moment est venu de nous séparer. Chacun doit suivre son chemin. Tu sais bien que nous n'avons jamais eu d'avenir ensemble.

La jeune femme s'assit et plongea la main dans la besace de Bézélius. Elle referma les doigts sur le flacon empli d'huile magique.

— Fais attention à Vorkan, ajouta-t-elle. C'est un criminel-né. Dès que l'élixir d'obéissance ne fera plus effet, il tentera de te tuer. Une fois le trésor chargé dans le vaisseau, ordonne-lui de s'éloigner, de courir vers la forêt. Ne l'emmène surtout pas avec toi. C'est un serpent… et tu n'es pas assez cruel pour lui tenir tête. Songe à ta mission. Tu dois revenir ici. Tu dois sauver tous ceux qui croupissent sur la plaine de boue. Tu dois les ramener sur la Terre.

Avant que Nath ait eu le temps de répondre, elle s'était levée et se dirigeait vers l'endroit où le sorcier et le pirate se reposaient. Averti par un sixième sens, Vorkan s'éveilla. Identifiant Sigrid, il se détendit. Ce fut une erreur. La jeune femme lui jeta la moitié du contenu de la bouteille au visage. L'assassin poussa un juron. Aveuglé, il tenta de se nettoyer, mais ses doigts ne firent qu'étaler davantage le liquide visqueux.

— À quoi joues-tu ? s'écria Mastrazza. Tu es folle… Tu veux qu'il t'étrangle ?

Sigrid pivota sur ses talons pour lui faire face. La seconde d'après, elle l'aspergeait avec ce qui restait de l'élixir. Plus malin que Zoïd, Mastrazza comprit le sens de la manœuvre. Il blêmit et, ramassant une poignée de terre, tenta de l'utiliser pour éponger l'huile. C'était trop tard, le maléfice s'emparait déjà de son esprit.

— Laisse ça, lui ordonna la jeune femme. Lève-toi et reste tranquille. À partir de maintenant, tu feras tout ce que je t'ordonnerai. Quant à toi, Vorkan, tu vas suivre Nath et obéir au moindre de ses ordres, c'est compris ?

— Oui, balbutia le pirate, les yeux hagards. Je ferai comme il te plaira.

Nath dévisagea les deux hors-la-loi. On eût dit des somnambules prisonniers d'un rêve.

— Voilà, murmura Sigrid. C'est fait. Il faut nous séparer. Le pouvoir de l'huile se dissipera dans deux heures, sois prudent. Tu devras te trouver hors de portée de Vorkan lorsqu'il redeviendra lui-même. Pars, l'astroport est encore loin…

Nath était paralysé. Il n'arrivait pas à se persuader qu'il ne reverrait plus Sigrid. Il prit conscience du fait qu'il n'avait jamais envisagé leur séparation.

— Pars, répéta la jeune femme d'une voix tremblante. Tu sais que je déteste les adieux. Chacun de nous doit suivre sa voie. Je sais que tu avais un sentiment pour moi, mais ça n'a jamais été réciproque, crois-moi. Si nous étions restés ensemble, je t'aurais rendu malheureux. Tu m'aurais agacée, j'aurais fini par te haïr... Il ne faut pas que cela se produise, tu comprends ?

— Es-tu sûre d'avoir fait le bon choix ? insista Nath. Mastrazza ne me semble pas...

— Tais-toi. Je l'aime, c'est tout. Même si ce sentiment n'est qu'une illusion, il me réchauffe. La raison n'a rien à faire là-dedans. Quand nous serons désincarnés, lui et moi, tout ira mieux. La dématérialisation le débarrassera de ses mauvais penchants. J'en ai la conviction.

Nath recula. Il connaissait Sigrid, rien ne la ferait revenir en arrière.

— Alors bonne chance, souffla-t-il.

Ils se jetèrent dans les bras l'un de l'autre.

— Bonne route, gémit Sigrid à son oreille. Ce fut un honneur...

— Pour moi aussi, balbutia Nath. Pour moi aussi.

Il se détourna car il craignait de laisser voir sa détresse. D'un geste sec, il signifia à Vorkan de s'atteler au chariot et fit de même. Empoignant la carriole, ils s'élancèrent sur la route.

« Je ne me retournerai pas, se répétait Nath. Je ne me retournerai pas. »

Mais il ne put s'en empêcher. Quand, enfin, il regarda par-dessus son épaule, il vit que Sigrid avait cueilli une pomme magique. Elle mordit dans le fruit puis le tendit à Mastrazza qui l'imita. Dès qu'ils en eurent avalé la pulpe, leurs pieds quittèrent le sol. Une minute plus tard, ils flottaient déjà dans les airs, au-dessus de la forêt. Indifférents à ce qui les entourait, ils se tenaient les mains et se regardaient dans les yeux.

Nath serra les mâchoires jusqu'à ce que le goût du sang lui emplisse la bouche.

— Plus vite ! ordonna-t-il à Vorkan. Tu lambines ! Je veux avoir atteint l'astroport dans une heure.

— Bien, maître, fit docilement le pirate, dont le visage huileux brillait au soleil.

Ils franchirent les derniers kilomètres les séparant de la piste d'envol à marche forcée, le dos cassé, les muscles douloureux. Nath accueillit cette souffrance avec joie, car elle lui permettait de ne plus penser à Sigrid.

Enfin, une fois dépassé le rideau d'arbres, l'astroport apparut avec ses bâtiments, ses coupoles recouvertes par la végétation. Un engin de métal fusiforme et vertical se dressait sur un espace dégagé, entre les constructions. Nath supposa qu'il s'agissait du fameux « vaisseau spatial » mentionné par Mastrazza. Planté au milieu du pas de tir, ses ailerons et son fuselage enveloppés de lierre, il ressemblait davantage à un monolithe barbare qu'à une machine capable de voler dans les airs, au mépris de la pesanteur. Nath monta les marches de la passerelle quatre à quatre. Le temps jouait contre lui. Zoïd Vorkan sortirait de son hypnose d'un moment à l'autre. S'ajoutait à cela la meute des pensées désincarnées, qui n'allait plus tarder à se mettre en chasse. Nath devait échapper à l'un comme aux autres.

— Vorkan, ordonna-t-il, tu vas m'aider à charger ces paniers dans le vaisseau, puis tu t'en iras très loin, droit devant toi. Compris ? Tu courras à en perdre haleine dans la jungle.

— Oui, maître, fit le pirate en saisissant une amphore remplie de diamants. Je ferai comme tu le souhaites.

Durant une demi-heure, ils firent le va-et-vient, jetant les paniers en vrac à l'intérieur de la fusée. Diamants, émeraudes et rubis roulaient sur le sol avec des bruits cristallins.

Quand Zoïd commença à se frotter le visage en grimaçant, Nath comprit que le pirate se réveillait. Sans perdre une seconde, il releva la passerelle. Abandonnant le criminel au pied de la charrette à demi pleine de lingots, il abaissa le levier qui enclenchait la fermeture de l'écoutille.

S'il n'avait désormais plus rien à craindre de Zoïd Vorkan, il n'en allait pas de même en ce qui concernait les désincarnés. Une porte blindée et un fuselage en titane n'arrêteraient pas les congénères de Flavius Merco. Ils passeraient au travers et entreraient sans difficulté dans l'esprit de Nath pour en prendre le commandement.

À bout de souffle, le jeune homme escalada l'échelle menant au poste de pilotage. L'ordinateur de bord, jusqu'alors en mode « veille », détecta sa présence. Soudain, les plafonniers s'allumèrent, inondant les coursives de leur éclat blanc.

— Bonjour, fit une voix synthétique. Je suis le pilote automatique de ce vaisseau. Nous n'avons pas eu de passager depuis très longtemps. Je suis heureux de vous accueillir. Où souhaitez-vous aller ?

— Je… je peux vraiment choisir ma destination ? bredouilla Nath.

— Bien sûr, monsieur, fit le robot. Ce vaisseau est une navette gratuite assurant la liaison Almoha-la Terre. Il se trouve simplement que plus personne ne l'a empruntée depuis… quatre siècles, douze ans, six mois et quatorze jours, très exactement. Mais ne craignez rien, nous fonctionnons à la perfection. Les tuyères sont dans un état impeccable.

— Bien, bien, coupa Nath. *La Terre…* je voudrais me rendre sur la Terre.

— Il en ira selon vous souhaits, fit le robot, demande enregistrée. Veuillez vous installer dans le salon réservé aux passagers. Le décollage aura lieu dans cinq minutes.

Brusquement, parce qu'il était tout près de réussir, le jeune homme fut la proie d'une effroyable panique. Cinq minutes… *une éternité !* C'était en tout cas suffisant pour que les désincarnés entrent dans sa tête et lui dictent leur volonté.

— Attention, annonça le robot pilote. Le compte à rebours est entamé, tous les passagers sont priés de boucler leur ceinture.

De sourdes vibrations agitaient les membrures de la fusée. Nath se demanda si cette vieille mécanique ne risquait pas de voler en éclats lorsque le carburant enflammé jaillirait des réacteurs.

L'attente lui parut interminable. Il se pencha vers le hublot et vit Zoïd Vorkan qui, prudemment réfugié au bout de l'aire d'envol, lui adressait des signes obscènes.

Au même instant, Nath perçut une présence étrangère dans son dos. Il se retourna, ne vit rien, et comprit que l'un des esprits chuchotants l'avait rattrapé.

— Trois… deux… un… zéro ! Allumage ! annonça le haut-parleur.

Le vaisseau spatial trembla comme s'il allait partir en morceaux. Le lierre et les lianes qui l'enveloppaient s'enflammèrent telles des guirlandes lumineuses victimes d'un court-circuit.

Le jeune homme se recroquevilla sur son siège. Il savait que la poussée serait terrible. Il n'avait subi aucun entraînement, et risquait d'être écrasé sur son siège lorsque la fusée s'arracherait à la pesanteur d'Almoha. Des images atroces envahirent son esprit. Il s'imagina, broyé par la pression. Son ventre explosait dans un geyser d'entrailles, les os de son crâne se déboîtaient, sa cage thoracique se brisait en mille morceaux…

Il n'eut pas le temps de s'en préoccuper car la présence se faufila dans sa tête. La voix explosa en lui avec une telle puissance qu'il crut son cerveau réduit en bouillie.

— *Arrête ça ! Immédiatement !* hurlait le désincarné. *Ordonne au robot de couper les moteurs. Tu nous appartiens… Tu dois revenir et combattre l'autre humain, le nommé Vorkan. Une grande foule s'est rassemblée pour assister l'affrontement. Nous ne pouvons nous permettre de la décevoir.*

— Pas question ! répliqua Nath, les mains plaquées sur les oreilles. Fous le camp, saloperie de fantôme !

La fusée avait entamé sa courbe ascensionnelle. Elle s'élevait à une vitesse prodigieuse, laissant loin derrière elle la piste et les bâtiments délabrés de l'astroport.

— *Ordonne-lui de faire demi-tour !* s'entêtait le désincarné.

Sa colère brûlait l'esprit de Nath telle une flèche enflammée.

Le garçon sentit que l'être immatériel inventoriait ses commandes neurales, cherchant à localiser les centres du langage pour lui faire prononcer l'ordre fatidique. Une main invisible pianotait des accords malhabiles sur ses zones cervicales.

Sa bouche s'ouvrit, et il se mit à pousser des mugissements de veau.

— Pardon ? fit la voix synthétique du robot. Nous n'avons pas saisi le sens de vos paroles. Veuillez reformuler distinctement.

Nath se bâillonna avec ses paumes. Sa langue s'agitait, dégurgitant un charabia absurde. L'intrus qui tentait désespérément de le faire parler s'embrouillait dans les commandes, perdant de précieuses minutes. Nath s'en réjouissait. Quand le vaisseau sortirait de l'atmosphère almohanne, le désincarné serait éjecté… Déjà, au fur et à mesure que la distance augmentait, sa présence s'affaiblissait.

Tout à coup, le spectre mental ne fut plus là. La fusée s'était arrachée à l'attraction d'Almoha, elle filait, libre, dans l'espace infini du cosmos. Nath poussa un soupir de soulagement. La migraine l'avait quitté. Il se pencha vers le hublot. La planète lui apparut, protégée par sa coquille de nuages pétrifiés. L'hémisphère Nord était grisâtre, l'hémisphère Sud, d'un vert éclatant. Entre les deux s'étirait une mince ligne tortueuse, la « muraille-équateur »

Il eut une pensée pour ceux qu'ils laissaient derrière lui. Neb Orn, Sigrid.

« À bientôt, songea-t-il. Nous nous reverrons, il ne peut en être autrement. »

Vous retrouverez prochainement Nath et Sigrid dans une nouvelle aventure intitulée :

Le Serment de feu

L'actualité littéraire de Serge Brussolo est sur :
http://brussolo. serge.pagesperso-orange.fr

BRAGELONNE – MILADY, C'EST AUSSI LE CLUB :

Pour recevoir le magazine *Neverland* annonçant les parutions de Bragelonne & Milady et participer à des concours et des rencontres exclusives avec les auteurs et les illustrateurs, rien de plus facile !

Faites-nous parvenir votre nom et vos coordonnées complètes (adresse postale indispensable), ainsi que votre date de naissance, à l'adresse suivante :

Bragelonne
60-62 rue d'Hauteville
75010 Paris

club@bragelonne.fr

Venez aussi visiter nos sites Internet :
www.bragelonne.fr
www.milady.fr
graphics.milady.fr

Vous y trouverez toutes les nouveautés, les couvertures, les biographies des auteurs et des illustrateurs, et même des textes inédits, des interviews, un forum, des blogs et bien d'autres surprises !

Achevé d'imprimer en avril 2012 par Hérissey à Évreux (Eure)
N° d'impression : 118559 - Dépôt légal : mai 2012
Imprimé en France
81120735-1